KB269459

서문문고
29

미국문학사

R. E. 스필러 지음

양 병 탁 옮김

The Cycle of American Literature

by

Robert E. Spiller

해 설

양 병 탁

종래의 미국 문학사가들은 대체로 미국 문학을 영문학의 한 부문으로 취급하여 왔다. 그 결과 식민지 시대와 영국인의 특질을 가장 많이 보존하여 뉴잉글랜드 지역에 중점을 두었다. 그리하여 어빙·롱펠로·하우얼스 등의 작가들이 부당히 중요시되었고, 월트 휘트먼·허먼 멜빌·시어도어 드라이저 같은 작가들은 교양이 없는 조야(粗野)한 작가로서 경시(輕視)되었다. 이리하여 미국 문학은 어빙·브라이언트·쿠퍼 등의 낭만주의 운동에서 시작되어 케임브리지 파의 유염철인(有髥哲人)들의 시(詩)에서 최고조에 달했고 그 다음에 도금시대(鍍金時代)를 초래하였다. 이것이 타락하여 사실주의(寫實主義)와 비관주의(悲觀主義) 문학이 되었고, 20세기의 미국 문학은 그 정신에 있어서나 그 형식에 있어서 퇴폐하고 있다는 것이었다.

이와 같은 사관에 도전한 이는 《미국 사상의 주류》라는 쾌저(快著)를 발표한 패링턴이었다. 이 책은 그 당시의 경제적 및 기타의 환경 결정론(環境決定論)의 입장에서 과거의 역사를 개작하자는 사학(史學) 등의 일반적 운동에 호응하여 문학을 그 기반이 되고 있는 인간 생활에다 결부시키고 있다. 이리하여 종래 무시되어 온 소로와 멜빌 등이 재발견되었고, 휘트먼, 마크 트웨인 등이 재평가되었으며, 헨리 제임스와 같은 해외도피작가(海外逃避作家)들의 미국적인 요소가 분명하게 되었다. 한편 유머·지방색(地方色)·리얼리즘·민요·전설 등에 대한 일반의 흥미를 환기시켰다. 이와 동시에 그 시대의 사상과 정감을 잘 반영하고 있는 군소(群少) 작가들이 새로운 인식을 얻게 되었다. 그러나 한편 이러한 문학사는 정치적·사회적 자료를 중시한 나머지 말하자면 문서 기록의 역사나, 사회적·정치적 발달에 관한 특정한 개론(改論)의 실증적 기록에 끝나는 경향이 있었다. 그리하여 예를 들면 포우·디킨슨·헨리 제임스 등의 대작가는 미국적이 아니라고까지 생각하게 되었고, 그 대신 허먼 멜빌, 마크 트웨인 등의 작가가 높이 평가되었다. 이와 같은 문학사관은 종래의 사관보다 확실히 합리적이라고 볼 수 있으나 자칫하면 문학사 자체를 왜곡(歪曲)할 염려가 있었다. 왜냐하면 문학이란 사회적 및 지적(知的) 역사와 관련성을 지니고 있지만 그것은 결코 사실의 기록으로서의 관련성이 아니고 상징적인 해명으로서의 관련성인 것이다.

그러므로 적절한 문학사란 주로 대작가에 관심을 두어야 하지만 그 작가의 전후(前後) 관계를 직접·간접으로 분명히 하여야 하며, 과거 또는 현재의 일류 작가를 발견하는 것이다. 그러므로 대상이 되는 일류 작가가 그 시대를 초월하고 있건, 혹은 몽상(夢想)과 환상의 세계로 도피하고 있건, 혹은 사회에서 이탈하여 이국 작가(離國作家)가 되어 있건, 역시 그 시대와 사회의 산물임을 인정해야 한다. 여기엔 순수한 심미적(審美的) 분석이 필요하며, 문학사를 일관하는 어떤 유기적 법칙을 적용하여, 문학과 생활과의 관계를 확립시키면서, 현재의 입장에서 과거를 투시해야 한다. 그렇게 함으로써 종래의 연대기적(年代記的)인 문학사, 한 이론에 편재(偏在)된 문학사를 지양하고, 일관성 있는 사상의 흐름을 보여 주는 유기적인 문학사가 생겨나게 되는 것이다.

〈Literary History of the United States〉라는 4부로 된 대 문학사의 편집을 맡은 Robert E. Spiller는 본서에서, cycle이라는 말을 사용하여, 상기(上記)한 바와 같은 수미일관(首尾一貫)한 투시

를 제공하기를 기도하고 있다. 즉, 그의 유기적 사관을 적용하여, 미국 문학의 전체적 진전에 있어 하나의 주기(週期)를 보여 주고 있다.

첫째로, 그는 미국적인 경험의 중심을 이루고 있는 역사적 사실에서 하나의 주기를 발견하고 있다. 즉, 성숙한 유럽 문명의 신대륙에로의 이동, 미국의 서부에로의 발전, 그리고 그 발전에서 결과된 새로운 문명의 역영향(逆影響), 20세기에 들어와서의 미국 문명의 유럽에로의 영향 등 4세기에 걸친 문명의 순환(循環)을 역설하고 있다.

둘째로, 이와 같은 다채로운 순환 과정에 있어 볼 수 있는 주기설(週期說)을 문학의 역사에다 적용시키고 있다. 그리하여 문학사에 있어 하나의 유기적인 운동을 보여 주며, 동시에 두 개의 이차적(二次的)인 주기를 보여 주고 있다. '제1의 변경(邊境)'에 있어, 동부 연안 지대에서 일어난, 19세기 중엽의 낭만주의 작가에서 그 정점(頂點)에 달하고 있는 시대까지를 하나의 주기로서 취급하고 있다. 즉, '미국 문학의 건설자'에서는 에드워드·프랭클린·제퍼슨을 논하고 있고, '문학자'에선 어빙·브라이언트·쿠퍼를, '확인(確認)'에선 에머슨과 소로를, '미국의 예술가'에선 포우와 호손을, '낭만적 위기'에선 멜빌과 휘트먼을 주로 논하고 있다. 그리고 '제2의 변경'에서 서부(西部)에로의 발전에서 결과된 대륙 국가의 출현으로부터 20세기의 금일에 이르러 그 정점에 달하려고 하는 하나의 또 다른 주기를 보여 주고 있다. 즉, '문학적 재발견'에서 하우얼스·마크 트웨인을 취급하였고, '예술과 내적 생활'에서 디킨슨·제임스를, '역학(力學)의 문제'에 있어 애덤스·노리스·로빈슨을, '제2의 르네상스'에 있어 드라이저·프로스트를, '완전한 주기'에서 오닐·헤밍웨이, 그리고 '기억의 용도(用途)'에서 엘리어트·포크너를 주로 취급하고 있다.

미국사에 있어서뿐만 아니라 미국 문학사에 있어, 대체적으로 제일 혁명이라고 말할 수 있는 남북전쟁을 경계로 하여 논의되고 있으니, 본서에서 시도하고 있는 것은 별반 새로운 것이라고 말할 수 없기도 하다. 그러나 개개의 생물에도 하나의 주기를 발견할 수 있듯이, 한 시대 혹은 지방 문화 운동의 소장(消長)에 있어 하나의, 때로는 단순하나 복잡한 몇 개의 주기를 발견할 수도 있는 것이다. 스필러는 이와 같은 단순한 원리를 일국의 문학의 전반적인 발전 과정에서 살펴, 거기에서 유기적인 하나의 생명을 모색하고 있다. 동시에 하나의 뚜렷한 전개상(展開相)을 보여 주고 있다.

뿐만 아니라 스필러는 이 원리를 작품에 적용하고 있으며, 한 걸음 더 나아가 작가의 일생에도 적용하고 있다. 즉, 미국 문학에 있어 맨 처음엔 서간문, 그 다음엔 종교와 철학에 관한 논의가 나타났고, 모방적인 예술작품이 그 뒤를 이었으며, 다음에 미국적인 신생활을 표현한 작품이 나타났다고 그는 설명하고 있다. 한 문명이 시대와 더불어 진전하여 가는 데 따라, 문화가 생장하여 예술이 되어가는 과정에 있어 하나의 통일성을 부여하고 있다. 동시에 미국적 경험의 하나의 연관성을 보여 주고 있다. 그리하여 한 편의 시나 희곡, 혹은 소설을 미국적인 경험이라는 심미적인 거리에다 두고 이것을 대조하고 있다. 그러므로 현재의 입장에 서서 전체적인 투시하에 개개의 작품과 작가를 바라보고 있으며, 거기에서 미국적인 생명을 찾고 있다. 동시에 그는 확고한 사관에 입각하여, 풍부한 학식과 정확한 비평안(批評眼)으로써 시대와 작가, 작가와 작품을 예리하게 분석하고 있다. 칸리프의 미국 문학사가 널리 애독되고 있는 오늘날, 본서는 또 다른 청량제를 던져 줄 것임에 틀림없다. 이러한 문학 사관을 우리나라 문학사에 적용해 보았으면 하는 것이 나의 독후감이었음을 적어 둔다. 동시에 개개의 작품 및 작가의 해설도 지극히 적절할 뿐만 아니라 통일성 있는 문학 사조를 개설하고 있기 때문에, 대학 교재로서도 최적하다고 본다.

차 례

제1의 변경(邊境, The First Frontier)

미국 문학의 대부분은 영어로 씌어지고 있으며 그 중 대부분이 영국 본토에서 이주하여 온 사람들의 자손들에 의해서 씌어지고 있다. 그러나 이 신세계에 있어서의 모험을 고국에 써보낸 서구에서 온 최초의 사람은 영국인이 아니었고, 또 이 사람이 발견한 곳은 북미 대륙의 일부분이 아니었다. 그렇지만 저 유명한 콜럼버스(Columbus)의 서간문(1493)은 여명기(黎明期)에 있던 미국 문학의 형태와 관점을 보여 주고 있다. 먼 미국 땅에서 사람이 느끼는 직접적인 충격이란 자기의 견문이나 동정을 먼 벗들에게 알리는 것이다. 스페인 국왕 페르난드에 봉사하고 있던 제네바인인 콜럼버스는 그 당시의 재무대신에게, "이번 일은 성공하였음으로 기뻐하여 주시옵기 앙망하나이다."하고 적어 보냈다. 이것이야말로 미국 모험에 관하여 씌어진 최초의 기록이었다.

미국의 식민은 유럽 동요의 부산물이었다고 말해지고 있으며 이 두 사건은 모두 16, 7세기 동안에 일어났기 때문이다. 스페인, 프랑스, 네덜란드, 영국 등이 그때까지 중세(中世)시대를 끊임없는 국지적 전쟁 상태로 몰아넣었던 봉건 제후(諸侯)를 통일하여 대 상업국으로 등장한 것은 이 시기였다. 마틴 루터와 존 칼빈과 같은 청교도 개혁가들이 일어나 로마 제국의 몰락 이래 유럽을 지배하여 온 중세기의 교회 국가의 권위를 드디어 타파한 것도 이 시기다. 인간이 탐구의 정신과 관능의 향락에 각성되어 예술과 학문의 가장 위대한 시대를 만들어 낸 것도 이 시기다. 이미 1600년까지 이탈리아는 훌륭한 회화(繪畵)와 조각을 갖고 있었으며, 네덜란드는 학식 있는 회의철학자(懷疑哲學者)와 학자를 배출시켰으며, 영국은 셰익스피어의 위대한 희곡을 지니고 있었다. 인간정신의 지평선이라 알려진 지리적 세계의 수평선은 함께 팽창되어 갔다. 사상의 인간 셰익스피어와 행동의 인간 콜럼버스, 이 두 개척자들이 인류에게 준 선물은 대조적이기는 하지만 또한 일맥상통하는 점이 있다. 서구 문명은 1500년부터 1600년까지의 1세기 동안 사실상 그 내재적인 정력이 폭발되었고, 그 폭발에서 온 여파가 미지(未知)의 해륙(海陸)을 넘어 서쪽으로 퍼져나갔던 것이다.

다른 서간문도 16, 7세기 동안 뒤이어 온 여러 가지 탐험가들의 항해의 모양을 알리는 것이 대부분이었다. 스페인과 포르투갈의 양 제국은 이 제네바인 선원이 정한 항로에 따라, 멕시코 만(灣)의 연안을 순항하여 카리브 해(海)를 넘어 멕시코를 중심으로 하여 캘리포니아 연안을 따라 퍼져 갔고, 또 대평원을 넘어서 북쪽으로 그리고 남쪽으로는 브라질, 페루 등지에까지 퍼져나갔다. 프랑스의 탐험가와 목사들은 세인트·로렌스 강(江)과 오대호(五大湖)를 따라갔고, 다음엔 미시시피 강을 남하하여 뉴올리언스에서 스페인의 진로와 교차하였다. 최후로 영국, 네덜란드, 스웨덴은 대서양 연안의 비옥한 평지에 정착하게 되었고, 또한 산맥이 가로막혀 가장 안전한 식민 사회를 세우게 되었다. 이 2백 년 동안의 미국 문학은 이동 도상에 있던 서구 문화의 보고(報告)문학에 지나지 않았지만 그후에 나타난 것에 못지 않게 코스모폴리탄적인 것이었다.

윌리엄 브래드포드(William Bradford)의 《플리머스 식민지에 대하여 (Of Plimoth Plantation, 1630년에 착수되어 1856년에 초간됨)》와 같은 딱딱한 몇몇 책을 제외하고는, 초기의 탐험가나 이민자들이 남겨 놓은 기록의 대부분은 아마 지상 최대의 이 문명 이동사(移動史)에 흥미를 갖지 않은 오늘날의 일반 독자에겐 지루한 읽을거리가 되고 있다. 필자들은 주로 자기들의 사업을 정당화하려고 하였으며, 또는 그들의 사업을 후원하여 준 군주들을 위하여 신영토와 재보(財寶), 그리고 인민을 획득하려 하였으며, 그들 뒤를 따를 사람들을 돕고자 신대륙의 지리적 및 경제적 상황 등을 기술하려 하였다. 이런 경우 현재의 고난을 경시하며 장래의 가능성을 과장하려는 유혹이 컸었다. 스페인의 정복자 코로나도, 프랑스의 신부(神父) 에네팡팡, 영국의 탐험가 존 스미스 선장 등의 탐험담은 천연 자원이 풍부하며 진기한 미개인이 살고 있는 이 신천지에 대해서 모두 비슷하게 말하고 있다.

수백 년 동안 고스란히 자란 대삼림(大森林)은 유럽에서 도착하는 이들을 맞이하였으며, 그들이 거느리고 온 병사나 승려들의 단정한 무장구(武裝具)는 그들이 만나는 야만인들의 나체와는 날카로운 대조를 이루었다. 그러나 일견 원시적으로 보인 이들 원주민들은 비록 어린애처럼 속아넘어가기 쉬운 성질이었지만 멕시코, 페루 등지의 동서방(東西方) 멀리까지를 중심으로 하여, 마야족(族), 아즈텍족, 잉카족을 포함하여 고대 문명을 가지고 있었다. 백인들이 도달한 이 신천지를 인도라고 생각하여 인디언이라고 불렀던 원주민은, 이미 수세기 전에 아시아 대륙에서 이주하여 온 강대한 몽고로이드 인종(몽고 인종, 인도네시아, 말레이 인족)의 유목(遊牧) 자손들이었다. 그들은 아마 베링 해협을 지나 온 것 같다. 그러나 그들은 이미 오래 전에, 적도 근처의 더욱 살기 좋은 지역에 큰 도시와 사원을 건립했으며, 그후 남북 2대륙(大陸)에까지 퍼져나갔다.

이들 삼림의 주민들은, 기독교로 개종시키려던 성급한 이상주의에도, 그리고 그들의 재보와 영토를 강탈하고자 하는 탐욕에도 무방비 상태였다. 300여 년 동안 인디언들은 추방당하고 약탈당하고 착취

당하였으므로, 미국 문학에 있어 그들이 차지하는 역할이란 당시의 실제 상황을 전하는 기록이 아니고, 우리가 그 당시의 상황을 상상할 수 있는 하나의 암시의 역할이다. 어떤 종족이든 환경의 돌연변화나 그 정체를 이해할 수 없는 새로운 적에 부딪치게 되면 급속도로 사멸하고 만다는 것이 자연법칙인 것 같다. 아메리카 인디언이 후퇴하고 고난을 겪었다는 사실은 반드시 이 인종이 열등하다는 것을 증명하는 것은 아니다. 인디언은 자기 정복자의 뇌리에다 지울 수 없는 인상을 남겨 놓았다. 인디언은 개인주의자였지만 이것은 그가 반역하였기 때문이 아니고, 오히려 이 자연계에 있어 자기의 위치를 받아들여 한정된 자기 사회에서의 자기 위치에 만족했기 때문이었다. 백인 침략자들에겐, 인디언이란 제거되어야 할 방해물이었지만 그들의 상상력에 비친 인디언이란 인간이 자연과 더불어 자유로이 생활함으로써 도달할 수 있는 고결성을 상징하는 것이었다.

인디언을 기술하는 경우 유럽인들은 다만 흑백만을 사용할 뿐 음영(陰影)이 따르지 않았다. 그리고 인디언의 시가나 산문은 다만 구전(口傳)에 남아 있을 뿐이므로 그네들 자신의 생활 기록은 거의 남아 있지 않다. 회문자(繪文字) 이외엔 씌어진 기록이 없다. 그리고 정복자는 그 당시 인디언에 대신하여 그들의 사상이나 감정을 기술하는 데 대개는 흥미가 없었다. 드물게 전승되어 온 말이나 시(詩)에 풍기고 있는 스토아적인 정적(靜寂)은 그렇게도 빨리 망각되어 버린 그 풍족한 문화의 암시를 던져 줄 뿐이다.

백인이 써서 남긴 인디언과 그들의 생활에 관한 그러한 초기의 기록은 포로의 손에 의한 몇몇 이야기를 제외하고선 대체로 호의적이다. 콜럼버스는 그가 산살바도르 섬에서 만났던 온순하고도 겁많은 토인들에 관하여 말하고 있으며, 존 스미스는 파우해튼 왕과 그의 딸 포카혼터스를 이성 있는 인간으로 만들고 있다. 프랑스의 승려나 스페인의 정복자들도 탐험가들이 토인들 사이의 살육전에 휩쓸려 들어간 경우를 제외하고는 우호적인 관계를 보도하고 있다. 이보다 좀 후대의 청교도, 모라비어 교도 그리고 퀘이커 교도의 선교사들은 이러한 분쟁에 참여하는 경향이 있었고, 이리하여 후대의 로맨스에 등장하게 되는 선량한 인디언과 악독한 인디언의 전기를 만들어 내는 데 도움이 되었다. 대개 유럽인들은 인디언을 기독교로 개종시키든지 자기 목적에 맞도록 이용하는 데는 지대한 관심을 가졌지만, 인디언과 그의 문화를 연구하는 데는 별 흥미가 없었다. 그리고 그들이 발견코자 하는 특징을 그의 성격 속으로 마구 읽어 들어가는 경향이 있었다. 따라서 미국 문학의 이용할 수 있는 과거의 중요한 일부분이 된 것은 역사적 사실에서는 인디언이 아니고 오히려 백인의 상상에서 나온 인디언이었다.

17세기 동안 스페인과 프랑스인은 빙원(氷原)에서 적도에 이르는 아메리카 대륙의 서부 전역에 걸쳐 널리 퍼졌다. 한편 영국인은 대서양 연안의 좁은 지역에 확고한 지반을 닦았다. 이 비옥한 소 지역은 2백 년 동안 비교적 평온리에 남아 있게 되어, 소란하였던 유럽이 내던진 거의 모든 요소로서 구성된 하나의 새로운 문화를 발전시켰다. 프랑스인, 네덜란드인, 스코트랜드계 아일랜드인, 웰스인, 그리고 스웨덴인은 차츰 우세한 영국인 집단으로 흡수되어 갔다. 영국 교파와 로마 카톨릭 교도는 본시 그들 때문에 이주하여 온 비국교파와 혼합하게 되었다. 이리하여 이 신세계에다, 구세계에서 알고 있었던 각종 각색의 교의와 관습의 완전한 스펙틀을 가져왔다. 영국과 북구(北歐)의 건실한 농상 중산(中産)계급이 이민의 대부분을 점하였으나 약간의 지주와 연기봉공인(年期奉公人), 네덜란드의 파트룬(뉴욕 주 및 뉴저지 주에서 네덜란드 정부의 허가를 받은 토지 소유자) 그리고 흑인 노예들도 섞여 있었다.

1700년까지 이 신영토는 이미 영국 국왕에 충성을 서약하였고, 종교상으로 주로 신교를 신봉하였고, 경제적으론 농업이었고, 영어를 상용어로 한 매우 단결된 동질적인 식민지 공동체를 이루었음은 역사상 한 기적이라 하겠다. 이 문화 형태와 다른 형태는 비록 존속하더라도 종속적인 것이었다. 이전의 귀족들은 기업심이 강한 부르주아와 협력하여 6, 7개의 번창한 항구를 세웠고, 풍요한 농장을 건설하였고, 지구를 일주할 선박을 건조하였다. 통일 내의 다양성은 시초부터 이 새로운 국민과 국토, 그리고 궁극적으로는 그들의 문학을 형성하는 특징이 되었다. 인간의 육체적 욕망과 정신적 욕구, 이 둘을 다 만족시키려다 분열되고 만 인간의 갈망이 이 북미 대륙에다 똑같이 분열된 문명을 창조하였다. 왜냐하면 이 신대륙은 인간의 높은 욕구와 낮은 욕망을 다 만족케 하려는 유혹을 주었기 때문이다. 신의(神意)를 반영할 만한 신질서의 창조는 인간의 가장 저속한 욕망까지도 다 만족시킬 수 있는 물적 자원이 무진장하기에 실현될 것같이 보였다. 아마 미국 문학은 그 시초에 있어, 후일에 미(美), 아이러니, 확신(確信) 그리고 절망의 문학을 낳은 순박한 이상주의와 조잡한 물질주의의 부조화한 혼합의 단서를 발견할 수 있다. 20세기 미국 문학의 격렬함은 미국 문화의 근원에 포함되어 있는 정력과 상극(相剋)하는 제 요소에 입는 바 많다.

제1장 미국 문화의 건설자(建設者)
– 에드워드, 프랭클린, 제퍼슨 –

1

신대륙의 발견과 식민은 미국 역사의 첫부분에 지나지 않았다. 미국은 또한 정신면에서도 신세계였기 때문이다. 중세기 붕괴에서 해방된, 막대한 정력에서 자유 개인이라는 근대적인 개념이 세워졌다. 소로(Thoreau)는 "내가 삼림에 들어가고자 하는 것은, 신중히 살기를 희구하여, 인생의 중대사에만 관심을 두고 인생이 가르쳐야 할 것을 모두 배워 죽음에 임해서도 후회하는 일이 없기를 원했기 때문이었다."라고 쓰고 있다. 이와 같은 단순한 신념을 받아들임으로서 오는 기쁨과 이를 부정하는 데서 오는 절망은 미국적 전통의 2대 주류다. 미국인은 처음부터 신중히 살기 위하여 삼림에 간 것이었고, 따라서 그들의 문학은 그들 생활의 성공과 실패의 기록이었다. 인생을 어떻게 살아야 하는가 그리고 사회는 어떻게 조직되어야 하는가에 관한 종교적 및 정치적 논쟁에서 미국이라는 한 국가와 생활 방식이 만들어졌다.

이 정신의 신세계를 창조함에 있어 미국은 17, 8세기에 걸쳐, 영국이나 서구에서 형성된 여러 가지 사상이 노후한 봉건사회의 법률이나 관습이나 전통에 방해되는 일 없이 행동에로 발전될 수 있는 일대 실험실이 되었다. 그 당시에 있어서의 미국과 유럽의 차이는, 유럽에선 논의되어질 뿐이었던 것이 미국에서는 실제로 행하여질 수 있었다는 것이었다. 르네상스로부터 종교개혁을 거쳐 계몽운동과 이성(理性)시대로 옮겨 간 종교적·정치적 그리고 지적(知的) 대혁명은 이 대서양 연안의 식민지에선 일상생활의 양식이 되었다. 그리고 2백 년 동안의 미국 문학은 궁극의 이상을 현세에 실현시키는 것을 중요하다고 보는 이러한 생각을 반영하고 있다.

1517년에 발표한 논문(論文)에서 루터(Luther)가 명시한 바와 같이 청교도의 종교개혁은 종교운동인 동시에 정치운동이었고, 이는 로마 교회의 교권과 정치상의 권력으로부터의 결렬을 의미하고 있다. 영국에선 헨리 8세가 자기 개인의 이유 때문에 영국 국교회의 분리를 선언하자 이 결렬은 거의 전적으로 정치적인 것이었다. 그러나 프랑스와 독일, 네덜란드, 그리고 스위스에서 발단된 신학적 교의의 논쟁은 17세기까지 영국 해협을 건너 영국의 정치적 및 종교 생활에 있어 중심을 차지하게 되었다. 스튜어트 왕조의 몰락과 복위(復位) 그리고 청교도 공화국의 흥망은 초기 미국 식민지의 성격을 결정하는 데 큰 요소가 되었다. 왜냐하면 어느 쪽의 사람이건 이 신대륙의 풍요한 땅으로 차례차례 피난처를 구하여 왔기 때문이었다. 이리하여 청교도들은 뉴잉글랜드에 정주하였고, 펜실베이니아는 퀘이커 교도와 자연신교 신봉자(自然神敎信奉者)로부터 형성된 성질을 얻었고, 버지니아는 주로 영국 국교도적이었으며, 메릴랜드는 적어도 일부분은 로마 카톨릭교적이었다.

초기의 식민지 중에서 매사추세츠는, 여기서 분파된 코네티컷, 아일랜드 그리고 후에 건설된 북부 식민지와 함께 청교도 종교 개혁의 사상에 가장 충실하였다. 해안 지대는 처음에 버지니아의 비종교적인 존 스미스 선장이 탐험하였지만, 얼마 안 되어 양심의 자유와 신앙생활을 신봉한 사람들이 정착하였다. 1620년 플리머스에 이주한 필

그림(Pilgrim)들과 이보다 10년 후에 매사추세츠 만(灣)에 이주한 퓨리턴(Puritan)들은 다 같이 본국에서 거부당하며 박해당한 종교를 법률과 관습 그리고 일상생활의 규준으로 삼았다. 플리머스 식민자들은, 윌리엄 브래드포드의 영도하에 메이프라워 호(號)에서 상륙할 준비를 갖추고 있을 때, 한 맹약을 기초하여 '신의 영광과 기독교 신앙의 증진'을 위하여 〈시민의 정치단체〉를 결성하였다. 매사추세츠 만(灣)의 식민자들은 더욱 경건하였으나, 한편 남쪽으로 내려가 코네티컷이나 로드아일랜드에서는 열화 같은 로저 윌리엄(Roger William)이나 기타 청교도의 정통파에서 이탈한 사람들이 혁명적인 인권론을 예상케 하는 사상을 종교적인 언어로서 창도하였다. 뉴잉글랜드의 식민자들은 최초 백 년 동안, 내세의 일은 물론 현세의 일에도 지대한 관심을 가졌다고 흔히 씌어지고 있으나 그들 자신의 저술은 근엄한 것이었다. 그들은 소박한 남녀였으며 황야에다 문명을 창조한다는 곤란한 일에 헌신하였다. 따라서 대개 그들의 책임감은 유머의 정신을 압도하였다. 대학 교육을 받은 사람도 많았지만, 엘리자베스 왕조 문학의 배경을 이루고 있는 궁정 생활을 아는 자는 한 사람도 없었다.

그들의 시가(詩歌)와 산문은 17세기 영국의 종교 작가들의 세련(洗練)된 솜씨를 지니고 있지는 않았다 하더라도 그 종류는 풍부하였다. 즉, 브래드포드의 간결직재(簡潔直裁)한 일기에서부터 코튼 메서(Cotton Mather)의 수사적이며 상징적인 수법으로 쓴 대저 《미국에 있어서의 기독교의 대 기적(大奇蹟), Magnalia Christi Americana 1702》이라든지, 에드워드 테일러(Edward Taylor)의 섬세하고도 정교한 형이상학법에까지 이르고 있다.

이 격렬한 정신이 불후의 표현으로서 나타난 것은 청교도 신학자의 마지막 사람이며 가장 위대한 사람이었던 조나단 에드워드(Jonathan Edwards, 1703~1758)의 설교집과 논문집이다. 매사추세츠의 노샘프턴 교회에서 엷은 입술에 조용한 눈맵시의 이 여위고도 경건한 사람은 20년 동안 칼빈이즘의 꺼져 가는 법등(法燈)을 활활 타게 부채질하였다. 그러자 그는 버크샤 산중 어느 벽촌으로 추방된 몸으로 은퇴하여 인디언들의 전도사가 되었다.

그의 최근의 전기가(傳記家)들은, 그의 대학 시절의 저술에서 보이는 철학적 이상주의나 중년 시대의 설교집에서 보이는 정렬적인 방종이나 그리고 만년의 논문집에서 보이는 교의적 논리는 동일한 실질의 3부분에 지나지 않는다고 애써 지적하고 있지만, 이 셋을 그의 생애의 삼기(三期)로서 본다면 복잡하고도 강력한 성질을 지닌 이 사람을 이해하는 데 더욱 용이할 것이다. 가장 학식 있는 그의 전기작가(傳記作家)가 주장하고 있듯이, 그야말로 미국이 갖는 5, 6명의 대예술가 중 한 사람이라 함을 인정한다면 ─ 즉, 시나 소설이 아니고 우연히 사상을 재료로 한 예술가이며, 프랭클린이나 제퍼슨처럼 그 자신의 개인적인 경험을 미국적인 의미를 가진 것으로 보편화하는 데 성공한 예술가로서 인정한다면 ─ 그를 이해한다는 것은 매우 중요하다.

젊었을 때의 에드워드는 청교도적인 소수 독재정치를 아름답게 논증하려는 자유주의자인 것같이 보였다. 많은 인재를 배출하여 유명해진 명문가에 태어난 그는 소년 시절 이미 12세 때 쓴 '비행(飛行)' 거미에 관한 글에서 천재의 소질을 보였다. 그의 감수성이 강한 과학적인 호기심과 물질주의의 배격으로 이듬해 예일 대학에 입학하자 존 로크(John Locke, 1632~1704)를 탐독하였으며, 사물의 실재보다 관념의 실재를 탐구한 철학을 연구하게 하였다. 그의 대학 시절의 논문은 미국에 있어서의 합리주의적 이상주의의 기초를 세웠으며, 에머슨(Emerson)의 선구가 되어 19세기의 위대한 문학적 그리고 지적(知的) 운동에 이르는 길을 터놓았다. 동시에 그는 절대적인 신권과 인간의 타락을 말하는 칼빈의 교의를 확신하게 되었고, 아르미

니우스 파(Arminians派)와 그 외 자유사상가들이 거의 파괴해 버린 교의를 재건한다는 큰 일에 착수하였다. 그의 이상주의는 이리하여 자기 스스로 만든 좁은 범위에 한정되었으나, 그는 중세기의 스콜라 철학자의 방법을 사용하여, 당시의 가장 발달된 심리학적 지식을 신학 건설을 위하여 이용하였다. 그의 신학 체계는 감정과 지성의 당당하고도 화려한 건조물이었으며, 상실감과 혼돈감에 사로잡힌 오늘날의 현대인은 칭찬과 커다란 동경으로 쳐다볼 것이다.

에드워드는 그의 젊었을 때의 연구 생활을 《수기(手記)》 속에 기록하고 있는데, 거기서 그는 인간의 죄업과 그리스도의 절대적인 의지에 복종하는 것의 안락한 만족을 어떻게 하여 스스로 발견하였는가를 말하고 있다. 후에 그의 처가 된 사라 피어폰트(Sarah Pierrepont)에 관한 그의 산문시도 똑같이 평온한 음조를 지니고 있다. "천지를 창조하시고 통치하시는 신의 사랑을 받고 있는 처녀 뉴헤븐에 있었다고들 한다. 그 처녀는 놀랄 만큼 부드러우며 마음이 평온하며 넓고 넓은 자비심을 지니고 있으며…… 눈에 보이지 않는 누구와 늘 이야기하고 있는 것같이 보인다 한다."

처음엔 노샘프턴에서 조부인 솔로몬 스토다드(Solomon Stoddard)의 밑에서 기거하고, 그후 목사로서 자립하여서도 그의 교구민들의 세욕에 상심하게 되어 그들을 계몽하고 그들로 하여금 죄의식을 각성케 하려 하였다. 이 결과 일어난 대각성(大覺醒)은 당시 서유럽, 영국 및 미국 전역에 걸쳐 풍미하고 있던 복음운동의 일부분이었다. 지구의 공포 때문에 나타나는 영혼의 고뇌는 신의 절대적인 권리를 충분히 인식할 때 완전한 귀의심(歸依心)과 평화에로 변화되어 갔다. 신과의 진정한 결합을 실현하는 것과 의사적(擬似的)인 신비주의를 구별하는 것을 에드워드는 그의 사명으로 삼았다. 이 의사 신비주의(擬似神祕主義)란 그에게는, 악마가 하등 의심치 않는 영혼에 접근코자 터놓은 일종의 황홀의 상태에 불과하다는 것이었다. 이러한 면에서 그의 설교, 특히 〈분노한 신의 수중에 있는 죄인(Sinners in the Hands of an Angry God)〉에 관한 설교는 정열적인 박력과 형성미(形成美)에 있어 아마 고금을 통하여 그 유를 찾아볼 수 없을 것이다.

동포에 대한 이와 같은 세력은 어느 한 사람만이 전유할 수 없는 것이었다. 에드워드 역시 정열의 대파(大波)가 지나가 버리자 교도들의 거부를 받게 되었다. 그는 버크샤이어의 외로운 피난처에서 현재 뿐만이 아니라 미래에도 인간 정신의 미약함에 대항할 수 있는 의의를 재건하는 일에 몰두하였다. 그가 정열에 있어 승리를 거둔 것처럼 이젠 이론에 있어서도 절대적이 되었다. 냉혹한 분석력으로 씌어진 그의 의지의 자유, 진정한 덕성(德成), 원죄설(原罪說)에 관한 논문은 오늘날에 있어서도, 이미 잊혀지고 만 그의 논적(論敵)들을 압도하고 있다. 신의 통치를 지상에서 회복하려던 그의 당면 사명엔 실패하였지만, 비록 자기 자신만을 위한 것이었다 할지라도, 이 나라에선 일찍이 볼 수 없었던 사상과 감정의 완전 무결한 체계를 세우는 데 성공하였다. 이것은 미국 철학사의 출발점을 이룬 철학 체계다. 그러나 이는 또한 죄의 의식과 고뇌가 잔존하여 평화로운 순종에로의 해방을 이룩할 수 있는 비극의 집이기도 하였다. 이는 후대의 포우, 호손, 멜빌, 오닐, 엘리어트, 그리고 포크너 등의 작품에서 반복되고 있는 비극적 자각의 건조물이기도 하다.

2

중부 대서양 식민지와 남부에선, 현세의 생활이 일반적으로 생활 그 자체로서 향수되어질 수 있는 것으로 받아들여졌기 때문에 이와 같은 신학의 전당은 세워지지 아니하였다. 초기 탐험가들이 발견한 풍부하고도 아름다운 국토는 종교에 대한 관심보다 농업과 식물에 대

한 관심을 자극시켰다. 훌륭한 항만은 상업무역의 도시를 발전시켰
다. 벤자민 프랭클린(Benjamin Franklin)이 17세 때 필라델피아
에서 출생했다는 말은 결코 종작 없는 변덕이 아니다. 왜냐하면
1723년, 즉 그의 17세 때 그의 출생지인 보스턴에서 이주하여 왔을
때, 이 지방 도시는 식민지의 정치적 중심지는 물론 문화적 중심지로
되어갈 준비 도상에 있음을 발견하였기 때문이다. 안전한 항구를 중
심으로 한 이 도시의 세속적인 활동은 이 도시의 건설자인 퀘이커 교
도들의 정신적 관용과 조화하고 있었다. 이것은 조지 폭스(George
Fox, 1624~91, 영국의 설교자이며 퀘이커 교의 개조)의 후계자들
의 마음속에는 내적 생활의 예리한 개인적 의식이 인간을 두려워하지
않고, 원죄를 두려워하지 않는 상식과 결합하고 있었기 때문이었다.
개인의 계시를 강조하는 점에서는 아르미니아스 파 신자나 기타 급진
적인 뉴잉글랜드의 신자들과 비슷한 프랜드 교회(the Society of
Friends)의 회원들은 그들 자신의 내광(內光, inner light) 이외엔
어떠한 권위도 인정하지 않았다. 이리하여 어떤 단일의 종교적 신앙
이 지배하지 않았던 중서부 및 남부 식민지에 있어서, 뉴턴의 물리의
세계와 로크의 정신 세계는 새로운 문명에 대한 규준이 될 테두리를
제공하였으며, 이 새로운 문명은 부분적으로는 다양 다종하였지만
그 방향에 있어선 단일한 것이었다. 윌리엄 버드(William Byrd)와
같은 남부의 농원주의, 세속적인 물질주의, 존 울먼(John Wool-
man)과 같은 신비주의자의 특수한 양심, 존 바트럼이나 윌리엄 바
트럼(John or William Bartram)과 같은 식물학자의 자연의 사
랑, 그리고 프랭클린과 같은 기회주의자의 상식, 이러한 것은 서로
합쳐져서 자유 사회에 자유인을 창조하였다. 이는 국가 건설에 있어
서 가까운 장래에 구세계(舊世界)와 결렬하여 그 속박에서 벗어나
려는 국민이었다.

　벤자민 프랭클린(Benjamin Franklin, 1706~1760)은 다른 누

구보다도 18세기 미국이 무한히 발전할 수 있다는 실험적인 가능성을 충실히 인식하고 있었다. 마치 조나단 에드워드가 청교도(淸敎徒)주의의 가장 순결한 종교적 정열의 상징이었던 것과 같이 프랭클린은 미국에 있어서의 계몽 시대, 즉 이성(理性) 시대의 상징이었다. 갓 쉰의 비만하나 원기 활발한 이 상인(商人) 철학가는 펜실베이니아의 민중을 대표하여 런던으로 출항하였을 때 이미 새로운 문명을 건설함에 있어 보통 인간의 필생의 활동을 남겨 놓았던 것이다. 그는 또한 1758년용 〈리처드의 달력〉에 붙인 서문인 〈치부법(The Way to Wealth)〉에서 그의 처세술에 관한 유서를 제공하고 있는데, 그는 이를 통하여 25년 동안 동시대의 민중들을 충고하였으며 훈계하였다. 우리는 태만과 나태로써 늘 우리 자신에게 세금을 과하고 있으며 왜 세금을 불평만 하면서 시간을 낭비하는 것인가 하고 반문(反問)하고 있다. 근면으로써 우리가 원하는 좋은 때를 가질 수 있는데 왜 더 좋은 때가 오기만 기다리고 있는 것인가. 검약하면 모든 필요품을 구입할 수 있는데 왜 가난하며 빚을 지는 것일까. 이런 식으로—다소 조롱조로—이 '범인(凡人)'의 자수성가한 대변자는 현자다운 충고를 제공하였다.

일견 세속적인 충고의 배후에는 깊이 고찰된 철학이 있었으니 이것은 그가 19세 때 식자(植字)의 연습으로 그리고 사고의 훈련으로 쓴 〈자유와 필연성, 쾌락과 고뇌에 관한 논문(A Dissertation on Liberty and Necessity, Pleasure and Pain, 1725)〉에서 이미 형성되기 시작하였다. 합리적인 이론의 이설(異說)을 논박하려다가 오히려 그 논리를 확신하게 되었다. 왕성한 지식욕에 찬 다독가였던 프랭클린은 일찍이 이 파(派)의 자유 사상에 공명하여, 에드워드와는 반대로 자비심 많은 신은 신의 명령에 복종하기를 요구하기보다 각인으로 하여금 자연과 타협하기를 허용하고 있다는 것을 믿었다. 이리하며 코튼 메서의 〈선행론(Essays to Do Good)〉에서 일찍이 고

취되었던 교의에서 해방되자 그는 그 시대의 회의(懷疑)주의로 끌려갔으며, 신권보다 오히려 자연권을 지지하는 입장에 서게 되었다. 형식적인 종교는 다른 사람들에게 맡기고 그는 현세를 더 살기 좋은 곳으로 만드는 데 그의 발명의 재능을 바쳤다. 윌리엄 제임스(William James)가 정의(定義)를 내리기 훨씬 전에 실용주의자였던 프랭클린은 "활동하고 있는 것은 무엇이든 이는 자연법칙을 예시하는 것이기에 진리다."라고 말하였다. 이 신념은 그의 여러 가지 눈부신 활동을 통하여 늘 떠나지 않았던 신념이었다.

우리가 처음 프랭클린 청년을 만나게 되는 것은 보스턴의 인쇄업자 겸 저술가로서의 그였다. 그는 당시 자기 형이 경영하고 있던 개척자 신문 뉴잉글랜드 신보(The New England Courant)에 〈무언실행부인(無言實行夫人, Dame Silence Dogood)〉이라는 조롱적인 글을 필명으로 쓰고 있었으며 손수 그 글의 식자를 하고 있었다. 그러다가 인쇄봉공(印刷奉公)의 연기(年期) 증서를 파기하고 자립하고자 필라델피아로 출발하였다. 1727년까지 그는 이 지방 도시의 젊은 상인을 규합하여 수양클럽을 조직하였다. 그 해부터 그가 은퇴하여 그의 인쇄소를 동업자에게 양도한 1747년까지의 20년 동안 그는 시민 생활의 원천이었다. 그 당시의 모든 인쇄업자와 마찬가지로 그도 또한 서점을 경영하고 있었으나, 어느 시대의 보통 인쇄업자들과는 달리 그는 대학을 설립하였고, 순회문고(巡回文庫)를 시작하였으며, 국제과학협회를 창립하였다. 그 당시의 이야기는《자서전(The Autobiography)》에 나타나 있다. 이 자서전은 후년에 씌어진 것인데 과거의 성공과 실패에 대한 노인의 회상담이나 개인 기록 중에서는 가장 솔직하며 자유로운 기록이다. 우리들 대부분이 알고 있는 것은《자서전》에 나타난 프랭클린이지만, 거기서 그가 8각형의 안경 너머로 자기의 우행(愚行)을 비웃으며 아이러니한 웃음으로 자기에게 교훈을 가르치고 있는 것을 잊어버린다는 것은 유감된 일일 것이다. 다소 희극적인 기분으로 읽으면 이 《자서전》은 이 종류의 저작으로서는 하나의 고전이다.

프랭클린은 과학자 그리고 철학자가 되기 위하여 은퇴하였지만 그 시대는 그를 정책가로 그리고 정치가로 만들었다. 그가 행한 연(凧)과 뇌우의 실험은 정전기(靜電氣)에 관한 하나의 기본적인 가설을 확정하였다. 그는 또한 무연(無煙) 굴뚝, 프랭클린 난로, 피뢰침(避雷針) 등을 발명하였다. 그러나 그러한 고안 뒤에는 그 발명가가 스스로 발견해 낸 원리가 있었으며, 이를 인간의 욕구와 안락 행복에 응용하였다. 1770년 런던으로 가 하원 재판소에서 전 식민지를 대표하여 그들의 대의(大義)를 논하였을 때, 그리고 1778년 미국 최초의 재외공사(在外公使)로서 프랑스에 착임하였을 때, 그는 주로 철학자 겸 과학자로서 환영받았다.

이러한 모든 경험을 통하여 그의 저술은 실재 활동과 병행하여 나갔다. 그의 과학 논문은 국내는 물론 런던과 파리의 학계에서도 읽혀졌고, 영국의 우열한 식민 정책에 대한 풍자는 그 기지와 신랄한 점에서 스위프트(Swift)나 볼테르(Voltaire)의 정치 풍자에 필적하는 것이다. 동시에 그는 조셉 프리스틀리(Joseph Priestley), 캠스 경(卿, Lord Kames) 그리고 데이비드 하틀리(David Hartley)에게 진지한 서간을 보내고 있으며, 대서양 양쪽의 젊은 부인들에게 희롱적이나 아버지다운 충고의 매력 있는 편지를 써보내고 있다. 노경(老境)에 들어선 프랭클린의 경건한 면은 아마 가장 매력적일 것이다. 특히 〈베가텔스(Bagatelles)〉, 〈프랭클린과 중풍(中風) 사이의 대화(Dialogue Between Franklin and the Gout)〉〈휘파람(The Whistle)〉, 〈하루살이(The Ephe-mera)〉 등 서간 문체 수필 속에 나타나고 있는데, 이의 경견한 희롱이 교과서적인 도학자에 의해서 상실되는 수가 너무 자주 있다. 이들 작품에 나타난 빈정거림은 마침내 세련되어 종작없게 되며, 인생에 대한 희극적인 기쁨은 깊은 예지(叡智)의 원천이 되고 있다.

프랭클린이 하원에서 식민지를 위하여 소크라테스식(式)의 승리를 거두었을 때 미국의 식민지 시대는 종막을 가져왔다. 그는 곧 제2회 대륙회의(大陸會議)의 참가자로서 이 신생 국가를 건설하는 데 노력하였다. 그러나 그의 사상, 감정, 행동을 남김없이 기록해 남긴 청명한 자연의 철학가로, 신문학에 있어 최초의 진실로 위대한 작가의 한 사람으로서 에드워드하고도 비견할 수 있는 프랭클린이다. 그의 후계자는 쿠퍼, 마크 트웨인, 하우얼스, 드라이저와 같은 현실주의자와 행동주의자 그리고 미국적인 경험에 대해 산 이야기를 말해 온 무수한 군소 남녀 작가들 사이에서 발견될 수 있을 것이다.

3

1760년부터 1890년에 이르는 30년 동안은 미국 역사에 있어 가장 암흑의 시대였지만, 그 기간의 투쟁에 있어 신생(新生) 국가의 정치적 및 경제적 생활은 철학가 겸 정치가의 소(小)그룹에 의해서 형성되었는데, 토머스 제퍼슨(Thomas Jefferson, 1743~1826)은 이 소그룹의 공인된 영도자 격이었다.

미국 독립전쟁은 어떤 의미에선 대서양 연안의 식민지와 모국인 영국 사이에 벌어진 내분(內紛)이었다. 그러나 이는 또한 인류의 자유를 위한 성전이기도 하였다. 인간이 모든 시민의 권리를 버리고 자연 법칙에 의존하여서만 자기의 행동을 다스릴 수 있는지 없는지 그 여부에 대한 이론적인 문제만으로서는, 여기에 좀더 직접적인 차이가 없었더라면, 무기의 충돌은 일어나지 아니하였을 것이다. 그러나 일단 식민지가 영국의 압제를 견딜 수 없는 것이라고 결정했을 때 독립이란 가장 숭고하고도 보편적인 문구로서 선언되어질 수 있었다. 소수의 독립전쟁 지도자들의 정열은 영국에 대한 분노에서보다 오히려 인권을 위하여 투쟁하고 있다는 확신에서 솟아나왔다. 영국 본토에 있었던 로크, 홉스, 샤프츠버리, 그리고 흄 등의 지적(知的) 논쟁 속에서 계통화된 주권재민(主權在民)의 사상은 영국 통치에 대한 도전으로 변형되었다.

미국 독립전쟁은 인권 및 미국에서 공식화된 식민지 통일안에 관한 최초의 선언은 아니었다. 이미 1620년의 메이플라워의 맹약(盟約)은 피통치자의 동의에 의한 정치의 원칙을 내포하고 있었고, 또 토머스 후커(Thomas Hooker, 1586~1647)의 추종자들이 기초한 1639년의 하트포드 헌법도 마찬가지였다. 이는 '그러한 인민의 평화와 단결을 유지하기 위해선 신의 뜻에 따라 수립된 질서 정연하고도 훌륭한 정부가 있어야 한다. ……그러므로 우리도 일치 단결하여 한 국가를 형성코자 함'이란 말에 잘 나타나 있다. 그리고 몇몇 서명자의 의사에 따라 대평의회하(大評議會下)에 식민지의 통일을 기하자는 계획은 실천가 프랭클린에 의하여 1754년의 올비니 대표회의에 제출되었다. 1776년까지는 몇몇 식민지가 개개의 권리를 자발적으로 방기(放棄)하는 데 기초를 둔 통일 사상에는 하등 신기한 점이 없었다.

1774년 필라델피아에서 개최된 제1회 대륙회의에서 그리고 1776년에 개최된 버지니아 대표회의에서 통과된 인권 선언은 독립 선언을 선행한 것이었고, 이는 독립 선언과 마찬가지로 인간이 그 자신에서 혹은 그의 후손에서도 박탈할 수 없는 자연권에 대한 일반적 진술로서 시작되고 있다. 버지니아 선언에선 '즉, 재산을 획득 소유하며 행복과 안전을 추구 획득하는 방법을 갖추어 생명과 자유를 향락한다.'고 진술하고 있다.

이것은 미국의 기본 원칙이다. 미국 전통에 있어 기타 일체는 이에 귀착하든가 이에서 출발하고 있든가 그렇잖으면 이에 관련되어 있다. 그러나 식민의 초창기부터 이에 반대되는, 즉 외부 권위에 복종

하는 원칙이 있기도 하였다. 신의 주권과 인간의 타락을 믿는 칼빈교
도는 인간 자유에 대해선 판이(判異)한 사상을 지니고 있었는데 이
것은 1645년 매사추세츠 식민지의 총독 존 윈스로프(John Win-
throp)가 행한 소 연설에서 나타나고 있는 바와 같다.

"만일 제군이 그리스도가 허용하실 합법적인 시민의 자유를 향유
하기를 만족한다면, 제군은 제군의 안녕을 위하여 제군을 통치하는
권위에 기꺼이 복종해야 할 것이다." 여기서부터 인크리즈 메서(In-
crease Mather)와 조나단 에드워드(Jonathan Edwards)를 지나
미국 국교회의 조나단 바우처(Jonathen Boucher)에 이르는 보수
적 전통을 더듬어 보기란 용이한 일이다. 바우처는 시민의 자유란
"엄격하며 제약된 것이며, 이 개념 속엔 복종과 인종 그리고 순종을
의미한다."라는 근거에서 독립전쟁 중 국왕지지파(國王支持派)의
대의(大義)를 변호했던 사람이었다. 이들 국왕지지파들이 추방되
어서도 이 문제는 해결되지 아니하였다. 왜냐하면 다음 세대의 더욱
반동적이었던 연방주의자(聯邦主義者)들은 다소 온화한 형식으로
같은 논법을 사용하여 각 주의 권리에 우월하는 하나의 강력한 중앙
정부를 요구했기 때문이었다. 그리고 이 논의에서 깊숙이 흐르고 있
는 미국적인 부분은 인간 자유에 대한 부단한 관심이었다. 그러나 그
자유를 정의하며 재정의하며 이를 승인하는 과정에 있어 어느 시대에
서나 극단적인 우파(右派)와 좌파(左派)가 있었으며, 이 양자간에
존재하는 폭넓은 중간층이 있었다.

1770년 이후 위기의 시각이 가까워 오며 시사평론가들 사이에 논
쟁이 벌어졌고, 조셉 갤로웨이(Joseph Galloway) 같은 이는 국왕
지지파를 대표하였고, 톰 페인(Tom Paine)은 혁명파를 대표하였
다. 그리고 논쟁은 직접적인 시사 문제에 집중되었다. 1763년부터
1783년에 이르는 20년 동안 무려 9천 종의 〈소책자〉가 그때 그때
마구 씌어져 미국의 인쇄기에서 쏟아져 나왔다. 이 시대는 바야흐로

철학이나 문학의 시대가 아니었고, 톰 페인의 《상식(Common Sense 1776)》에서와 같이 솔직한 언사로서 행동을 호소하는 소 논설의 시대였다.

그 당시의 가장 통렬하고도 가장 신중을 기한 논문은 1776년 7월 4일 대륙회의에서 채택된 독립 선언서였다. 이 선언서의 기초자인 토머스 제퍼슨(Thomas Jefferson)은 독립 문제가 위기의 단계로 돌입하였을 때 식민지를 지도하였던 학자 겸 정치가 중에서도 가장 박식가였다. 1776년까지는 영국의 '폭정'에 대한 격분이 정점(頂點)에 달했으므로, 미국 독립을 지지한 대부분의 인사들은 그들의 철학을 잊어버리고 행동을 부르짖는 페인의 요청에 응하였다. 제퍼슨은 일반 사람들의 분격에 공감함과 동시에 앞을 내다보는 투시력(透視力)을 유지하였음에 현저하였다. 그는 이 공화국의 최초의 공문서에다 독립의 기초 위에 세워진 민주주의의 정치적 및 사회적 지식에 관한 지적(知的) 기초를 써넣었다.

독립 선언서를 기초하기 위하여 임명된 다섯 명의 위원은 아담스(Ad-ams), 프랭클린, 셔먼(Sherman), 리빙스턴(Livingstone) 그리고 제퍼슨 이 다섯 명으로 구성되었다. 그러나 실제 기초한 사람은 제퍼슨이었다. 이것은 아담스가 후에 언명한 바와 같이 제퍼슨이 그보다 십 배나 잘 쓸 수 있었기 때문이었다. 이 초안(草案)은 주로 문체의 세부면에서 위원회의 손을 거쳐 수정되었고, 대륙회의에서 다소 어조를 부드럽게 했지만, 그 최종형(最終形)은 본질적으로 제퍼슨이 썼던 그대로였다.

이 문서의 중요성은 영국 국왕을 무시하고 있는 데 있는 것이 아니고 일반적인 인간 자유의 원칙을 진술하고 있는 데 있다. 즉, 인간은 나면서부터 자유이며 평등이다. 인간은 생명과 자유 그리고 행복의 추구에 대한 양도할 수 없는 권리를 이어받고 있다. 정치는 피통치자의 동의(同意)에 의하지 않으면 안 된다. 인민은 그들의 의사를 무시하여 전단적(專斷的)인 세력을 사용하려는 정부를 전복할 권리를 지니고 있다. 종교적 및 정치적 자유에 관한 식민지 사상의 역사를 알고 있는 사람들에게 잘 알려져 있는 이 몇 가지 원칙이 이처럼 명확하고도 간결하게 표현된 적이 없었다. 이 원칙 위에다 제퍼슨은 민주주의의 체계를 세웠으니, 그는 미국 정신의 세 번째 위대한 건설자로서 에드워드와 프랭클린에 비견되고 있다.

　제퍼슨은 프랭클린에 이어 식민지 지도자 중에서 가장 다재가(多才家)였다. 그러나 프랭클린과는 달리, 기질적(氣質的)으로도 행동가이기보다 사상가였다. 1743년 지주의 집안에서 태어난 버지니아의 신사인 그도 윌리엄 앤드 메리 대학(The Callege of William and Mary)에서 법률학을 공부하였고, 버지니아 주회 의원이 되었고, 거기서 제2차 대륙회의에 참가하였다. 기질적으로는 수줍고 명상을 좋아한 그는 몬티셀로의 저택에서 농사와 독서 생활로 보내기를 틀림없이 좋아하였을 것이지만, 시대는 그가 총독이 되고, 프랑스 공사가 되고, 국무장관이 되고, 신생 공화국의 제2대 대통령이 되기를 요구했다.

　필생(畢生)의 연학(硏學)은 그로 하여금 법률, 정치, 역사, 수학, 건축, 교육, 음악, 철학 그리고 자연과학의 모든 분야에 통달하게 했지만, 그가 발표한 것은《버지니아 주에 관한 각서(Notes on the State of Virginia, 1784)》라는 책 한 권뿐이었다. 이것은 필라델피아 주재 프랑스 영사관 서기가 제출한, 미국 국민과 국토의 진정한 성격에 대한 질의에 대답한 것이다. 매우 간단한 것같이 보이는 이 소책자는 아직 충분히 조사되지 않았던 초기(初期) 미국 문명에서 살아남은 가장 훌륭한 묘사일 것이다. 그 이외의 다른 저술은 그 자신이 1809년의 어느 편지에서 적고 있는 바와 같이 '일반 사람들의 읽기를 고려하지 않는 종류의 보고서'가 대부분을 이루고 있었다. 즉 공문서, 사신(私信), 경제적 및 기술적 문제에 관한 보고서들이었다.

그는 영문의 대가였으며 비록 말재주 좋은 프랭클린의 해학(諧謔)이나 변화를 결핍하고 있다 하더라도 그의 어귀는 확신과 성실이 넘치고 있다.

제퍼슨 사상의 진수(眞髓)는 개인의 선성(善性)을 믿는 그 신념에 있다. 이를 기초로 하여 그는 정치와 사회의 기구(機構)를 세웠고, 전단적 통제를 최소한도로 하였다. 그의 목적한 바는 자유정치의 실험을 성공케 하여, 나머지 세계에 모범이 되어 인류 운명에 있어 도덕적인 힘이 되게 하는 것이었다. 권력의 분산, 농본 경제, 공민 교육, 그리고 신축성 있는 법률 등의 원칙은 모두 인간 완성에 관한 중심 사상의 부산물이었다.

이 제퍼슨의 주의에 대하여 알렉산더 해밀턴(Alexander Hamilton)을 수반으로 한 연방당(聯邦黨)의 창설자들은 원스로프의 자유 이론에다 정치적 해석을 주었다. 왜냐하면 인간의 성실을 믿는 제퍼슨의 신념을 공유하지 않았던 해밀턴은 권위에 복종함으로써 얻는 자유를 주장했기 때문이다. 이 경우 경험에 의하여 자연에서 얻어지되, 일단 조문화되면 매우 엄격하고도 명확하며 견고한 민법 체계를 주장했다. 해밀턴의 사고에 의하면 중앙 집권제 정치, 농업에 의하기보다 재정과 생산에 의하여 결정되는 경제, 그리고 엄중히 강요당한 견고한 법률 등은, 인간의 기본적 선성(善性)에 대한 회의(懷疑)에서 오는 논리적 결론이었다. 이 철학의 중심 사상은《연방당(The Federalist 1787~1788)》에서 초점으로 모아지고 있다. 이것은 해밀턴, 제임스 매디슨(James Madison, 1751~1836, 제4대 대통령), 및 존 제이(John Jay, 1745~1829, 초대 최고 재판소장관) 등이 헌법을 옹호하여 연방당(聯邦黨)의 정치 조직을 해설하기 위하여 쓴 85편의 소 논문집이다. 이들 명쾌하게 논의된 논문 속의 단결과 질서의 근본 원리는 제퍼슨의 자유의 이상과 합쳐 타협과 활력이 충만한 정치 조직과 사회 조직을 만들어냈다. 미국의 제도가 충격과 변화에 대해서도 비교적 강한 것은 실제 정치의 단일 기구 내에 상반되는 이념이 엄존하고 있는 데 있을 것이다. 인간의 기획과 행동에는 모순이 없지 않다. 그러므로 권리장전(權利章典, Bill of Rights)을 부칙으로 하고 있는 미국 헌법은 제퍼슨과 해밀턴의 견해와 같이 서로 상반되는 두 개의 견해를 반영하고 있으며, 아마 어느 법전에서도 볼 수 없는 근본적인 인간성을 기술하는 데 성공하고 있을 것이다.

이 신세계에 있어 인간은 과거의 과오를 보상하며, 신인(神人) 함께 기쁘게 하는 사회를 창조할 수 있는 최상의 기회를 지니고 있음을 암암리에 동의하고 있다는 이외에는, 미국 문화의 이들 세 명의 건설자들—에드워드, 프랭클린, 그리고 제퍼슨—의 사상에는 양립(兩立)되는 점이 조금도 없다. 극단적인 이상주의와 물질주의, 극단적인 보수(保守)와 반항은 이들 저술 속에 나타나 있다. 그러나 심지어 가장 반동적인 기분 속에 있을 때에도 그들은 다 같이 인류 역사에 있어 신시대가 도래할 것을 확신하고 있었다. 안전(眼前)에는 미개척의 대륙이 펴져 있고 과거의 과오가 분명히 드러났으니, 인간의 희망과 계획 그리고 꿈을 실현할 만한 새로운 사회를 이룩하지 못할 이유가 어디에 있을 것인가.

제 2 장 문학자(文學者)
— 어빙, 브라이언트, 쿠퍼 —

1

신생 국가가 건설되고 있다는 한 가지 증거로 새로운 특색을 가진 문학의 출현이 있다. 구세계(舊世界)로부터의 정치적 독립이 확보되자 독자적인 문학에 대한 소리도 높아졌다. 이 문제는 말하기는 간단한 것이나 실행하기엔 용이하지 않았다. 이곳 신천지에는 유럽의 악습과 부패가 없었다. 묘사되기를 기다리는 자연이 있었으며, 또 자기의 사상을 표현하고자 갈망하고 있는 갱생된 인간이 있었다. 새로운 문명과 새로운 문학의 재료는 가까이에 있었다. 그러나 예술은 형식이며, 새로운 형식은 일조일석(一朝一夕)에 나타나지 않는다. 식민자들은 오랜 습관에서 영국의 시·소설·희곡, 그리고 수필 등을 그들 문학 표현의 규준으로 삼았다. 18세기는 형식적 예술의 시대였다. 하여튼 새 술은 옛 가죽 술병에 부어 넣지 않으면 안 된다. 하여간 미국의 문학은 표현의 완성에 있어 영국의 본보기에 필적하든지 혹은 능가해야 했고, 동시에 자국의 사상과 경험에 충실하지 않으면 안 되었다. 과거의 모든 굴레를 벗어버리자는 청춘의 정열과 생활의 미숙한 소재를 표현의 형식에 따르게 할 규준이 될 규범(規範)과 예술의 전통적 필요성, 이 두 가지 사이에 사로잡힌 초기(初期)의 미국 문학자들은 소박한 실험주의자인 동시에 자아의식적(自我意識的)이며 모방적인 준봉자(遵奉者)들이었다.

첫째로 문화의 도구가 필요하였다. 즉, 서적을 출판하며 작가를 양성하며 대중을 독서케 하는 기관이나 시설이 필요하였다. 이 과정은 1760년까지 순조로이 진행되었으나, 그 당시의 대중의 주의는 소요스러운 독립전쟁 문제에 끌려가고 있었다. 말하자면 전쟁 그것 때문에 다소 지연되었다. 그러나 평화가 회복되자 크게 촉진되었다.

1764년까지 현재의 고등학교 정도의 학생을 수용할 일곱 개의 대학이 식민지에 설립되었다. 펜실베이니아 대학 이외의 모든 대학은 그 설립에 있어 종파적(宗派的)이었다. 그리고 종교 교육이 라틴어, 희랍어, 철학, 수학, 기타의 학문 분야와 같이 가해졌다. 영어나 근대 문학은 거의 연구하지 않았고, 역사나 지리는 거의 없었고, 자연과학도 비교적 적었다. 그러나 이들 빈약한 대학은 탐구심에 불타는 젊은 학도들을 모아 독서하고 사고하고 시론하게 하였고, 이리하여 교육이 따르게 되었다. 1790년대에 보스턴, 하트포드, 뉴욕 그리고 필라델피아 등지의 문학 클럽은 주로 이들 대학생으로 구성되고 있었다.

이들 젊은이들은 책의 공급을 순회문고(巡回文庫)에서 구하였다. 하버드 및 예일의 도서관은 그 세기의 중엽까지에는 도서 목록을 발행할 수 있을 만큼 확장되었다. 그러나 한층 풍부한 장서(藏書)는 필라델피아, 뉴포트, 찰스턴, 뉴욕 등지의 도서관 협회에서 발견될 수 있었다. 이 중 필라델피아 도서관은 1721년에 창설되었다. 이들 도서관 장서에는 신학·정치·역사·과학에 관한 서적이 많았으나, 영국 및 대륙의 고전 작가와 현대 작가들의 작품도 꽤 많이 제공되고 있었다. 그리고 세기가 전진함에 따라 미국 작가들의 작품도 더욱 많이 늘어갔다. 여성이 여가와 영향력을 갖게 됨에 따라 시와 희곡에 있어서와 같이 소설의 수도 증가되어 갔다.

초기 작가들이 투쟁하지 않으면 안 되었던 가장 중대한 핸디캡이란 아마 정상적인 출판업자가 없었다는 것이었을 것이다. 프랭클린은 1740년까지엔 출판을 하고 있었지만, 식민지의 미국 작가들이 쓴 책은 대개 영국에서 출판되었다. 기타 지방의 인쇄업자들도 같이 출판 사업을 하고 있었지만 발행되는 책의 대부분은 미국의 저작권법(著作權法)이 없었거나 있어도 불비했기 때문에 영국 작가의 작품들이었다. 미국의 작가는 보통 출판 비용을 부담하지 않으면 안 되었고, 거기에다 지방 서점을 통해서 출판하지 않으면 안 되었다. 1790년의 판권법(版權法)은 미국 작가의 책을 재판하기를 불법화하였지만 외국 서적은 그러한 보호를 받지 아니하였다.

1690년 보스턴에서 발행된 최초의 신문은 발행이 금지되었지만 1800년에 이르자, 대서양 연안의 대부분의 도시는 적어도 한 종류의 신문을 발행하고 있었다. 그리고 이들 신문은 뉴스 이외에 간혹 시나 수필을 실었다. 1741년에서 그 세기말에 이르는 동안 80종의 잡지가 발행되었으나 1, 2호를 넘긴 잡지는 몇 개에 불과하였다. 당시의 신문 잡지를 뒤져 볼 때 이러한 것이 과연 문학에 이바지하였는가 하고 의심할 수 있을 것이다. 그 당시라 할지라도, 조그만 활자에다 이단조(二段組)로 된 빈약한 인쇄 체재, 빌려온 활력 없는 내용이 독서욕을 자극하지 못하였음은 분명한 노릇이었다.

미국의 연극은 약간 뒤늦기는 했으나 산문(散文)과 평행하여 발달하였다. 식민지의 연극은 주로 대학생들이 써서 공연되었고, 1767년에 이르자 토머스 고드프리(Thomas Godfrey)의 피비린내 나는 관습적인 〈파라디어의 왕자(The Prince of Parthia)〉라는 제목의 비극이 4월 24일 필라델피아의 사우스외크 새 극장에서 아메리카 극단의 손으로 상연되었다. 이 아메리카 극단은 영국 배우들로 구성되어 있었고, 1752년 이래 미국 여러 도시에서 사용할 수 있는 임시 편달의 홀에서 영국 및 대륙의 희곡을 상연하고 있었다. 진정한 미국의 연극사는 1787년에 시작되었고, 그 해 재조직된 아메리카 극단이 로열 타일러(Royall Tyler)의 《대조(對照, The Contrast)》라는 극을 공연하였다. 이 극은 뉴욕의 사교계를 그린 것이며, 이는 미국적인 제재가 미국 작가에 의해서 극화(劇化)된 최초의 희곡이었다.

1783년의 평화 회복이 미국의 저술(著述)을 유발장려(誘發奬勵)하였을 때 이 요구에 호응한 일단(一團)의 청년들이 있었다. 그들의 대부분은 법률가, 정치가 혹은 목사되기를 지원했지만, 문학에 있어서의 생애를 더 좋아하였을 사람들이었다. 조셉 데니(Joseph Dennie), 찰스 브로크덴 브라운(Charles Brockden Brown), 로열 타일러(Royall Tylor) 그리고 필립 프리노(Philip Freneau)와 같은 불과 몇 명만이 작가다운 생애를 보냈을 뿐이었다.

영국으로부터의 문학적 독립을 선언하는 데 관하여 인정된 방법은 영국의 인기 있는 작가의 수법을 될 수 있는 대로 따서 미국적인 제재의 내용을 쓰는 것이었다. 조엘 바로(Joel Barlow, 1754~1812)는 포프의 운(韻)을 밟은 이행연구(二行聯句)를 본따서 콜럼비아의 영원한 영광을 노래 불렀다. 로열 타일러의 〈꽤 독자적이라고 부를 수 있는 작품〉은 미국적인 제재이기는 하였으나, 대부분의 등장인물과 장면은 셰리든(Sheridan)의 희극을 연상시키는 것이었다. 브로크덴 브라운은 고식 소설을 썼는데 이는 호레이스 월폴(Harace Walpole)의 공포 소설을 황성(荒城)과 암굴(岩窟)로부터 그의 상상에서 나온 도깨비에 홀린 인간이나 원야(原野)에로 이식한 것이었다. 그리고 필립 프리노는 미국적인 영웅주의와 자연의 미를 구가(謳歌)하기 전에 죽음의 서정적인 경의를 표하지 않으면 안 되었다. 영국적인 제재는 물론 미국적인 표현법을 갖기에는 아직 너무나 일렀다.

미국의 문학열에 대해서 다행하게도 영국의 문학이 그 당시까진 더욱 더 낭만적으로 되어가고 있었다. 먼 배경에는 셰익스피어, 밀턴, 드라이든 등의 과거의 대가(大家)들이 있었다. 가까이에는 수필·시·비평, 그리고 풍자의 대가인 데포(Defoe), 포프(Pope), 애디슨(Adison), 스위프트(Swift) 등의 대가들이 있었다. 동시대의 선배들 중에는 새뮤얼 존슨(Samuel Johnson)과, 골드스미스(Goldsmith), 그리고 소설가 리처드슨(Richardson), 필딩(Fielding), 스턴(Sterne) 그리고 여류 작가들이 있었다. 낭만주의적 충동은 이미 톰슨(Thomson), 그레이(Gray), 쿠퍼(Cooper)의 시에서 느껴졌고, 블레이크(Blake), 번스(Burns), 워즈워드(Wordsworth), 콜리지(Coleridge)의 시에서 더욱 명백히 나타나게 되었다. 문학의 한 형식으로서 겨우 인정받게 된 소설의 분야에선 월폴(Walpole)과 루이스(Lewis)의 고딕 공포담(恐怖談)이나 점잖은 제인 오스틴(Jane Austen) 일파의 풍자적인 풍속 희극에서 새로운 실험이 이미 시도되고 있었다. 한편 단편 소설은, 신문 잡지의 에세이가 사건보다 인물 묘사를 강조하는 데서 나타나기 시작하고 있었다. 바이런, 셸리, 스코트, 램, 불워(Bulwer) 등의 시대는 아직 도래하지 않았다.

국가주의 정신이 커져 갔음에도 불구하고, 영국 문학과의 경쟁이란 미국 작가에 대해선 너무나 심한 일이었다. 1800년까지 최초의 문학 그룹의 대부분의 문학가는 문학의 유희에서 떠나 좀더 진실한 직업으로 돌아가 버렸고, 그들을 대신할 새로운 그룹은 나타나지 않았다. 브라운, 프리노 및 기타 여러 문학자들은 저널리즘으로 전(轉)하였고, 어빙, 브라이언트, 쿠퍼 등은 1821년경까지에도 그들의 가장 특색 있는 작품을 발표하지 않았다. 그 동안에도 작품은 더러 발표되었지만 이 두 세대 사이에 하나의 명확한 선을 그을 수 있을 만큼 그 대조는 현저하였다.

이 실패에 대한 대부분의 이유는 불명하지만 두 가지만은 명백하다. 최초의 세대는 문학과 독자 양편을 만들어 내려고 무리를 했었다. 결국 프리노의 "힘 없는 덩굴이 힘 있는 참나무에 매달리듯 저술업을 다른 직업에 접목(接木)하라"는 충고에 따르지 않을 수 없었다. 인쇄업자, 서적상, 평론가, 도서관인, 독자들은 민중의 문학 운동을 일으키는 데 필요한 조건을 만들어 내는 데 시간이 필요하였던 것이다. 그리고 서구 문학의 낭만주의 운동은 미국에 처음으로 진정한 문학적 충동을 주었는데, 1800년에는 아직 요람기(搖藍期)에 처해 있었다.

낭만주의의 본질은 경이감을 일으키며 심사숙고(深思熟考)하는 능력이다. 기지(旣知)의 사실에 대한 의미를 탐구함에 있어 인간 정신은 미지에까지 퍼진다. 현재를 이해하려 함에 있어 과거와 미래까지 넘겨다본다. 신앙과 희망은 적극적인 낭만주의를 낳으며, 공포와 의심은 소극적인 낭만주의를 낳는다. 그러나 이성(理性)과 권위가 힘을 상실하게 되면 인간은 자신이 늘 소유하는 더 큰 감정 속으로 더 깊숙이 파고 들어간다. 이러한 감정이 충분히 각성될 때 비로소 위대한 문학이 탄생한다. 셰익스피어는 그러한 시대에 살았으며 괴테(Goethe) 역시 마찬가지였다. 18세기 말의 유럽에서는 정치적, 종교적 권위에 대한 반동에 뒤이어 이성에 대한 반동이 일어났으며, 낭만주의 운동은 유럽 전역을 석권하였다. 국민 의식이 자각되려는 순간에 미국으로 건너온 낭만주의는 구세계(舊世界)의 여러 국가에서보다 더욱 열렬한 국가주의의 양상을 띠었다. 이러한 태도는, 전통이나 유럽의 문화적 유산의 거부와, 미개서역(未開西域)에 있어서의 웅대한 규모와 무한한 자연의 신비에 대한 기쁨과 그리고 훌륭한 공화국을 창조해 낸 미국적 사상에 대한 자부(自負) 등에서 표현되었다. 그후 이것은 철학의 추상적 개념으로 옮겨 가고 말았다. 그러나 그 당시로서는 새로운 재료에서 미국적인 신화로 창조하는 것이 최초의 그리고 최대의 과업이었다.

이 과업에 있어 미국의 작가 워싱턴 어빙(Washington Irving), 윌리엄 컬렌 브라이언트(William Cullen Bryant) 그리고 제임스 페니모어 쿠퍼(James Fenimore Cooper) 등은 유럽의 동시대인 보다 유리한 입장에 있었다. 그들은 반항할 대상이 하등 없었기 때문이었다. 그들과 마찬가지로 유럽 작가들도 전통과 관습을 타파하려 하였으며, 자연과 잊어버린 과거의 구석구석에서 그리고 먼 이국에서 낭만적 기질이 특색을 이룬 '독창력'을 탐구하고 있었다. 그러나 미국 작가들은 그들 문전에서 신기한 것을 얻을 수 있었다. 그들에게 다행이었던 것은 미국 작가들이 그들 예술에 사용해야 할 신축성 있는 본보기를 필요로 하였던 바로 그 당시, 구세계(舊世界) 역시 문학적 실험 시기를 통과하고 있었다는 것이었다. 어빙은 역시 골드스미스를 모범으로 삼고 있었으나, 브라이언트는 쿠퍼(Cooper)와 워즈워드를 본받았고, 쿠퍼(Cooper)는 월터 스코트를 모범으로 삼았다.

2

워싱턴 어빙(Washington Irving, 1783~1859)은 온후한 인품으로 19세기 초엽 허드슨 강(江) 하구의 번영한 소 도시에서 발전된 문학 그룹의 중심 인물이 되었다. 역사적으로 네덜란드식과 영국식이 혼합된 뉴욕 시는 이미 이 위대한 항구에 특유한 코스모폴리탄적 성격을 얻고 있었다. 유럽뿐만 아니라 더욱 더 먼 나라와의 교역이 인근 항구로부터 뉴욕 항구로 옮겨 오고 있었고, 또 훌륭한 도로와 항해할 수 있는 강을 가진 이 도시는 보스턴, 필라델피아, 볼티모어, 찰스턴으로부터 내륙통상(內陸通商)을 빼앗고 있었다. 부(富)와 인구가 증가함에 따라 문화 시설은 확충되고 문화 보호가 이루어졌다. 작가는 어디서나 살며 글을 쓸 수 있었지만, 1820년경에 이르자 일류 서점과 인쇄소는 대부분 맨해튼(Manhattan)에 집결하고 있었다.

어빙 자신의 작품에 나타나는 기인사가(奇人史家) 디이드리히 니커보커(Diedrich Knickerbocker)에 따라 이름지어진 니커보커즈란 19세기 초엽 맨해튼에 살고 있었던 청년들이었다. 그들은 네덜란드 계와 영국 계의 혼혈이었고, 상인 및 지주 출신이었으며, 자유로운 신세계의 사회에선 쉽사리 혼합될 수 있었다. 인간을 개조하는 일보다 재미있는 생활을 갖는 데 더욱 관심을 갖고 있었던 그들은 전 세대가 문학을 미국에서의 공인된 직업으로 만들지 못한 것에 있어 성공하였다. 이들 중에는 어빙의 형제인 윌리엄과 피터가 둘이 있었으며, 그들은 말제(末弟)인 어빙과 함께 초기의 문학 실험에 참가하였다. 이에 참가한 작가들은 수필가이며 소설가인 제임스 커크 폴딩(James Kirke Paulding), 시인인 피츠그린 핼렉(Fitz-Greene Hallek)과 조셉 로드먼 드레이크(Joseph Rodman Drake), 배우이며 극작가인 존 하워드 페인(John Howard Payne), 기타 여러 군소 작가들이 있었다. 이들은 말할 것도 없이 브라이언트와 쿠퍼처럼, 증대해 가는 문학적 관심과 기회로 말미암아 뉴욕에로 끌리어 모여들었다.

문학을 하나의 직업으로 만들기 위하여 고민한 젊은 시절의 어빙은 막 솟아나고 있던 국민 문학의 축도(縮圖)이기도 하였다. 평화와 독립이 보증된 시대에 상인 디콘 윌리엄 어빙(Deacon William Irving)의 막내아들로 태어난 그는 그 당시의 영웅 워싱턴의 이름을 따서 명명되었다. 그의 네 형들은 법률과 의학 그리고 문학 분야에 들어갔으나 곧 가업인 철물상에 종사하게 되었다. 그러나 워싱턴은 겨우 이에서 피하고 있었다. 그가 제멋대로 군 증거는 많았다. 즉, 주어진 법률 공부는 춤이니 악서(樂書)니 방랑이니 하는 기분 좋고 유쾌한 일 때문에 중단되는 수가 비일비재(非一非再)하였다. 일생을 독신으로 보낸 어빙은 뉴욕의 미국인들 사이에선 물론 필라델피아, 볼티모어의 미국인들에게 잘 알려져 있었다. 그리고 가장 가까운 친구들은 헤아릴 수 없을 만큼 많은 배우와 화가 그리고 작가들이었다.

1803년 몬트리올(Montreal)까지 허드슨 강(江)을 소항(遡航)하였고, 그후 2년 동안 외유(外遊)하였다. 로마에서 그는 올스턴(Allstone ; 미국의 화가)을 만나 화가가 되겠다고 마음먹었다. 파리와 런던에선 극장에 자주 다녔다. 가는 곳마다 여행의 벗을 가졌으며, 그들 대부분은 그처럼 유람 이외에는 아무런 목적 없이 여행하고 있는 미국인들이었다. 이 여행중의 모든 경험은 언제나 그의 반려였던 양가죽 종이의 노트 북에 기입되었고, 이것이 그가 본능적으로 준비하고 있었던 작가 생활에 보충이 되었다.

그 동안 그는 이미 애디슨의 스펙테이터(Spectator)를 본받아 수필에 손을 대고 있었다. 그리고 귀국 후 얼마 안 되어 '잡록(Salma-gundi Papers)'이 출현하기 시작하였다. 허드슨 강을 바라보고 코클로프트 홀(Cockloft Hall)의 주인 란스로트 랑스타프(Launcelot Langstaff)와 그의 친구들은 '청년을 교육하며 노인을 개심(改心)시켜, 도시를 광정(匡正)하며 시대를 숙청한다'는 목적을 공언하고선 대성공을 거두었으므로, 그들은 뉴욕의 사교계와 실업계에선 적지 않은 공포의 대상이 되었다.

초기 작품에서 어빙은 런던의 커피 하우스의 규준을 전부 받아들였다. 문체와 기분에 대해선 골드스미스를 직접적으로 모범삼았고 동시에 애디슨의 아류격(亞流格)이었다. 그러나 사회와 정치에 관한 그의 기묘한 논평엔 프리트 가(街)(런던의 신문계) 냄새는 없었다. 그의 감상적인 수필조차 런던 멋쟁이의 궤변이라기보다 인생을 사랑하는 젊은이의 생기가 넘쳐 있었다. 이와 같은 기분은 〈개벽(開闢)부터 네덜란드 통치의 종말에 이르기까지의 뉴욕의 역사(A History of New York from the Beginning of the World to the End of the Duteh Dynasty, 1809 : 1812년 개정)〉에까지 이월(移越)되고 있다. 몰베리 가(街)의 인디펜던트 콜롬비아 호텔의 주인이 수회에 걸쳐 뉴욕 신문에 공고한 바 있는 디드리히 니커보커라는 가공(架空)의 역사가에 의하여 씌어졌다. 삼각모자를 쓰고 낡아빠진 검은 옷을 입은 신비로운 작은 학자가 그곳에 유숙하여 부피 있는 원고를 남기고 어디로인지 사라져 버렸다는 것이었다. 그 당시의 화려한 문체로 된 희곡으로서 시작된 어빙의 이 책은 어느 사이에 작자의 취미에 영합되어 네덜란드인과 그들의 풍습에 관한 명랑하고도 기지 있는 풍자인 동시에 뉴욕 시의 상세한 역사이기도 하였다.

어빙이 가업(家業)으로 돌아가게 된 것은 그의 애인인 검은 눈동자 마틸다 호프만(Matilda Hoffman)의 죽음, 그렇잖으면 그의 형들의 경제적 곤궁이었을 것이다. 그후 10년 동안 그는 붓을 들지 않았다. 그러나 그는 파산에 직면하였고, 이로써 그는 문필을 수지 맞는 직업으로 만들어 입증하든지 그렇잖으면 영원히 문필을 단념하지 않으면 안 되게 되었다. 문학적 재능만으로는 생활할 수 없었기도 했지만 그의 사업가적인 소질이 그의 진정한 야망을 달성하는 데 도움이 되었다. 형의 대리인으로서 런던에 있을 때 〈스케치 북(The Sketch Book, 1819~1820)〉의 출판을 기도하였다. 이것은 양국 사이의 저작권의 차이를 이용하려는 것이었고, 유력한 사교계 및 문학계 친구들의 도움을 받아 그럭저럭 국제적인 베스트셀러를 낼 수 있었다. 이리하여 미국 문학은 드디어 이 최초의 직업적인 문학가에서 떠났던 것이다.

〈스케치 북〉의 작자 지오프리 크레이욘 씨(氏)(Geoffrey Crayon, Gent)는 여행열만 제외하면 라운스롤 랑스탑과는 동류의 인물이었다. 그는 이렇게 설명하고 있다. "나의 조국은 청춘의 희망에 가득 차 있다. 그런데 유럽은 오랜 시일에 축적된 보물이 풍부하다." 그는 처음에 미국을, 다음엔 유럽 각지를 만유(漫遊)하였다. 그러나 정말 작가로 그의 친구들인 뉴욕의 헨리 브레보트 그리고 아보스포드의 월터 스코트의 서재에서 주로 헤매었다. 그는 18세기적 기지와 미국적인 쾌활에다 당시 유행한 낭만적인 영국 수필의 향수(鄕愁)를 가미하였던 것이다.

〈스케치 북(Sketch book)〉은 비록 그후 모방한 작품이 많이 나왔지만 그 당시에 있어선 독특한 것이었다. 수필, 인물 스케치, 서경(叙景) 단편 등으로 구성되고 있는 이 작품은 책에서 얻은 지식에다 인생에서 얻은 지식을 혼합하고 있으며, 생생한 관찰에다 유년 시절의 추억을 융합시키고 있다. 실질적으로는 독일어에서 번역된 전 구절을 독창적인 창작인 것같이 꾸미기도 하고, 한편 현재 실제로 관찰하고 있는 세상(世相)에다 과거지사(過去之事)의 냄새를 풍기고 있기도 하다. 립 밴 윈클(Rip Van Wincle), 이것은 아마 근대 단편 소설로는 최초의 것일 것이지만——단숨에 씌어진 것이다. 그리고 로스코(Roscoe)라는 스케치는 각서를 기준으로 하여 고심 끝에 씌어진 것이다. 다른 수필 등은 훨씬 전에 씌어진 것이나 보충용으로 여기에 수록된 것이었다. 이 책은 주제의 연속성이나 중심적 목적이 없고 또 어조의 통일 이외에는 하등 통일성도 없다. 그러나 이 책이 갖는 달콤한 친밀성은 보편적이며 영구적인 매력을 지니고 있다.

어빙의 독서는 그를 독일과 영국에 있어서의 초기 낭만주의 운동의 특징이었던 우수(憂愁)의 기분에 잠기게 하였다. 1812년에는 바이런의 〈차일드 해롤드(Child Harold)〉의 첫 두 권이 나왔고, 1814년에는 스콧의 〈웨벌(Waverly)〉, 1816년에는 셸리의 〈알라스터(Alastor)〉가 나왔다. 문학적 풍토는 셀마간디(Salmagandi)의 시대 이래 변화하였다. 영국의 작가들은 중세(中世)의 성(城)을 무대로 하는 독일의 공포 소설을 읽었고, 태양과 자유 그리고 과거의 유물을 구하여 이탈리아로 도망가고 있었다. 어빙 역시 이런 풍조에 사로잡혔다. 그러나 그가 도피한 낭만적 과거란 영국 작가들이 인식할 수 없었던 무엇이었다. 왜냐하면 영국 작가에게 매우 익숙한 것—즉 영국 자체의 과거였기 때문이었다. 다시 말하면 그의 머릿속에서 꾸며진 대지주의 저택과 지주, 이야기 책에 나오는 농촌의 풍습, 고대의 승원, 그리고 교회의 경내 이러한 것을 가진, 말하자면 가공(架空)의 과거였다. 영국의 평범한 현실은 갑자기 먼 나라에 매력을 던지는 그와 같은 우수(憂愁)의 안개 속에 잠겨지고 만다. 모두가 고대 영국이 풍기는 냄새를 보여 주는 광경이며 소리였고, 이는 이 찬양할 만한 미국 작가의 손에 의해서 선명해졌다.

〈스케치 북〉의 성공에서 기운을 낸 어빙은 곧 속편(續編)에 착수하였다. 이것은 그가 처음 영국의 어느 지주의 저택을 방문하여 경험한 크리스마스(Christmas)의 재미있는 스케치다. 이것은 〈브레이스브리지 홀(Bracebridge Hall, 1822)〉이란 작품이며 옛 매력을 많이 지니고 있으나 너무 김이 빠져 버리고 있다. 그처럼 풍부한 것같이 보였던 광맥(鑛脈)이 줄어들기 시작하였다. 그는 여생 동안 자기의 고전적인 한적(閑寂)의 기분을 다시 찾으려고 하여 처음에는 독일에서 〈여행가의 이야기(Tales of a Traveller, 1824)〉를 썼고, 다음은 스페인에서 〈알람브라(The Alhambra, 1832)〉를 썼고, 최후엔 고향인 허드슨 강변의 탤리타운으로 돌아갔다. 파리에 있을 땐 그의 친구 존 하워드 페인(John Howard Payne)과 합작하여 희곡을 쓰려고 했으나 성공치 못하였다. 드레스덴(Dresden)에선 에밀리 포스터(Emily Foster)라는 미국 여성을 연모하였고, 스페인에선 무어 인의 궁전에 거주하며 고문서(古文書) 뒤지기에 몰두하였다.

어빙의 명성은 그의 소품에 달려 있다. 그의 야심작, 즉 5권으로 된 《워싱턴 전기》같은 것은 읽는 사람도 없이 그저 책상에 꽂혀 있을 뿐이다. 위대한 사상이 갖는 지속성(持續性)은 없었지만 민감하며 다재(多才)한 그는, 과거와 현재 그리고 유럽과 미국 사이에 개재된 차별의 이상적인 조정자(調停者)였다. 그의 의심할 바 없는 천재성은 그에게 요청된 역할에 꼭 부합하였으므로, 그는 신세계에서 구세계로 돌아간 최초의 순수한 문화사절이 되었으며 또한 국제적 문명(文名)을 차지한 최초의 미국 작가가 되었다.

3

어빙이 미국의 단편과 수필에 낭만적인 모범을 세웠듯이, 윌리엄 컬랜 브라이언트(William Cullen Bryant, 1794~1878)는 미국 시를 18세기 풍의 딱딱한 제약에서 벗어나게 하여 새로운 정신의 변경(邊境)을 정확하게 반영하는 순박과 환희의 시로 만들었다. 열정적인 눈초리와 온건한 위엄을 지닌 이 젊은 시골 변호사는 1825년 4월 뉴욕 문예협회 석상에서 시를 논하였을 때, 그는 이미 미국에서 가장 뛰어난 시인 비평가로서 인정받았다. 노스 아메리칸 리뷰(North American Review, 1818)지(誌)에 발표한 논문에서 그는 미국 시의 현상을 분석하여 좀더 대담한 창의성(創意性)이 필요함을 지적하였다. 그리고 4회에 걸친 뉴욕에서의 강연에서 그는 자기의 주장을 견지하였다. 그의 예술의 성질과 의의에 관한 분석은 시의 본연(本然)에 대한 하나의 규준으로서 오랫동안 대소(大小) 시인들에 소용되었다. 롱펠로(Longfellow)와 로웰(Lowell) 등도 그의 지시에 따랐고, 그의 영향은 19세기에까지 미쳐 미국 시의 주류를 형성하였다. 브라이언트의 입장은 영국 낭만주의 운동의 충동과 사상을 그 자신의 보수적인 뉴잉글랜드의 정치적·종교적 견해와 융합한 것이었다. 그의 일생은, 종교에 있어서 계승되어 온 칼비니즘과 정치에 있어서의 연방주의에서 서서히 탈각하여 유니테리언 파(派)와 잭슨적 민주주의의 지도권을 인정하는 입장으로 옮겨 간 역사였다. 포프, 존슨, 그리고 더욱 형식을 중히 여기는 영국의 자연 시인들의 문학 이상(理想)에 깊이 경사(傾斜)된 브라이언트는 한편 바이런, 워즈워드, 콜리지 등에서 자기 신변의 생활을 마구 받아들이는 것을 배웠다. 그는 묵묵히 개성적인 시를 써왔으며, 3대나 계속되는 시인들에게 자기와 똑같이 할 것을 가르쳤다.

1825년에 이미 브라이언트는 과학과 이성(理性)이 시를 몰아냈다고 생각하는 당시의 관념을 주의하라고 청중에게 말하였는데, 이것은 오늘날 우리에겐 깨닫기 어려운 일이다. 그는 다음과 같이 논평하였다. '시는 암시(暗示)의 예술이며, 인생을 직접적으로 모방하기보다 상징을 사용함으로써 독자의 상상력을 자극하여 그 감정을 사로잡아 열렬한 행동을 일으키게 한다. 시는 또한 오성(悟性)에 호소하는 것이기도 하기에, 예지의 직접적인 교훈'을 전달할 수 있다. 이리하여 가장 고귀한 사상과 감정만을 취급하며 사소한 것, 평범한 것은 산문(散文)에 양보하는 것이 시인에게 부과된 도덕적인 의무다. 시는 또한 '운율(韻律)의 조화'를 사용하는 점에서 산문과 다르다. 시는 그 특수한 역할에서, 이성의 시대에로 정서를 해방하기 위해서 필요하다. 그리고 자연미(美)가 누구에게나 향수될 수 있는 나라에선 시가 나와야 할 이유가 더 커진다는 것이다. 분명히 미국이야말로 바로 그러한 나라였으며, 1825년이라는 해는 시부활(詩復活)의 해였다.

예술에 대한 도덕적인 정당화는 이 시인의 핏줄기 깊숙이 파고 들어가 있었다. 그가 출생한 매사추세츠 서부의 산간 마을은 1794년에는 신앙심이 강하고 보수적인 사회였었고, 이 마을의 건설자들이 신봉한 칼빈주의를 고수하였으며, 정치면에서는 연방당에게 표를 던졌다. 브라이언트의 가족은 뉴잉글랜드의 유서 깊은 집안이었고, 그는 지방 목사한테서 교육을 받았다. 그는 부친의 서재에서 고전파에 속하는 영국의 전원 시인들의 시집을 발견하였고, 주위엔 개간된 목초지 그리고 버크샤이어 산들의 울창한 삼림(森林)이 둘러싸고 있었다. 그가 시를 쓰기 시작하였을 때, 한편으로는 히로익 커플렛(Heroic Cuplet)을 사용하여 제퍼슨의 실정(失政)을 공격하였고, 다른 한편으로는 토머스 그레이(Thomas Gray)의 〈만가(Elegy)〉에 따라 조용한 죽음의 명상을 축가하고 있는 것은 당연한 일이었다. 그의 걸작 〈사관(死觀, Thanatopsis)〉은 가장 초기의 작품이며, 원시(原詩)는 시인이 17세 때 쓴 것이나 그후 자주 개정된 것이다.

> 자연을 사랑하며
> 그 눈에 보이는 모습을 마음의 벗으로 삼는 자에게
> 자연은 여러 가지 말을 속삭인다.
> To him who in the love of Nature holds
> Communion with her visible forms, she speaks
> A various language.

죽음의 추상적인 개념을 노래 부르는 이 '만가에 내포된 예지의 직접 교훈'은, 단순하고도 위풍 있는 무운시(無韻詩)로 불려지고 있기에 악의(惡意) 없는 것같이 보인다. 만신의 이름이 한 번도 언급되지 않고 내세(來世)도 약속되고 있지 않음을 깨닫고 있는 것이다. 다만 인간의 아들은 누구나 '자연과 영구히 섞이기 위하여' 태고부터 존재하는 자연의 장엄으로 되돌아가고 있을 뿐이다. 이미 브라이언트는 그의 청교도 조상들의 교의에서 멀리 떨어져 있었으며, 후년에는 보다 더 떨어져 있었다. 왜냐하면 그는 후에 이 소수한 형식의 자연주의를 버리고 유니테리언 식(式)의 신조를 띤 입장을 취하였다. 자연에 대한 조용한 신앙을 가졌던 그는 그의 주위 세계에 몸을 던졌다. 들이고 냇물이고 숲이고 꽃이고 거의 적나라한 모습으로 그의 시의 본질이 이룩되었다. 그리고 이들 시는 법률을 공부할 때 쓴 것이며, '가장 아름다운 시골 색시'와 결혼하여 근처인 그레이트 바링턴에 정착하여 법률 사무소를 열었다.

브라이언트의 시 중에서 가장 기억이 될 만한 것은 이 초기(初期)

의 작품들이다. 1825년 그는 뉴욕으로 나와 신문기자가 되었고, 1829년에는 뉴욕의 이브닝 포스트(Evening Post)지(誌)의 주필 겸 공유자가 되었고, 1878년 그가 세상을 떠날 때까지 그 지위에 있었다. 이 때문에 브라이언트의 미국 문학에 있어서의 역할은 급변되었다. 그 당시의 가장 리버럴한 유력지의 주필로서 그는 자유무역, 노예 폐지, 언론 자유 등을 옹호하였고, 공화당 창립에 조력하였다. 뿐만 아니라 그는 뉴욕 및 미국의 문화 활동에 있어 현저한 지위를 차지하게 되었다. 그의 수차에 걸친 유럽 여행을 그린 여행기는 그 당시 유행하고 있던 여행기 중에서는 가장 널리 읽혀진 것이었다. 당대의 명사들—쿠퍼, 어빙, 할렉, 화가 토머스 콜의 죽음을 노래한 그의 송덕문(頌德文)은 거의 영원의 소리인 것처럼 보이게 하였다. 최후에 그는 시들어가는 시재(詩才)를 몰아 일리아드(Iliad)와 오디세이(Odyssey)를 번역하였다. 그때까지는 커밍턴의 젊고 얌전한 자연 시인의 모습은 사라지고, 위엄 있고 유염(有髥)의 철인(哲人), 당대의 솔론(Solon)이 되어 있었다.

　미국 문학에서는 논리적인 귀결보다 풍자적인 역설(逆說)을 만들어 내는 것이 미국의 운명인 것같이 보인다. 격렬하며 정열적인 이 신생 국가는 한때는 그 정신을 표현할 그런 시인을 갈망했으나 얼마 안 되어 열화와 같은 시인 프리노를 잊어버리고, 이상과 옛 진실의 상냥한 대변자를 환영하였다. 브라이언트의 시에서 문학과 미국 생활의 최초의 분리(分離)가 일어났다. 시인은 오로지 고귀한 재료만을 취급해야 하며 계시와 교훈을 주어야 한다는 그의 이론은, 후에 월트 휘트먼(Walt Whitman)이 더욱 활기 있는 미국 시를 찍어낸 거칠은 현실에 대해서 얌전한 그의 정신의 눈을 감게 하였으며, 또한 포우가 보편적인 미(美)를 파헤친 암흑의 공포에 대해서도 눈감게 하였다. 그러나 브라이언트가 미국 시인에게 보여 준 '눈에 보이는 자연의 모습'과 정열은 그 자신 너무 상냥하여 따를 수 없었던 하나의 길을 터놓았다. 어빙처럼 그는 동시대의 외국의 낭만주의 작가에게서 자유를 배웠고, 국내에서의 문학 운동을 모방에서 독창으로 이끌고 나갔다. 브라이언트는 드물게도 믿을 만한 작가이지만, 눈 뜨기 시작한 국민 문학에 있어선 이류 작가에 지나지 아니하였다.

4

어빙의 우아(優雅)한 마음씨와 브라이언트의 서정적인 온순함은 미국의 예술가들이 직면하고 있는 제반 곤란을 간과(看過)하는 경향이 있었다. 그러나 쿠퍼의 무뚝뚝한 정직성과 날카로운 기질은 그런 곤란을 너무나 잘 이해할 수 있게 하였다. 그가 적어도 자기 자신을 위해서 그런 곤란을 극복하고 전세계에 알려져 애독되는 뚜렷한 미국적인 많은 작품을 냈다는 것은, 그의 재간 덕택이라기보다 그의 불요 불굴한 인내심의 덕택이었다. 쿠퍼는 영국 생활을 묘사한 모방적인 작품인 〈경계(Precaution)〉에서 꼭 한 번 실수한 후, 미국의 소설가는 무엇을 써야 하는가에 관하여 한 가지의 회답을 얻었을 뿐이었다. 즉, 미국의 작가는 전인류에게 미국의 사실과 미국의 사상을 지실(知悉)시키기 위하여 예술을 사용해야 된다는 것이었다. 다행히도, 자연과 인간 그리고 모험에 대한 폭넓은 애정이 그의 끓는 핏줄 깊이 잠겨 있었다. 그래서 그는 행동과 흥분에 가득 찬 로맨스를 쓰지 않을 수 없었다. 이러한 로맨스에 대한 가장 손쉬운 모범은 보수당원이었던 월터 스콧이었다. 그러나 어느 작가로부터 제작의 방법을 배우기 위하여 그의 정치적 의견까지 받아들일 필요는 없었다. 사실상 한 작가의 정치적 과오를 시정하는 최상의 방법은, 옳은 정치적 투시(透視)로써 다시 한 번 그 작가의 일을 해보는 것이었다. 쿠퍼가 해보려 하였던 것은 본질적으로 이 일이었다. 즉, 민주적 역사 소설을 쓰는 것이었다.

　제임스 페니모어 쿠퍼(James Fenimore Cooper, 1789~1851)는, 미국의 대삼림(大森林) 깊숙이 살고 있는 적색 나체의 인디언들의 다채로운 생활을 성공적으로 묘사한 최초의 미국 소설가였다. 그는 그 당시 그의 소설에 나타나는 내티 범포(Natty Bumppo)처럼, 총을 메고 가죽 반장화를 신고 해리모(海狸帽)를 쓴 일종의 개척민이라고 생각되었었다. 사실은 지주의 아들로 태어나 어빙처럼 유럽의 상류 사회에서 사회적인 승인을 받기를 간망(懇望)했지만, 상기(上記)의 인물상(人物像)은 일면의 진리를 내포하고 있다. 왜냐하면 쿠퍼의 마음은 그런 갈망에도 불구하고 그의 소년 시절에 이미 사라져 가고 있던 북부 뉴욕 주(州)의 프런티어로 달려갔으며, 선교사 헤커웰더(Heckewelder) 및 초기(初期) 개척자들이 쓴 저술에서 이 프런티어를 재현하였기 때문이었다. 1790년 그가 한 살 때, 진정한 개척자였던 그의 부친 윌리엄 쿠퍼 판사를 따라 아직 무인 지대였던 쿠퍼즈타운으로 갔다. 인디언과의 전쟁은 이미 과거지사였다. 이로쿠오이족(族)은 그들의 수렵장을 백인 정복자에게 양보하고, 캐나다 쪽으로 북상(北上)하든지 서부로 밀려나가고 있었다. 제임스가 외가의 성(性)인 페니모어를 붙인 것은 후의 일이었다. 그는 부친이 오세고 호(湖) 기슭에 그 곳 재목으로 만든 굉장한 저택에서 자라났다. 쿠퍼 판사는 근처의 산야를 전부 소유하고 있었지만 그의 《황야 안내서(荒野案內書, Guide in the Wilder-ness, 1810)》에서 말하고 있는 바와 같이 그가 목적한 바는 자연을 정복하고 그 땅에 식민(植民)과 상업을 도입하는 것이었다. 어린애들에겐 될 수 있는 한 훌륭한 교육을 시켰다. 즉, 손수 건립한 국민학교에서 배우게 하고, 존경할 만한 목사 밑에서 대학 입시 준비를 시켜 예일이나 프린스턴으로 유학케 하였다.

　다른 형들은 하등 문제를 일으키지 않았으나 제임스는 학문 생활을 하기엔 너무나 활발했다. 1806년에서 1811년에 이르는 5년 동안

상선에 타기도 하며 해군에 입대하기도 하여 해상 생활을 하였다. 이 방랑이 끝나자 그는 삼림(森林)과 바다를 알았으며, 작가에게 필요한 투시(透視)를 제공할 훈련을 충분히 쌓고 있었다. 연방주의자인 지주의 사회적 관습, 제퍼슨 식(式)의 민주주의가 갖는 인류애, 언제까지나 어른이 되지 않는 소년다운 모험심, 이러한 것이 한데 합쳐져 30세의 쿠퍼를 신세계의 로맨스 작가로 만들었다. 그때 이미 그는 훌륭한 시골 신사였으며, 국왕의 지지자인 도란세(De Lancey) 가(家)의 수전 오거스터(Susan Augusta)와 결혼하여 뉴욕 주 웨스트체스타 군에 정주하였다. 광대한 토지를 소유하며 롱아일랜드(Long Island)의 푸른 물결이 멀리 가물거리는 저택에서 여러 딸을 거느리고 살고 있었다.

쿠퍼는 자주 뉴욕으로 나갔는데 한번은 최근에 수입된 영국의 가정파(家政派) 소설을 입수하여 읽었던 것이 직접적인 동기였었다. 뉴욕에서 그는 젊은이들의 문학적·사교적 그룹의 중심 인물이었다. 그는 저녁식사 후 바느질하며 뜨게질하는 아내에게 책을 읽어 주는 것을 낙으로 삼고 있었다. 그러나 이번 책은 마음에 들지 않아 내동댕이치고 말았다. "나도 그보다는 나은 책을 쓸 수 있겠지."하고 말하였다. 그 결과 나타난 것이 《징계》라고 하는 영국의 가짜 가정 소설이었다. 그러나 이 소설이 쿠퍼에게 미국적인 제재만을 금후 취급해야 한다는 것을 가르친 것은 큰 보람이기도 하였다. 그 다음 작(作)인 《스파이(The Spy, 1821)》는 이 과오를 시정하려는 눈부신 노력이었다. 영군 점령하에 놓여 있었던 뉴욕 시(市) 주변의 중립 지대를 배경으로 한 모험담이며, 독립 운동에 관한 가장 훌륭한 로맨스 풍(風)의 하나다.

자국의 문학 전통을 갖지 못했던 그 당시의 소설가들은 재료의 대상이 될 만한 '이용할 수 있는 과거'를 지니지 못하였지만 너무 가까운 과거였다. 쿠퍼는 그후 취재의 범위를 넓히기는 했지만 순수한 역사 소설로선《스파이》보다 잘 쓸 수도 없었다. 개척지의 전쟁은 인디언이 나오기 때문에 이용될 수 있었다. 그리고 1812년의 전쟁은 바다의 해전(海戰)을 생생하게 묘사할 수 있었기 때문에 이용되었다. 최후로, 어빙이《뉴욕사(史)》에서 회화화하고 있는 네덜란드와 영국의 식민지 사회의 형태를 이용하여, 쿠퍼는 사회 원리와 풍습을 진지하게 해명하려고 하였다. 그러나 이 평범한 재료에다 색채를 보탬으로써 문학적 목적에 이바지하였다.

　무엇을 쓰느냐 하는 데 대한 문제를 쿠퍼는, 최근의 과거만을 자기의 기억을 섞어 가며 사용하고, 거기에다 자기가 잘 알며 사랑하는 장소를 배경으로 삼아 묘사할 수 있는 그런 과거만을 사용하는 것을 결정함으로써 해결하였다. 그의 인디언과 바다의 이야기는 오랜 추적과 생포(生捕)의 반복되는 줄거리였고, 우연의 일치를 자유로이 구사한 것이었고, 융통성 없는 문체에 목석 같은 인물 묘사였지만 이러한 것은 그에겐 로맨스의 상투 수단에 지나지 아니하였고 그의 기성(旣成) 예술에 대한 이상적인 구성 요소를 제공하였다. 쿠퍼는 그의 청춘 시절의 변경(邊境)에 관한 비할 바 없는 이야기인 〈개척자(The Pioneers, 1813)〉에서 리얼리즘을 발견하였으며, 〈파일럿(The Pilot, 1823)〉과 〈모히컨족(族)의 최후의 사람들(The Last of the Mohicans, 1826)〉에서 리얼리즘을 이 로맨스의 요소로 삼았다. 이 세 작품은 순박한 작품이었지만 쿠퍼는 이보다 더 생기발랄한 작품을 쓸 수는 없었다. 여러 미국 작가의 경우와 같이 그는 단숨에 예술적 정점(頂點)에 달했으며 그후부터 쇠퇴해 갔다.

　레더스톡킹 소설(The Leatherstocking Tales)은 〈사슴 사냥꾼(The Deerslayer, 1841)〉, 〈모히컨 족(族)의 최후의 사람들〉, 〈길 안내자(The Pathfinder, 1840)〉, 〈개척자〉 및 〈대초원(The Prairie, 1827)〉 이 다섯 권으로 되어 있다. 상기의 순서로 중심 인물 내티 범포의 일생을 그린 것이며, 범포는 미개지의 사람으로 황야의 척후(斥候)이며 소박한 철학자인데다가 사격의 명수이며, 민주적 인간에 대한 민주주의자의 이상을 인격화한 것이었다. 쿠퍼는 "소설의 인물은 주제의 시적(詩的) 관찰에서 얻을 수 있는 이익을 향수할 권리를 갖고 있다."고 변호하고 있다. 내티는 작자의 소년 시절부터 기억하고 있던 어떤 실재 인물을 토대로 하여 만들어낸 가공의 인물이었다. 그는 문명은 구비치 않았으나 교육 없는 사람에 체리(體理)되는 최고의 원리를 소유하고 있으며, 동시에 이러한 위대한 행동의 법칙과 모순되지 않는 야생의 힘을 지니고 있었다. 여기에 미국의 도덕적 이상이 있으며, 명확한 낭만적 타입에서 구현되고 있다. 쿠퍼의 모든 사회 비평은 이 규범에서 나오고 있으며, 전(前) 시대의 미국 사상의 규범과 같이 영감(靈感)에 있어선 종교적이며 정치적이었다.

쿠퍼의 다른 소설에 나타나는 어떠한 인물이나 집단도 그와 똑같은 관능(官能)을 연출하고 있지 않다. 그러나 〈파일럿〉의 롱 톰 코핀(Long Tom Coffin)과 〈체인버러(The Chainbearer)〉의 앤드리스 코지먼스(Andries Coejemans), 이 둘을 인용하면 이들 역시 원시적인 정직성과 힘을 지니고 있다. 이의 근원을 찾기 위해서 우리는 제퍼슨, 프랭클린 그리고 초기 자유 사상가에까지 소급해야 한다. 그리고 이의 모방자들을 찾기 위해선, 쿠퍼 이후의 낭만적 소설과 서부 활극에 눈을 돌리기만 하면 된다.

쿠퍼의 사회 비평은 그의 로맨스에 대한 개념과 불가결하였다. 1830년 이후부터 그의 민주주의 이상과 소설 예술은 서로 분리되었다. 그 이유는 그의 7년에 걸친 유럽 체재, 1830년부터 1832년까지 프랑스 하원에서 민주주의를 위하여 투쟁하였던 노(老) 라파예트(Lafayette)와의 친교, 동시에 그의 대담 솔직한 소설과 수필이 가져왔던 미국과 유럽 비평가들로부터의 공격, 이러한 것이 그 원인이 된 성싶다. 그는 나이를 먹어감에 성질이 더욱 성급하여졌고, 정치

철학은 그의 부친의 연방주의에 닮아 갔고, 사유 재산권을 주장하며, 잭슨이 영도하는 휘그당(黨) 시대의 평등화의 경향을 두려워하였다. 신 앞에서의 인간의 절대적 평등을 믿으며 지상에서의 절대적 재산권을 믿고 있는 지주 계급의 역설(逆說)은 전부터 내려온 것이었으나, 제퍼슨 및 동시대인의 머리를 괴롭히는 것은 아니었다. 그러자 서부의 개척과, 1820년대에 일어난 미국 사회의 재편성과 더불어 이 역설은 쿠퍼의 머리에선 위기적인 의식이 되었다. 그는 민주당원이었으므로 휘그당과 투쟁했으며, 이미 망각되어 버린 연방주의를 옹호하였다. 정당을 갖지 않는 당파심 때문에 배수(背水)의 진을 치고 싸웠으나 그를 고경(苦境)에 빠뜨리게 하였다. 동시에 옛날과 같은 정열과 상상력으로 그는 차례차례 소설을 세상에 내놓았다.

소설 이외의 작품에는《동포에게 주는 편지(A Letter to His Country-men, 1834)》와《유럽 각서(Gleanings in Europe, 1837)》,《미국의 민주주의자(The American Democrat, 1838)》에서 시작된 다섯 권의 여행기 그리고《미합중국의 해군사(The History of the Navy of the United States of America, 1839)》등이 있으며, 이것은 방대한 서가(書架)를 형성하고 있으나 오늘날은 거의 읽혀지고 있지 않다. 이들 작품 속에는 미국의 성업(成業)과 제반 문제에 관한 쿠퍼의 명세목록(明細目錄)을 포함하고 있다. 그리고 물질적 가치 때문에 흡수당할 위기에 놓여 있는 미국에서의 민주주의 이상과, 전통 속에 파묻혀 부패를 청산할 수 없는 유럽에서의 귀족주의의 이상과의 상극을 분석하고 있다. 그 대답으로서 그는 논리에 호소하기보다 도덕적인 분노를 던졌다. 그리고 총독 치하의 베니스의 모양을 그린 〈부라보(The Bravo, 1831)〉에선 구세계의 문화에 대하여 노여움을 퍼부었으며, 그가 귀국해서 본 미국에 관한 이야기인 〈내가 본 조국(Home as Found, 1838)〉에선 신세계의 미숙 조야(粗野)함에 역시 노여움을 퍼붓고 있다. 이보다 더 나은 소설이 나왔지만 인간 가치에 대하여 이처럼 맹렬한 정열을 보인 것은 없었으며, 마침내 소멸하려는 한 줄기 광명에 대하여 작자가 이처럼 심각한 낙심을 보여 준 것은 없었다.

쿠퍼는 중년에 소설을 단념할 것을 결심했지만 1840년 다시 창작욕에 불타 이를 억제할 수 없었다. 그해 새로운 인디언 이야기인 〈길안내자(The Pathfinder)〉를 냈고, 1842년에는 그의 걸작인 해양소설 〈두 제독(The Two Admirals)〉을 내어 옛날의 열광적인 독자를 되찾으려고 노력하였다. 그러나 이미 만시지탄(晩時之歎)이었다. 즉, 그는 미국 생활의 지나친 폭풍우의 중심이 되었기 때문이었다. 그의 소설과 그 개인을 비난한 것은 주로 정적들이었으며, 그는 명예 훼손의 소송으로 이에 응수하였다. 그리고 수차에 걸친 재판에 실제로 참여함으로써 이 명예 훼손이란 문제에 관한 법률을 제정하는 계기를 만들었다. 그의 《합중국 해군사(史)》에 대한 비난 공격에 대해선 변호문을 던져 이에 응하였다. 이러한 소설에서 그는 다시 한 번―이번에는 치밀한 계획과 목적을 갖고―미국 민주주의의 실패에 관한 그의 견해와 그 재건에 대한 갈망을 토로하고 있다.

〈해상과 육상(Afloat and Ashore, 1844)〉에서 그는 마일즈 웰링포드(Miles Wallingford)라는 인물에다 그의 이상화한 청년을 재현하고 있다. 리틀페이지(Littlepage) 삼부작(作)인 〈세이탄스토(Satanstoe, 1845)〉, 〈체인베러(Chainbearer, 1845)〉 그리고 〈레드스킨(The Redskins, 1845)〉에선 뉴욕의 귀족적 지주 계급의 몰락을 더듬고 있으며, 이 지주 계급이야말로 그에겐 이미 잃어버린 생활에 있어서의 민주주의적 특색에 관한 이상을 구현한 것이었다. 연령은 그의 정열을 꺾지 못했다. 즉, 1847년에 발표한 〈분화구(噴火口, The Crater)〉는 전에 썼던 것과 같은 형식의 〈모니킨즈(The Monikins, 1835)〉에서보다 이상향(鄕)을 그린 우화로서는 훨씬 박력이 있었다. 태평양상의 어느 화산도(島)를 그린 이 이야기는 그의 창작력이 끊이지 않고 있음을 증명하는 것으로, 이 작품은 작중의 지루한 경제론을 버티어 나갈 만큼 로맨틱한 생기를 충분히 지니고 있다. 레더스토킹에 처음으로 나타난 휴머니즘의 이상은 그의 일생을 이끌어 나갔다. 그는 자기가 인생에서 가장 바란다고 생각했던 모든 것을 비평함으로써 사상, 행동 및 언론의 자유를 실증한 최초의 미국인이었지만 결코 최후의 미국인은 아니었다. 인간이 자기의 힘이 미치는 범위 내에서 완성의 역에 달하지 못하면, 자유 사회에 있어선 인생에 대한 비관을 자아내는 것이다. 쿠퍼는 이 진리를 인식한 최초의 작가였지만 이것 역시 최후의 작가는 아니었다.

어빙과 브라이언트는 미국을 위하여 예술을 창조하는 데 도움이 되었다. 그러나 쿠퍼는 미국 예술에로 힘찬 첫걸음을 내디뎠다. 다른 작가가 출발한 그 지점에서 출발하여 그가 좋아한 영국 소설을 모방함으로써 소설의 기법을 배우려고 노력한 쿠퍼는 미국의 정경, 사건 그리고 인간을 자기가 선택한 형식 속에 넣어 보려는 그런 상도(常道)를 취하였다. 그러나 그는 너무나 성실했고 또 너무나 활기 있었기에 자기 사명에 그와 같은 제한을 두는 것에 만족하지 못했다. 미합중국은 그 독자적인 문물 제도와 뚜렷한 이념을 소유하고 있다. 그러니 이러한 것을 충분히 표현하지 못하는 문학은 정당한 문학이라고 부를 수 없다 하는 것이 그의 의견이었다. 그리하여 그는 문제의 핵심을 찔렀던 것이다. 즉, 그의 세 번째 소설인 〈개척자〉에서 그는 모든 의심을 남김없이 버리고, 그의 창작 본능에 전신을 맡겨 몰두하였던 것이다. 그는 변경에 살고 있었다. 마을도 잘 알고 있었다. 그의 부친은 미국인의 전형이었고, 또 황야를 문명화한 개척자였다. 그의 친구는 신문기자, 법률가, 선원, 의사, 나무꾼 등 모든 종류의 활동가였다. 그 자신 항해한 적도 있었고, 삼림(森林)을 탐험한 일도 있었다. 그는 시골 지주 노릇도 했고, 마을의 미인에게 구혼(求婚)하여 성공하였다. 미국적인 모험에 정열적으로 몸을 바친 그는 자기가 사랑하는 미국의 결점을 용서 없이 비난하였으며, 동시에 미국의 장점을 칭찬하는 데서도 열렬하였다.

그는 미국의 모든 것을 뿌리째 그의 작품 속에 넣어 보려고 결심하였다. 미국의 유기적 작가는 쿠퍼에서 비로소 출생하였다. 그야말로, 새로운 문학이란 안에서 밖으로, 즉 감정에서 형식으로 창조되어야 한다는 것을 인식한 최초의 유력한 작가였다. 전통과 외국의 억제를 벗어버린 그는 그가 직접 알고 있는 생활 속에서 광명과 힘의 원천을 탐구하였다. 맹렬한 재료를 다루어 이에 아름다운 형식을 주는 데 전적으로 성공하지 못한 쿠퍼는 결국 끝까지 예술의 애호자에 지나지 아니하였다. 그러나 미국이 독자적인 문학을 갖기에 앞서 이루지 않으면 안 될 일을 명시하였던 것이다.

제 3 장   확인 (確認)
– 에머슨, 소로 –

1

낭만적 상상의 추상(抽象)개념과 19세기 중엽의 미국 생활의 현실을 융합한 작가는 어빙이나 브라이언트나 쿠퍼가 아닌 랠프 월도 에머슨(Ralph Waldo Emerson)이었다. 에머슨과 더불어 문학 활동의 중심지는 뉴욕으로부터 보스턴으로 옮겨 갔다. 또 그와 더불어 미국에 있어서의 낭만주의는 자국의 땅에 깊이 뿌리박힘과 동시에 타국의 여러 시대의 문학과 철학에서 양분을 섭취해 온 하나의 성숙한 사상 감정의 체계가 되었다.

니커보커 작가들은 에머슨과 같은 그런 뉴잉글랜드의 몽상가(夢想家)를 처음에는 좋아하지 않았다. 신구(新舊) 양 대륙에 걸쳐 돌아다닌 풍류객 나사니엘 파커 윌리스(Nathaniel Parker Willis)는 뉴욕 미러(Newyork Mirros)지(誌)에다 〈노방(路傍)의 낙서(樂書)〉라는 제목으로 가십을 기고하고 있었다. 그는 1850년 에머슨의 〈영국론〉이라는 제목에 관한 강연을 듣고 '당시 보스턴에서 유행한 물 탄 차닝 주(酒)에 새로운 보탬이나 될까 하고 기대하였으나 천만뜻밖에 매우 암시적이며 사람을 이끌어 영혼 깊이까지 파들어가는 정신을 발견하였다.'고 그 감상을 적어 보냈다. 이는 윌리스의 에머슨에로의 귀의(歸依)의 전조(前兆)였다. 왜냐하면 그때쯤 되어 미국은 겨우 이 위대한 학자 겸 시인의 진가를 인식하려 하고 있었기 때문이었다.

윌리스가 언급하고 있는 〈물 탄 채닝 주(酒)(Channing-and-water)〉란 것은 1830년대와 1840년대 에머슨의 주위에 모여든, 보통 초월주의자(超越主義者)라고 알려져 있는 열광적인 그룹에 의해서 세속화된 유니테리언 파(派)의 신앙이며, 이것이 초대(初代) 윌리엄 엘러리 채닝(William Ellery Channing)에 의해서 창도된 데서 기인한 것이었다. 이 유니테리언 파의 교의는 뉴잉글랜드의 정통주의에 대한 반항을 신학(神學)의 한계에까지 밀고나갔다. 그러나 다음 단계는 이를 그러한 신학의 한계를 넘어 순수한 도덕적 추상의 세계에로 밀어넣으려는 것이었다. 그 최후 단계에 대한 영감(靈感)은 신조 그 자체의 내부에서 일어난 것이 아니고, 당시 미국의 동부 해안에 물결치고 있던 독일 및 영국의 낭만주의 사조의 여파에서 일어난 것이었다. 청교도적 뉴잉글랜드의 억제된 이상주의와 당시 영국을 풍미하고 있던 강력한 독일의 다른 이상주의와의 융합이 플라톤 철학 및 동양의 신비주의의 도움을 다소 받아 미국에 있어 낭만주의 운동의 절정(絶頂)을 가져오게 했던 것이다. 철학적으로는 이 성과는 결코 단순 명확한 것이 아니나 역학상(力學上)으로는 상상 문학에 필요했던 것을 산출했던 것이다.

이 반항에 있어서의 제일보는 〈칼빈주의에 대항한 도덕적 비판(The Moral Argument Against Calvinism, 1820)〉이라는 제목의 논문에서 채닝이 행한 독립 선언이었다. 그 논의 자체는 간단하며, 단지 인간의 타락과 신(神)의 임의적인 은총에 관한 교의는 칼빈주의자 자신들도 공언하는 '신의 자애와 공정'을 믿는 신앙과는 모순이 된다는 것을 지적하고 있다. 그러나 채닝은 "인간이 최후로 의뢰하는 곳은 자기 정신이며 또 그래야 한다…… 양심이니 정의감이니 도덕적 선악을 구별하는 능력 같은 것은 신이 인간에게 부여한 최고의 능력이다”라고 계속하여 논하고 있다. 인격이나 종교적 귀의에 있어 조나단 에드워드와 똑같은 이 19세기의 설교가는 에드워드가 백 년 전에 그처럼 심하게 논쟁했던 이단설(異端說), 즉 의지의 자유에 관한 교의를 다시 한 번 주장하였다. 이렇게 함으로써 채닝은 에머슨의 중심적 교의인 자시심(自恃心), 도덕감, 자연율과 도덕률과의 완전한 일치 등에 관한 기초를 세웠다. 개인을 만물의 척도라고 보는 열렬한 신앙은 종교적인 자유주의, 정치적 민주주의 그리고 문학의 낭만주의를 통합하여 드디어 미국적인 경험이란 소재에서 예술작품을 산출하게 하였다.

2

　랠프 월도 에머슨(Ralph waldo Emerson, 1803~1882)은 많은 위인들의 경우와 마찬가지로, 그의 청년 시절의 모습보다 그의 노년 시절의 모습이 더욱 잘 기억되고 있다. 마음의 평화를 지니며 여러 제자들에 둘러싸인 콩코드의 철인, 학설의 창시자, 만인의 지도자, 이것이 일반 사람들이 상상하는 에머슨의 신화(神話)다. 젊은 시절의 에머슨은 반항의 권화(權化)였었고, 전통과 체면차리기를 경멸하고 선배들의 확신에 도전하였을 뿐 아니라 자기 자신의 마음에 대해서도 쉴 새 없는 성급한 호기심으로 탐구해 나갔다. 그의 생애를 통하여 그가 이룩하여 지녀 온 마음의 평정은, 상반되는 힘의 균형을 잡고 어제 해결된 것을 내일 다시 의문시하는 그런 용기를 가지고 부단히 투쟁한 결과였었다. 그의 철학은 생활방법이었지 사상 체계는 아니었다. 그의 저작은 ‘사고(思考)하는 인간’의 기록이었다.

　그가 이러한 자유로운 사상을 갖게 된 것은 참으로 당연하였다. 그의 조상들 중에는 목사가 많았고, 그중에는 콩코드의 창시자 피터 벌

켈리(Peter Bulkeley)도 있었고, 그의 부친 윌리엄 에머슨은 보스턴 제일의 유니테리언 교회의 목사였다. 그러나 그들은 언제나 사상에 있어 독립적이었다. 성년에 달한 에머슨은 그의 일기에 "족보(族譜)를 경멸하는 것은 나의 유머다. 어렸을 때 나를 돌보아 준 친절한 아주머니 (신이여 은혜를 베풀어 주십사)는 우리들 조상의 미덕을 자주 이야기해 주었다. 그들은 대대로 내려온 목사들이었고, 그들의 신앙심과 그들의 많은 웅변은 지금에도 교회 내에선 칭찬거리가 되고 있다. 그러나 고인은 달 없는 밤나라에 고이 잠들고 있다. 나의 일은 산 인간에 관한 것이다."하고 적고 있다.

이 '친절한 아주머니'란 메리 무디 에머슨(Mary Moody Emerson)이며, 이 몸집이 작은 부인은 성질이 불과 같았으며 정교(正教)를 믿으면서도 급진적이었고, 부친이 돌아간 후 에머슨의 집에 자주 드나들었다. 이 부인은 어려서 부친을 잃고 생활 곤란에 빠진 랠프와 그의 형제들에게 마음의 양식을 공급하였다. 한때는 교회와 친척들이 과부가 된 에머슨 부인을 원조하였으나, 형제들은 놀 시간이라곤 전연 없었다. 집안일과 학업에 시간을 보냈다. 맏형인 윌리엄이 하버드에 처음 입학하고 다음에 랠프는 보스턴 라틴 학교에서 하버드에 진학하였다. 그리고 동생 에드워드와 찰스가 차례로 들어갔고, 서로 고학하며 원조하여 불요(不撓)의 정신으로 학문과 수양의 길을 닦았다. 이 시기에 에머슨이 경험한 긴밀한 동족애(同族愛)는 의심할 바 없이 그의 후년의 정신력의 원천이 되었다. 맏형 윌리엄이 학교를 경영하자 동생들은 교편을 잡는 한편 그들의 왕성한 지식욕을 만족시키기 위하여 독서와 학습에 정진하였다.

랠프는 스스로 자기 집 전통에 따라 목사되기를 택하였다. 그는 1824년의 일기에 다음과 같이 적고 있다. "나는 신의 뜻에서 성공하기를 원한다. 목사에겐 두 가지의 직책이 있다. 공중에 대한 설교와 개인적인 감화다. 제일의 임무에서 충분히 성공한 자는 매우 적으나 나는 이를 기대할 자신이 있다…… 모든 현자(賢者)는 완전한 자제 (自制)를 목표로 한다…… 나에겐 온정이라는 게 없다…… 의사 여, 그대 자신을 고쳐라…… 나의 직업이 나의 정신 태도, 내외의 태 도를 갱신하여 줄 것을 믿는다.” 이 놀랍게도 정확한 자기 분석에는 다소간 건방진 자부심이 있지만 이것도 성실한 성격에서 온 깊은 겸 손으로 말미암아 누그러지고 있다. 그는 설교단에서나 바깥에서나 훌륭한 설교자가 되었다. 당분간은 이것이 그의 생활이었다.

젊은 시절의 에머슨의 설교는 유니테리언 파(派)의 관대한 정통 주의와 완전한 개인의 성실에 대한 욕구를 조화시키려는 발버둥을 나 타내고 있다. 그는 그후에 “너 자신을 믿으라, 모든 사람의 가슴은 그 철선(鐵線)에 맞추어 흔들리는 것이다.” 하고 외치고 있는데 이 외 침은 지적(知的) 확신이라기보다 감정적 확신을 표현한 것이었다. 대학 시절에는 피소로지언 클럽(Pythologian Club)의 토론회에 참가한 일도 있었고, 스코틀랜드의 합리주의자의 저서도 읽었고, 또 소크라테스를 연구하였고 한편 작문과 웅변을 연습하기도 하였다. 교과서나 교수는 다소 예외는 있어도 지식의 방해밖에 되지 않았다. 왜냐하면 그들은 ‘세상에서 가장 비범한 책’인 몽테뉴의 수필을 지정 하지 않았으며, 또 베이컨이나 벤 존슨은 읽으라고도 하지 않았기 때 문이다. 그 당시의 그의 회의주의(懷疑主義)는 그의 정통파적인 신 앙을 압도하였고, 그후 그는 가장 필요로 하는 신앙을 잃어버리고 말 았다. 그후 기적과 예식(새크러먼트)에 관하여 설교하려 하였을 때 그의 목소리는 긴장되었으며, 자신을 잃어 설복시킬 수가 없었다. 바 이런이나 괴테 류(流)의 우수적(憂愁的)인 회의에 사로잡혔으며, 이것은 그의 뉴잉글랜드적인 양심의 견고한 테두리 안에 들어박혀 있 었다.

그 긴장은 너무나 컸었다. 드디어 위기는 1832년에 도래하였다. 형제를 잃어 한참 상심하고 있을 때였다. 그전에 에머슨은 형제 셋을 결국 빼앗아 가버린 폐결핵을 보기 좋게 물리친 바 있었고, 하버드 신학교를 졸업하고 헨리 웨(Henry Ware) 목사의 뒤를 이어 보스턴의 제2유니테리언 교회의 목사직에 취임하여, 앨런 터커(Ellen Tucker)와 결혼했었다. 1830년 그의 전도는 양양한 것 같았다. 그러나 이듬해 2월 부인은 죽었고, 그 이듬해 연말에 목사직을 사임하고 고별 설교를 하고선 유럽으로 떠났다. 고독에 빠진 그는 실망 낙담하여 "나는 나 자신의 희비극을 연출하고 있다."고 자인하였다.

그가 사임한 직접적 원인은 최후 만찬의 식을 올리고 싶지 않았다는 것이었다. 의식(儀式) 배후에 있는 교의(敎義)에 대해선 그는 하등의 이의도 없었다. 즉, 문제는 형식의 준봉 여부라는 것이었다. 이것은 그후 그의 가장 주된 메시지가 된 독립 독행에 대한 그의 최초의 그리고 가장 극적인 주장이었다. 조용한 화이트 마운틴 산중에서 이 결심을 했던 것이다. 즉, 자기의 마음과 혼이 행위와 조화하지 않는 한 결코 형식을 좇지 않겠다는 것이다.

에머슨이 유럽의 고적, 명승, 예술 그리고 명사(특히 칼라일을 스코틀랜드의 그의 은가(隱家)로 방문하였다)와 만나 1년 후 귀국하였을 때 그는 생활을 재건할 준비가 되어 있었다. 즉, 사색에로의 새로운 의욕을 갖게 되었고, 새로운 직업을 얻어 곧 새 부인을 맞아들여 새 가정을 이룰 준비가 되어 있었다.

파리의 식물원에 들린 이 젊은 여행가는 "보잘것 없는 전갈과 인간 사이의 신비로운 관계를 관찰하여 박물학자가 되겠다."고 늘 말하고 있었다. 귀국 한 달 후 〈박물학의 효용〉이라는 제목으로 공개 강연을 행하였다. 이로써 그의 '제일 철학'과 새로운 직업의 재건이 시작되었다. 모든 자연의 형식은 '관찰자인 인간에 내재(內在)된 어떤 성질의 표현'이라는 낭만적 견해를 받아들인 에머슨은 일치에 관한 이원론적(二元論的) 법칙을 그의 새로운 강령의 제일조로 삼았다. 그는 그후 직관(直觀)에 의하여 파악되는 내적이나 도덕적 혹은 천계

(天啓)에 의한 생명의 법칙은 감각에 의하여 파악되는 여러 가지 새 사실을 지닌 자연의 외적 법칙과 정확히 일치한다는 교의를 전개하며 설명하는 데 여생을 바쳤다.

에머슨의 전 철학은 이 단순한 명제에서 시종되고 있다. 그는 전도할 길을 트고 그 입장을 분명히 하기 위해서 즉시로 세 가지의 결정적인 저작에 착수하였다. 그 첫째는 새롭고도 생명 있는 신앙을 심중히 진술한 산문시집《자연론(Nature, 1836)》이며, 둘째는 학문과 문학에 있어서의 형식주의와 전통주의에 대한 대담한 공격인《미국 학자론(The American Scholar, 1837)》이라는 제목의 연설집이었다. 그리고 셋째는 종교에 있어서의 자유의 똑같은 적(敵)에 대한 정면 공격인《신학교 연설(The Divinity School Address, 1838)》이었다. 그간 과학, 문학, 전기 및 인간 행위 등에 관한 여러 강연을 토대로 한《에세이(Essays, 1841)》제일집(集)이 나옴과 동시에 미국 문학에 있어서의 에머슨의 지위는 확보되었다.

3

에머슨이 1834년 콩코드로 돌아왔을 때 그는 그리운 고향으로 돌아온 것이었다. 유유히 흐르는 강을 바라보는 올드 맨스 저택은 어느 의미에선 대대손손 내려온 집이었다. 그의 조부도 여기에서 살았으며, 그 자신도 소년 시절 콩코드의 목사 에즈라 립리(Ezra Ripley)를 방문하면서 행복한 여름철을 보냈던 곳이다. "영국, 이탈리아 혹은 희랍에 대해서 존경의 마음을 품게끔 한 사람들은 자기가 출생한 땅에 마치 지축인 듯 매달림으로써 그 위업을 성취한 것이다." 하고 에머슨은 초년에 쓰고 있다. 고향을 떠난 그에게는 자기 출생지로 다시 되돌아가는 것이 무엇보다 좋은 일이었다. '영혼은 나그네가 아니기'때문이었다.

《자연론》은 렉싱턴가(街)에 면한 쿠릿지 장(莊)의 그의 서재에서 씌어졌으며, 이 집은 프린스턴 출신의 신부(新婦) 리디어 잭슨(Lydir Jackson), 소위 그의 리디언을 위하여 구입한 집이었다. 그후 35년 이상 동안(화재를 만나 다시 재건되었다) 이 집은 늘어간 그의 가족의 보금자리였고 주로 그 자신의 책임이었던 지적(知的) 및 정신적 운동의 중심이었다. 생활의 뿌리가 이처럼 신중히 그리고 확고하게 심어진 예는 없었다.

이 《자연론》이란 저서는 사람을 기만할 만큼 얇은 책이나 그의 새로 발견한 입장이 적극적임을 잘 반영하고 있다. 에머슨이 책으로서 쓴 것은 이것뿐이었다. 그러면서도 이 책은 한갓 팜플렛에 지나지 아니하였다. 그렇지만 이것은 그의 성서였다. 그후 에머슨이 공언하고 느끼고 사고한 것은 모두 태아(胎芽)의 형식으로 이 책 속에 포함되어 있기 때문이다. 그후의 수필이나 강연 그리고 시는 마치 한 줄기에서 벌어진 가지처럼, 이 책에서 성장하였던 것이다.

이 책은 에세이보다 길이가 훨씬 긴 것이지만 그의 후기(後期)의 에세이와 똑같은 형식으로 씌어졌다. 설교단의 수사법(修辭法)으로 훈련된 에머슨의 산문은 인쇄된 활자로 읽을 것이 아니고 귀로 들어야 할 그런 산문이다. 첫째로 매우 흔한 인간 경험을 상기케 하든지 혹은 자가제(自家製)의 성구(聖句)를 선언케 하는 그런 구절(句節)을 씀으로써 청중과의 영교(靈交)를 맺게 한다. 다음은 주의를 긴장시키기 위하여 한두 가지의 대담한 개괄론을 꺼낸다. 마지막으로 단정, 토론, 예증 등의 나선형(螺旋形)에서 상대편을 설복시키며, 상대계에서 절대계로 비상(飛翔)하고 있다.

《자연론》에서 이 성구는 다음과 같은 의문형이다. '왜 우리는 우주에 대한 독자의 관계…… 전통에 의하지 않고 직관(直觀)에 의한 시와 철학을 그리고 계시(啓示)에 의한 종교를 향수해서는 안 되는가'라고. 대담한 개괄론이 이 뒤를 잇고 있다. '모든 과학은 자연의 원리를 발견하기 위한 단 한 가지의 목적을 갖고 있다.…… 건전한 판단력에 대해선 가장 추상적인 진리는 가장 실제적인 진리다'라고. 감각적 경험—즉 자연의 효용—의 수준에서 서서한 상승이 시작된다. 물질, 미(美) 언어, 훈련—이러한 것은, 자연이 인간에게 주는 효용이다. 시, 철학, 과학, 종교 그리고 윤리 등은 인간이 자기 내부에서 발견한 신의 세계와 자연의 세계와의 이중성(二重性)을 처리하는 방법이다. 자연의 충실한 예지 속에서 비로소 인간의 정신은 이 이중성을 해결하여 예배의 행위를 취하기를 바랄 수 있다. 이해력(이 말은 저급(低級)한 논리적 이해를 기술하기 위하여 콜리지로부터 배웠던 로맨틱한 의미에서 사용되고 있다)은 이 일을 하기엔 충분하지 않다. 다만 이성(理性)(즉시로 명찰케 하는 힘)만이 환상의 추축(樞軸)과 사물의 추축과를 식별하며 '평범 속에서 기적'을 볼 수 있다. 이리하여 절정에 달하게 된다. '모든 정신은 그 자체 하나의 집을 세우며 그 집 저쪽에 하나의 세계를 만들며 그 세계 저쪽에 하나의 천국을 만든다.' 이 산문시는 여기서 완결되고 있다. 과학의 발견을 받아들여 이를 신의 봉사에 적용하는 새로운 교의가 선언된 셈이었다.

이 성서는 논리적 전제에 입각하고 있다기보다 오히려 하나의 견지 혹은 시각(視覺)에 입각되어 있기 때문에 그 결과 생겨나는 철학은 유동적(流動的)이다. 에머슨은 진리에 대해서 말하고 있지만, 그는 진리 자체의 궁극적인 성질보다 오히려 진리를 탐구하는 방법에 더욱 관심을 갖고 있다. 그가 도달한 가장 깊은 확신은 궁극의 진실보다 오히려 도덕적 정서다. 그의 가장 훌륭한 에세이는 형이상학적 제문제보다 윤리적 문제를 취급하고 있다. 즉 자립, 경험, 시인의 역할, 정치, 사랑, 우정, 역사의 효용, 보상의 법칙 그리고 사회 등이다. 그는 《대령(大靈, The Over-Soul)》이라는 에세이에서와 같이 절대의 정의를 내리려 할 때, 신의 본질에 대해서 명확한 개념을 주기보다 오히려 신을 발견하는 방법을 제시할 따름이다.

에머슨이 재래의 독단이 소멸되고 새로운 법칙이 형성되려는 시대의 대변자가 된 것은 이 특질 때문이었다. 그는 유동의 한가운데서도 확신을 견지할 수 있었다. 왜냐하면 그의 우주는 개방된 우주였으며, 신탁(神託)이라기보다 탐구였기 때문이었다. 사람들은 그에게 지도를 구하였다. 그러나 그는 구세주의 역할을 거부했고, 어떤 클럽이나 종파에도 가입하지 않았고, 자기 사상을 체계화한다든지 자기 추종자들 사이에 조직을 만든다든지 하는 어떤 계획도 말렸다. 브론슨 알코트(Bronson Alcott)와 같은 연로한 이상주의자들도, 또 헨리 데이비드 소로(Henry David Thoreau)와 같은 젊은 이상주의자도 다 같이 에머슨에게 끌리어 갔으며, 심지어 그의 집에서 혹은 그의 집 근처에서 살게까지 이르렀다. 브루크 팜(Brook Farm)이라는 협동 사회를 창설한 조지 립리(George Ripley)와 같은 실천적인 사회 개량가, 그리고 지력이 왕성하며 사회 개량의 열의에 불탔던 엘리자베스 피보디(Elizabeth Peabody)와 마가렛 풀러(Margaret Fuller)와 같은 부인들도 그와 친교를 맺었으며, 비록 에머슨을 끌어넣지는 못했을망정 그들의 사업에 있어 도움이 되었다. 당시 독일의 신이상주의의 영향을 강하게 받아 추상적인 문제를 토론하는 데 흥미를 갖고 있었던 보스턴 콩코드 출신 남녀들의 비형식적인 모임인 '트랜센덴탈 클럽(Transcendental Club)'은 에머슨의 집에서 자주 회합을 가졌다. 존스 베리(Johnes Very), W.E. 채닝(W.E. Channing), 크리스토퍼 피어스 크랜치(Christopher Pearse Cranch) 등 이류 작가들도 에머슨의 견해에 호응하여, 그가 싫어함에도 초절주의자(超絶主義者)로서 알려지기를 좋아하였다. 이 운동의 기관지인 다이얼(Dial, 1840~1844)지(誌)를 창간하여 19세기 중엽의 가장 유력한 문학 계간지(季刊誌)로 만든 것은 에머슨의 명철과 고집에 의한 것이었다.

'에세이 제1집 및 제2집(Essays, First and Second Series, 1841, 1844)'은 에머슨의 가장 널리 알려진 저서다. 이들 에세이 중 어느 것이나 정교한 예술 작품이며 그의 가장 완성된, 주도한 노력으로 이루어진 것이나, 각집(各集)마다 전체로서의 일관성이 없어 한낱 문집에 지나지 않는다. 개개 에세이에서 보여 주는 계획은 이들 에세이를 모은 전체 책에까지 미치고 있지 않다. 에머슨의 의도는 배열에 관계없이 일시에 한 편씩 읽을 수 있도록 마련한 것이었다. 에머슨은 일찍이 1820년서부터 시작하여 그 여생 동안 계속한《일기(Journals)》에다 인생과 책에 관한 그때 그때의 생각을 기입하는 방법을 취했으며 이것이 막대한 양에 달했다. 인상이 사라지기 전에 적어 놓은 기입 사항은 예리한 신선미를 지니고 있으며, 1833년 이래 그의 주요한 관심사였던 강연의 재료를 끌어내는 '은행 저축'과 같은 역할을 하였다. 에머슨의 에세이는, 〈미국 학자론〉과 같은 강연은 별도로 하되 강연의 재료가 되도록 꾸며진 것이 아니고, 그러한 사상을 세련한 것이었다. 그러나 면전(面前)의 청중을 의식하면서 직접 말하고 있는 그런 음조를 어쩔 수 없이 많이 지니고 있다.

1847년 정력적인 강연 여행중 영국에서 행한 강연을 기초로 한《대표적 위인론(偉人論, Representative Men, 1850)》, 귀국 후에 행한 연속 강연의 부산물인《영국 인상기(English Traits, 1856)》, 주로 서부에서 행한 강연에서 나온《처세(Conduct of life, 1860)》는 에머슨의 주요한 산문의 저작이다. 이 중 최초의 것은 강연 그대로를 인쇄한 것이며, 둘째 것은 철저히 개작(改作)된 것이었다. 마지막 셋째 저작에서 이 철학자는 그의 처녀작《자연》에서 시도한 바와 같이 다시 한 번 그의 사상의 정수(精髓)를 요약하려고 기도하였다. 사상의 체계에서보다 모순에 더욱 뿌리박고 있었던 성숙된 에머슨의 인생관은, 미결된 판단을 여러 가지 힘의 균형에서 얻어지는 마음의 평정 그리고 숙명과 자유 의지 그리고 신의 제재(制

裁)와 인간의 제재와의 용인(容認) 등을 제시하였다. 엄밀한 철학적 정신은 그와 같은 상대적인 입장을 받아들이는 데 곤란을 느낀다. 그러나 문학 정신은 이를 필요로 한다. 작가의 정신이 경험을 꾸준히 받아들이려고 할 때 비로소 문학의 표현은 인간의 사상과 감정의 길이와 폭의 깊이를 나타낸다. 긴 일생을 통하여 에머슨은 이를 행함에 있어 성공하였다. 그의 만년 그리고 사후(死後)에 낸 저작집은 그의 체력이 약해짐에 따라 창작력도 감소되었지만 그의 초기 작품에서 보여 준 똑같은 광휘(光輝)—이 말은 에머슨이 좋아했던 어귀다—로 빛나고 있다. 미국 정신의 기록자인 에머슨은 또한 미국의 시인이며 예언자이기도 하였다. 그 자신이 '대표적 위인'이었다.

4

에머슨은 시인으로서도 역시 반항아(反抗兒)였다. 브라이언트와 롱펠로의 시에 흐르는 정시적(靜視的)이고 맑은 선율은 에머슨의 사색적(思索的)이며 상징적인 거칠고 간결한 운율에선 찾을래야 찾을 수 없다. 그는 〈유리엘(Uriel)〉이라는 초기작(初期作)에서 인습에 대한 반역을 다음과 같이 서술하고 있다.

> 젊은 신들은 구구히
> 정당한 형식과 운율의 법칙을
> 천체(天體)와 정수(精髓) 그리고 일광(日光)을
> 존재하는 것과 보이는 것을 논하였다.
> The young deities discussed
> Laws of form, and meter just,
> Orb, quintessence, and sunbeams,
> What subsisteth and what seems.

　‘엄격하고도 늙은 싸움의 신들’을 이처럼 겁도 없이 심문함으로써 ‘운명의 저울대를 휘고 말았다’ 그러나 ‘때로는 진리를 말하는 것’이 대담하게도 인생의 비밀을 재개(再開)하려는 젊은 신들의 노력에서 태어 나왔다.

　그후 10년 후에 쓴 〈멀린(Merlin)〉이란 시에서, 자연의 음악에 다 수금(豎琴)을 맞추는 시인은 스스로 그 본질적인 진리를 재발견 할 것이라는 그의 입장을 이번에는 더 자신 있게 주장하고 있다.

> 당당한 시인은
> 거칠게 힘차게 금선(琴線)을 타야 한다
> 운율을 찾아서
> 상승해서는 안 되나
> 경악의 계단을 거쳐서
> 천국으로 올라가야 한다
> The Kingly bard
> Must smite the chords rudely and hard……
> He shall not climb
> For his rly me……
> But mount to paradise
> By the stairway of surprise

　에머슨에 있어 시란 브라이언트의 경우처럼 단지 시인이 예지(叡智)의 교훈을 직접 가르칠 수 있는 암시적 예술은 아니었고, 그것은 진리를 탐구하는 개인으로서의 자기 존재의 기능이었다. 시인은 배우는 사람, 예지를 받아들이는 사람이지 가르치는 사람은 아니었다. 시는 도덕적인 것이기는 하나 교훈적인 것은 아니었다.

　에머슨이 콜리지의 독자였고 콜리지를 통하여 독일 이상주의의 유기적 원리를 흡수했다는 점만을 제하고선 그는 동시대의 영국 작가들에게 거의 주의를 기울이지 아니하였다. 그는 자기의 시와 시론에 대한 영감(靈感)을 직접 프레이터와 17세기 영국의 소위 형이상학파(形而上學派) 시인이라 일컬어지는 조지 허버트, 존 단 등으로부터 받았다. 그에게 있어서 형식이란 실체 속에 고유하는 것이었다. 왜냐하면 예술의 법칙과 상응하지 않으면 안 되기 때문이었다. 갈릴레오와 뉴턴의 인심을 요동케 한 제발견에 뒤이은 과학 탐구의 저 위대한 시대를 읊고 있었던 여러 시인들은, 설혹 자연의 증거가 독단적인 신의 법칙이라고 상상되는 것과 상극된다고 보여지는 경우에도 그 자연의 증거에 마음을 열어 놓지 않을 수 없었다. 19세기도 이와 비슷한 지적(知的) 위기에 당면하고 있었다. 과학적 탐구의 정신은 다시 한 번 옛 독단(獨斷)을 파괴하며 옛 문제를 재검토하고 있었다. 17세기에서의 존 단의 경우와 마찬가지로, 에머슨으로 하여금 회의주의의 입장으로 기울게 한 것은 그 당시의 사상의 혼란 때문이었다. 시인으로서의 에머슨은 다만 이 회의에 의해서만 직접적인 계시의 미광(微光)이나마 받아들이기를 바랄 수 있었다.

금선(琴線)이 연풍(軟風)에 닿으면 소리를 낸다는 이오리아의 수금(竪琴)에 대한 에머슨이 좋아하는 이미지는 적절하게도 그의 시인의 중요 역할에 대한 견해를 서술하고 있다. 그는 〈시인〉이라는 에세이에서 다음과 같이 말하고 있다. 즉, 시는 '옛날부터 씌어져 왔다. 그리고 공기가 음악이 되는 그런 세계에 들어갈 수 있을 만큼 정교하게 조직되고 있을 땐 우리는 최초의 노래를 들으며 그것을 적어 놓으려고 한다. 시인은 자연의 질서 속에서 특별한 관능을 갖고 있다. 즉 시인은 말하는 사람, 이름 짓는 사람 그리고 미(美)를 나타내는 사람이다.' 시인이 그 시대에 중요한 이유는 '새로운 시대의 경험은 새로운 고백을 필요로 하며 세계는 언제나 그 시인을 대망하고 있는 듯한' 까닭이다.

에머슨은 유기적(有機的)인 예술관에 대한 자기 입장을 명확히 진술하고 있는데 그는 자기 자신의 수법뿐만 아니라, 정말 위대한 미국 작가들의 직관적(直觀的)인 접근법(接近法)까지 서술하고 있다. 예술가가 중심적인 환상을 재발견하는 책임을 스스로 지고 있을 때 비로소 새 경험을 취급하기를 바랄 수 있다. 초기 미국 작가들은 형식과 방법을 구세계의 작가들로부터 빌리려고 했었지만 에머슨은 다음과 같이 말하고 있다. '시를 시답게 만드는 것은 운율이 아니고 운율을 만드는 논의다…….' 사상과 형식은 시간의 순서에 있어서 동렬이지만 발생의 순서에 있어선 사상이 형식에 선행(先行)한다. 미국의 예술가는 자신의 경험을 전적으로 새로운 견지에서 재평가함으로써 비로소 자기가 발견한 진리 속에 내재된 형식을 찾을 수 있다고 에머슨은 부언(附言)했어야 되었을 것이다. 멜빌이나 휘트먼 역시 이 충고에 귀를 기울였던 것이다.

에머슨이 거문고 상징(象徵)을 부단히 사용하고 있는 데서 그는 시를 하나의 청각(聽覺) 예술로 생각하고 있으며, 시와 음악을 동일시하려 하고 있다고 상상할지도 모른다. 에머슨 자신이 말하고 있듯이 그는 귀가 좋지 못했기 때문에 이미지를 회화(繪畵)로 사용하여 시의 언어를 발견하고 있다. 에머슨의 미국에 대한 가장 중요한 공헌은 그의 유기체설(有機體說, Organicism), 다음으로는 그의 상징(象徵)의 사용이었다. 그에게 있어 자연은 그 자체 정신의 상징이었으며, 특수한 자연 현상은 특수한 정신적 현상의 상징이었다. 마지막으로 말은 자연 현상의 상징이었다.

상징으로서의 말은 에머슨에 있어 결코 우연한 고안도 아니었고, 또한 편의한 비유도 아니었다. 즉, 이것은 진리의 전달자인 사상의 완전한 일부분이었다. 적절한 상징을 발견하는 시인은 자기 몫의 진리를 현시(顯示)하고 있는 것이다. 그의 진리는 지적(知的)이며 회화적(繪畵的)인 음악이지 귀로 듣는 것이 아니다. 눈으로 보는 것이다. 에머슨 자신의 시는 가장 훌륭한 것도 운율에 있어 세련되지 않으나 그 논의는 지속적인 상징, 예를 든다면 스핑크스, 일월(日月)의 행렬, 눈보라, 현자(賢者) 마린 등에 의해서 전달되고 있다. 이 현대적인 형이상시(形而上詩)는 에머슨이 미국을 위하여 창시한 것이었다. 이 상징적 수법은 원래 가장 오래된 예술 형식의 하나이지만 이것이 소로, 에밀리 디킨슨, 엘리어트 등에 의해서 새로운 경험에 입각하여 자유로이 구사되어질 수 있기 전에 재확인을 필요로 하였다. 에머슨은 이론상 부인한 운율과 압운(押韻)의 기계적인 법칙을 버릴 수 없었고, 또 이 법칙에 숙달할 수도 없었기 때문에 완벽한 시를 거의 쓸 수 없었다. 그러나 그의 가장 훌륭한 시는 그 환상의 단일성에 있어 그리고 그 상징주의에 있어 휘트먼 이전의 어떠한 작품보다 더 웅대한 규모 위에 구성되고 있다. 만일 인습으로부터의 탈각을 그가 시인하지 않았더라면 휘트먼의 해방은 일어나지 못했을 것이다. 그러므로 에머슨이 《풀잎(Leaves of Grass)》의 초판(初版) 한 권을 받자 젊은 시인에게 '당신의 위대한 생애의 출발에 있어 경의를 표하는 바이오' 하고 써보내고 있음은 당연한 일이었다.

5

　헨리 데이비드 소로(Henry David Thoreu, 1817～1862)의 긍정(肯定)은 말의 긍정이 아니라 행동의 긍정이었다. 에머슨은 뉴잉글랜드의 바위와 바람에 자라난 특수한 이상주의에 정의(定義)를 내려 이것을 해명한 것이었다. 소로는 첫째 이 이론을 실천에 옮겼으며, 그후 그 경험을 《일기(Journal)》에다 적어 둔 것이었다. 에머슨과 소로, 이 두 사람만큼 인격적으로나 그들의 인생에 대한 견해에 있어 멀리 떨어져 있는 예도 없을 것이다. 이 두 사람의 관계가 그들 사고의 논리적 결과로써 설혹 조화되었다 한다면, 이를 사제(師弟)

의 관계라고 부를 수 있을 것이다. 그러나 그렇게 부르는 것은 소로의 독립심을 상하게 하는 것이 될 것이다. 무엇보다 그는 누구에게나 은혜를 입은 게 없었다. 그는 그의 이상적인 견해에서 인간이기만 하면 그것으로 충분하였다.

소로는 원래 영국 이민(移民)의 후예는 아니었지만 콩코드 출신이었다. 그의 부계(父系)는 채넬 제도(諸島)에서 영어를 상용어로 한 프랑스 계(系)의 집안이었고, 그의 외가는 미국으로 건너온 스코틀랜드의 왕당파(派)에 속하고 있었다. 그때나 지금이나 전형적인 미국인은 이와 같은 혈통을 잇고 있는 것이다. 그러나 동네 사람들 눈에는 다소 말씨에 후음(喉音)이 있는 흉하고 수줍은 그러면서도 활기찬 이 소년에게는 어딘지 모르게 이상한 무엇이 있었다. 매우 수줍은 기질이었으므로 하버드 대학 시절에도 비교적 친구를 많이 사귀지 아니하였다. 그리고 그의 동작은 일견 느린 것 같았으나 실제론 매우 정력적이었다. 그는 독서도 많이 했으나 그보다 걷기를 더욱 좋아했다. 초년기부터 그는 친구들의 사회를 찾기보다 마을 주위에 남아 있던 고요한 삼림(森林) 지대를 찾아 헤맸다. 소로는 콩코드 제일가는 말 많은 사람이라고 소문난 그의 어머니에 대한 반동에서 침묵을 배웠을지도 모른다. 혹은 말이 적은 그의 부친의 기질을 직접 이어받았는지도 모른다.

직업을 선택할 시기에 이르자 보통 하버드 대학 졸업생에게 열려 있는 목사, 법률가, 의사, 실업 등의 직업을 등지고 에머슨과 같이 학교 교사의 직을 택하였다. 소로와 동생 존이 경영하였던 콩코드 학원은 비난도 받았지만 한편 평판도 매우 좋았다. 이 학원은 실행함으로써 배우며 책보다 자연을 연구한다는 진보적인 교육을 시행했으므로 존 듀이의 마음에 들었을 것이다. 그후 소로는 강연도 해보았는데, 결국 이것이 그의 경력이 되었다. 단상에선 크게 효과를 올리지 못했지만, 그는 에머슨처럼 평소의 관찰을 그의 일기에다 일일이 기록하였고, 이 기재 사항에서 강연의 초고를 만들었고, 그 강연을 꾸며 수필을 썼다. 가장 형식적인 그의 저술에서도 담화식의 음조가 다분히 있는 것은 사실 청중이 없더라도 청중이 있다고 상상해서 쓴 결과일 것이다.

그는 1837년부터 일기를 쓰기 시작했으며, 그의 모든 저술은 이로부터 기원되고 있다. 거의 맨 처음에 나타나는 말은 '고독을 지키기 위해선 현재를 도피할 필요가 있다─나는 나 자신을 피한다'라는 것이다. 그러나 그의 '매일의 책'에 대한 꾸밈새를 공급하게 된 완만한 콩코드 강상(江上)의 한가한 놀이에는 언제나 동생을 데리고 나갔다. 일기의 첫 부분은 주관적이며 로맨틱한 내관(內觀)이 스며 있으나, 한편 감상에 흐르지 않게 하는 굳건한 핵심을 지니고 있었다. 그것은 독거(獨居)의 필요성을 강조하고 있으나 그 독거는 황야의 기분에서가 아니고 노변(爐邊)의 기분에서이다. 그는 자기의 주거, 자기의 영혼을 냉소하며 고의적인 자기 기만으로써 정리하려 하였다. 그는 기독교의 신은 물론 범천(梵天)과 불타(佛陀)를 알고 있었다. 독서를 논하되 무슨 책이라고 서명(書名)을 대는 일은 없다. 차츰 자연의 세부에 대해서 구체적인 견해를 말하는 일이 많아지며 산책이 점점 더 중요하게 된다. 그가 월든 호수에 가서 살게 된 것은 이때의 일이었다. 그는 에머슨과 마가렛 풀러를 도와 다이얼 지(誌)를 편집하였고, 시·수필·평론 등을 많이 기고하였다. 그는 자기가 작가인 것은 알고 있었지만 그 당시나 그후에나 상투적인 책을 쓰는 방법을 알지 못하였다. 비록 그의 저작에는 내면적인 형식을 갖추고 있었지만 그는 남들이 기꺼이 사서 읽을 것을 쓰려고 하지 않았다. 그가 제의하지 않으면 안 되는 것에 대해 남들이 받아들이건 안 받아들이건 상관할 바 아니었다.

월든에서의 실험적인 생활을 마치고 난 후 그는 에머슨이 유럽 강연 여행으로 나가 있는 동안 그 집에 기우(寄寓)하고 있었다. 리디언

부인은 그에게 친절하였고 그의 애정도 눈을 뜨게 되었다. 앨런 시왈양에 대한 젊은 시절의 보답되지 않았던 사랑의 경험을 제외하고선 부인에 대한 우정은 그의 고독한 감정 생활에 있어 유일한 에피소드였다. 여러 초절주의자(超絶主義者)들과 같이 그는 양성(兩性)간의 관계를 이상화하였으며, 이를 플라토닉한 사랑으로까지 올려놓음으로써 이를 강조하려 하였다. 이러한 우정은 완전론자들 사이에선 매우 흔한 일이었다—에머슨의 편지에도 이러한 우정이 가득 차 있다—그러나 소로는 에머슨의 집에 오래 머물지는 않았다.

영국의 한 우인으로부터 동양에 관한 서적의 선물을 받자 이를 에머슨과 나누어 보았으며, 노예 문제가 그에게까지 통절하게 다가오자 존 브라운(John Brown)을 지지하였다. 이 위기에 직면하여 처음으로 이 두 사람은 사상을 힘찬 행동으로 옮겼고, 하퍼 페리(Harpers Ferry)의 열광적(熱狂的) 영웅을 위하여 싸웠다. 그러나 소로는 이미 기분과 관념의 사람으로서의 시인은 아니었다. 그의 전기 작가의 한 사람이 말하고 있듯이 그는 ‘자연의 독신자’였으며, 기지가 풍부한 몽상가였다기보다 오히려 아마추어 식물학자 겸 지리학자였으며 표본 수집가에 지나지 않았다.

그러므로 월든 호숫가의 오막집에서 살았던 소로를 생각하는 것이 제일 낫다. 비록 그가 45세의 생애 중 불과 2년 동안만 거기서 살기는 했지만 말이다. 그는 대부분 사람들이 절망의 생활을 보내고 있을 거라고 느꼈다. 그래서 적어도 자신만은 자연과 같이 유유히 살면서 시간의 흐름 속에서 낚시질하고 마시며 보내기로 하였다. 만일 시인이 된다면 시인으로서 행동하며 자기의 일생을 시로 만들기로 했다. 집을 짓고 계절의 추이(推移)를 바라본 것은 하나의 처세법으로서 택한 것이 아니고 오히려 하나의 실험이었다. 만일 독립 독행이라는 교의가 건전한 것이라면, 인간은 도대체 어느 정도에까지 나갈 수 있는가. 이를 발견해 내는 최상의 방법은 이를 실제로 행하는 것이다.

다만 이를 실행하여, 그리고 본질적이 아닌 것을 될 수 있는 한 많이 배제함으로써 어디까지 도달하는가를 실험해 보자. 실천으로 살아 보자. 생활을 간소화 해보자.

소로는 콩코드에서 단 일 마일 떨어진 숲 사이, 에머슨의 소유지였던 좁은 장소에 오막집을 세웠다. 그는 집을 세우는 동안 자기 집— 대가족이었으며 거기에 손님까지 있었다—에서 걸어다니며 하루 종일 일하고 저녁이 되면 귀가하여 더운 저녁을 마음껏 먹을 수 있었다. 소로의 가족은 양친과 제매(弟妹)였으며, 서로 두터운 애정을 맺고 있었다. 그러나 가장 사랑하는 사람도 방해되는 수가 있다. 소로는 1845년 3월에 건축을 시작했고, 그 해 7월 4일 완성된 오막살이 집으로 옮겨 갔다. 마을은 멀지 않았으므로 그는 혼자 고독의 생활을 할 수도 있었고 사람과 사귀어 가며 살아 갈 수도 있었다. "나는 적어도 실험에 의하여 다음 것을 배웠다. 즉, 인간이 확신을 갖고 꿈의 방향으로 전진하며 그가 상상한 그런 생활을 보내기를 노력한다면, 보통 때 예기치 않았던 성공을 만날 수 있을 것이다." 하고 말하고 있다. 결국 그는 마을로 돌아왔는데 그것은 오막살이집 문전에서 호수까지의 길을 짓밟았기 때문이었다. 혹은 그의 정신도 짓밟혀진 길을 걷기 시작하고 있었기 때문이었을 것이다. "나는 숲에 들어간 때와 같은 이유로 숲을 떠났다. 아마 이 이외에도 몇 가지 생활이 더 있는 것 같이 보이며, 단 한 가지의 생활 때문에 이 이상 더 시간을 보낼 수 없다."

만일 그가 다른 여러 생활에 적용하여 더 좋은 효과를 거둘 수 있는 교훈을 숲속의 생활에서 배웠다고 생각한다면 물론 그의 잘못이다. 월든에서 보낸 2년 동안의 세월은 최고의 시기였고 가장 강렬한 생활의 순간이었다. 거기선 가장 자기 자신다웠고 정말 말과 행동의 시인이었다. 이 경험에서, 어느 의미로 보면 그의 진정한 두 저서가 나왔다. 즉《콩코드 강(江)과 메리멕 강상(江上)의 일 주일(A Week

on thie Concord and Merrimack Rivers, 1849)》과 《월든
(Walden, 1854)》이 그것이다. 그 이외 다른 저서는 잡지나 방대한
일기에서 수록된 잡논문집(雜論文集)이었다. 작가로서의 소로의
본질은 이 두 저서에 나타나고 있다.

그의 생존시에 출판된 이 두 저서는 일기 속의 여러 구절에 기초되
고 있다. 〈콩코드 강(江)과 메리메크 강상(江上)의 일 주일》은 월
든 호숫가 오막집에서 집필한 것인데, 동생 존과 함께 청록색으로 칠
한 손수 만든 평저선(平底船)에 몸을 싣고 멀리 뉴햄프셔까지 소강
한 여행기의 형식을 취하고 있다. 그러나 구체적 사실은 이 소박한 철
학자 겸 저술가에 우연히 호소하게 된 어떤 주제에 관한 수상(隨想)
만필(漫筆)을 실리는 데 대한 구실이 되고 있다. 소로의 힘찬 격언
투의 문필은 전체적으로 하나의 책이라기보다 오히려 인용할 수 있는
여러 구절의 저장소를 방불케 하고 있다. 이것은 주로 《월든(구,
Walden)》을 걸작의 수준으로까지 끌어올린 그의 천재성이 아직 완
전히 발휘되지 못했기 때문이었다.

둘째 번 저서에서 생활의 본질과의 승부에 관한 설명을 하기 위하
여 똑같은 수법을 사용하고 있는 소로는 '경제'라는 굳은 땅에서 출
발하여, 에머슨이 시의 본질에 대해서 말한 바와 같이 '경악(驚愕)
의 계단을 밟아 천국으로 올라가는' 별과 더불어 끝을 맺고 있다. 소
로는 그의 서술을 조이기 위하여 2년을 1년으로 압축하여 독자에게
자기와 더불어 '자연처럼 신중히' 계절의 사철을 보내자고 요구하고
있다. 그가 온종일 '지구로 하여금 풀 대신에 콩을 부르짖게 하고' 있
었든지 혹은 겨울날 밤 호숫가에 얼음이 깨지는 소리에 귀를 기울이
고 있었든지 하여간 그는, '의견, 전통, 망상 그리고 진흙과 진탕 속
으로' 우리의 발을 디디게 하여 '우리가 현실이라고 부를 수 있는 바
위로 된 딱딱한 밑바닥'에 닿도록 하고 있다. 비로소 현재의 각 순간
에 있어 무엇이 숭고한 것인가를 이해하게 하고 있다. 이 책에선 여러

가지 사건과 탈선이 강렬한 확신에 의해서 융합되고 있으며, 서술은 거의 인지(認知)할 수 없을 정도를 지나 상승(上昇)하여 마지막 장(章)인 이상의 인식에 도달하게 한다.

소로가 다른 초절주의자와 다른 점은 그 기지에 있다. 박물관은 자연의 묘지다.—제일 빠른 여행자는 도보로 여행하는 자임을 알았다.—이웃 사람보다 더욱 공정한 자는 이미 혼자서 대다수를 이루는 것이다.—무지보급협회(無知普及協會)를 만들 필요가 있다는 등 미소를 일으키는 동시에 일침 (一針)을 가하는 그런 거꾸로 뒤집는 경구(警句)는 소로의 특색이다. 벤자민 프랭클린은 아마 소로에 대하여 먼 과거에서 눈을 깜박거리면서 동감의 뜻을 표하고 있을 것이다.

이 자연인과 다른 콩코드의 여러 시인, 철학자들을 구별하고 있는 것은 그 조야하고도 가시투성이의 산문 속에 깃들인 기지(機知)는 물론 예지에 있다. 그의 산문에는 뉴잉글랜드의 고요한 마을이 느껴지는 동시에 메인 주(州)의 삼림과 바다의 높은 음악이 들린다. 그리고 냇물과 나무, 옥수수밭 같은 평범한 경험에서 영원한 진리를 나타내는 비유의 표현을 만들어낼 수 있다. 그는 개미 떼의 싸움이나 모르모트와의 대화를 역사상의 사건으로 보이게 할 수도 있다. 그의 사상은 맑고 그의 감정은 그름으로 그의 말은 빨리 날개 돋기도 한다. 그는 에머슨과 같이 모든 교의(敎義)에 대한 회의(懷疑)와 인생에 대한 신념을 지니고 있는데, 이것이 에머슨보다는 덜 이론적이며 행동과 더 면밀히 관련되어 있기 때문에 독자에 따라선 에머슨보다 더 매력을 느낄 수도 있다. '타임지(紙)를 읽지 마라, 영원을 읽으라.' 하고도 말할 수 있다. 그리하여 어느 충고보다도 가장 실제적인 충고라고 느끼게 하는 것이다. 자유사회에 있어서 가장 위험천만한 함정이라며, 일찍부터 발견한 물질주의, 기회주의 그리고 위선에 대하여 타협 없는 싸움을 건 소로는, 영원을 낚는 일에 실패하지 않고 시(時)

의 흐름의 모래 밑바닥을 내려다볼 수 있었다. 그는 주어진 자유를 기뻐하며 이를 잘 이용할 수 있었기 때문에 가장 준렬한 비평가일 뿐만 아니라 가장 조국을 사랑하는 사람처럼 보인다.

　소로의 에세이 중 가장 큰 영향을 미쳤던 것은 〈시민의 반항(Civil Disobedience)〉라는 제목의 에세이다. 이는 그가 수년 전 인두세(人頭稅)를 지불하는 것을 자기의 주의로서 거부하여 콩코드 형무소에서 구류당한 일이 있었는데, 그 경험이 아마 동기가 되어 쓰여진 것 같다. 간디는 소극적 저항에 대한 이 조리 정연한 이론을 읽고, 동양으로부터 커다란 영감(靈感)을 얻은 이 미국의 개인주의 예언자를 열렬히 숭배하게 되었다. 시대와 장소를 달리한 여러 사람들도 그로부터 직접적이며 실천적인 충고를 얻어, 가시덤불을 헤치고 바로 가까이에 언제나 놓여 있는 사상과 감정의 대평원을 향하여 달리고 있다. 소로에 있어 긍정적(肯定的)인 이론은 실증(實證) 단계에 도달하였고, 독립 정신은 생활의 한 방법이 되었다.

제 4 장 미국의 예술가(藝術家)
– 포우, 호손 –

1

에머슨과 소로가 완전히 일치한 문학 예술의 유기설(有機說)은 신생 공화국의 경우와 같이, 표현되어야 할 새로운 경험을 풍부히 갖고 있는 국가에 대해선 유일의 가능한 길이었다. 소로는 '시인이라고 불리는 인간에는 두 가지 종류가 있다. 하나는 생활을 육성하며, 다른 하나는 예술을 배양한다—즉 하나는 영양을 위하여 음식을 찾고, 다른 하나는 향기를 위하여 음식을 찾는다' 하고 말한 적이 있었다. 생활을 육성함에 있어 이 양자는 타협하지 않았으며 지치지도 않았다. 그리고 예술 배양에 있어선 신중을 기했다. 그들은 어귀와 형식의 예술가였다. 즉, 더 큰 형식에 있어선 새로운 상징과 선율을 창조하는데다 정신의 유연성(柔軟性)을 기여한 데 불과하였다. 독창력과 성실성은 그들의 안내자였다.

소로가 경시한 예술이 그 자체에 있어 창조물이 될 수 있다는 이념은 새로운 문화에 있어 자주 나타나지 않는 그런 숙달된 기교가(技巧家)를 필요로 한다. 예술가도 만일 인생 경험에서 의의를 끌어내어야 한다면, 결국은 자기 생활에서 멈추어 자기 자신과 그리고 자신의 사상・감정 밖에서 어떤 위치를 취해야 한다는 것이 요구된다. 이와 같이 하여 얻어진 투시(透視)에서 예술가도 인생의 소재를 자신이 고안한 형식으로 다시 주조할 수 있다. 보통 문화 발달에 있어서 이 단계는 사회가 충분히 안정되어 예술가로 하여금 초미(焦眉)의 문제라든지 생존의 직접적인 경제적 필요 등에 대한 불안에서 해방되어야 비로소 도달될 수 있는 것이다. 미국에 있어 이 단계는 1820년부터 1855년에 이르는 동안 도달하기 시작하였고, 그후 19세기 중엽의 서부에로의 개척열과 남북전쟁 때문에 분열되었던 것이다. 그러나 안정이 무너지기 전에 두 작가는 면밀한 문학 이론과 정교하게 만들어진 문학 형식으로써 그들 예술의 확고한 입장을 확립하는 데 성공하였다. 에드가 앨런 포우와 나사니엘 호손의 독창성과 예술적 천재성은 의식적인 예술이라는 미국 고유의 문학 전통의 기초을 세웠다. 한편 전대(前代)의 에머슨과 소로는 미국 고유의 문학적 영감(靈感)의 주요한 근거를 명확히 하였으며 이를 표현하였던 것이다.

2

젊어서 사랑과 죽음의 절망 속에 허덕이면서 불멸의 노래를 불렀던 전형적인 낭만시인의 모습이 너무나 깊게 일반 사람들 마음속에 배겨 있었으므로 시인이 한번 로맨틱한 이미지와 동일시되면 그 시인 자신의 개성이나 예술을 걷잡기란 비평가에겐 어렵게 된다. 이것이 에드가 앨런 포우(Edgar Allan Poe, 1809~1849)의 운명이었다. 포우의 생애에 대해서 알려져 있는 사실은 그러한 인물상(人物像)에 필요한 윤곽을 제공하고 있는 것같이 보인다. 그러나 그 대분분의 사실은 포우의 정당하나 신랄(辛辣)한 비평에 일침(一針)을 당했거나, 혹은 포우의 찬란한 재기(才氣)에 질투했던 루프스 크리스월드(Rufs Chriswold)와 같은 동시대인에 의해서 생겨난 것이었다. 일찍이 포우의 주위에서 일어났던 위축된 천재의 신화는 포우 자신의 자기 연민(憐憫)과, 자기의 실패와 후회에 대하여 다른 사람들의 동정을 일으켜 보자는 열의(熱意), 이 두 가지에 의해서 또한 조장되었다. 이 전설은 후대의 심리학적 전기 학자들에 의해서 더욱 논의되었다. 즉, 그들은 자기네들 자신의 심리적 좌절(挫折)의 반영을 이 시인에게서 찾으려고 했기에, 포우의 상상된 이상적 조화에로의 도피 수단이었던 그의 시를 감상할 수 없었다. 포우는 곤경에 빠진 인간의 고민과 좌절에 대한 하나의 대조물(對照物)로서, 예술에다 완전한 인간의 생활을 창조하는데 성공한 최초의 미국 작가였다. 이렇게 해나감으로써 포우는 그 당시의 미국인의 눈에는 이상하게 비쳐졌고, 마치 그가 묘사한 갈가마귀처럼 홀연히 나타나선 또 홀연히 암흑으로 사라지고 만 부기미(不氣味)한 괴조(怪鳥)인 것같이 보였다.

이 포우의 모습을 덧붙이기 위해서, 형(形)과 음(音)의 인상에 정착된 시적(詩的) 감수성과, 영혼을 파고 들어가는 강력한 내향성(內向性) 그리고 우주의 수학적 논리성에 대한 신념을 지니고 있는 당대의 가장 훌륭한 비판 정신을 구비한 포우의 일면을 생각해야 한다. 포우의 예술은 대립과 보상(報償)의 로맨틱한 예술이었다. 쿠퍼와 어빙이 각각 그 시대에 있어 미국의 대변자였던 것과 같이 포우 역시 그 독자의 입장에서 미국의 대변자였다. 그러나 그는 실현되지 아니한 것, 그리고 실현될 수 없는 것에 대한 인간의 영구적인 갈망을 대변하였다. 포우의 동경은 구세계의 아름답고도 풍부한 문화를 구하여 황야를 헤매는 '파이어니어'의 동경이었으며, 새로운 미개지의 변경(邊境)을 향하여 넘어가는 석양(夕陽)을 따라 자꾸만 서부에로 동경하여 가는 '파이어니어'의 갈망은 아니었다. 그의 맹렬한 꿈과 인생의 한 방식으로서 예술의 가치에 대한 견고한 확신은 레더스토킹처럼 미국만의 고유한 것이었다. 왜냐하면 쿠퍼가 이 속에서 묘사한 북부 삼림(森林) 지대의 사냥꾼의 인간상과 같이, 포우의 꿈과 확신은, 문화적 의식이 각성되려는 시대의 신대륙에 있어서의 특수한 생활 상태에서 일어난 부산물이기 때문이다.

내향적(內向的)이며 사색적인 예술가로서의 포우가 미국적이 아니라고 생각되어질 수 있는 것은, 그의 작품을 조건지은 환경에서부터 쿠퍼보다 더 멀리 모든 예술가가 동경하는 상상의 영역으로 도피했다는 점에 있다. 이것은 브로크덴 브라운과 포우에서부터 헨리 제임스, 엘리어트에 이르는 미국 예술가들이 받은 운명이었다. 이 작가들은 외국에서 격찬을 받고 있으면서도 이국 작가라고 생각되었으며, 모국의 문명을 이상화했든지 혹은 비평했다는 이유로 그들 예술을 형성한 자국의 문학사에서 말살당하고 있다. 그러나 포우는 자기 주위의 생활을 그리지 않고 그의 내적 생활을 표현하려는 데서, 상업(商業)의 세계로부터 상상의 세계로 눈을 돌렸다고 해서 그만큼 더 비(非) 미국적이 된 것은 아니다. 그의 반역은, 바이런이나 콜리지나 괴테의 그것을 단순히 모방한 것은 아니었다. 그것은 의외로 그 당시의 미국과 대결한 그의 순 개인적인 경험이었다. 포우의 문학 전통은 반(反)리얼리즘이었다. 그리고 미국 문학에 있어 일련의 주요한 반리얼리즘 작가 중의 최초에 지나지 아니하였다.

포우는 그의 인생의 형성기를 몇 북부 해안 도시에서 보냈다. 출생지는 보스턴이며, 필라델피아에선 가장 훌륭한 작품 몇 개를 썼다. 그리고 뉴욕에선 마지막으로 성공을 거두었으나 그것도 순식간이었다. 그러나 가슴속은 대부분의 소년 시절을 보낸 버지니아 주(州) 리치몬드의 시민이었다. 남부의 기사도 정신은 그의 인생관과 예술관의 중심을 이루고 있다. 기사도의 신화는 남부 역사의 경제적 사실에는 그다지 근거가 없을지도 모른다. 그러나 1830년경, 즉 포우가 창작을 시작하였을 무렵 이 신화는 이미 귀족적 질서의 옹호를 떠맡은 사회의 문학적 이미지로서 확립되고 있었다. 포우는 이것을 자기 자신의 문학적 이미지로 하였다. 그의 문학적 전통은 시드니와 엘리자베스 조(朝)의 궁전 시인들의 전통이었지 밀턴의 청교도적 영국의 전통도 아니었고, 죤슨 박사의 런던의 전통도 아니었고, 또 워즈워드의 컴버랜드의 전통도 아니었다. 포우의 음악에 대한 감정, 여성의 이상화(理想化), 초자연적인 것을 믿게 하려는 기도, 이러한 것은 셰익스피어 시대의 서정시, 화려한 산문 그리고 로맨틱한 비극 등으로 더듬어 갈 수 있다.

예술가로서의 포우는 날 적부터 그 역할에 알맞았다. 그의 모친 엘리자베스 아놀드(Elizabeth Arnold)는 미국 극단의 인기 여우였으며, 〈춤추는 님프〉의 시골 처녀 그리고 〈리어 왕〉의 코데리어 역(役)에 이르기까지 여러 가지 역을 훌륭하게 연출하였다. 이 부인의 젊었을 때의 초상화를 보면, 커다란 두 눈에 감수성 있는 입매가 문학적 소질을 더 많이 받은 아들 포우의 모습을 엿보게 한다. 그리고 그의 부친 데이비드 포우로부터는 아일랜드 인에 특유한 예리한 두뇌와 명상적인 기질을 이어받았을 것이다. 포우는 두 살 때 양친을 잃어 리치몬드의 아일랜드계(系) 상인이며 어린애가 없었던 존 앨런(John Allan) 부처의 집에서 길러졌다. 포우의 보헤미언적인 기질과 유년 시절의 엄격한 가정 분위기 사이의 대조는, 확실히 어떠한 형식이건 결국 폭발하고야 말 내심(內心)의 맹렬한 긴박을 자아내기에 충분하였다. 예술에 있어 미(美)와 조화를 발견하려는 포우의 전 생애에 걸친 노력은, 그의 감정적 생활 배경에 있어서의 분열과 반대되는 어떤 관계를 지니고 있었음에 틀림없었다. 그의 유년 시절은 외면적으로는 행복하였으나 내면적으로는 우울하였으며 때로는 암흑이었다. 양가(良家) 출신의 소년이 보내 온 그런 평범한 생활을 해온 포우는, 남들처럼 놀고 공부하고 사랑도 하며 대학 입학 준비도 하였다. 동시에 그는 얻기 어려운 미(美)와 죽음을 동경하는 시를 썼다.

유년 시절부터 나는
보통 애들과는 달랐다

From Childhood's hour I have not been
　As others were —

하고 노래 부르고 있다. 그리고 그가 쓴 시를 그의 학우 봅 스타나드의 동정심 많은 어머니인 헬렌에게 읽어 주었다. 그는 청년 시절의 우울을,

　만상천태(萬象千態)는
　꿈 속의 꿈에 지나지 않을까?
　Is all that we see or seem
　But a dream within a dream?

라고 노래 부르고 있다.

　아마 이와 같은 비현실(非現實)의 감각은, 그가 6세 때 런던과 스코틀랜드에서 살았을 때 기억하고 있던 겨울의 암흑과 덩굴에 덮인 폐허를 버지니아의 밝은 햇볕과 신선미와 대조한 데서 생겨났을지도 모른다. 이것은 생활의 소산(所産)인 동시에 독서의 소산이었으며, 로맨틱한 청년의 자기 유도(誘導)의 내향성에서 더욱 생겨난 것 같다. 포우의 독서에 대해서 확증을 드는 것은 곤란하지만 그가 매우 열심히 독서하며 공부했다는 증거가 있다. 괴테와 차일드 해롤드의 염세적 감상과 콜리지의 도깨비에 홀린 공상 그리고 스코트의 고성(古城)과 산중의 호수, 이러한 것이 그가 버지니아의 제퍼슨 대학 시절에 배웠을는지 모르는 희랍적인 질서감과 합리주의적 중용주의(中庸主義)의 신고전주의의 이상과 서로 싸우고 있는 것이다. 포우는 뉴잉글랜드의 초절주의자들의 종교적 전통을 완전히 벗어나고 있었지만, 그들이 르네상스를 통하여 희랍인으로부터 받아들인 이상주의의 전통을 요구하였다. 그리고 기질적으로 그들보다 더욱 자유로이

감정과 이성 사이의 균형을 그의 예술에다 실현해 보려고 기도하였다.

포우가 도박에서 빚을 져 그의 양부와 말다툼하였고, 그 결과 앨런가(家)와 인연을 끊었다는 사실은, 보통 말해지고 있는 바 방탕의 결과였다기보다 그의 내적 감정 생활의 긴박을 드러내고 있는 것이다. 남캐롤라이나에서 잠시 동안 군대 생활을 하였고, 그후 육군사관학교에서 퇴학당하였다는 것도 1827년 보스턴에서 그의 처녀작《타멀레인과 기타 시(Tamerlane and Other Poems, 1827)》가 출판된 것에 비하면 그다지 중요하지 않다. 이 시집은 다시 수편의 새로운 시를 추가하여 볼티모어에서 출판되었다. 그는 이미 그 곳에서 그의 숙모 클렘 부인, 즉 당시 아직 어린애였지만 후에 그의 '나이 어린 아내'가 된 버지니아의 모친 집에 기숙하고, 이때부터 파란곡절 많은 운명을 같이 나누었다.

1831년《제3시집》(보통은《제2시집》이라고 불리고 있다)을 내자, 포우는 시에 대한 자기의 신조를 선언하게끔 되어 있었다. 〈B씨에게 올리는 편지(Letter to Mr. B—)〉라는 제목으로 되어 있는 동 시집의 서문은 워즈워드와 콜리지가 주장한 바와 같은 상상의 이성적(理性的)인 억제에 대한 격렬한 항의다. 그는 다음과 같이 결론짓고 있다. "나의 견해로선 시란 그 직접적인 목적으로 진리를 구하는 것이 아니고 기쁨을 준다는 점에서 과학 작품과 다르다. 또 그 목적으로서 유한의 기쁨 대신에 무한의 기쁨을 주는 점에서 로맨스와도 다르다…… 이 목적을 위해선, 음악이 필수적인 것이다. 왜냐하면 아름다운 음을 이해한다는 것은 우리의 가장 무한한 개념 작용이기 때문이다."

그의 후년의 그리고 성숙된 시의 정의, 즉 '시는 율동적인 미(美)의 창조이다'에서도 과학이나 이성(理性)을 거절하는 태도를 철회하였지만, 상기한 주장의 적극적인 일면을 의연히 고수하고 있었다.

그가 자주 되풀이하고 있는 정신의 세 구분, 즉 순지성(純知性), 취미, 도덕감 이 셋 중에서 그는 자기 자신의 특수한 영역으로서 취미를 들고 있으며, 이것을 조정자로서 한가운데에 두고 있다. 이렇게 함에 있어 그는 예술에 의해서 미(美)가 충분히 실현되기 전에 예술 고유의 구조적 법칙이 이해되어야 한다는 것을 요구하는 예술 자체의 법칙을 처음부터 충분히 의식하고 있지 않았다. 그후의 이 미학적(美學的) 법칙의 구조를 숙달하자는 노력은 그의 비원이 되었으며, '미(美)'보다도 '통일'이 그의 제일의 목표가 되었다.

> 통일이란 창가 오목한 데 삭상(塑像)처럼 서 있는 헬렌
> 그 옛날 희랍의 영광
> 그 옛날 로마의 장녀
> To the glory that was Greece
> And the grandeur that was Rome

에로 그를 불러들이는 헬렌이었다. 이 시의 고전적인 억제는 포우의 예술 경력의 전환기를 보여 준다. 이에 앞서 장시(長詩) 〈태멀레인(Tamerlane)〉과 〈알 아라프(Al Aaraaf)〉는 순수한 감각미의 세계에서 방황하고 있다. 이후에 나온 〈갈가마귀(The Raven)〉와 〈애너벨 리(Annabel Lee)〉는 사람에 따라선 너무나 정묘한 건축물이라고 보일 만큼 구성되고 있다. 미, 억제 그리고 효과의 통일, 이러한 것이 포우의 작시상(作詩上)에 있어서의 세 단계다. 그의 시의 수는 적으며 그 중에서도 가장 우수한 시는 1845년 시집이 나올 때까지는 수록되지 않았고, 또 어떤 것은 그가 죽은 후에야 비로소 출판되었지만 그 영향은 매우 컸으며 심지어 그 시의 본질적 가치 이상이었다. 이것은 그의 시가 그의 예술 이론을 완전히 구체화하고 있기 때문이다.

그 마음의 금선(琴線)은 가야금이고, 코란에 의하면 사자부활의 나팔을 분다는 천사(天使) 이스라펠은 마치 에머슨에 대한 멀린처럼 포우에 대해선 시인의 상징이었다. 이 이스라펠을 통하여 이 지상(地上)에 얽매인 시인은 시와 음악을, 현실과 이상을 연관시킬 수 있었다.

> 이스라펠이 살던
> 천상(天上)에 내가 살고
> 이 땅에 그가 산다 하라.
> 그러면 이스라펠의 영원한 묘음(妙音)
> 어찌 나으리오만
> 나의 거문고에선
> 이보다 더 대담한 곡조가
> 하늘을 덮어 가득 울리리
> If I could dwell
> Where Israfel
> Hath dwelt, and he where I,
> He might not sing so wildly well
> A mortal melody
> While a balder note than this might swell
> From my lyre within the sky.

그러나 천사와 시인을 동일시하는 그런 혼동은 없었다. 포우는 이스라펠이 아니었고, 이상의 세계도 일상 생활의 경험으로서는 도달될 수 없는 것이었다. 수학적 질서와 음악적 조화 속에서 시인은 상상력을 억제하는 데 필요한 수단을 발견할 수 있을지 모른다. 감각의 미로(迷路)에서 길을 잃고 만 혼돈한 환상은 이상의 세계로 투신된 감정을 심미적(審美的)으로 억제함으로써 조형력을 발휘할 수 있었다. 이것을 지배하기엔 지성이나 도덕감도 필요하지 않았다. 예술 그 자체에 있어서는 시각적 이미지와 조화된 형식만이 세속에 시달려 혼란된 시인의 정신이 도피할 수 있는 의미와 관련의 세계를 제공하는 것이며, 그 속으로 믿어질 수 있었기 때문이다.

포우 자신의 생활이 그의 분열된 개성의 강렬한 결과로 말미암아 더욱 더 파기되어 감에 따라 포우의 천사 이스라펠의 날개는 더욱 강해졌으며, 그 비행의 방향도 더욱 확실하게 되었다. 〈울라룸(Ulalume)〉〈애너벨 리(Annabel Lee)〉그리고 〈애니를 위하여(For Annie)〉등의 시는 상징과 리듬으로써 견고한 조직을 갖고 있으며, 다만 표현되고 있는 정서가 혼돈하기 때문에 그렇게 안 보이는 것뿐이다. 포우는 인간 영혼의 어두운 심연(深淵)을 탐구하고 방법을 발견하였으며, 영혼의 고뇌를 상징으로써 단적으로 표현할 수 있는 형식을 창조하였다. 그의 시는 음악과 회화, 리듬과 이미지로써 표현된 통찰이다. 이제 그가 할 일은 호손이나 후대의 인간 심리의 탐구자들의 경우와 같이, 소설에 있어서의 더 분석적인 형식으로 이 통찰을 표현하는 것이었다. 포우 자신의 시와 비평은 유기적인 로맨틱한 철학의 입장에서, 상상이 최고 수준에 있어 어떻게 독자적인 질서의 법칙을 창조할 수 있을까 하는 것을 보여 주고 있다. 포우는 자신의 산만한 감상을 극복하고 나자, 〈갈가마귀(The Raven)〉와 〈종(The Bells)〉에서 보는 바와 같은 거의 기계적이라 할 수 있는 형식주의의 과오를 범하는 경향이 있었지만, 그와 동시대의 시인들이었던 드레이크(Drake), 핼렉크(Hallcek), 롱펠로(Longfellow) 등을 그가 공격한 그런 과오는 다시 범하지 않았다. 포우가 시적 상상의 관능과 그것을 억제하는 법칙에 대해서 품고 있었던 개념은, 프랑스의 젊은 시인들이 이해한 바 되었으며 또한 그들 작시(作詩)에 적용되었고, 이로써 미국 시는 비로소 일층 더욱 발전해 나갔다.

3

포우는 짧은 장년기를 편집자 겸 작가로서 운명에 맡긴 채 볼티모어, 필라델피아 그리고 뉴욕 등지에서 보냈다. 1836년 당시 불과 13세의 소녀였던 몸이 좋지 못한 종매 버지니아와의 결혼도 그의 영원의 여인에 대한 망상(妄想)에 고착된 완전미(完全美)의 환상을 변경할 수는 없었다. 하지만 버지니아는 점점 이 이상(理想)을 구현화하게 되었다. 1847년 버지니아의 죽음과 더불어 이 이미지는 완전한 이상미로 화하였다. 사별(死別)이란 포우의 오랫동안의 낭만적 이상의 필수 요소였지만 이젠 하나의 강력한 개인적인 사실이었다. 그러나 사별은 이미 〈갈가마귀〉 같은 그의 시에서 그리고 〈리지어(Ligeia)〉와 같은 단편 소설에서 충분히 표현된 바 있었다. 경험은 단지 확인으로서 뒤를 잇고 있었다.

포우가 산문(散文)으로 전향한 직접적인 동기는 생활비를 벌 필요성에서였다. 볼티모어의 소설가 존 펜들턴 케네디(John Pendleton Kennedy)의 호의를 받은 포우는 〈병 속의 원고(MS. Found in a Bottle)〉의 1편에서 상금을 받은 후 사우던 리터러리 메신저(the Southern Literary Messenger) 지(誌)의 주필이 되었다. 편집자로서 그리고 작가로서 곧 성공을 거두었으나 그의 변덕스런 기질 때문에 비교적 행복하고도 안정된 생활에 주저앉을 수 없었다. 그후 편집자의 지위를 몇 번 차지했으며, 특히 그래엄(Grahams Magazine, 1841) 지(誌)의 주필이 된 적도 있었다. 그의 《괴기소설(怪奇小說, Tales of the Grotesque and Arebasque)》이라는 단편 소설집은 1840년에 출판되었다. 그의 생애에 있어 마지막 10년 동안 그는 작가로서 세인의 인정과 존경을 받았을 뿐만 아니라, 편집자로서는 그 당시의 가장 훌륭한 문학적 재능을 일당(一堂)에 모이게 했으며, 비평가로서는 당시의 저널리즘이 요구하려 하지 않았던 학문적 결백을 요구하기 위하여 남의 감정을 무시한 판단을 내렸기 때문에 두려움을 사고 있었다.

포우의 소설은 그의 만년의 시만큼 자기 이론에 충실히 따르고 있다. 미(美)를 위한 미에는 관심을 두지 않았던 포우는, 소설의 주요한 목적은 독자에게 감명을 주는 것이라 함을 인식하여 가장 강력한 효과를 산출하는 내적(內的) 법칙을 발견하려고 노력하였다. 블랙우드(Blackwoods), 기타 동시대의 여러 잡지의 열렬한 애독자였던 포우는 브라운이나 프리노(Frenau)가 이미 실험한 바 있는 고딕적(的) 방법을 활용하기를 결심하였다. 가장 기본적인 정서는 공포심이라는 가정에서 그는 초자연적인 것에 그의 문학의 소재를 구하였다. 이 점에 있어 포우는 그 당시의 의사과학(擬似科學), 즉 최면술 그리고 오늘날 우리가 말하는 잠재의식을 탐구할 기타 여러 가지 노력, 이러한 것의 도움을 받았다. 각성과 수면 사이의 영역, 생사의 경지에서 그는 가장 예민한 감각과 조금도 억제되지 않는 감정을 발견하였다. 이리하여 정신 이상이나 정신 감응, 기타 이상한 심적 상태 등이 그의 예술의 수단이 되었다. 록셔크 홈즈의 선구자인 오거스트 두펭(Auguste Dupin)의 현상 분석력이라든지, 작자의 죽은 애인 리지어가 빈사(瀕死) 지경에 있는 로웨나 부인의 육체를 붙들어 일시 그 체내에 머물게 하는 이상한 힘이라든지, 혹은 가족이고 집이고 다 붕괴하려는 순간 미칠 듯한 로데릭 어셔가(家)의 쇠퇴해 가는 정신—이러한 것이 머리카락을 곤추세우는 무시무시한 이야기의 중심 제목이 되고 있다. 인간이 사는 외부 세계는 그의 정묘하고도 긴장된 마음의 구성을 표시할 일련의 상징에 불과한 것이다.

예술가 포우의 의식 내의 감시자는 이야기의 공포로 말미암아 휩쓸리는 일이 결코 없다. 창조자인 포우가 이를 지배하고 있는 것이다. 〈큰 소용돌이 속으로(A Descent into the Maelstrom)〉와 같이 그의 초기 작품은 주로 연속하는 사건에서 그 형식을 취하고 있다. 그러나 후기의 작품에 있어서 작가는 〈아몬틸라도 술통(The Cask of Amontillado)〉에 나타나는 불쌍한 포추나토(Fortunato)의 생매장을 무자비한 화자(話者)가 말하고 있듯이 정확하게 그리고 신중히 벽돌 한 장씩을 쌓아 올리듯 하고 있다. 플롯이란 '그 일부를 바꾸어도 전체를 파괴하고 만다'고 포우는 말하고 있다. 소설의 경우도 시의 경우와 같이 효과의 전체적인 통일을 연구함으로써 기교가 완성되는 것이다.

포우는 자기의 작품을 '그로테스크 소설', '괴기소설' 그리고 '추리소설'로 대별하여, 그의 의도의 여러 모를 명시하고 있다. 괴기소설이란 격렬한 서스펜스의 상태하에 있는 공포심이나 기타 감정의 이야기에 힘을 주고 있는 그런 소설이다. 그로테스크 소설은 〈적사병의 가면(The Masque in the Red Death)〉과 같이 음산하고 냉소적인 기분이 작품 효과를 올리고 있다. 그리고 '추리소설'은 〈모르그가(街)의 살인(The Murders in the Rue Morgue)〉과 〈황금충(The Gold Bug)〉이 가장 알려져 있는데, 연상 심리학의 방법에 따라 일련의 사건을 곧추세워 가며 추리적 분석을 사용하는 데서 효과를 올리고 있다. 이 세 가지 방법은 포우의 발명이라기보다 그에 의해서 발전된 것이다. 그러나 그는 이런 방법을 세밀히 연구하여 조직적으로 사용한 결과 심리적 효과를 올리는 단편 소설이라는 새로운 형식의 대가가 되었다.

포우의 생애 중 마지막 3년 동안, 그의 애처 버지니아는 서서히 죽음을 향하고 있었으며 그 역시 마음의 안정을 잃어 직업을 갖고 처를 부양해 나갈 수 없었다. 따라서 그의 외적 생활은 광란적인 쾌락 추구로 화하였고, 그의 내적 생활은 그가 발견한 심미적 통일을 생존의 법칙에 옮겨 보려는 노력이었다. 산문시 〈유레카(Eureka, 1848)〉는 그가 전에 예술에서 발견한 인간 영혼의 조화된 한쪽을 뉴턴적(的)

우주의 수학적 기구 속에서 발견하려는 마지막 노력을 보여 주고 있다. 에머슨의 이원론(二元論)을 거부하여 이를 경멸하였던 포우가 결국 자신의 철학에 있어 자연과 예술 사이의 이와 비슷한 이원론을 발견했다는 것은 아이러니라 아니 할 수 없다. 그러나 시인 포우의 감정은 닳아 없어지고 그의 신경은 금방 뚝 끊어지려 하고 있었으니, 예술가 포우는 살아 있었지만 그의 육체의 피폐에서 그를 구하기란 만시지탄이었다.

4

나사니엘 호손(Nathaniel Hawthorne, 1804~1864)을 도덕가라기보다 예술가로서 산문(散文) 소설의 호적수(好敵手)로서 맞아들인 최초의 비평가는 포우였다. 1842년《트와이스 톨드 테일스(Twice Told Tales)》의 제2집이 나왔을 때 포우는 이를 평하였다. 그 글 중에서 그는 단편 소설의 형식에 대해서 그 당시로선 가장 훌륭한 정의를 내리고 있으며, 호손에 대해 이 형식의 가장 훌륭한 실천자라고 칭찬하고 있다. 포우의 지적하는 바에 의하면 산문 소설은 시와는 달리 그 목적으로서 미(美)보다 진리를 추구한다. 그러나 통일된 문체와 어조에 기초된 효과의 통일과 제한된 길이를 갖고 있어야 한다는 것이다. 호손은 이러한 요구에 합치하고 있으며, 그의 이야기는 “예술의 최고 영역—즉 고도의 천재만이 도달할 수 있는 예술—의 세계에 속하고 있다.” 호손의 통일된 문체는 평정(平靜)에서 나온 것이며, 부단히 진리를 탐구하며 필요한 간결(簡潔)을 준수하고 있다. 무엇보다 그는 “발명의 재(才)와 창작력, 상상과 독창성을 지니고 있으며 이것은 소설 문학에 있어 다른 어떤 소질과도 필적할 만한 가치 있는 특징이다.” 하고 포우는 말하고 있다.

그후부터 호손에 관한 비평가의 의견은 포우의 판단을 지지하였다. 그러나 호손의 교훈주의와 감상주의 등의 제문제에 많은 시간을 허비하고 있는 점이 없지 않다. 호손의 소재는 칼빈주의를 신봉한 뉴잉글랜드 조상들의 윤리적 인생관이었으며, 그의 이야기는 거의 언제나 교훈이 따른 우화였다. 그러나 작가 자신의 자기 소재에 대한 태도는 대개 예술가의 태도, 즉 소재에서 떠나 비평적이며 회의적이다. 그의 대부분의 이야기의 중심적 주제는 신학상의 문제로서의 죄가 아니고, 죄의 확신이 초기 식민자(植民者)들의 생활에 미친 심리적인 영향이다. 포우의 경우와 같이 호손은 인간 영혼의 어두운 심연(深淵)의 탐구자였으며, 인간 운명의 모순을 해결하기보다 오히려 그것을 백일하에 드러내기 위하여 예술을 이용했던 것이다.

호손의 청년 시절은 비교적 짧은 문학 활동기를 위한 긴 세월에 걸친 수학 시대였다. 그의 최고의 단편집이 나오기 전에 그는 이미 33세였고, 성공작을 쓴 것은 46세 때였다. 그럼에도 호손은 작가가 될 자기 운명에 대해 조금도 의심하지 않았다. 1808년 선장을 하고 있던 부친이 세상을 떠나고, 소년 시절의 호손은 자기 모친의 망부(亡父)에 대한 추억과 함께 셀렘(Salem)의 옛집에서 쓸쓸하게 살게 되었다. 그간 스펜서와 밀턴의 작품을 읽었고 가정교사 밑에서 보든 대학 입학 준비를 하고 있었다. 그의 수줍음은 뿌리 깊은 것이었고, 은퇴적 생활을 하고 있을 때건 학우들과 극히 자연스럽게 사귀고 있을 때건 언제나 따라다녔다. 호손의 전기작자들은 그가 장기간 은퇴적 생활을 보내고 또 인간을 싫어하고 있는 것같이 보이는 점과, 학우(學友) 프랭클린 피어스(Franklin Pierce), 헨리 롱펠로(Henry Longfellow), 그리고 호레티오 브리지(Horatio Bridge) 등과 친교를 맺었으며 후에 처자하고도 단란하게 살았다는 점과를 조화하는데 고심하여 왔다. 그러나 여기엔 하등의 모순된 점이 없다. 즉 수줍고 내향적인 성격을 가진 사람도 정말 마음이 편하게 되면 대개는 얌전하고 외향적인 인간이 될 수 있는 것이다. 호손은 인류를 미워했다기보다 가엾게 여겼다. 그는 인간이 받아 온 죄의식에 반감을 느꼈다기보다 오히려 이를 남과 더불어 짊어지는 사람이었다. 보든 대학을 졸업한 후 셀렘에서 사회를 등진 12년 동안의 은퇴 생활은 그의 예술에 대한 신중한 준비 기간이었다. 그는 많은 책을 읽었고, 〈고향의 일곱 가지 이야기(Seven Tales of My Native Land)〉라는 습작을 썼으나 전부 파기(破棄)하고 만 것 같다. 최초에 출판된 소설 〈팬쇼(Fanshawe, 1828)〉 역시 파기했어도 괜찮을 작품이기도 하다. 다만 인생을 어떻게 살 것인가에 대한 문제와 싸우며 동시에 사회에 순응하려는 은퇴적인 학자의 반자화상(半自畵像)의 부분만을 제외하고선 파기했어도 좋은 작품이었다. 주인공 팬쇼의 마음속엔 상상의 세계와 현실의 세계가 각각 분리·대립되고 있다. 이것은 당시의 호손에 대해서도 또 그후의 호손에 대해서도 언제나 그러하였다. 그의 일생은 그 자신의 정신의 성실을 유지하면서 생활에 순응하려는 부단한 노력이었다. 즉, 그의 작품은 이 주요한 주제를 여러 가지 각도에서 취급하고 있는 것이다. 포우의 경우와 같이 그는 예술의 창조로써 가장 훌륭하게 인간 생활에 순응하였으나, 소로처럼 독립적인 생활 방침을 마음대로 설정함으로써 순응하지는 않았다.

　호손이 자기의 문제를 자신의 민족적·국가적 역사 속에 갖다 놓음으로써 그 문제를 투시(透視)할 수 있는 방법을 배웠을 때, 작가로서 성공하게 되었다. 옛날 마녀재판(魔女裁判)이 행해졌던 셀렘 마을에 살았으며, 그의 직계 윌리엄 호손 판사를 통하여 이 사건에 연루되고 있었던 그는 셀렘의 역사와 청교도적 이주민들의 생활에 완전히 열중하고 말았다. 그들의 문제는 그의 문제였고 그의 문제는 그들의 문제였다. 그들에게 죄는 하나의 무서운 현실이었지만 그에게는 하나의 심리학적 고정 관념이었다. 이 사실이 그들을 완전한 매개물로 삼아 그의 회의적인 사색을 받아들이게 하였다. 그의 내성(內省)은 소설적인 구조 속에서 표현될 수 있었다. 호손이 고백을 하되 비밀을 지켜야 하는 절대적인 필요에 가장 적합한 수단으로서 극단적인 상징주의와 도의적 우화(寓話)의 형식을 택한 것은 당연하였다. 여기에서 그는 말하고 싶은 것을 말할 수 있었으며 또한 상징의 배후에서 숨어 버릴 수도 있었다.

호손을 서서히 세상으로 끌어낸 것은, 1837년《트와이스 톨드 테일스》의 제1권(제2집은 1842년)의 출판을 알선해 준 그의 옛 친구 호레토이 브리지와 1842년에 그와 결혼한 소피아 피보디(Sophia Peabody) 양이었다. 그 동안 호손은 될 수 있는 한 마몬의 신, 금전의 신에 타협하지 않고 생계를 이을 방도를 구하여 왔다. 당시 브루크 팜(Brook Farm)이라는 유토피아적인 농장에서 시험적으로 살아 본 일이 있었으나 이는 전적으로 실패에 돌아가고 말았다. 이것은 아마 그의 동기가 유토피아적이었다기보다 실제적이었을 것이기 때문일 것이다. 보스턴 세관의 지위는 불유쾌한 것이었으나 호구지책에는 족하였다. 그는 허약한 신부(新婦)를 데리고 콩코드의 노목사관(老牧師舘)에서 얼마간 로맨틱한 생활을 보냈으며, 이 짧은 기간이 그에겐 가장 행복한 시기였던 것같이 보인다. 1846년에는《노 목사관의 이끼(Mosses from an Old Manse)》라는 단편 제3집을 출판하였고, 그후 다시 세관의 노역(勞役)으로 돌아갔다. 이번에는 셀렘의 세관이었다. 호손은 어느 때이고, 하물며 그 당시엔―생계의 방도를 제공해 줄 그런 종류의 작품을 쓰고 있지 않았다.

확실한 비평 의식을 지니고 있었던 포우는 호손의 안개와 같은 이야기를 램과 어빙의 수필에 비유하였다. 사실 그의 작품에는 자기 사색에 탐닉하여 그 사색이 가는 대로 붓을 움직이는 작가의 수필적인 필치가 스며 있다. 그는 〈첨탑(尖塔)으로부터의 조망(Sights from a Steeple)〉이라는 글 속에서 다음과 같이 설명하고 있다. "참으로, 나는 높이 올라왔다. 그러나 그 보수는 너무나 적다. 지금 나는 여기에 정신이 아뜩해질 만큼 저 멀리 대지(大地)를 바라다보면서 피곤해 빠진 발로 서 있다. 그러나 하늘은 아직도 저 멀고 먼 저쪽에 있는 것이 아닐까." 그러면서도 그는 인간의 비밀을 연기내 나는 말로 속삭이는 굴뚝의 무리를 고독한 구름의 세계보다 더 좋아하였다. 이처럼 지상에서 멀리 떨어진 곳에서 그는 저 수평선 상에 모여드는 검은 구름을 바라다볼 수 있었고, 한편 하계(下界)의 노상에서 벌어지고 있는 장례식을 바라볼 수 있었다. 그는 인간 운명의 일부분도 아니었고 그렇다고 이에서 완전히 떠나 있는 것도 아니었다. 그는 인생에서 자기의 교훈을 얻고 있었던 것이다. '인간은 자기의 동포를 내버려서는 안 된다. 상대가 극악의 죄인일지라도.'

호손이 차지하고 있는 인간 생활의 권외도 권내도 아닌 중간적 위치는 심미적(審美的)인 의미와 동시에 도덕적인 의미를 내포하고 있다. 이것은 예술가로서의 그에게 현실을 소설적인 자유로서 취급하는 데 필요한 투시력을 부여하였으며, 도덕가로서의 그에겐 그가 세상에 보낼 메시지를 제공한 것이었다. 그 메시지는 죄의 속박은—범해진 것이건 생각된 것이건—인간을 지상(地上)에 따라 동포의 공동 운명에 얽매어 놓는 것이라는 것이었다. 진정한 칼빈교도는 죄의 확신을 내세의 약속된 구조(救助)의 준비로서 탐구한다. 그러나 인도주의적 이단자 호손은 이것을 인류 동포에의 패스포트라고 보며 내세에서 무슨 일이 일어나건 그다지 개의치 않는다. 그의 에세이는 이 문제에 관한 사색이다. 즉, 그것은 첨탑에서 혹은 한밤중에 놀라 깨어난 불가사의한 순간에, 마침 꿈의 문에 들어서려는 찰나에 환상에 나타나는 광막한 서부의 대평원에서 이루어진 사색(思索)이었다. 그것도 언제나 시간과 공간을 불문할 현실 생활에서 한 발자국 떨어진 곳에서 이루어진 사색이었다.

호손의 이야기는 이러한 사색을 평소 관찰한 남녀의 생활—즉 상상에 의하여 식민지 시대의 먼 과거에 옮겨다 놓은 친근한 사람들의 생활에다 투사(投射)한 것이다. 즉 숲속 깊은 곳, 한밤중 요마(妖

魔)들이 만나는 회합 장소에서 자기의 애처를 만난다는 굿멘 브라운 청년, 혹은 검은 베일을 걸치고 상상된 죄를 감추자 오히려 죄 많음과 보통의 인간성을 나타내고 마는 목사, 혹은 대죄(大罪)를 범하여 마침내 그 심장이 대리석으로 되어 버린 것이 발견된 선 브랜드 그리고 가장 사랑하는 님의 생명의 원천이 되고 있는 독약에다 해독약(解毒藥)을 마련하여 죽이고 마는 과학자 등은 이러한 부류에 속하는 사람들이다.

　이런 이야기 속에 나타나는 인물은 환영(幻影)과 같은 존재, 즉 인생을 비개인적으로 해독(解讀)하고 있는 어떤 형태의 의미를 통하여 움직이고 있는 막연한 상징에 지나지 않는다. 배경 역시 인상파의 필치로 폭넓게 흐리멍덩하게 소묘(素描)되고 있다. 이야기의 기분은 작가 자신이 묘사하는 인생 비극을 심각하게 느끼고 있기 때문에, 고요하지만 한편 강렬하다. 그의 기독교적 신앙 속에 희미하게 보이는 인간 완성이라는 갈망이 부여된 남녀가 그의 작중 주인공이나, 죄의 신비 속에서 어두운 구제(救劑)를 발견하고자 자기 자신으로 영구히 되돌아가는 그런 인간들이다. 모든 기독교적 비극 배후에는 인간의 타락이건 천사의 타락이건 언제나 타락이란 제재와 이에 따르는 구제의 문제가 있는 것이다. 호손은 헤브라이의 예언자와 밀턴 그리고 멜빌과 함께 이 전통을 공유하고 있다. 단편 소설에서의 그의 예술은 우화의 수준을 넘지 못하고 작품의 의미만이 클 뿐 작중 인물과 장소는 거의 실재성을 잃고 있다. 그의 장편 소설에 있어선 비극적인 환상을 자유로이 구사하고 있다. 조나단 에드워드에 대해선 매우 절실한 하나의 현실이었던 천국과 지옥에 관한 기독교적 신화는, 예술가인 호손에게 대해선 19세기적 인간의 고민을 서술하는 데 편리한 하나의 인정된 상징 체계(象徵體系)였었다.

5

소년 소녀를 위하여 쓴 《탱글 우드(Tangle Wood)》 단편집을 계산에 넣지 않으면, 〈더 스노이미지 앤드 어더 트와이스톨드 테일스(The Snow-Image and Other Twice-Told Tales, 1852)〉라는 단편집이 하나 더 있을 뿐이다. 이 장르에 있어서의 호손의 예술 범위는 크지도 않으며 동일한 인물이나 테마 그리고 장면을 되풀이하는 경향이 있다. 호손은 포우가 요구한 통일성을 열두서넛 작품에서 달성하고 있으나 변화가 결핍되고 있다. 마침 그의 우인이며 출판인이었던 제임스 T. 필즈(James T. Fields)가, 좀더 긴 이야기를 쓰면 더 많은 독자를 획득할 것이라고 제안하여, 그의 결점을 살리게 되었다. 이때가 1850년이었다.

이리하여 씌어진 〈주홍 글씨(The Scarlet Letter)〉에서 호손은 더 큰 범위를 발견하였을 뿐만 아니라 더한 깊이를 발견하였다. 이 작중 인물인 헤스터 프린(Hester Prynne)과 그의 애인 아서 딤스데일(Arthur Dimmesdale) 목사는 호손의 사색의 테두리에서 빠져나와 산 인간이 된 최초의 인물이다. 이 작품의 테마는 이야기가 시작되기 전에 이미 범하여진 죄 그리고 그 죄의 결과가 몇몇 사람들의 생활에서 퍼져 나가고 있는 데 대한 흔한 테마다. 여기서 그 죄란 간통죄다. 그러나 작가 호손은 그 죄의 영원한 참회로서 주홍 글씨 A를 가슴에 달기를 요구하는 청교도적 사회의 절대적 윤리에 동조하고 있지 않다. 이보다 한층 높은 그리고 그가 본능적으로 지지하고 있는 거의 이교도적인 도덕 수준에서, 헤스터는 부단히 공중 앞에 자백함으로써 신을 무서워하는 청교도들에게서는 찾아볼 수 없는 일종의 순결성과 힘을 얻고 있다. 한편 딤스데일 목사는 정신적 지도자로서 세상에 나타나는 동안, 헤스터와 같이 저지른 죄를 감추고 있어 도덕적인 피폐를 경험하다 마침내 육체의 파멸과 죽음을 초래하고 만다. 이상하게도 이 삼각 관계의 제삼인물이며, 배반당한 남편 로저 칠링워스(Roger Chillingworth)는 작중의 악한이 되고 있는 것이다. 즉, 칠링워스는 젊은 목사에게 거의 최면술적인 억제를 행사하여 교묘하게 그의 파멸을 일으키게 함으로써 호손의 죄악, 즉 인간 심정의 침해(모독)라는 죄를 범하고 있는 것이다.

이 이상한 이야기 속에선 청교도 사회의 도덕율은 사회적 복합(複合) 의식으로 화하며, 이에 대하여 현세적 사랑이라는 자연 도덕율은 반항하고 있다. 사회적인 죄를 범한 이 두 주인공은 그들의 시련으로 해서 정화(淨化)되고 있기는 하지만 그들이 그런 반항을 하지 못한 데 비극이 있다. 기독교적 비극으로서 보면 이 이야기의 형식은 인간 타락이라는 테마로서 결정되고 있다. 그러나 구제는 신을 인식하는 데서보다 악마를 인식하는 데서 오고 있다. 이와 같은 종교 제도에 의하면 헤스터는 물론 영원의 고뇌를 면할 수는 없다. 그러나 이 이야기는 일면 희랍적인 비극이다. 왜냐하면 헤스터는 인간이 만든 법률에 반항하여, 그 비극적인 결함 때문에 결국엔 파멸되나 동시에 정화되고야 말 비극적인 숭고성에까지 도달한 지상(地上)의 여인이기 때문이다. 이 작품은 호손이 자각한 이상으로 잘 씌어진 것이며, 그 후 다시는 이보다 훌륭하게 쓸 수는 없었다.

그 자신의 모호한 입장은 이 짧고도 완전한 예술 작품 속에 유감 없이 나타나 있다. 작가도 그의 소재를 충분히 받아들이고 있으며, 작중 인물로 하여금 각자의 입장을 진술하게 하여 그들 행동에 대해선 심미적인 통제를 가하고 있을 뿐이다. 그의 도덕적인 무관심은 상상한 것보다 훨씬 완전한 것이었다. 그는 자기도 모르는 사이 윤리상의 완전한 회의주의자가 되었으며, 인간 의지의 모순이 자체의 파멸을 초래하고 있음을 냉정히 관찰할 수 있었다. 그는 헤스터를 처벌하는 데 있어 사회와 전통적 신앙에 찬성하고 있지만 이와 동시에 작가뿐만 아니라 모든 사람이 헤스터를 사랑하지 않으면 안 될 이유를 밝히고 있다.

그후 호손은 그가 묘사한 인생에서 그렇게 멀리 떨어져 있은 일이 없었고, 또 그처럼 집중된 기교를 구사한 일도 없었다. 그의 다음 소설인 〈박공이 일곱 있는 집(The House of the Seven Gables, 1851)〉에 붙인 서문에서, 그때까지의 직관적인 수법을 명백히 진술하고 있다. "나는 소설과는 분명히 구별되는 로맨스를 쓰고 있다. 소설은 원래 인간 경험상 가능한 일뿐만 아니라 있을 수 있고 일상 생활의 세부에까지 일일이 충실함을 목적으로 해야 한다. 로맨스도 예술 작품으로서, 법칙에 엄격히 따라야 한다. 그리고 이것이 인간 심정의 진리에서 벗어나고 있는 한 용서할 수 없는 죄를 범하는 것이 된다. 그러나 로맨스는 그러한 제한 내에서는 작자 자신이 선택하거나 창조한 상황 밑에서 그와 같은 진리를 충분히 표현할 권리를 갖고 있는 것이다."라고 말하고 있다.

호손은 그의 작가의 자유를 충분히 이용하여 그의 고향인 셀렘의 과거를 따뜻한 온정에서 재현하고 있으며, 작중의 중심 인물에는 어느 특정된 인물이 아니고 오히려 한 '집안'을 택하고 있다. 그 집이란 포우의 어셔 가(家)와 마찬가지로 물리적 존재와 동시에 한 가족을 포함하고 있다. 그리고 이 집에 대대로 이어내려온 저주가 그 주제를 이루고 있다. 식민지 시대의 핀존 대령(Colonel Pynch-eon)이 복수심에 불탄 매슈 몰(Mathew Maul)에 행한 부정은 19세기에 사는 핀존 판사 그리고 그의 불쌍한 사촌 헵지버(Hepzibah)와 클리포드(Clifford) 위에 깊아지고 있다. 몰의 후손인 홀그레이브(Holgrave)가 이 집을 버리고 나가자 쓰러져 가는 저택으로부터 저주를 없애기는 하나 결국 이 집의 생명은 사라지고 만다. 전작(前作) 〈주홍 글씨〉보다 더욱 긴 장편인 이 소설은—혹은 로맨스는—인물 묘사보다 배경과 제목에 더욱 의뢰하고 있기 때문에 전작과 같은 깊은 이해에 도달하고 있지 않다. 〈주홍 글씨〉는 집중되고 있는 데 반하여 이 작품은 산만한 느낌이 있으며, 전작이 심각한 집중력으로 초점이 모여지고 있는 데 반하여 이 작품은 파노라마적이다. 그러나 이 작품의 비극적인 강력성은 전작에 못지 않다.

다음의 두 소설은 여러 가지 각도에서 양심의 주제를 다루고 있다. 〈브릴스데일 로맨스(The Blithedale Romance, 1852)〉에 있어 호손은 사회적 유토피아를 건설하는 일단의 사람들이 서로의 마음을 잡아먹는 사정을 그리고 있는데, 이 작품의 모델은 그가 참가한 루브크팜의 동료들이었다. 그러나 그 중 강한 성격을 가진 제노비아(Zenobia)와 홀링워스(Hollingworth) 이 두 사람은 작자의 동정이나 독자의 지지를 얻지 못하고 있다. 그래서 플롯의 비극적 결말도 납득시킬 수 없다. 섬세한 마음씨의 프리실라(Pricella)와 은퇴적인 학자 커버데일(Coverdale)은 작자의 인생관에 너무 지배되고 있다. 그리고 인간 개성의 최면술적인 침해라는 주제를 전개하기 위하여 멜로드라마적인 정황에 의뢰하는 경향이 심리 분석의 유일한 걸작이 될 뻔했던 이 작품을 약화하고 있다. 아마 당시의 소설에서 잠재 의식의 역할이 이처럼 충분히 파악되고 있지만 또한 이처럼 이해되고 있지 않는 소설도 없을 것이다.

그의 마지막 완결작 〈더 마블 폰(The Marble Faun, 1860)〉은 그가 미국 영사로서 리버풀(Liverpool)에 체재하였을 때 또 이탈리아를 여행하였을 때의 경험에서 산출된 것이다. 무대는 19세기의 로마이지만 인물과 문제는 청교도의 뉴잉글랜드에서 로마에로 옮겨 놓은 것이다. 이 작품을 일종의 여행 안내기로 만들자는 작가의 희망은 서술 도중에 서경(敍景) 문장을 기다랗게 삽입시킴으로써 실현되었지만 그 결과 이 작품은 박력을 잃고 만다. 죄와 응보 그리고 적어도 현세에선 참회함으로써 구제된다는 주제는 이 정묘한 플롯에 대해서 하나의 테두리를 제공한다. 그리고 그런 테두리 안에서 환상과 멜로드라마적인 사건이 가득 차 있다. 악(惡)을 알기 때문에 순진성을 잃지만 그 대신 인간성을 얻고 있는 도나텔로(Donatelo)의 귀는 폰신(神)의 귀와 같지만 납득이 가지 않는다. 또 살인과 고백의 플롯도 결코 상징적인 수준에 달하고 있지 않다. 그럼에도 다른 소설에 있어서와 같이 이 소설에도 한결같은 기쁨이 있다. 아무리 그의 상상이 어둡다 하더라도 허구(虛構)의 세계에 있어서의 호손의 생명은 언제나 강렬하였으며 그 기쁨을 독자에게 전할 수 있다. 호손의 장편 소설에는 일종의 매력이 붙어 다니고 있는데 이 마지막 장편 소설도 그의 최대 걸작인 〈주홍 글씨〉에서 볼 수 있던, 예술적 통제력이 점점 약화되어 있음에도 불구하고 여전히 매력을 발하고 있다. 이것은 그가 취급하고 있는 정열과 문제를 직접 알고 있으나, 그 자신은 그 그물 속에 잡혀들지 않고 그것을 표현할 수 있는 이 작가의 비범한 힘에서 나오고 있는 것이다. 호손에게 이처럼 예술적 거리를 준 것은 우화(寓話)의 형식이었으며, 이 우화는 주로 도덕적인 목적을 위해서 보다 심미적(審美的)인 목적을 위해서 사용되었기 때문에 어떤 상징적인 의미를 작자의 상상적인 여러 사건에다 줄 수 있는 것이다. 호손은 인간 사이에 있어 주동력으로서 도덕에 대하여 깊은 관심을 갖고 있었음에도 불구하고, 포우의 경우와 같이 그의 걸작에선 심미적 거리를 구현할 수 있었다. 이로써 그는 미국 최초의 문화적 르네상스에 달하였을 때 미국 생활에다 문학 예술에 있어서의 비평적 표현을 제공할 수 있었던 것이다.

제 5 장 낭만적 위기
— 멜빌, 휘트먼 —

1

젊은 공화국의 정신을 최초로 확인한 자는 에머슨과 소로이며, 그 고뇌와 비극적인 목소리의 표현을 준 자가 포우와 호손이라면 다음은 그 신념과 절망의 소리를 전세계에 부르짖는 불후의 문학 걸작이 나올 시기였다. 1850년이 바로 그런 시기였다. 이리하여 위대한 문학이 나타났으며, 그 중에서도 《백경(白鯨, Moby-Dick, 1851)》과 《풀잎(Leaves of Grass, 1855)》은 이와 같은 신념과 절망을 표현하는 것이었다.

이 두 작가는 같은 해에 태어났고, 실제로 근 1세기에 걸쳐 장수를 누려 왔으며, 1년 사이에 세상을 떠났다. 짧은 여행 기간을 제외하고선 둘 다 수백 마일 이상 떨어지지 않는 곳에서 늘 살고 있었으며, 뿐만 아니라 뉴욕과 그 교외를 상주(常住)의 땅으로 믿고 있었다. 또 둘 다 니커보커 파(派)의 작가들의 기지와 애국심의 영향을 받았고, 또 뉴잉글랜드의 작가들의 양양한 이상주의와 폭이 넓은 상상력의 영향을 받았다. 그러면서도 서로 개인적으로 안면이 있었다든지 혹은 상호간의 상상이나 저술에 대하여 중대한 논평을 가했다든지 하는 기록은 남아 있지 않다. 그리고 휘트먼이 《풀잎》이란 시험적인 시집을 발표하였던 1855년에는, 멜빌의 중요한 창작 활동은 사실상 종결되고 있었다. 이 두 위대한 반항아들은 각기 자기 자신의 상상의 왕국을 만들어 일생 동안 그곳에서 살았던 것이다. 서정적인 필치와 비극적인 환상으로써 창작해 나간 이 두 작가는 만세(萬世)에 향하여 말을 걸었으며 서로 인사할 필요는 없었다. 그들은 다 같이 동시대인으로부터는 경멸에 가까운 오해를 받았지만 결국은 후대 사람들의 칭찬을 받았던 것이다.

보통 사람들의 마음에는 이 두 작가의 기분과 사명이 서로 격렬하게 대립되고 있는 것같이 보인다. 멜빌의 소리는 피육과 절망의 소리이다. 만일 그의 신앙이 그의 우주적인 회의(懷疑)를 초월한 것이라고 말할 수 있다면, 그의 궁극적인 신앙은 악(惡)의 필연성에 대한 것이다. 휘트먼은 인생, 미래 그리고 인류의 공통적인 선(善)에 대한 신뢰를 구하여 절규하였는데, 이에 반하여 멜빌은 악마의 대변자인 것같이 보인다. 철학적으로 보면 멜빌은 포우와 호손에 연결되고 있고, 휘트먼은 에머슨과 소로에 연결되고 있는 것 같다. 그러나 이 대조는 착각이다. 위대한 송사(頌詞) 〈요람(搖籃)에서 영원히 흔들리다(Out of the Cradle Endlessly Rocking)〉라는 시에서 결론짓고 있는 죽음의 환희를 부르짖은 이는 휘트먼이었고, 자기의 순결함을 역형(磔刑)에 처한 비어 선장(Captain Vere)을 축복한 빌리 버드(Billy Budd)로 묘사한 이는 멜빌이었다. 〈풀잎〉은 노골적으로 단언하고 있는 나 자신의 노래(Song of Myself)를 제외하면 광대한 우주 한가운데에 서 있는 인간의 미약함에 바친 시인의 깊은 슬픔의 노래다. 〈백경〉은 모든 위대한 비극과 마찬가지로 인간의 심정에서 사나움을 없애 버리고, 이 비극의 유일한 생존자에게 세상을 내다볼 착실한 경험의 눈을 주고 있다.

〈백경〉과 〈풀잎〉의 차이는 각자가 표현하는 서사시의 종류에 있다. 서사시에는, 시인이 신(神)에 반항하여 운명에 대한 항의의 소리를 인류에게 들려주는 비극적인, 즉 프로메테우스적인 서사시가 있다. 그리고 시인이 그 민족의 공통적인 열망과 신앙을 노래하는 영웅적, 즉 민족적 서사시가 있다. 미국 문학은, 이 두 가지 종류의 서사시를 거의 같은 순간에 산출하였던 것이다.

2

허먼 멜빌(Herman Melville 1819~1891)은 어빙이 〈니커보커의 역사〉에서 풍자하고 쿠퍼와 폴딩(Paulding)이 그들 소설에서 애정을 품고 묘사하고 있는 뉴욕 주(州) 북부의 네덜란드 계 영국인의 후예였다. 뉴욕에서 출생하여 그곳에서 자라난 멜빌은 당시 순수한 미들 스테이츠(Middle States : 뉴욕, 뉴저지, 펜실베이니아)의 삼 주(三州) 인이었다. 청년 시절의 6년간을 허드슨 강(江) 상류에 위치한 알바니(Albany)에서 보낸 것은 그의 뿌리 깊은 지방색을 더욱 확신케 하였고, 애정으로 굳게 엮어진 가정 생활은 칼빈주의의 확신성을 체득시켰고 또 경제적 안정감을 주었다. 만일 모친인 마리아 갠스버트(Maria Gansboot)가 사회관이나 종교적 신념에 있어 좀더 유연하였고 그리고 부친인 앨런 멜빌(Allan Melville)이 가정 경제를 좀더 긴축하고 함부로 세계 여행을 하지 않았더라면, 반항아 허먼 멜빌은 결코 발견되지 않았을 것이다. 표현에는 나타나지 않았으나 가정에 있어서의 격렬한 감정 충돌에서 하늘의 별에라도 반항할 만한 의지가 생겨났던 것이다. 그 자신의 다소 소설화된 설명에 의하면 그는 19세 때, 생전 처음 본 선저(船底)가 동으로 깔려 있는 전범장(全帆裝)의 상선을 타고—피스톨과 탄환 대신—리버풀(Liverpool)로 출항할 용의가 되어 있었다는 것이다. 그래서 그는 이를 실행하였고, 이리하여 행실 좋고 수줍은 청년의 마음속에 부랑인(浮浪人) 이쉬멜(Ishmael)이 태어난 것이다.

멜빌의 일생 중에서 가장 커다란 형성기였던 시기는 현실적인 고난이라기보다 정상적인 고난에서 로맨틱하게 도피하려는 매우 흔한 형태에 속하고 있다. 사실 그의 출발은 과부인 자기 어머니와 또 이 여행을 부러워하고 있었던 그의 형제들의 양해 밑에 계획된 것이며, 그 형제들은 먼저 뉴욕으로 나가 만단의 준비를 갖추어 주기까지 하였다. 〈레드번(Redburn)〉이라는 이름의 소설에 나오는 청년 주인공 레드번은 외로운 절망 속에 고국을 떠나 자살이라도 할 것 같은 우울에 잠겨 미지(未知)의 세계로 향하였다. 그러나 실제로 이러한 자서전적 소설에 있어 멜빌이 추구하고 있는 진리란 호손의 경우와 같이 인간 심정의 진리뿐이었다. 이러한 자서전적 소설을 작가가 직접 경험한 사실의 기록이라고 받아들인 왕년의 전기작가들의 견해는 최근의 멜빌 전기작가들에 의해서 많이 수정되었다. 이 사건에 대한 작가의 실기(實記)와 소설화된 기술과를 비교하여 보면 위대한 상상력의 작용을 이해할 수 있을 것 같다. 선트 로렌스 호(號)가 면화의 적하를 적재하고 리버풀을 향하여 부두를 떠나려 할 때, 자기 두 형제와 나이 위인 친구에게 이별의 손을 흔들었던 얌전한 청년은 보기에는 행복한 것 같았으나 그의 마음속에선, 그가 후년에 그리다시피 인간성으로부터의 절망과 고독의 추방자였던 것이다.

멜빌은 일생을 통하여 이중(二重)의 개성을 지닌 인간이었다. 즉 두 가지 의식층에서 살고 있었으며, 그러한 의식층에서 동시에 충실하고도 예리한 생활을 해나갈 수 있었다. 이것은 어떤 감정에 사로잡혀 있으면서도 동시에 일어나고 있는 사건을 비평적으로 의식하는 흔한 경험이다. 그러나 이 경험이 멜빌의 자서전적 소설에 있어서만큼 잘 표현되고 있는 예는 적다. 자살이라도 할 것 같은 외로운 청년과, 화려한 모험을 향하여 출발하려는 행복하고도 복된 청년은 다 같이 난간에 기대며 손을 흔들고 있었다. 이 양자가 후에 서로 협력하여 사실을 기록함과 동시에 청년의 내적(內的) 갈등을 비범하고도 정확하게 표현한 작품 〈레드번〉을 만들어낸 것이다. 멜빌의 대작(大作)이라고는 말할 수 없는 이 작품에서도, 작가는 동료들 틈에 들어가 레드번의 항해를 청춘의 꿈이 냉혹한 현실의 경험과 처음으로 부닥친 상징으로 만들고 있다. 이보다 훨씬 복잡하나 같은 과정이 〈마디(Mardi)〉〈백경(Moby-Dick)〉 그리고 〈피에르(Pierre)〉를 창조하였으며, 이들 작품에선 격정과 이해를 최고도에 달하게 하고 있으며 동시에 예술가 멜빌은 이 양자를 억제하며 통어(統御)하고 있다.

멜빌은 내면 생활과 외면 생활을 동시에 해왔기 때문에 내면 전기(傳記)와 외면 전기는 같이 수행되지 않으면 안 된다. 옛날 그의 부친이 사용했을는지 모르는(초기 전기작가들은 그렇게 추정하고 있는데) 여행 안내기를 손에 들고 리버풀로 향한 이 견습 선원은, 해상 생활의 고초와 둔감한 동료들을 참아 가면서 곧 보게 될 이국(異國)의 광경을 꿈꾸고 있었다. 그러나 리버풀 부두가의 빈곤과 추악한 세상은 그의 마음에 심각한 충격을 주었다. 왜냐하면 미국의 도시에는 아직 빈민가란 것이 없었기 때문이었다. 그는 6주간의 체재 동안 영국의 주요 항구인 리버풀과 그 주변 이외에는 아마 많이 보지 못하였을 것이다. 이 소설에 나타나는 여러 가지 자세한 사건은 물론 급히 서두른 런던 여행 그리고 귀로에서의 배덕한(背德漢) 잭슨의 삽화 등은 그의 상상에서 나온 산물인 것같이 보인다. 그리고 이런 부분이 이 소설에서 가장 훌륭한 부분이다.

귀국하자 멜빌은 자기 집 경제 사정이 출발 당시보다 더욱 악화되고 있는 것을 발견하였다. 그래서 그는 다시 항해에 나섰는데 이번에는 뉴베드포드에서 포경선(捕鯨船) 애큐스네트 호(號)에 몸을 싣고 남태평양으로 향하였다. 선장이 증언한 선원 명부에 의하면 1842년 7월 9일 리처드 T.그린(Richard T. Greene)과 허먼 멜빌은 누키 히바(Nuke hiva) 섬에서 탈주하였다. 그린은 작중의 토비

(Toby)이다. 토비는 모험을 좋아하는 벗과 더불어 미개의 마케사스 군도(群島) 한 곳에 상륙하여 내륙으로 들어가면서, 이 열대 지방의 풀숲에서 나타날 토인이, 언제나 서로 교전(交戰)하면서 이 섬에 살고 있다는 두 종족의 식인종 중에서도 덜 용맹한 것을 희망하고 있다. 멜빌이 최초에 출판한 소설 〈타이피(Typee, 1846)〉에서 기술하고 있는 토인들과의 목가적인 생활은 다만 사실의 윤곽만을 따르고 있다. 예들 들면 사실은 카누를 젓고 있는 처녀 피야웨이(Fayaway)도 없었으며, 내륙(內陸)의 못은 존재하고 있지 않으며, 공포에 떨고 있으나 만족하는 포로를 감시하는 코리코리(Kory-Kory)라는 토인도 없었다. 이에 반하여 토비의 도피 그리고 다음엔 작가의 탈출은 사실이나 이름을 달리한 낡아빠진 포경선 주리어 호(號)나 그 배에서 새로 사귄 롱 고스트(Long Ghost) 선의(船醫) (멜빌의 인물 중에서 가장 애정을 품고 아이러닉하게 묘사한 인물), 그리고 속편인 〈오무(Omoo, 1847)〉에서 진술되고 있듯이 타이티(Tahiti) 섬과 그 부근에서의 모험 이야기 등은 다 같이 사실에 의하는 것이다. 그러나 소설과 사실과의 연대적 일치는 깨어지고 있다. 이 바다의 방랑자는 한 번 더 태평양상의 포경 항해를 하고 난 후, 군함 유나이티드 스테이츠(United States) 호(號)에 편승하여 호놀룰루에서 보스턴으로 돌아가기 위하여 해군에 입대하였다. 그는 보스턴에서 1844년 10월 14일 해군에서 제대하였다.

멜빌은 1847년 8월 4일 재판소장 레뮤엘 쇼(Lemuel Shaw)의 딸과 결혼하게 된다. 그 사건은 세계를 무대로 한 방랑자를 존경할 만한 일가(一家)의 주인으로 그리고 시민으로 바꾸어 놓았다. 그 이후 단기간의 여행을 제하고선 허먼 멜빌은 뉴욕 시에서 혹은 매사추세츠 주(州)의 피츠만 필드 근처의 애로우헤드(Arrowhead)의 별장에서 지냈다. 1850년부터 1851년까지 레녹스(Lenox) 근처에 살고 있었던 나사니엘 호손과의 짧은 교우(交友) 그리고 1856년의 단신

성지(聖地) 여행, 이러한 것이 그의 저작에 관한 한 그의 후년에 있어서의 주요한 사건들이었다. 심리학자는 외면으론 보통 사람과 비슷한 그런 인간 생활에서 일어난 내적 격정(內的激情)에 관심을 갖고 있다. 그리고 독자는 주로 각성되었으나 억제된 천재성의 탐구와 통찰을 보여 주는 그런 작품에만 흥미를 갖고 있다. 1846년부터 1852년까지 멜빌은 맹렬히 작품을 썼으며 이를 출판하였다. 그리고 1853년부터 1857년까지도 문필 활동을 계속하였다. 그러나 그때의 그의 분방한 상상력은 불확실한 비평안에 굴복하고 말았다. 그리하여 1858년부터 세상을 떠날 때까지의 30여 년 동안 그는 비교적 침묵을 지켰으며, 그때까지 쓴 그의 소설은 거의 잊혀지고 있었다. 멜빌은 전도가 양양한 작가였지만 그러나 그에 대한 초년의 찬사는 완전히 망각되고 말았다.

1920년대에 와서 백경(白鯨)에 대한 흥미의 부활을 보았는데 이것은 모든 문예사상(上)에 있어 가장 극적인 가치평가 역전의 예의 하나다. 교과서에서 명맥을 이어 온 멜빌은 하룻밤 사이에 19세기 미국 문학의 육대작가(六大作家)의 한 사람으로 등장하였다. 〈백경〉은 제1차 대전에 참가했던 청년들에게 직접 호소하는 바 되었다. 일단 이 작품이 재발견되자 다른 작품들도 이에 따라 인정받게 되었다. 첫째로 해양 소설인 〈레드번(Redburn, 1849)〉과 〈화이트 재킷(White Jacket, 1850)〉, 다음은 두 개의 상징적 로맨스인 〈마디(Mardi, 1849)〉와 〈피에르(Pierre, 1852)〉 그리고 최후의 〈사기꾼(Confidence-Man, 1857)〉과 같은 철학적인 우화소설 그리고 유고(遺稿)인 〈빌리 버드(Billy Budd, 1924)〉, 거기에 단편 소설과 시 등이 주목을 끌게 되었다. 멜빌은 양질(量質) 모든 면에서 공히 재평가될 만한 우수한 작품을 썼던 것으로 보인다.

3

멜빌의 예술은 〈백경〉을 정점(頂點)으로 하여 전후에 퍼져 있다. 만일 이 중심적인 정점이 없다고 한다면 그의 예술은 혼돈되고 무의미한 것이 될 것이다. 즉, 그 초점이 있음으로 해서 그의 예술은 하나의 연관된 심미적 전체를 이루고 있는 것이다.

이 대작(大作)의 환상은 매우 집중되고 있기 때문에 이것은 오로지 포경선 피쿼드(Pequod) 호(號)의 광적인 선장 에이해브(Ahab)와 거대한 '백색'의 괴어 '모비딕'과의 싸움이라고 부를 수 있다. 전번 싸움에서 에이해브는 패배하여 그 패배의 상징으로 고래뼈로 만든 의족을 달고 있다. 복수에 불탄 에이해브는 두 번째의 회전(會戰)을 향하여 출범하면서 완전한 승리가 아니면 완전한 파멸이 있을 뿐이라고 맹세한다. 그의 망집(妄執)은 그의 모든 선원을 그의 정열의 도가니 속으로 몰아넣는다. 어떤 자는 기꺼이 또 어떤 자는 하는 수 없이 그리고 또 어떤 자는 싫어하면서도 항해는 시작된다. 그리하여 이 항해는 파멸인 동시에 승리로 끝마치고 만다.

최초의 항해에 나가는 이쉬멜(Ishmael)의 입으로 말하는 이 이야기는 세 부분으로 구성되어 있다. 이 평범한 청년은 여러 가지 사건과 징조에 의하여 이번 항해가 보통 항해가 아니라는 경고를 미리 받으나, 그럼에도 결국 배에 타기까지의 상세하고도 기다란 서론으로 시작된다. 다음은 이 이야기의 주요한 부분을 차지하고 있는데, 모비딕은 수개월에 걸쳐 해상에서 추적되며, 그간 여러 가지 사건과 포경의 기술적인 과정 등이 상세하게 기술되고 있다. 그리고 질풍신뢰(疾風迅雷)와 같은 마지막 삼장(章)에서 불구대천의 이 양자는 사투를 연출한다. 이 분쇄된 포경선의 유일한 생존자인 방랑자 이쉬멜이 그 전말을 이야기하는 것으로 되어 있다.

이 이야기는 이쉬멜, 에이해브 그리고 백경(白鯨), 이 삼 자를 중심으로 하여 다른 인물들이 모여 있다. 세 명의 운전사는 다 뉴잉글랜드의 출신이다. 즉 신앙심이 두터운 스타벅(Starbuck), 둔하고도 익살맞은 스타브(Stubb) 그리고 늙어 빠진 플라스크(Flask) 이들 셋이다. 살잡이는 다 원시인이다. 즉 인디언인 태쉬티고(Tashtego), 흑인 다구(Dagoo) 그리고 폴리네시아인인 퀴퀘그(Queequeg) 이들 셋이다. 에이해브 가까이엔 신비로운 배화교도(拜火敎徒)인 페덜라와 백치(白痴)의 흑인 소년 핍(Pip)이 있다. 스타벅은 인습적인 기독교의 빛을 이 이야기 위에다 던지고 있으며, 퀴퀘크는 원시적인 이교도의 도덕의 빛을 던지고 있다. 그러나 둘 다 에이해브의 의지를 극복할 수는 없다. 뿐만 아니라 그가 추격하고 있는 그 적(敵)의 소문을 들었다든지 보았다든지 조우(遭遇)하였다든지 혹은 혼이 나서 도망을 했다든지 하는 여러 배로부터 경고를 받았지만, 그의 의지를 꺾을 수는 없었다. 추격에는 용서가 없었다.

멜빌은 1850년 겨울, 포경에 관한 책을 쓰기 시작하였다. 5월경까지는 반 정도 진척중이라고 생각하고 있었다. 그러자 그해 여름 그는 호손을 만나게 되었고 셰익스피어를 재독하였다. 그리하여 이 작품을 쓰고 있는 도중 전체의 구상이 달라지고 만 것 같다. 왜냐하면 그후 일 년이 지나서도 아직 완성되지 않았기 때문이다. 결국 이 책은 1851년 10월 영국에서 출판되었고, 그리고 그 연내에 미국에서 출판되었다. 멜빌은 쓰지 않고는 견딜 수 없었던 지독한 책을 그리고 단순히 반자서전적인 로맨스가 아닌 책을 쓰기로 결심하였다. 우선 이야기의 줄거리가 완성되었고 다음은 독서와 사색에 의하여 두 가지면이 재고(再稿)되어 채워진 것같이 보인다. 포경학과 포경의 지식에 정통하고 있었던 멜빌이 이 소설에 그에 관한 지식을 털어넣고 있어, 이 작품은 바다의 공기를 풍기며 끓어오르는 고래기름 냄새를 발산하고 있다. 그리고 자기 자신의 운명에 직면한 자유인의 문제에 심히 감동된 멜빌은 에이해브를 신과 자연에 도전한 거인들의 한 사람으로 만들고 있다. 이 개작(改作)에 있어 사실은 상징화되고 사건은 보편적인 의미를 갖게 되었다. 그 해 동안 멜빌은 단지 포경에 관한 것을 쓰고 있었던 것이 아니고 '매우 균형짓고 있으나 서로 상반되는 이상야릇한 소설'을 쓰고 있었던 것이다. 이것은 그후에 나온 〈피에르〉라는 소설의 주인공 피에르에서 고뇌에 사로잡힌 인간으로서의 자신의 모습을 기술하고 있다.

이 변화는 상기한 사실이 보여 주는 만큼 급작스러운 것은 아니다. 멜빌은 그의 최초의 소설 〈타이피(Typee)〉에서 자연인은 여러 면에 있어 문명인보다 우수하다는 신념을 분명히 하고 있으며, 〈화이트 재킷〉에선 군함에 의하여 세계를 상징하고 있다. 그의 회의주의와 상징주의는 둘 다 그의 초기 작품에까지 더듬어 올라갈 수 있다. 그러나 〈백경〉에 대한 진정한 준비는 〈마디(Mardi)〉라는 작품이며, 이것은 느슨하고 익살맞고 진지하고 풍자적인 시적(詩的) 우화다. 처녀 일라(Yillah)를 찾아 무한한 군도의 여러 섬을 헤치며 항해하는 타지(Taji)는 미(美)니, 자기 완성이니 하는 막연한 이상을 추구하는 인간의 무실(無實)함을 상징적으로 묘사한 것이 분명하다. 그리고 여기에 나오는 여러 섬들은 인간의 만족할 줄 모르는 욕망을 신과 자연의 법칙에 순종시키려고 하는 모든 방법을 비평하는 데 대한 하나의 편리한 수단을 제공하고 있다. 이 작품의 끝에 이르러서도 타지는 작가와 같이 역시 탐구를 계속하고 있다. 이리하여 〈백경〉은 도덕적 탐구의 로맨스이며 멜빌이 두려워한 우화가 되지 않을 수 없었다.

일단 에이해브에게서 이 궁극의 문제를 추구할 것을 결심하자, 그는 그의 상상과 기법을 자유로이 구사하여 이 거대한 작품을 만들어낼 수 있었다. 선(善)과 악(惡)의 본질, 운명에 도전하는 의지력, 명백한 경험 법칙에 모순되는 통찰력의 타당성, 인간을 사로잡고 있는 신과 자연의 영원한 투쟁, 이러한 것이 에이해브의 도전에 의해서 일어나고 있는 문제들이다. 그의 분방한 비극 속에서 묘사해 낸 에이해브라는 인간을 통하여 해답 없는 질문을 던지고 있다. 그리고 이쉬멜에서 그는 방관적인 태도를 취하여, 이성(理性)으로 하여금 사건에 관하여 사색하게 하고 있다. 작가는 어떤 공식적인 해석을 내리고 있지 않기 때문에 독자에게 작가가 갖고 있는 자유와 똑같은 자유, 즉 상징이라는 다리 위에서 사실과 의미 사이를 마음대로 왔다갔다할 수 있는 능력을 남기고 있다. 멜빌은 유동적(流動的)인 정신을 갖고 있어, 결국 작품이 저절로 씌어지게 하고 있다. 이는 호손의 실험이 가르쳐 준 기법(技法)을 숙달했기 때문에 가능한 일이었다.

최근의 멜빌 연구가 그의 후기에 나온 순수한 지적(知的) 작품에 집중하고 있다는 것은 참으로 타당하다. 왜냐하면 그후 그는 다시 그의 걸작에 필요한 감정적 분방(奔放)의 태도를 보이지 않았기 때문이다. 차작(次作) 피에르에 있어 그는 '인간의 마음을 발견'하려고 '더욱 깊이 깊이 일층 더욱 깊게' 추구하였다. 세 번이나 그는 자기 자신의 마음의 모호함을 해결하는 데 도움이 될 문학 방법을 실험하였다. 그러나 이번은 전적으로 주관적인 방법을 택하였다. 피에르는 작가로부터 도피할 수 없기 때문에 결국 자기의 문제를 명확하게 제기할 수 없다. 멜빌의 전 작품 중에서 가장 탐구적인 이 작품은 한편으로는 순수한 철학이 될 것 같기도 하며, 또 다른 한편으론 순수한 멜로드라마가 될 염려가 있다. 〈사기꾼〉과 〈베니토 세리노(Benito Cereno)〉와 〈대서인 버틀비(Bartleby, the Scrivener)〉와 같은 단편 소설 그리고 시—특히 철학적 장편시 〈클라렐(Clarel)〉에서 멜빌은 점점 복잡 미묘해 가는 이성의 그물눈을 짜고 있으나, 그의 중대해 가는 회의주의 때문에 자기의 입장을 분명히 말할 수 없게 되고 있다. 끝으로 생전에 발표되지 않았던 〈빌리 버드(Billy Budd)〉에 있어 그는, 인간의 법칙과 신의 법칙 사이에 사로잡힌 소년 선원 버드를 통하여 인간의 도덕적 딜레마라는 그의 중심 문제로 되돌아갔다.

여기서 이미 에머슨이 안주(安住)할 수 있었던 그러한 근사한 일치란 존재하지 않는다. 존슨의 러셀러스(Russelas)와 같이 멜빌의 사색은 아무런 해결도 없는 결론으로 이끌어 갈 뿐이다. 그러나 모든 위대한 예술에 있어서와 같이, 독자는 멜빌이 여기서 드디어 이루고 만 문제의 간명한 제출 속에서 각자의 해답을 만들 수 있을 것이다. 그러나 멜빌의 해답이 과연 어떠한 것이며 또 무엇이었던가는 누구나 알 수는 없는 것이다.

4

"확실히 그의 마음속에 있는 이 위대한 암흑의 힘은 칼빈주의의 인간 본래의 타락과 원죄(原罪)의 관념에 호소하는 데서 그 힘을 얻고 있으며, 어떠한 형태에서도 깊이 사고하는 사람치고 이에서 언제나 그리고 전적으로 벗어날 수 없는 것이다."라고 멜빌은 쓰고 있다. 이것은 〈노 목사관의 이끼〉를 처음 읽었을 때 그가 받았던 인식의 충격에 관련하여 호손에 대해서 말하고 있는 한 구절이다. 그리고 이것을 쓰고 있을 때 그는 '어떤 선량한 사람이고 이것을 분명히 말하기는 물론 암시하는 것조차 오로지 미친 짓이라고 생각될 무서운 사실을' 은연중에 말하고 있는 셰익스피어의 어두운 인물들에 대해서도 생각하고 있다.

또 다른 하나의 인식의 충격이 오래지 않아 일어났다. 즉, 에머슨은 무명의 시인이 우편으로 보낸 한 권의 시집을 받고 다음과 같이 써 보내고 있다. "나는 보내 주신 굉장한 선물인 〈풀잎〉의 가치를 모르는 바 아닙니다…… 여기선 비유할 바 없이 훌륭하게 잘 불려지고 있습니다…… 여기선 우리들을 기쁘게 하고 대담한 수법과 커다란 인식만이 고취(鼓吹)할 수 있는 용기를 발견합니다…… 나는 당신의 위대한 인생 출발에 대하여 경의를 표하는 바입니다."하고 광명의 사도(使徒) 에머슨은 천재의 새로운 빛이 나타나자 이를 곧 인식하였다. 마침 멜빌이 재빨리도 호손의 암흑을 맞아들인 것과 같았다. 진리에 도달하기엔 두 가지 길이 있다. 하나는 슬픔과 고뇌를 통하여, 다른 하나는 광명을 통하는 것이나 어느 길이고 확신의 용기를 필요로 한다. 호손은 멜빌에게 영감을 주어 그가 혼자서 탐구할 수 있었던 것보다 더욱 위대한 신비로운 예지의 심연에까지 도달케 하였다. 에머슨은 휘트먼을 해방시켜 제 시야(視野) 너머에 있는 신비적인 통찰의 세계로 이끌어 갔다.

'당신의 위대한 인생은, 그와 같은 출발을 하고 있음에, 어디선가 오랜 준비 기간이 있었음에 틀림없을 터인데' 하고 에머슨은 부언하였다. 에머슨은 이 미국의 민주적인 인간을 분명히 말한 예언자를 기르는 데 그가 어떠한 역할을 했는지 알지 못하였다. 휘트먼은 에머슨의 영향을 처음에는 지나치게 인정하였으나, 다음에는 일부러 자의식적으로 이를 부정하고 있었지만 에머슨에서 받은 은혜는 휘트먼 자신에게는 물론 독자에게도 분명하였다. 휘트먼은 마치 에머슨의《시인론》이라는 에세이 속에서 걸어 나오는 것 같았다. 시인의 임무와 시의 일반 본질에 관한 휘트먼의 개념은 에머슨의《시인론》에서 말하고 있는 것과 꼭 일치되고 있기 때문이다.

에머슨 이외의 다른 영향이 있었던 것은 물론이다. 왜냐하면 시의 유기설이라든지 민족적 시인관(詩人觀)은 콩코드 철인의 유일한 소유가 아니었기 때문이었다. 미국에 휘트먼이 나타나기 전에 이미 독일에는 괴테가 있었고, 영국에는 워즈워드가 있었고, 노르웨이에는 웨게랜드(Werg-eland)가 있었다. 처음엔 개인의 강렬한 내성(內省)에서 시작된 로맨틱한 자아주의는 시대의 요구에 따라 민족적으로 혹은 국민적으로 또는 우주적으로까지 되어 나갔다. 이러한 요청이 발생할 때 민족적 시인이 창조된다. 그리고 휘트먼은 민족주의적인 이상과 자유로운 사회라는 은혜 입은 환경에서 태어났기 때문에 아마 근대에 있어서 최대의 시인이 되었을 것이다.

평범한 인간에서 돌연히 신성한 시인이 태어났을 때의 신비적 계시 (啓示)의 순간은 너무나 엄청나고 이상하였기에 그 긴 준비 기간을 더듬어 갈 수도 없을 것이다. 그러나 그러한 순간은, 이 롱아일랜드 (Long Island)의 인쇄업자 겸 신문 편집자에게 1845년과 1855년 사이의 어느 시기에 도달된 것같이 보인다. 휘트먼의 전기작가 헨리 S. 캔비(Henry S. Canby)는 "시인의 내력은 1847년에 표면에 나타나고 있다. 그리고 그 이후의 사실은 구체적으로 기술할 수 있다." 하고 말하고 있다. 그 이전의 휘트먼의 경력은 간단하며, 거기엔 〈풀잎〉 작가의 비범한 재능을 보여 주는 것은 거의 없다.

멜빌의 경우와 같이 외가는 네덜란드 계(系)며 친가는 뉴잉글랜드의 영국계에서 태어난 그는, 이 혼혈을 자기 천재성의 근원이라고 생각하고 있었던 것 같았다. 시인의 출생지 또한 특별한 의의를 갖고 있다. 왜냐하면 롱아일랜드란 곳은 일종의 대륙의 축도였었고, 초창기부터 코네티컷 및 뉴욕 식민지로부터 온 급진적 동요분자들을 받아들이고 있었기 때문이었다. 내륙의 평원과 이 섬의 가장자리를 이루고 있는 해안선은, 이곳 이외에 멀리 여행한 개척자만이 경험할 수 있는 그런 변화 있는 풍경을 보이고 있었다. 휘트먼은 후반에 '어린애가 밖으로 나가 처음 눈에 띄는 것, 그 물체에 화하고 만다.' 하고 쓰고 있다.

휘트먼의 조상에는 멜빌의 경우처럼 명문에 관련된 사람은 한 사람도 없었다. 외가나 친가나 다 소박한 시골 사람들이었고 이렇다 할 교육을 받은 사람도 없었다. 그리고 많은 가족 중에서도 이 아들 하나를 제하고선 특별한 천재를 나타낸 사람도 없었다. 부친은 목수였으며, 읽기를 배워 급진적인 신문을 구독하고 있었으나 모친은 일생 동안 거의 문맹(文盲)에 가까웠다. 이 가족에 무슨 진정한 종교적 영향을 준 것이 있다면 그것은 외가 측의 퀘이커교였으며, 이것은 어머니와 아들 사이에 교환된 애정에 소박한 하나의 표현 형식을 주었다. 가족이 1823년 브루클린으로 옮겨 가자, 소년 월트(Walt) 속의 시인은 먼저 전원(田園) 풍경을 바라다보았듯이 이번에는 부둣가와 번잡한 시가지의 풍물을 바라다보았고 거기에 동화(同化)되고 말았다. 그는 그의 출생에서 그리고 또 그의 교육에서, 그 이전의 어떤 저명한 작가들보다 더욱 진실하게 민중의 작가였다. 그리고 장래의 미국 문학을 형성하는 데 도움이 된 전원(田園) 생활과 도시 생활의 상극(相剋)을 소년 시절에 배웠던 것이다. 휘트먼의 시 속에 무수히 아롱진 축도(縮圖)된 묘사는 이 소년 시절의 기억에 남은 인상이며, 바닷가 이른 아침의 농가의 소리와 냄새로부터 번잡한 시가지의 광경과 소음에까지 이르고 있다. 그는 성인이 되기 전에 이미 이런 것을 다 알고 있었던 것이다.

휘트먼의 젊은 시절의 직업은 대부분 인쇄업이나 신문 편집이었다. 그리고 이 직장은 프랭클린, 마크 트웨인, 기타 여러 미국 작가들의 경우와 마찬가지로 학교의 역할을 하였다. 그는 20세 때, 헌팅턴(Huntington)에서 〈롱아일랜드(Long Islander)〉라는 소신문을 자영(自營)하고 있었다. 그리고 그후 적어도 1850년대에 큰 변동이 일어났을 때까진 학교 교사 노릇도 하고 신문도 발행하고 있었다. 처음부터 그는 민주당원이었으며, 잭슨을 지지하여 활발한 정치 활동을 전개하였다. 그의 후년의 시에 있어 연설 구조(口調)라든지 사설에 쓰일 그런 어조가 보이는 것은 이 젊은 시절의 경험에서 나오고 있는 것이다. 그가 자연적으로 입을 열려고 결심하였을 때에도, 에머슨처럼 설교단식(說敎壇式)의 문구를 토할 수는 없었고, 또 멜빌처럼 셰익스피어나 밀턴의 낭랑한 리듬을 입밖에 낼 수도 없었다. 그의 자연적인 언어는 월간 신문이나 정당 연설의 상투어였고, 이 새롭고도 진정한 미국적이며 민주적인 기반 위에 그는 새로운 시를 세워 올렸던 것이다.

휘트먼의 생애와 사상 위에 일어난 변화의 징조는 1848년경 이미 나타나기 시작하였다. 수년 이래 아무도 모르게 간직하고 있었던 비망록에는 다음과 같은 시귀가 적혀 있었다.

> 나는 육체의 시인이다.
> 그리고 영혼의 시인이다……
> 나는 평등의 시인이다.
> I am the poet of the body
> And I am the poet of the soul……
> I am the poet of Equality.

휘트먼은, 세상 사람들의 눈에는, 브루클린이글(Eagle) 지(誌)의 훌륭한 주필이었고, 오페라나 극장 그리고 미술 전람회에 자주 드나드는 사람으로 보였다. 그는 또 정치적 확신을 지닌 정치기자였다. 말하자면 건전하고 원만한 미국인이었다. 거의 매일 풀튼의 나룻배를 타고 강을 건너 브로드웨이의 군중에 섞였으며, 브루클린으로 돌아와서는 그날의 견문(見聞)을 신문에 쓰곤 하였다.

이글 지(誌)는 브루클린 제일가는 신문이었다. 월트는 이 신문에다 멕시코 전쟁에 이은 새로운 국가 발전의 정신과 서부와 남부에로 뻗친 광대한 영토의 획득을 찬양하였다. 그러자 그는 갑자기 세상의 비난을 받고 그 직을 그만두었다. 그후 약 7년 동안 그는 신비 속에 싸이고 말았다. 우리가 알고 있는 것은 그가 뉴올리언스(New Orleans)의 크레센트(Cresent) 지(誌)에 취직하여, 1848년 2월 11일 동생 제프(Jeff)와 함께 집을 나가 그 해 7월 중순경에 브루클린으로 돌아왔다는 것이다. 이 4개월은 수년으로 전설화되었고, 따라서 로맨스로 가득 채워지고 있다. 어느 매춘부와 관계하여 사생아를 만들었다는 등, 시적 영감을 받을 만한 불가사의한 경험을 했다는 둥, 서부의 곳곳을 여행하였다는 둥, 그나 그의 제자나 그리고 그의 전기작가들이 '장구 준비 기간'에 있어 갖고자 하는 것은 무엇이건 조작되어 이 로맨틱한 막간(幕間)의 사물로 보았다.

사실은 어떻든간에, 이 경험은 재생적(再生的)이었고, 여행에서 돌아온 휘트먼은 이젠 일개의 신문기자는 아니었다. 그는 《풀잎》의 시인이었으며 예언자였다. 자창(自創, salf-created)된 시인이었으나 자신의 생명 있는 자유로운 말로써 대담하게 노래하고 있었다. "미국은 온갖 민족의 민족이므로 미국의 시인은 신구(新舊)를 다 포용해야 한다. 그 중에서도 시인은 민중과 어울려야 한다."고 수년 후 그는 쓰고 있다. 맹렬한 독서에, 자유 기고가로서 가끔 집필하며, 서적 판매니 인쇄업이니 목공 일을 하고 있었던 그는 목적 없는 불안한 생활을 하고 있었던 것 같다. 그러자 1855년 그는 우인과 형제들로부터 인쇄기를 빌려 자기 책을 조판하여, 그해 7월경에 《풀잎》의 초판을 발행하였다. 이 책은 대판(大版)으로 큰 활자로 조판되었고, 챙이 늘어진 모자를 쓰고 개금(開襟) 셔츠를 입은 '난폭한 사나이'의 점잖은 초상(肖像)이 붙어 있었다. 이는 새로운 종류의 책이었다. 미국 문학사상 낭만주의 운동의 종결과 신시대의 도래를 말하는 책이었다.

5

월트 휘트먼이 이 책에서 하고자 한 것은, 시인으로서 그가 가져야 할 전통이나 일반 습관에 대한 어떠한 복종이든간에 이를 제쳐 버리고, 19세기 중엽의 미국 생활에 고유한 시적인 것을 발견해 내어 이를 표현하는 것이었다. 그리고 그가 택한 방법은 예술의 유기적인 방법을 이의 논리적인 결론에까지 가져가는 것이었다. 인간의 생활을 그 자체의 전체로서 무비판적으로 수락하는 데서 출발한 그는 안으로는 감각과 직관을 통하여 의식 세계로 파고 들어갔고, 한편 밖으로는 우정과 사랑을 통하여 미국민의 민주적 대중—즉, 나아가선 인류 전체로 손을 뻗쳤던 것이다.

심지어 그가 뉴올리언스로 떠나가기 전에 이미 이 시집의 기본적 계획은 그의 마음속에 있었던 것이며, 그 결과를 세상에 발표하기 전 약 10년 동안 실험적인 사상과 형식을 추고(推稿)하였던 것이다. 이젠 말할 준비가 되었다고 느꼈던 1855년, 그 초판에 붙인 서문에서 말하고 있는 그의 중심적 추진력이었던 사상은 그가 1888년《11월의 가지(November Boughs)》의 서문에서 말하고 있는 것과 본질적으로 같은 것이며, 그때 그는 말할 수 있었던 것은 다 말했고 이제는 과거의 업적을 회고해 볼 수 있는 시기라고 느끼고 있었다. 그는 그 속에서 다음과 같이 말하고 있다. "이것은 직접적인 매일과 현대 미국의 중요한 정신과 사실 한가운데에 서서, 이와 일치되는 나 자신의 육체적·정감적·도덕적·지적(知的) 그리고 심미적 개성을 조금도 타당함이 없이 문학적 내지 시적 형식에서 명확히 그리고 충실히 표현하고자 하는 감정 내지 야심인 것이다……현대의 과학과 민주주의는 과거의 노래와 신화와는 판이(判異)한 말로써 그것을 표현하기 위하여 시가(詩歌)에 도전하고 있는 것같이 보인다."

이 말은 그 책《풀잎》이 실제로 수행한 것 이상이기도 하였고 이하이기도 하였다. 이상이라는 것은 휘트먼의 미국 생활 경험이 제한되고 있었기 때문이다. 그는 여행도 많이 하지 않았으며 또 미국 사회의 상하 양 극단의 생활도 알지 못하였다. 그가 선언하고 있는 것은 사실보다 사상이었다. 그러나 그의 제한은 또한 그의 힘이었다. 소위 그 자신의 개성을 표현하는 데 있어, 휘트먼은 에머슨이 현상(現象) 배후에 있는 원리에 도달할 수 있는 사람을 대표적 인물이라고 불렀던 의미에서, 진정코 대표적 인물이었다. 그는 미국의 현실과 이상 사이에 그리고 인류의 보편적인 희망과 실패 사이에 다리를 놓았다. 이 시집은 최종적으로 발전함에 따라 그가 처음에 의도했던 것보다 훨씬 인간적인 기록이었다. 작가가 나이를 먹어 감에 따라 점점 겸손하게 되고 더욱 예지를 보태어 갔기 때문이다. 판(版)을 거듭함에 따라 새로운 시가 부가되고, 부단히 수정과 배치를 거듭했으나 이의 유일한 목적에서 벗어난 일은 없었다.

　장시(長詩) 혹은 밀접히 관련된 단시집(短詩集)이 《풀잎》 초판의 대부분을 차지하고 있었고, 또 나중에 〈나 자신의 노래〉라고 불렀듯이 여기에 그가 말하고자 한 모든 것의 요점이 사실상 포함되고 있다. 그러나 그는 그 내용에 있어, 신기하고 도전적이며 너무나 잘 의식하고 있었으므로 오히려 허세(虛勢)를 부리는 느낌이 있어, 그의 말을 그냥 받아들이기 곤란한 때가 있다. '나는 나 자신을 축복하며 나 자신을 노래한다'는 첫 말은, 곧 '그리고 나의 것은 당신의 것'이라고 완화되고 있다. 그러나 이 첫 말의 뻔뻔스런 자부심은 그가 의도한 바 충격을 독자에게 주고 있다. 휘트먼에 있어서는 인생과 예술은 일체였으므로, 우리는 시인과 시를 동시에 받아들이는 것이 필요하다. 그의 감각을 통하여, 그의 구속 없는 상상을 통하여 그리고 격렬한 생의 환희와 창작욕을 통하여, 미국 생활의 여러 가지 경험이 쏟아져 나오고 있다. 심지어 시집의 첫 몇 줄에서도, 시인은 브루클린의 한 월트 휘트먼이라기보다 모든 것을 받아들이며 이를 표현하는 하나의 강력하고도 민감한 도구로써 자기를 생각하고 있다. 그는 자신으로부터 타인에게 그리고 자기 주위의 모든 인류에게, 과감 격렬한 미국민에게, 사랑과 죽음에게, 만물에 있는 범신론적(汎神論的) 신에게, 그리고 미래와 영원에게로 옮겨간다. 그리고 나선,

나는 공기처럼 떠나
달아나는 태양에다 나의 백발을 흔든다
어디선가 나는 멈추어 당신을 기다린다.

I depart as air,
I shake my white locks
at the runaway sun……
I stop somewhere waiting for you.

대령(大靈)과의 결합에서 결과되는 자립(自立)에 대한 에머슨의 개념과 매우 비슷한 개성에 관한 추상적 개념이 주어지자, 휘트먼의 사상은 자아(自我)의 추상적 가치에 대한 집중 상태에서 떠나 동심원(同心圓)을 그리면서 밖으로 향하여 움직여 가고 있다. 이 자아의 개념은 우인, 애인, 대중, 국민, 인류라는 중간에 개재되는 모든 층(層)을 통하여, 충분히 자각된 내핵(內核)으로부터 우주적 통일의 최극단(最極端)에까지 움직여 나간다. 논리적 정신보다 오히려 신비적 경험이 이와 같은 여행을 해야 하며, 또 그것만이 할 수 있다. 이리하여 가장 제한된 개인적인 시는 최대의 그리고 거의 우주적인 시가 되고 마는 것이다.

이 〈나 자신의 노래〉는 휘트먼이 젊은 혈기의 방종(放縱)을 잃고, 해마다 《풀잎》의 판(版)이 거듭됨에 따라 많이 달라져 갔지만, 개(個) 속에 전체가 있다는 본래의 의미는 결코 잃어버리고 있지 않다. 시인이 노경(老境)에 들어서서 편집한 이 시집의 최후판은 그가 말하는 바에 의하면, '근 30년에 걸쳐 일곱 내지 여덟 단계 혹은 투쟁의 결과' 생겨난 것이며, 독자는 적어도 네 단계, 즉 단언, 겸허, 인간성 그리고 우주적 달성—을 인정할 수 있다.

《풀잎》의 1856년 제2판은 초판의 도전적인 어조를 그대로 진전시키고 있다. 추가된 시만을 증거로 하여 판단한다면, 1855년부터 1860년 사이의 어느 시기에 있어 휘트먼은 그 전엔 주로 이론적이었던 사랑, 이별 그리고 죽음의 슬픔을 몸소 경험하고 있는 것 같다. 1860년—1861년에 나온 판(版)에 수록된 새로운 시 속엔 그 전까지의 시집에선 전연 찾아볼 수 없었던 우울과 체념의 기분이 넘치고 있다. 경애하는 동지의 죽음과 결국은 죽음을 기꺼이 받아들이는 것을 노래한 '끊임 없이 흔들리는 요람에서(Out of the Cradle Endlessly Rocking)'라는 제목의 시에 흐르고 있는 어두운 우수(憂愁) 속엔, 건방짐이 전연 없다. 이 시는 휘트먼의 절정(絶頂)을 보여 주는 것이라고 생각하는 사람이 많다. 이제야 그는 이전에는 그렇게도 격렬하게 요구하였던 보편적인 진리를 깊은 겸손에서 마침내 받아들이고 있는 것같이 보이기 때문이다. 그리고 여기서 사용하고 있는 새로운 교향악적 형식은, 휘트먼의 작시론(作詩論)이 약속한 바 있는 자연의 음악을 만들어내고 있는 것같이 보인다.

《풀잎》의 다음 판(版)은 1867년 《북 소리(Drum-Taps)》에서 몇 가지 시를 보탠 것인데, 이는 그의 시적(詩的) 발전에 있어 제3기를 표시하는 것이다. 휘트먼은 애제(愛弟) 조지가 부상하여 병원에 입원하고 있는 것을 알자 곧 그를 간호하러 갔으며, 다른 부상병들까지 돌보게 되었다. 슬픔과 함께 동포애는 더욱 더 인류에 대한 비개인적인 인연이 되었으며, 죽음과 밀접히 관련된 생(生)의 원리가 되었다. 이들 새로운 전쟁시(戰爭詩)에서 그리고 그 속편 〈마지막 라일락이 앞뜰에 필 때(When Lilacs Last in the Dooryard Bloom'd)〉에 있어 시인의 집요한 개성은 이전에 선언한 바 있었던 보편적인 원리가 되고 있다.

> 나의 동지들 나는 한가운데에 있다……
> 어렴풋이 향내 나는 송백(松柏)의 숲에서 라일락과 별과 새는
> 나의 영혼의 노래와 엉키고 있다.
> Comrades mine and I in the midst……
> Lilac and star and bird twined with the chant of my soul,
> There in the fragrant pines and the cedars dusk and dim.

시인은 링컨의 죽음에서 잊혀진 많은 병사들의 고통과 죽음에 대한 상징을 발견하였고, 이 죽은 지도자에게 바친 그의 사랑은 곧 전 인류에게 바친 사랑이었다.

휘트먼은 인생의 최성기(最盛期)에 가까워짐에 따라 인생을 하나의 전체로서 보기 시작하였다. 1867년의《풀잎》은 모든 판(版) 중에서 가장 풍부하며 생기에 넘쳐 있으나 또한 혼란되고 있다. 여기서 처음으로, '나 자신을 노래한다(Oneself I Sing)'라는 제명을 맨 앞에 두었다. 다른 시도 철저하게 개작되고,《북소리》에서 추가한 시 이외에 새로운 몇 가지 시가 수록되었다. 이 생명의 서(書)는 이제야 최후의 형식을 취하고 있었다. '현대인(Modern Man)'이라는 주제는 신중히 내세우고 앞에 있는 시를 잘 배열함으로써 이를 조직적으로 전개시키려고 하고 있다. 그러나 이 주제는 시인 자신의 생활이었고, 그는 인간으로서 아직도 4분의 1세기를 더 살았기 때문에 이 일은 역시 미완성이었다. 이 일에 대하여 불확실한 것은, 그가 다음에 쓸 시에서 제2의 시집이 출발될 것이라고 느끼고 있었던 데서 그리고 그의 주요한 산문저작(散文著作)인《민주주의의 전망(Democratic Vistas, 1871)》에서 자기의 정치적 및 사회적 이론을 분명히 하려는 노력에서 뚜렷이 나타나 있다. 그는 창작력의 절정에 달하고 있었으나 의혹은 아직 그의 승리에 그림자를 던지고 있었다.

《민주주의의 전망》이 민주주의─미합중국에서 전개되어 온 민주주의─의 이론을 설명한 중에서도 가장 진정하며 가장 감동적인 진술의 하나로 만든 것은 이 의혹 때문이었다. 휘트먼은 모든 인간은 선량하며 최량의 사회는 최소로 통치하는 사회다. 왜냐하면 이는 인간 완성을 위한 최대의 진보를 허용하기 때문이다.'라는 제퍼슨의 근본적 신념을 받아들이고 있다. 그는 과장된 산문으로, 온갖 국가들 중에서 미합중국만이 '자발적인 규범과 자립 정신에 의하여 발전과 완성의 이론'을 실천에 옮길 역할을 맡고 있다고 역설하고 있다. 개인의 성장에 있어 일대 실험이 되어야 할 미국 민주주의는 상극 분렬(分裂)과 정치 부패 때문에 불운한 신세에 처해 있었던 것이다. 여기서 시인은 처음으로 이상과 현실 사이의 모순을 시인하고 있지만 이것은 다만 이상을 추진시키기 위해서였다. 이 실험은 이를 인도할 민주주의적인 문학과 현대 과학 지식의 진보로써 성공될 수 있는 것이었다.

휘트먼은 다음의 몇몇 시편을 통해 우주적 의식의 가장 먼 외연(外緣)속으로 대담하게 들어갔다. 최초의 대륙횡단 철도의 건설, 대서양 해저전선(海低電線)의 부설, 수에즈 운하의 발굴 등이 그에게 영감(靈感)을 주어 처음으로 하나의 세계를 노래한 시를 쓰게 하였다. 휘트먼의 심각한 시에 언제나 나타나 있는 바다의 이미지는 이들 시의 주류를 형성하고 있다.

> 오, 우리는 이상 더 기다릴 수 없다
> 오, 영혼이여, 우리도 배를 띄운다
> 기쁨에 넘쳐 길 없는 바다로
> 우리도 떠나리.
> O we can wait no longer
> We too take ship O soul,
> Joyous we too launch out on trackless seas.

지구를 둘러싼 끝없는 바다는 멜빌의 공상이 달리던 바다처럼 인도에로의 해로(海路), 아니 더 먼 해로에로 영혼을 싣고 간다.

> 오, 멀리 멀리 더 멀리
> 돛을 달고 달리라!
> O farther, farther, farther sail!

영원한 시간과 공간에 대한 신비적인 경험은 시인을 인간 위에 놓여진 한계를 훨씬 넘은 세계로 몰고갔던 것이다.

1873년 그는 워싱턴에서의 공직을 버리고, 필라델피아의 강 건너 뉴저지 주의 캄든에 영주하였다. 모친과 동생인 조지 가까이에서 살기 위해서였다. 그는 그 해 중풍에 걸렸지만 그의 건장한 체력은 이것을 견디어 그후 20년 동안이나 살아 나갔다. 그러나 그의 창작 충동은 둔해지고 말았다. 그의 후년의 여러 시는 옛날의 사상은 지니고 있었으나 그 박력은 많이 잃고 있었다. 이 상실은 겨우 세상 사람들에게 인정되었으므로 일부분 보상되었다. 1868년 윌리엄 로제티(William Rossetti)가 《풀잎》의 런던 판(版)을 세상에 내자 영국인 중에 휘트먼 애독자가 나타나기 시작하였다. 여러 미국 작가들의 경우와 마찬가지로 휘트먼 역시 처음엔 유럽에서 인정되었고, 그후 국내에서도 서서히 평가를 받게 되었다. 그는 트로벨(Traubel), 버로스(Burroughs), 벅(Buck) 그리고 영국의 내방자(來訪者) 카펜터(Carpenter)와 같은 소수이나 매우 열렬한 숭배자들에게 둘러싸여 비로소 자기의 영향력이 나타나고 있는 것을 느꼈다. 그의 생명의 서(書)의 플랜은 차차 뚜렷해지고, 《풀잎》은 마침내 결정적인 형식을 이루게 되었다. 1881년부터 1882년 사이에 그는 이 시집의 최후의 교정을 보았고, 배열을 정하여 시의 제명을 결정하였다. 이리하여 그는 이 책에 주고 싶었던 그런 형식을 설정하였으나, 이땐 이미 그의 초기 판(版)에서 볼 수 있었던 분방한 맛은 많이 사라지고 말았다. 독자는 휘트먼이 시인으로서 성장한 단계를 더듬어 가도 좋을 것이며, 혹은 노(老) 시인이 작품의 영속적 가치에 관하여 내린 판단을 그대로 받아들여도 좋을 것이다. 어느 경우에서나 독자는 미국 민주주의의 시인을 발견할 것이다.

제 6 장   한 시대의 종결

1

휘트먼이 1871년에 미국의 현실이 민주적 인간의 이상과 일치하고 있지 않은 것을 시인하였을 때, 그는 옛날부터의 모순을 새로운 말로 표현하였음에 불과하였다. 쿠퍼도 그의 시대에 이와 같은 것을 말하였으며, 그후 싱클레어 루이스(Sinclair Lewis)도 이를 되풀이하고 있다. 현실과 이상과의 어긋남은 곧 자유 사회의 창작력이 된다. 그 까닭은 변화의 동력을 공급하기 때문이다. 자유로운 개인의 이상이 경제적・정치적 발전의 어느 특정된 단계와 정확하게 일치할 때에 비로소 민주적 사회의 기구는 굳어지며 쪼그라지며 금이 가고 만다. 이 이유 때문에 미합중국은, 다른 형태의 사회 같으면 파멸되고 말았을 그런 위기를 당하여서도 성공적으로 이겨 나갔던 것이다.

미합중국의 역사에 있어 그와 같은 위기의 시기는 1855년부터 1870년 사이에 찾아왔다. 이 시기에 세 가지의 근본적인 문제가 폭발점에 도달하였다. 즉, 제퍼슨의 농본주의(農本主義)와 해밀턴(Hamilton)의 산업주의(産業主義)와의 상극(相剋), 남부의 농업경영자와 북부의 상업계급(商業階級)과의 대립, 그리고 문화적으로 성숙한 동부와 조야하고 확장되어 가는 서부와의 투쟁, 이 세 가지였다. 정치사가(政治史家)들은 아마 남부와 북부의 투쟁을 기본적인 것으로 강조할 것이며, 또 경제사가(經濟史家)들은 농본주의와 산업주의의 투쟁을 기본적인 것으로 강조할 것이지만, 문학 내지 문화사가(史家)들은 제3의 투쟁, 즉 동부와 서부의 상극을 직접적으로 가장 중요한 것으로 생각할 것이다. 이 분열 속에서, 하나의 문화적 주기(週期)의 조락(凋落)과 다른 새로운 주기의 출현을 발견할 수 있는 것이다. 1870년 이래 미국 문학사에 주요한 문제를 제공한 '이상주의자'와 '현실주의자'와의 투쟁은 동부 해안의 앨러게이니 산맥을 경계선으로 한 지리적인 동서의 구분과 일치하고 있다. 동부 해안의 공화국의 문명이 대륙 중부의 미시시피 강(江) 유역으로 그리고 태평양 해안으로 확장되어 감에 따라, 옛 탐험가들이나 개척민들의 정신도 서점(西漸)하였다. 동부 해안은 서구(西歐)가 초기에 있어 행하였던 그런 역할, 즉 뒤에 남은 문화의 소재지라는 역할을 연출하게 하였다. 동시에 서부로 이주하지 않았던 동부인들은 더욱 열심히 유럽의 문화를 존경하였고, 그 전통과의 연결을 더욱 강화하려고 하였다. 식민지 시대부터 이어받은 형식과 습관에 집착한 동부 작가들은, 북부 출신이고 남부 출신이고 간에, 문학의 예법이나 감상주의에 반영되고 있는 점잖은 보수주의를 발전시켰다. 미국 문학의 원동력으로서의 낭만주의 운동은 끝을 맺었고, 다만 그 유령만이 걸어다니고 있었다.

제1기에 주요한 문학 운동에 있어 쇠퇴의 시기가 도달하였다는 것을 가장 잘 증명하는 것은, 아마 이 운동의 지도적 작가들이 이미 세상을 떠나고 있든지 혹은 침묵을 지키고 있다는 사실일 것이다. 브라이언트는 1840년 이후 거의 완전히 신문계로 전신(轉身)하였으며, 쿠퍼와 어빙은 50년대에 죽었고, 포우는 1849년에 소로는 1862년에 그리고 호손은 1864년에 각각 세상을 떠나고 있었다. 에머슨의 최후의 중요작인 《처세법(The Conduct of Life)》은 1860년에 나타났고, 멜빌의 마지막 중요한 산문은 (사후에 나온 〈빌리 버드〉

를 제외하고) 1857년에 나왔다. 이들 주요한 작가들 중에서 휘트먼만이 남북전쟁 이후에도 살아남아 왕성한 창작력을 보였으며, 대륙국가의 으뜸가는 대변자가 됨으로써 그리고 19세기 후반기의 유력한 동부의 작가들이나 비평가들의 공격의 대상이 됨으로써, 과거보다 오히려 미래에 더욱 협력하였다.

남북전쟁 이후에까지 살아남아 평온하게 문학의 길을 걸어나갔던 동부의 작가들은 이들 개인주의자들보다 훨씬 유순하였다. 그때까진 널리 익숙해진 로맨틱한 형식과 주제를 계속 사용하여 왔지만, 문학과 인생에 대한 그들의 태도는 인습적(因襲的)이며 반동적이었다. 종래의 문학사가들이, 케임브리지 파(派) 시인들의 감상주의와, 예를 들면 미국 문학에 있어서의 낭만주의적 운동과를 동일시(同一視)하고 있다든지, 혹은 마크 트웨인이나 윌리엄 딘 하우얼스의 서부의 사실주의를 어떤 형식의 반동주의 혹은 고전주의와 동일시하고 있는 것은 더할 수 없는 커다란 과오(過誤)였다. 리얼리즘은 최초부터 프랑스, 독일, 스칸디나비아 그리고 영국 등의 문학에 있어 낭만주의 운동의 하나의 기본적인 요소였다. 낭만주의 그 자체는 인생과 문학에 대한 하나의 태도 즉 모험과 실험의 정신이었으며, 단지 어느 특정된 주제나 흥미는 아니었다. 안정된 사회적인 문학의 형식을 세우는 데 있어, 롱펠로, 로웰, 휘티어, 홈스와 같은 동부의 작가군(群)은, 서부에서 일어난 새로운 자연주의의 파도와 제2의 주요한 낭만주의적 충동에 대하여 반동의 역할을 하였던 것이다.

리얼리즘의 발생과 1870년 이후의 서부의 최후적 우세(優勢), 즉 단지 서부 자체로서가 아니고 대륙 국가로서의 서부의 우세는 이 책 후년(後年)의 주제가 되고 있다. 동부의 몰락—즉 단지 동부 자체로서가 아니고 공화국이 된 식민지 제국으로서의 몰락은, 제1기의 미국 문학 개화(開化)를 말하는 종장(終章)으로서 요약될 수 있다. 미국의 낭만주의 운동은 대서양 연안에 나타난 공화국의 문학적 표현으로서 일어나 승리하자 쇠퇴하고 말았다. 동시에, 대륙 국가는 형성 도상에 있었으나 그 문학은 아직 형성화(形成化)되지 못하였다.

2

　남북전쟁에 있어 남부의 패배는 경제사나 정치사에 준 만큼 중대한 타격을 문학사에 주지는 않았다. 1860년경까진 남부는 이미 독자의 문화를 발전시켰고, 이 문화에 표현을 줄 문학을 산출하고 있었다. 남부에 있어서의 기사도(騎士道)의 전설은 하나의 문학 전통을 형성하였고, 이것이 여러 가지 형식으로 표현되고 있었다. 예를 들면 토머스 제퍼슨(Thomas Jefferson), 존 테일러(John Taylor), 윌리엄 와트(William Wirt) 등의 소논문에서 그리고 윌리엄 길모어 심스(William Gilmore Simms), 존 펜들턴 케네디(John Pendleton Kennedy), 존 에스텐 쿠크(John Esten Cooke) 등의 소설에서 그리고 포우, 심스, 토머스 홀리 차비어즈(Thomas Holly Chivers), 헨리 팀로드(Henry Timrod) 등의 시에서 그리고 마지막에 존 C. 캘혼(John C. Calhoun)의 웅변에서 나타나고 있다. 처음에는 생활의 한 방법으로 제출된 이 기사도 정신은 노예 제도 위에 선 농업 경제에다 그 기반을 두게 되었다. 그러나 이와 같은 경제 기구는 민주적 인간의 인도주의적인 목적과 모순되고 있음이 밝혀졌다. 봉건적 과거로부터 빌려 온 이 기사도적 이상은 현실의 생활에서 밀려나와 문학의 세계로 들어감에 따라 더욱 더 매력을 발휘하였다. 1860년까지 남부의 신화는 미(美)와 조화의 이상으로서 낭만적인 시와 소설에서 명시되었다.

　이 전설은, 스튜어트 왕조(王朝)의 지지자들이 버지니아에 망명하여 왔을 때 초기 식민지 땅에 깊이 뿌리 박고 있었다. 17세기의 영국을 분열시키고 있었던 왕당원(王黨員)과 의회파와의 싸움이 신대

룩에까지 옮겨왔다. 기사도적 이상은 버지니아와 양 캐롤라이나 주의 저지(低地)에 있는 농원에서 번창하였고, 여기선 윌리엄 버드(William Byrd)의 경우와 같이 막대한 사유 재산이 수대에 걸쳐 일가일족(一家一族)의 손에 점유돼 있었다. 농업 경제에 의하여 글을 해독하는 민중이 많아졌지만 한편 도시의 발달과 도서관이나 대학의 발달을 지연시켰으며, 따라 영국의 문화적 및 문학적 영향으로부터의 진정한 해방은 독립 전쟁시까지 이루지 못하였다. 독립 전쟁에 의한 정치적 독립과 더불어 문화적·문학적 해방도 이에 따르지 않을 수 없었다. 그러나 그때에도 이 진행은 완만하였고, 1835년경에 이르자 비로소 남부 제 주(諸州)에선 이미 20년 전에 북부에 나타났던 문학상의 국가주의를 보이기 시작하였다.

리치몬드, 찰스턴, 그리고 볼티모어 등지가 문학 운동의 중심지였다. 리치몬드는 후에 남부 동맹 제 주(諸州)의 수도가 되었으며, 찰스턴은 그 주요 항구로, 그리고 볼티모어는 북단의 전초지점이 되었다. 1835년 그 당시엔 각기 지방 도시였으며 각자 독자의 문화적 생활과 문단을 발전시키고 있었다. 포우가 사전 리터러리 메신저를 편집하여 그의 생애의 일보를 내디디고, 최초의 공포 소설 〈베레니스(Berenice)〉를 출판하고, 또한 북부의 니커보커 파(派) 작가들과 문학 비평의 논쟁을 전개한 곳은 이 리치몬드에서였다. 찰스턴은 휴 레거레(Hugh Legare)가 편집한 사우슨 리뷰(Southern Review) 지(誌)의 근거지였고, 소설가 겸 시인인 윌리엄 길모어 심스의 출신지이기도 하였다. 볼티모어는, 포우의 우인이며 보호자였고 또한 그 역시 작가였던 존 펜들턴 케네디의 출신지였다.

윌리엄 길모어 심스(William Gilmore Simms, 1806~1870)는 이들 남부 작가들 중에서 가장 다재한 대표적 작가였다. 가난한 상인의 아들로 태어난 그는 기사도적 이상을 열렬히 찬미하였고, 그 당시의 다른 누구보다도 이 기사도적 이상을 남부의 신화(神話)로서 결정화하는 데 진력하였다. 소재의 선택과 문학적 수법에 있어 쿠퍼의 추종자였던 심스는 로맨스의 변화와 충실한 현실 묘사에 있어 쿠퍼를 능가하였다. 〈더 예마셋(The yemasset, 1835)〉은 캐롤라이나에 있어서의 인디언 전쟁에 관한 로맨스이며, 같은 해에 씌어진 〈유격대(The Partisan)〉는 독립 전쟁을 배경으로 한 일련의 로맨스 중 최초의 작품이다. 그리고 두 개의 변경(邊境) 로맨스인 〈보샴프(Beauchampe, 1842)〉와 〈샤레몬(Charlemont, 1856)은 포우 나 차비어즈 그리고 후대에 내려와 로버트 펜 워렌(Robert Penn Warren) 등의 주목을 끌었던 켄터키의 비극을 취급하고 있다. 그 자신의 사회로부터 멸시를 받으며 한편 빈곤에 자주 시달렸던 심스는 하층 사회의 인물들이나 변경(邊境)의 원시적인 생활을 충실히 묘사하면서 동시에 남부의 귀족주의를 이상화한 방대한 양의 로맨틱한 소설을 발표하였다. 평론·연설·시, 주로 바이런식(式)의 시, 전기 그리고 수필 등을 쓴 심스는 그 당시 남부 작가들 중에선 가장 다작가(多作家)이며 시종 일관한 남부 작가라고 말할 수 있다. 심스는 독립 전쟁 후에도 10년 더 살았지만, 그의 문학적 생애는 전쟁의 돌발과 더불어 종막을 내리게 되었다.

존 펜들턴 케네디(John Pendleton Kennedy, 1795~1870)에 있어 남부의 이상은 더욱 정확한 권화(權化)를 발견하였다. 볼티모어에서 변호사를 직업으로 하고 있었던 그는 그의 부(富)로 말미암아 일찍부터 문학의 보호자가 될 수 있었다. 어빙의 생애를 모범삼아 글을 쓰기 시작하였던 케네디는 1832년 〈제비 헛간(Swallow Barn)〉이라는 버지니아의 생활에 관한 유쾌한 연속 소설을 발표하였다. 그리고 1835년에는 〈말편자 로빈슨(Horse-Shoe Robinson)〉이라는 독립 전쟁을 배경으로 한 소설을 발표하였다. 이것은 쿠퍼의 내티밤포식(式)으로, 조야하나 정직한 대장장이가 변경(邊境)에서의 전쟁의 위험을 무릅쓰고 귀족의 영양(令孃)을 호위하여 마침내 위인인 지사(志士)에게 무사히 데려다 주어 행복한 재회(再會)를 보게 한다는 내용의 이야기다.

이러한 종류의 로맨스는 존 에스텐 쿡(John Esten Cooke)의 〈버지니아 희극 배우(The Virginia Comedians, 1854)〉에서 가장 극단적인 남부 표현에 도달하고 있다. 이 독립 전쟁의 로맨스는 흥분과 음모의 온갖 어조를 끌어당기고 있다. 물론 이와 같은 형식의 로맨스는 남부 동맹이 패배하자 쇠미하고 말았지만, 이는 그후 19세기 말경에 이르자 토머스 넬슨 페이지(Thomas Nelson Page), 제임스 레인 앨런(James Lane Allen) 그리고 메리 존스턴(Mary Johnston) 등의 로맨스에서 부활되었다. 이들 작품에 묘사되고 있는 생활은 그 당시엔 하나의 전락된 이상이었지만 이 사실이 도리어 로맨틱한 매력을 덧붙이고 있다.

시에 있어서의 남부의 낭만주의 운동은 워즈워드의 소박한 자연시(自然詩)나 키츠와 셸리의 신희랍적(新希臘的) 전통에서보다, 바이런이나 콜리지 등과 소위 '묘지파(墓地派, the grave yard)'의 흐름을 받고 있다. 차비어즈의 시는, 그 암혹한 기분과 그 음악적인 어법에 있어 포우의 경우와 흡사하였으므로, 수년 동안 표절의 비난이 오고가곤 하였다. 50년대에 찰스턴의 러셀 서점에서 심스를 중심으로 한 그룹의 멤버였던 팀로드(Timrod)와 해밀턴 헤인(Hamilton Hayne)과 같은 젊은 시인들은 이와 같은 기분과 음악적인 전통을 이어왔고, 남부의 가장 독창적인 시인이며 남북전쟁의 재건 시대에 있어 훌륭한 작품을 발표한 시드니 라니어(Sidney Lanier)와 포우와를, 소재(素材)와 수법의 양면에서 연결하였다.

그러나 서부의 정신을 가장 명백히 표현한 것은 연설, 특히 존 C. 칼혼의 연설이었다. 유명한 〈3월 4일〉(1850년)이라는 연설은 클레이(Clay)의 타협을 공격한 연설이었으며, 이에 대해선 뉴잉글랜드의 다니엘 웹스터(Daniel Webster)가 〈3월 7일〉 연설에서 응수하였다. 이것은 노예 제도와 각 주(各州)의 권익에 대한 옹호를 훨씬 넘은 연설이었다. 이 연설에서 칼훈은, 마침 독립 국가가 되려는 신성하며 자의식적인 남부를 대변하였다. 남부의 독특한 문화는 이미 성숙기에 도달하고 있었다.

남부의 농업 경제는 그 내부적 결함 때문에 붕괴(崩壞)되었다. 이 경제 기구는 제퍼슨의 농본주의 이상을 가장 충실히 구현하였다. 왜냐하면 그런 이상 없이는 존재할 수 없었기 때문이다. 이 기구는 전적으로 농본적(農本的)이었다. 노예 제도가 이 기구의 존속에 필요하고 안가(安價)한 노동력을 제공할 수 있는 한에서, 남부의 기사적인 생활 양식은 지속되며 확대될 수 있었다. 이 기구는 미시시피 강(江)의 유역에까지 침투하고 북쪽으로는 미조리 지방에까지 도달하자 수세(守勢)를 취하게 되었고, 따라서 후퇴하기 시작하였다. 그러나 이런 일이 일어나기 전에 이 기구는 이미 그 이상과 규약에 충실한 표현을 주고 있었다. 이 결과 생겨난 전설은 어떤 전쟁에 의해서도 소실되어질 수 없었다. 즉, 이는 미국 문학의 전설에 있어 가장 가치 있는 특색의 하나로서 오늘날에 와서도 존재하고 있다.

3

북부(北部)의 소지주계급(小地主階級)의 신화는 동부의 신흥하는 산업주의에 의해서 패배당하고 있을 당시 서부를 향하여 퍼져 나갔다. 오늘날 뉴잉글랜드에서 볼 수 있는 무너진 댐이나 쓸모 없는 도로나 잡초가 무성한 방앗간 자리 등은 식민지 시대에 시작되어 1835년경까지 동부의 해안 지대에다 도시 문화를 세우고 있던 산업주의를 무언중에 증명하고 있다. 보스턴, 뉴욕 그리고 필라델피아 등지는 그 배후에 있는 농업 지대를 원조하고 있었다는 사실에 그 중요성을 두고 있었다. 남북전쟁의 결과 북부의 생활양식이 국가의 장래를 지배할 것이 결정되자, 북부의 개척민은 바로 뒤에 다가선 산업의 표호와 더불어 평원(平原)을 넘어 서부에로 진출하였다. 북부 양키 농부들에 의한 서부의 정복은 서부의 발전에 있어 가장 결정적인 요소였다. 그리고 기계에 의한 양키 농부의 정복은 서진(西進)함으로써, 휴식을 얻고 있던 그 순간에도 착착 진행되고 있었다.

경제적으로 말하면, 남북전쟁의 결과는 산업 경제를 전국적으로 촉진하였으며, 북부의 양식에 따른 도시를 발달시켰으며, 남부의 농본주의에 치명적인 타격을 주었다. 그러나 뉴잉글랜드의 귀족적인 문화는 남부에 있어서의 농원(農園)문화와 마찬가지로 망해 가는 과거의 산물에 지나지 않았다. 문학에 있어 사회적으로 특권이 부여된 계급에 관한 로맨틱한 이상은, 롱펠로, 홈스 그리고 로웰 등의 저작에서 충분히 표현되고 있으며, 이는 심스와 케네디의 저작에서 보다 더하였다. 20년대에 브라이언트, 어빙 그리고 쿠퍼에 의해서 창설된 문학 운동은, 몇몇 대 작가들의 격렬한 창작력이 쇠퇴하고 난 후 케임브리지 파(派)의 시인들의 자신 있는 음악 속에 낙착되고 말았다. 뉴욕이 국가의 상업 중심지가 되고, 이의 문학적 교양이 신흥하는 일간 신문의 조잡한 저널리즘에 낭비되고, 수도 워싱턴이 잭슨의 전통에 따르는 평등주의자들에 의해서 차차 점령되자, 북부의 옛 귀족적인 문화는 보스턴 교외의 느릅나무 그늘로 퇴각하여 하버드의 안전한 교정(校庭) 안에서 자리잡을 수 있었다. 콩코드 파(派)가 이미 초절주의(超絶主義)의 꿈에 잠기고 있는 동안, 케임브리지의 브라만(귀족적인 문인)들은 더욱 실제적으로 몸을 지켜 성숙된 문화의 권위를 수중에 넣고 있었다. 로웰이 롱펠로의 뒤를 이어 1855년 하버드 대학의 스미스 강좌의 교수가 되고, 이보다 2년 후에 노스 아메리칸 리뷰(North American Review)에 의해서 오랫동안 지배되어 온 잡지계에 애틀랜틱 먼스리(Atlantic Monthly)가 부가되자, 뉴잉글랜드의 귀족적 문인들의 문단 지배는 전쟁이나 서부에로의 진출에도 불구하고 장시일에 걸쳐 확보되었다.

　이 귀족인 시인들에서 표현된 지적(知的) 및 사회적 귀족주의의 정신은 웅변, 역사 그리고 일반 인문과학을 포함한 큰 운동의 일부분이었다. 케임브리지의 ‘귀족’들은 17세기 버지니아의 신사들처럼 유럽 유학과 여행을 많이 장려하였다. 에드워드 에버렛(Edward Everett)와 조지 틱너(George Ticknor)는 1815년부터 1819년까지 독일의 괴팅겐 대학에 같이 유학하여, 민주적인 학자 겸 신사가 받아야 할 교육의 하나의 형(型)을 만들었고, 이것이 그후 백여 년 동안이나 지속되었다. 한 사람은 하버드의 희랍어 교수가 되었고, 다른 한 사람은 같이 현대어의 교수가 되었다. 그리고 둘 다 학문의 탐구와 보급에 일생을 바쳤다. 19세기 중엽에 있어서의 미국 문화는 평민(平民)을 이상화하며 설교하되, 이에 섞이지 않았던, 자연적인 혹은 자칭 귀족들에 의해서 형성되었다.

　평민은 강연을 듣고 가르침을 받을 만큼 충분히 열심이었다. 대학이 번영하고 확대되어 갔을 뿐만 아니라, 북(北)의 메인 주에서 남(南)의 조지아 주에 이르기까지 그리고 서(西)의 오하이오 강(江) 유역에 이르기까지의 대소를 막론한 모든 마을에 지방 문화관이 설치되었다. 1826년 조시아 홀브루크(Josiah Holbrook)에 의해서 창설된 이 문화관 운동은 10년 이내에 박물에 관한 강연, 도덕에 관한 통속 강연회, 현대 문학 낭독회, 과학의 경이를 보이는 전람회 등을 개최하였고, 한편 여러 가지 오락도 제공하였다. 그리하여 전국에 삼천에 달하는 상설 문화관이 만들어졌다. 점점 귀족적이고 이상화되고 유럽화된 학문이 민주적인 지식욕의 대파(大波)의 도움을 받아, 도덕 강연가 에머슨, 과학의 해설자 아가시즈(Agassiz), 역사가 프레스코트(Pressscott), 종교 웅변가 파커(Parker) 그리고 서커스 흥행사 버넘(Barnum)을 낳게 하였다.

　통속적인 웅변술이 유행하여 설교단이나 강연단을 휩쓸고 말았다.

다니엘 웹스터는 1840년 위그당(黨) 당대회(黨大會)에서 버먼트 주(洲)의 산상에서 오천 군중에게 사자후(獅子吼)를 하였다. 한편 필립스 브룩스(Plillips Brooks), 헨리 워드 비처(Henry Ward Beecher) 그리고 시오도어 파커(Theadore Parker) 등은 뉴잉글랜드의 집회소마다 입추의 여지도 없는 청중을 도취시켰던 것이다.

통속 역사의 유행은 이 강연열(講演熱)과 밀접히 관련되고 있었다. 뉴잉글랜드의 지적(知的) 귀족들은 국가의 과거를 솔선 연구하였고, 일반 민중에게 이것을 장려하여 그들과 더불어 탐험가들의 업적을 발견해 냈다. 워싱턴 어빙이 콜럼버스의 업적과 신대륙에 있어서의 스페인의 세력 확대에 주목하고 있을 때 윌리엄 히클링 프레스코트(William Hickling Prescott)는 이미 선수를 쳐서 라틴 아메리카에 관한 흥분적인 이야기의 제1편을 거의 완료하고 있었던 것이다. 프레스코트는 젊은 존 로스롭 모틀리(John Lothrop Motley)를 지도하여, 네덜란드 제국에 관하여 쓰게 하였다. 이들 역사가 중에서 가장 훌륭한 재능을 부여받았던 프랜시스 파크먼(Francis Parkman)은 북미 대륙을 서로 정복하려는 영(英) · 불(佛) 간의 경쟁에 따른 복잡한 이야기를 쓰기 시작하였다. 그는 병약한 체력과 싸워 가면서도, 북부의 황야와 미개 척지에 대한 정열을 이기지 못하여 23세 때 와이오밍까지 갔다. 그러나 그의 노력은 그의 신경질적인 안정감을 잃게 하여 마침내 〈캘리포니아와 오레곤의 길(California and Oregon Trail, 1849)〉을 쓸 때엔 자신이 직접 쓸 수가 없어 이를 구술(口述)하지 않으면 안 될 형편이었다. 이것은 그의 여러 역사 이야기의 첫째 편을 이루는 것이었다. 1편이었다. 이 이야기는 역사 이상의 것이었다. 왜냐하면 가장 훌륭한 소설보다 더 멋진 상상력을 갖고 있었으며, 인간과 자연과의 광대한 투쟁에 대한 극적인 긴장을 지니고 있었기 때문이었다. 최후에 파크만은, 영국에 의해서 대표되는 질서 있는 민주주의와, 서반구(西半球)에 제국을 건설하려는 라

살(La Salle), 프론테나크(Frontenac) 등의 프랑스 인에 의해서 대표되는 무력적 독재주의와의 충돌에 깊은 관심을 두고 있었던 것이 명백하였다. 그 어느 쪽을 택할 것인가를 결심할 수 없었던 이 귀족적인 역사가는 자기 자신의 감정적인 상극을 그의 극적인 역사 이야기 속에 집어넣었다. 그리고 역사적 사실(史實)을 왜곡하는 일 없이 이를 선택하고 구성함으로써 정당한 효과를 얻어 서부 확장의 산문서사시(散文敍事詩)를 창조하였다.

4

  대학에서도 케케묵은 고전만의 교과 과정을 폐지하고, 미국의 역사와 근대어와 현대 문학 연구의 길을 열었던 것은 학문에 대한 일반 민중의 갈망이었다. 조지 틱너(George Ticknor)가 1819년 하버드 대학 근대어의 스미스 강좌의 교수에 취임함에 이르러 이 운동은 시작되었다. 이 스미스 강좌에는 그후 롱펠로 그리고 로웰이 취임하였다. 그러나 이 근대 정신을 잘 파악하여 자신의 개성과 일치시켰던 사람은 롱펠로였다. 미국의 소박한 식민지 시대의 생활에 대해서처럼 남구(南歐)의 로맨틱한 사원(寺院)이라든지 고성(古城)을 훌륭히 묘사하였으며, 학자인 동시에 민주적이었던 이 귀족적 학자는 일세대에 걸쳐 미국 문학계의 최고의 지도자로서 인정을 받았다.

  헨리 워즈워드 롱펠로(Henry Wordsworth Longfellow, 1807~1882)는 본질적으로 이류 시인이었으나 그 당시의 미국 시인들 중에서—아니 모든 시대의 영어국(英語國)의 시인들 중에서 가장 널리 애독되고 있는 시인이었다. 그는 또한 미국의 국민 시인이기도 하였다. 그 까닭은, 휘트먼처럼 그 당시의 혹은 모든 시대의 인생의 진리를 말했기 때문이 아니고, 평범한 인간의 단순한 꿈에다 표현을 주어 이를 영원히 기억하게 했기 때문이었다. 그가 60세 때 옥스퍼드 대학에서 명예 학위를 받았을 때, 그의 백발과 흰 수염이 마치 청년의 얼굴에 그려지는 듯한 인상을 주었다는 것이다. 그와 같은 용모 속엔 전생애를 통하여 어린이의 마음을 지녀 온 이 박학(博學)의 그리고 존경받는 시인의 패러독스가 그려지고 있는 것이다. 3부로 되어 있는 그의 최후의 극시(劇詩) 〈크리스터스(Christus, 1872)〉는 어느 대시인의 인생관의 전모를 개설하려고 한 야심작이었으나, 그의 첫 시집 《밤의 소리(Voices of the Night, 1839)》의 서정시집만큼 평이 좋지는 못하였으며 또한 복잡성도 지니고 있지 않았다.

롱펠로는 뉴잉글랜드의 구가(舊家)의 출신이었다. 소년 시절을 메인 주의 바닷가 포트랜드라는 마을에서 보냈으며, 사립 학교 그리고 보든 대학에서 공부하였다. 이 양가(良家)의 청년 가까이에 궁핍이란 없었고, 책은 언제나 수중에 있었다. 정치상으로는 연방당원이었고, 종교상으로는 유니테리언이었고, 문학상으로는 낭만주의자였던 롱펠로는 브라이언트와 같은 전통 속에서 자랐으며, 이 두 시인의 개인적인 노력 속의 침착한 단순성은 매우 흡사한 것이다. 그러나 연소(年少)의 시인 롱펠로는 브라이언트와 달리 일찍이 유럽으로 유학하여 질풍노도(疾風怒濤) 속에 탐닉하였다. 그러나 그것은 괴테나 바이런과는 달리 훨씬 부드러운 것이었다. 회향(懷鄕), 실연(失戀), 애인과의 이별 그리고 자기 연민 등이 신앙과 용기를 노래한 모든 찬미가 중에서도 가장 유명한 〈인생찬가(人生讚歌, The Psalm of Life)〉의 배경을 이루고 있다.

> 인생은 꿈이 아니다! 인생은 엄숙하다!
> 그리고 무덤은 인생의 종언(終焉)이 아니다.
> Life is real! Life is earnest!
> And the grave is not its goal.

얼핏 보면 명백한 사실을 과장하여 말하고 있는 것으로 보이는 이 서의 내용은 사실 고백의 형식을 취한 마음의 부르짖음이며, 패배를 감수하는 태도라기보다 오히려 적극적인 자기 재생(再生)의 주의를 주장하는 우수(憂愁)로부터의 도피를 부르짖고 있는 것이다.

유럽 유학의 최초의 3년 동안 그는 혼자였으나, 1835년 두 번째 독일에 갔을 때는 부인을 동반하였다. 그러나 부인은 독일에서 출산 (出産)중 죽고 말았다. 다시 홀몸으로 귀국하여 하버드에서 교편을 잡게 된 이 젊은 학자 겸 시인은, 미국인에겐 이미 멀고 먼 로맨스의 보고로 화하고 만 유럽의 추억, 카페나 화랑에서 보낸 시절의 즐겁고도 서글펐던 가지가지의 추억을 가슴에 안고 돌아왔던 것이다. 어빙이 공상적인 영국을 만들어낸 것처럼 롱펠로는 〈아우터머(Out-erMer, 1833~1834)〉라는 기행문에서 그리고 〈하이페리온(Hy-perion, 1839)〉이라는 반자서전적 로맨스에서, 국가 의식을 재주장 (再主張)하며 각자의 문화를 재인식하게 된 하나의 위대한 시대에서 솟아나려는 유럽의 현실 속에서, 자기 자신의 꿈의 세계를 묘사하였다. 유럽의 대사원과 미술관 혹은 스칸디나비아 제국(諸國), 독일 · 프랑스 · 이탈리아 · 스페인 등의 새롭고도 생기발랄한 낭만주의의 문학, 이미 전설이 되고 만 신세계의 식민시대(植民時代)의 과거, 호손과 에머슨과 같은 당대 작가들의 작품이 그의 마음을 차지하고 있었다. 케임브리지 마을 대장간은, 괴상한 뉴렘벨그의 옛 마을에 살고 있었다는 화공(靴工)이며 시인인 핸즈 자크스(Hans Sachs)와 같은 인물이며, 폴 리버(Fall River)(매사추세츠의 동남부에 있음)의 해안에서 발굴된 녹슨 갑옷을 입은 해골(骸骨)은 항해와 전쟁의 장렬한 이야기와 사랑과 죽음의 비장한 이야기를 말하는 바이킹 (Viking)(북구의 해적)의 전사(戰士)로 되고 있다. 신구(新舊) 두 세계의 낭만적이고도 비현실적인 세계를 하나로 융합시킴으로써, 미국의 젊은 문명에다 문화적 과거를 부여한 롱펠로의 예술은 그후 1

세기 이상 계속된 하나의 미국적인 성향(性向)을 형성하였다. 한때 쿠퍼의 작품에 생기를 주었으며, 얼마 안 되어 휘트먼의 시를 낮게 한 문화적 독립의 열렬한 주장은, 롱페로에선 한결 부드러워져, 온갖 불화와 투쟁은 해소되고 마는 그런 황혼의 미광(微光)을 띠고 있었다. 롱펠로의 유럽 숭배와 미국의 과거를 이상화하는 태도는 현실주의자들이 2세대에 걸쳐 정면의 적(敵)으로 싸워 온 귀족주의 전통의 기초가 되었다.

롱펠로의 주요 작품은 세 가지의 서술시(敍述詩)인 〈에반젤린(Evangeline, 1847)〉 〈하이어와사의 노래(The Song of Hiawatha, 1855)〉 그리고 〈마일스 스탠디시의 구혼(The Courtship of Miles Standish, 1858〉을 포함하고 있다. 이들 세 장시(長詩)와 기타 수많은 단시(短詩)에 있어 그는 식민지 시대의 역사나 전설을 경쾌한 운율로 노래하고 있다. 그가 자유로이 사실을 윤색하든지, 또 인습적인 사랑과 희생, 슬픔과 기쁨의 이야기를 창조해 내기 위하여 마음대로 소재를 사용하든지 하는 것은 하등의 문제가 안 된다. 그가 말한 이야기 그 자체는 미국의 전설의 일부가 되고 말았으며, 이야기의 기초를 이룬 사실보다 더욱 실제적인 것이 되고 말았다. 쿠퍼의 인디언과 같이, 롱펠로의 그런 식민지 시대의 인물은 다른 세계의 사람들에게 미국인에 대한 개념을 제공하였다. 왜냐하면 그의 시는 세계의 모든 나라에서 번역되어 읽혀지고 기억되고 있기 때문이다. 그가 대사원(大寺院)에 비긴 단테의 〈신곡〉에 있어서건, 혹은 매사추세츠 주의 프리므스의 존 알덴과 아내 프리실라(Priseilla)가 사는 시골 집에 있어서건,

> 설움에 찬 이 시대의 소음은
> 사라져 말 없는 속삭임만 남는다
> 그땐 영원한 시(時)는 한 곁에 비켜 서서

바라다볼 뿐.
The tumult of the time disconsolate
To inarticulate murmurs dies away,
While the eternal ages watch and wait.

롱펠로는 활동적이며 성급한 동포들에게 그의 고요한 마음을 전달하였으며, 그들에게 영원한 진리의 세계로 안락하게 도피하게 하였다. 그는 현재·과거·미래의 사실보다 오히려 희미하게 기억하고 있는 것과 원망(願望)하고 있는 것을 노래한 시인이다. 그의 최상의 예술은 중년에 쓴 야심적인 전기시(傳記詩)에 있어서보다 오히려 격조(格調)가 맞은 간결한 소네트에 있어, 혹은 우아미가 흐르는 민요에서 볼 수 있다.

롱펠로와 같은 형(型)의 인생은, 그의 동시대인이나 우인들 사이에서도 많이 되풀이되었다. 그 중에서도 가장 저명한 이는, 보스턴의 의사이며 기지에 풍부한 올리버 웬델 홈스(Oliver Wendell Holmes, 1809~1894)였다. 그는 케임브리지에서 출생하였으며 뉴잉글랜드 계(系)의 출신이었다. 앤도버(Andover)와 하버드에서 교육을 받고, 그후 근 2년 동안 유럽에 유학한 그는 1836년, 처녀시집을 출판하였을 땐 전형적인 미국의 문학 신사였다.

사회적으로 안정된 지위에 있었던 홈스는 기성의 문학 표준과 형식을 받아들여, 감상적인 시보다 간결하며 힘있는 시를 썼으며, 롱펠로의 재능에 가장 결핍되고 있었던 해학정신을 부가하였다. 노후한 프리게이트 함(艦) 아이언사이즈 호(號)에 바친 그의 시는 이 군함에 대한 일반 사람들의 상상을 높게 하였으며, 이 역전의 군함이 고철화(古鐵化)되어 가는 것을 살렸던 것이다. 그 이후 그는 또 동시대의 시사(時事)를 매우 적절하게 그리고 온화한 야유로 노래하였다. 그 중에서도 가장 유명한 〈교회 집사의 걸작(The Deacon's Masterpiece))은 소박한 전기 형식으로 '한 필의 말이 끄는 굉장한 마차'를 노래하고 있다. 이것은 모든 부분에 있어 완전한 것은 곧 마멸하여 붕괴되고 만다는 것을 풍자한 교훈시다. 이 시를 자세히 읽는 사람은 이 속에서 칼빈주의의 종교 대계(大系)의 붕괴가 언급되고 있음을 알 수 있을 것이다. 그러나 이 풍자는 천진난만한 집사가 자기 자신을 농하고 있다는 농을 깨뜨리고 있지는 않다. '아침식탁의 독재자(Auto-crat of the Breakfast Table)'를 쓴 수필가로서의 홈스는 같은 상식적인 논리를 인간 생활의 다른 분야에까지 적용하였다. 그리고 소설에 있어 아마 맨 처음으로, 그는 그 당시 의학이나 심리학에 대해서 알고 있었던 지식을, 작중 인물의 동기를 임상적(臨床的)으로 연구하는 데 응용하였다. 우수를 지닌 낭만주의자였다기보다 오히려 커피점(店)의 재사였던 홈스는, 롱펠로의 경우와 같이, 자국민에게 자기와 자국의 역사를 자각시킴으로써 쇠퇴해 가는 미국의 낭만주의를 영국과 유럽의 낭만주의 전통에다 결부시키는 역할을 하였다.

이 그룹 중에서 가장 연소자였던 제임스 러셀 로웰(James Russel Lowell, 1819~1891)은 또한 가장 다재(多才)하였다. 롱펠로의 정서(情緖)와 홈스의 기지(機智)를 겸비한 그는 그가 가장 바랐던 인물, 즉 날 때부터의 귀족에다 성공을 거둔 문학자가 됨으로써 케임브리지뿐만 아니라 전 미국의 총아(寵兒)가 되었다. 그가 최후에 하버드 청중 앞에 대학교육의 목적을 정해 놓은 이상은 바로 그 자신의 자화상이기도 하였다. 즉, '인습적인 신사가 되지 않고 교양 있는 인간, 지적 재능의 인간, 공공심이 풍부한 인간, 인품이 있는 인간, 여기에 보태어 마음의 양심인 고상한 취미와 정신의 좋은 취미인 양심을 지닌 인간'이 되어야 한다는 것이었다. 케임브리지에서 출생한 로웰은 안락한 엘므우드의 자택에서 책에 둘러싸인 채 일생을 보냈다. 그리고 인간의 희비(喜悲)에 대하여 깊은 관심을 갖고 창 밖을 내다보았으며, 유럽의 우주적인 문화를 흡수하기 위하여 멀리 여행하였다. 국내에서는 인류와 민주주의 그리고 국가를 위하여 열심히 강연도 하였으며 집필도 하였다.

1843년 열렬한 노예 폐지론자이며 매력적인 마리아 화이트 (Maria White)와 결혼하기 전 로웰의 인생의 사랑은 그의 소박하고도 로맨틱한 서정시에 나타나 있으며, 그가 하버드 4학년 때 정학 처분을 받고 있는 그 혈기 속에 나타나 있다. 그의 사고에 초점을 주기 위해서는 노예 문제가 필요하였다. 그리하여 수년 동안 시인 휘티어와 기자 윌리엄 로이드 개리슨, 이 두 사람만이 따를 수 있는 그런 열정으로 붓을 들었다. 1848년은 그의 전 재능이 세 개의 각기 다른 야심적인 시에서 개화(開花)된 해였다. 즉, 아더 왕(王) 이야기의 현대판이라고 할 수 있는 기사(騎士) 〈라운팔의 환영(The Vision of Sir Launfal)과 포프다운 신랄성은 없었지만 포프식(式)으로 문학 동지들의 장점과 단점을 기지 있게 요약한 〈비평가를 위한 우화 (A Fable for Critics)〉, 방언을 구사하며 소박한 지혜로 그 당시의 문제, 특히 멕시코 전쟁과 명백한 운명설을 논평한 〈비그로우 편지 (Biglow Papers)〉의 제1집, 이 셋이었다. 왜냐하면 이들 시 중 어느 것이고, 만일 그가 각 시가 암시하고 있는 창작면에서 따라갈 수만 있었다면 그것이 대작(大作)의 기초를 제공해 줄 수 있었기 때문이었다. 그러나 속편이 나온 것은 〈비그로우 편지〉뿐이었다.

그는 시작(詩作) 대신 유럽으로 여행을 갔으며 그곳에서 아내를 잃었다. 귀국하자 그는 그 당시 사의를 표하고 있었던 롱펠로의 뒤를 이어 하버드의 불어와 스페인 어 교수로 취임하였으며 한편 애틀랜틱 만스리 지(誌)의 편집장직을 맡아 보았다. 그때부터 그는 시인이라기보다 강연가 겸 비평가였다. 윌리엄 딘 하우얼스 같은 젊은이들에겐 권위자다운 말로 말하였으며, 그의 학생들에겐 영국과 유럽 대륙의 고전을 애호하도록 가르쳤고, 또 동포에겐 훌륭한 덕성(德成)을 배양함에 있어 이상적 민주주의의 형태가 필요하다고 역설하였다.

문학 비평가로서의 로웰은 당대 유일이었다. 그의 넓은 취미와 박학, 거기에다 가치에 대한 열렬한 탐구욕은 과거와 현재의 훌륭한 예술을 평가할 수 있는 하나의 비평 강령을 세울 수 있게 하였다. 그는 문학이란 인생의 이상적인 표현이기 때문에 인간의 정신을 고양(高揚)케 함으로써 기쁨을 주어야 한다는 신념에서, 작품의 인상이나 역사적 이해나 윤리적 판단에다 감수성을 결부시켰다. 그의 폭이 넓은 견해는 에스키러스, 단테, 초서, 그리고 셰익스피어를 감상케 하였다. 그러나 그의 동시대인인 소로, 휘트먼, 에머슨 등에 관한 교묘하나 무감각한 그의 비평 속에는 도덕과 풍습을 혼동하고 있는 것이 분명히 나타나 있다. 결국 인생에 있어서의 이상은 서재(書齋)의 창에서 내다보는 것이 가장 좋았던 것이다.

5

남북전쟁은 노예 문제를 직접 원인으로 하여 발발하였다. 감정이 다른 모든 일을 지배하고 있었던 짧은 기간 동안 노예 폐지론자는, 이에 직접 관계가 없는 모든 문제를 제쳐 놓고선, 인권이라는 예로부터 내려온 미국의 주의를 인도주의적 열성으로서 재주장하였다. 존 브라운(John Brown)이 1859년에 재차 콩코드에서 연설하였을 때, 에머슨이나 소로까지도 철학을 버리고 폐지론자의 동지가 되었다. 로웰, 휘티어, 해리엣 비처 스토(Harriet Beecher Stowe) 등은 그들의 견해를 열렬히 주장해 온 지 이미 오래였다. 문학은 문학의 최대 관심사로부터 당면 위기에로 관심을 돌리지 않으면 안 될 그런 시기였다.

초기(初期)의 노예 제도 반대 운동은 에머슨의 우인이었던 브론슨 앨코트(Bronson Alcott)와 1831년 리버레이터(Liberator)지(誌)를 창간하여 그후 34년 동안 계속해 온 윌리엄 로이드 개리슨

(William Lloyd Garrison)과 같은 이상주의자에 의해서 지도되었다. 민중 운동이 뉴잉글랜드의 귀족적 지도자에 의해서 논의된 것은, 1837년 에라이저 P. 러브조이(Elijah P. Lovejoy)가 일리노이 주 알톤에서 그의 노예 폐지 운동을 위한 신문을 수호하다가 폭도들에게 학살된 사건과 같은 그런 폭행에 충격을 받았던 이후의 일이었다. 점차로 뉴잉글랜드의 저명한 학자나 시인 그리고 역사가나 종교가들도 이 와중에 끌려들어왔다. 1846년 로웰은 〈비그로우 편지〉에서, 멕시코 전쟁을 노예 소유자의 이익을 위하여 싸우고 있는 것이라 하여 이에 항의하였다. 한편 1850년에는 칼혼은 남부의 국가주의자의 입장과 노예 제도를 최후적으로 그리고 결정적으로 일치시키고 있었다.

뉴잉글랜드의 견해를 대변한 지도적 문학가는 인도주의적 퀘이커 교도인 존 그린리프 휘티어(John Greenleaf Whittier, 1807~1892)였다. 스코틀랜드의 시인 번스를 애독하여 시를 배웠던 농촌 소년이었던 휘티어는 단순한 사물의 미를 노래함으로써 그 자신의 시적 경력을 시작하였다. 롱펠로나 로웰처럼 학문은 없었으나 그들보다 더욱 친근한 지식을 갖고 있었던 휘티어는, 자국의 위대한 역사를 차지하고 있는 서민(庶民)을 노래하기를 원하고 있었던 것같이 보인다. 그러나 개리슨과의 교우는 사회 정의의 문제로 눈을 돌리게 했으며, 이후 그의 붓은 신랄하게도 날카로워졌다. 1833년부터 1859년까지 노예 폐지 운동에, '해방당(解放黨)' 조직에 그리고 그것을 위한 기관지 발행에 그의 정력을 바쳤다. 남북전쟁 후에도 휘티어는 뉴잉글랜드를 무대로 한 시를 계속 읊어 나갔으나 이젠 정의와 사랑하는 신, 그리고 우정 있는 행복한 민중을 찬양하는 그런 기분에 사로잡히고 있었다.

휘티어의 시는 일반 민중의 말을 사용하였고 또 일반인에게 통절히 관계되는 문제를 노래하였기 때문에 그 인기는 대단하였다. 그의 시가 일찍이 톰 페인의 〈상식(Common Sense)〉이 역할한 바와 같이, 전쟁이라는 복잡한 문제를 간단한 대의(大義)로 결정케 하여 이 대의를 위하여 싸울 수 있게 한 데 있어 그 위대한 영향력이란 아마 쉽사리 평가되어질 수 없을 것이다. 이에 반하여 소설로 된 〈엉클 톰스 캐빈(Uncle Tom's Cabin)〉이라는 논문의 영향은 다소 용이하게 평가될 수 있다. 링컨 대통령은 작가인 해리엇 비처 스토 부인을 만났을 때 "당신이 이 대전쟁을 일으키게 한 그 책을 쓰신 부인이십니까?" 하고 말하면서 인사하였다는데 이 말은 그다지 틀린 말은 아니었다. 고결한 마음씨를 지닌 흑인 노예 엉클 톰의 이야기는 작중의 장난꾸러기인 톱시(Topsy)처럼 성장하여 갔으며, 첫해에 벌써 30만 부 이상이나 매진(賣盡)되었다. 그후 국내외를 막론하고 무단 출판된 부수는 이루 헤아릴 수가 없다. 이 작품은 또 무단히 희곡화되어, 브로드웨이에서 샌프란시스코에 이르는 관객들의 가슴을 짜냈기 때문에 그 인기는 더욱 더 점고(漸高)해 갔다. 이 소설은 아마 세상에서도 가장 많이 판을 거듭하였으며 가장 널리 읽혀졌던 것으로 노예 해방 문제에 세계의 관심을 자극한 바 지대하였다. 일 세기 후인 오늘날에 와서도, 대부분의 유럽 평론가들에겐 흑인의 지위를 미국 문화에 있어 주요한 문제인 것같이 보고 있다.

그러나 민주주의는 허다한 미해결된 문제를 지나 계속 살아 나왔다. 북부와 남부의 귀족적인 신조는 전쟁열 속으로 융해되어 신화되고 말았을 때, 언제나 유연성 있는 인권의 원칙은 서부에서 생겨나고 있던 새로운 국가에 적응되었다. 마크 트웨인의 최초의 작품집은 롱펠로가 단테의 번역을 완료하였던 동년 1867년에 나타났다.

제2의 변경 (The Second Frontier)

1

1769년 다니엘 분(Daniel Boone)은 미개지인 켄터키에 통하는 황야(荒野)에 도로를 헤쳐 열기 위하여 서부로 출발하였다. 그때부터 꼭 일 세기가 지난 1869년에는, 정부의 관리와 철도회사 직원의 일단이 유타주 프로몬토리 포인트에서 만나 황금의 못을 박아, 대륙 횡단 철도의 완성을 축하하였다. 이 일 세기 동안 한 문명이 성숙하여 곧 쇠퇴해 갔고, 또 다른 새로운 문명이 생겨났다. 동은 대서양에서는 태평양까지, 북은 캐나다로부터 남은 멕시코에까지 이른 1890년의 대륙 국가는, 영토의 크기 이외의 여러 점에 있어, 대서양 연안의 평지를 껴안고 있던 1790년의 신생 공화국하고는 달랐다. 마크 트웨인의 세계는 워싱턴 어빙의 세계를 훨씬 큰 화면에다 더 대담한 색채로써 재생하였다.

미국 문명의 성격에 있어서의 대부분의 변화는 1850년부터 1890년 사이에 일어났든지 혹은 표면에 나타났다. 첫째로 남북전쟁에서 입은 상처를 회복하려는 곤란이 있었다. 전쟁으로 인하여 약화되어 자신의 운명에 대하여 확신이 없었던 북부는, 경제적으로 또 정신적으로 황폐된 남부를 재건하려는 거대한 사업을 서툴게 다루고 있었다. 서부는 전쟁의 여파만을 경험했기 때문에, 자신을 갖고 미래를 향하여 나아갈 수 있었다. 광대한 미시시피 강(江) 유역 일대를 링컨의 손에 의해서 구제된 합중국으로 편입시키는 일은 순조로이 진행되었다. 미합중국의 대륙에 있어 최후로 영토를 획득한, 소위 멕시코 국경에서의 개스덴 매수(買收)(Gasden Purchase)는 1853년에 행하여졌고, 최후의 대륙 영토였던 애리조나와 뉴멕시코는 1912년에 주로 승격하였다. 그 동안 인구는 프랭클린이나 식민지 시대의 구안지사(具眼之士)들이 예견한 바와 같이, 급속도로 증가하였다. 독립 후의 최초의 반(半)세기 동안 4백 만에서 7백 만으로 증가하였으며, 다음 반 세기 동안은 일약 6천3백 만으로 증대하였다. 그리하여 1950년에는 1억 5천만을 돌파하고 말았다.

이 인구 증가의 대부분은 영토가 크게 확대되고 개척이 활발히 수행되고 있는 동안, 독일 및 스칸디나비아 제국가로부터 이민의 물결이 바다를 건너온 결과였다. 19세기 말, 중남부 유럽 및 동양으로부터의 이민의 수도 급속히 증가하였지만, 그후 입국 할당제 때문에 이민은 완만해졌다. 인종적으로 보면 미국인은 최초의 13주로 구성된 식민지 시대와 같이 주로 튜톤 계(系)에 속하고 있었으나 그들의 강한 영국적 성격은 차츰 코스모폴리탄적인 성격 속으로 사라져 갔다.

1900년에는, 미국인이 말하는 언어는 이미 영국인이 말하는 언어가 아니었다. 그 어법, 발음 및 어휘에 있어 많은 새로운 성격을 띠게 되어, 엄밀하고도 명확한 의미에서 미국어라는 것이 생겨났다. 그 이외의 문화적 특징, 예를 들면 풍속·습관·민풍 등 역시 국어의 경우와 같이 옛 재료에서 새로운 형식을 창조하였다. 서부에로의 이민과 미국민의 대륙화로부터, 적어도 그 윤곽이나마 새로운 문명이 발전되었다. 1950년까지 그 새 문명의 윤곽은 모든 점에 이르기까지 충분히 완성되었던 것이다.

2

두 가지의 경제적 작용, 즉 영토 확장과 산업화가 결합되어 상기 (上記)한 결과를 낳게 하였다. 전(前) 시대에 있어 미국의 경제사가 들은 프레데릭 잭슨 터너(Frederick Jackson Turner)에 따라, 이 변화를 전적으로 변경의 서점(西漸)에다 귀착시켰던 것이다. 1893 년에 터너는 다음과 같이 쓰고 있었다. "이 끊임없는 재생(再生), 미 국 생활의 유동성, 새로운 기회를 수반한 서부에로의 확장, 소박한 원시적 사회와의 부단한 접촉, 이러한 것이 미국적인 성격을 지배하 는 힘을 공급하고 있다."

터너는 이야기의 일부를 말하고 있으면서 전체를 말하고 있다고 주 장하고 있으나, 이 점을 제하고선 그의 명제는 본질적으로 건전하다. 개척지와 미개척지의 경계에 있어 구세계와 신세계의 회합이 부단히 반복되고 있었다. 즉, 대륙 국가의 문화는 제일의 변경(邊境)의 문 화가 만들어진 것과 같은 방법으로 형성되었다. 1787년의 노스웨스 트 법령(Northwest Ordinance)에 의해서 제정된 미국의 영토 정 책은, 영국 식민 정책의 연장이며 수정이었다. 세계의 정원을 조영 (造營)할 준비에서 황야를 개척하고 이교도를 개종시켜 상업의 혜택 을 입게 하려고 한 영국의 소지주들은, 그 정신에 있어선 미국 서부의 정복자와 똑같았다. 다만 그들은 이란의 사투리나 독일 혹은 노르웨 이의 방언을 썼으며, 코네티컷 강(江) 유역의 느린 말투를 말하거나 혹은 남부의 둥글 울린 음절로 말했을 뿐이었다. 농업 변경(邊境)에 선 각 개인은 일국의 왕이었다.

새로운 대륙 횡단의 육로는 옛날의 프랑스나 스페인의 탐험가들이 걸었던 길을 따르지 않고, 더욱 서부를 향하여 곧장 밀고 나갔다. 즉, 뉴욕의 허드슨과 모호크 양강(兩江)의 유역을 지나 앨러게이니 산 맥을 돌파하여 오대호(五大湖) 지방으로 진출하였고, 메릴랜드 서부의 캠버랜드 가(街)를 따라 오하이오 강(江) 유역으로 나왔다. 혹은 남부 사면(斜面)과 멕시코 만(灣)을 따라 나가 델터 저지(低地)를 지나 텍사스 지방으로 진출하였다.

1825년경까지 중부 경계 지방(Middle Border)은 꽤 훌륭히 개척되어 일간 신문, 도서관, 대학 등을 가진 소도시의 탄생을 보았다. 최후로 개척자들은 미조리 주 인디펜던스에 모여, 한패는 산타 페(Santa Fe) 개척로(開拓路)를 따라 서남부로, 또 다른 패는 오리건 개척로를 따라 북서부로 나가, 마침내 대륙 분수령(分水嶺)을 넘어 나아갔다. 여기에 이어 프리몬트의 탐험 그리고 루이스와 클라크의 탐험은 이들 개척자들의 포장마차 길을 준비해 놓았다. 멕시코 전쟁은 1845년 광대한 토지를 터놓았으며, 1849년의 캘리포니아에서의 금광의 발견은 이 과정을 더욱 촉진하였다. 그러나 사람을 끄는 중요한 매력은 풍요한 토지였다. 서부에 있어 최후로 개척된 곳은 캘리포니아의 산조아퀸 유역이었다. 여기서는 처음에 소맥, 다음엔 과수(果樹)의 재배를 보았다. 다니엘 운으로부터 존 스타인벡의 작중 인물인 조드 일가(一家)에 이르기까지, 서부의 풍요한 사면(斜面)에는 도시가 서게 되었고, 거기엔 전형적인 미국적 생활 방식이 수립되었다. 그러나 1862년의 자작 농장법(The Homestead Act)조차 대륙 중간에 놓여 있는 대평원을 충분히 채울 수는 없었다.

이와 같은 인구 이동에서 결과된 문화는 초기 공화국의 문화보다 훨씬 복잡한 것이었다. 차츰 서부로 압박된 인디언은 처음에는 저항했지만 마침내 황량한 정부 지정 보류지에 모여들게 되어 그들의 풍속을 보존할 수 있었다. 그리하여 20세기에 들어와서 비로소 백인들은 거의 파괴해 버린 것, 즉 아메리칸 인디언 문화의 전통을 인식하게 되었다. 그들의 식민지 제국(帝國)이 후퇴하였을 때 뒤에 처져 남게 되었던 프랑스인이나 스페인인들은 뉴올리언스의 멕시코 만국(灣國)에서 그리고 서남부의 전도(傳導) 구역과 특수 촌락에도 산재해 있었으며, 그들은 후의 인구 이동에 의해서 파괴되었다기보다 흡수되고 만 그런 생활 방식에서 정착하게 되었다. 더욱이 유럽에서 온 새로운 이민단—즉 위스콘신의 독일인, 미네소타와 아이오와의 스웨덴인 및 노르웨이인, 네브라스카의 보헤미아인은, 서부에로의 확장이라는 역사적 과정에 충분히 공헌하면서도 한편 각자의 문화적 독립을 보지하기를 잊지 아니하였다. 서진(西進)의 여파에 의하여 뒤에 남게 된 개척지인 고립 지대는, 그들 이민의 출신지 유럽과 같이 그 문화에 있어 변화가 많았다.

하나의 결과는 모든 요소를 흡수했기 때문에 결국에 가선 미국적인 것이 되고 만 민족적 전통을 낳게 한 것이었다. 그 기원이 반(半)민족적, 반직업적이었던 서부의 민요나 허풍(tall tales)은 옛 기억의 산울림으로서 시작된 것이다. 지그 무곡(舞曲)에 맞추어 노래하면서 춤추는 영국 시골의 춤은 서부의 농장에선 더욱 단순하며 대담한 성격을 띠게 되었다. 아일랜드, 노르웨이 웰즈 등의 이야기에 나오는 거인은 영웅적인 나무꾼이나 나룻배 사공이 되었다. 카우보이는 깊은 바다의 뱃노래나 시골의 연가(戀歌)를 노래하며 대초원에서 소를 몰았던 것이다.

서부의 신천지에선 할 일이 너무 많았고 감상에 잠길 시간이 너무 적었으므로, 구세계의 민요에서 보인 대부분의 비극적인 음율은 신세계에선 조잡한 유머로 바뀌어졌다. 신념이 혼합된 회의주의는, 거인(巨人) 나무꾼, 폴 반얀(Paul Bunyan)의 재주 부림을 믿을 수 없을 만큼 과장하여 사람들의 웃음을 자아냈다. 엄숙한 얼굴을 하면서 거짓말을 하며 상대편을 골탕먹이겠다는 서부 사람들의 노력이 새로운 민족 문학의 핵심이 되는 톨 테일즈(tall tales)를 발전시켰다. 아티미스 워드(Artemus Ward), G. W. 해리스(G. W. Harris), 마크 트웨인(Mark Twain) 및 브래트 허트(Bret Harte)와 같은 서부 작가들은 조시 빌링스(Josh Billings)의 동부적인 얌전한 유머를 쳐들어, 크기에 있어서나 변화에 있어서나 서부 무대에 맞도록 색채를 가했다. 유럽은 한때 워싱턴 어빙의 니커보커에 웃음을 던진 것처럼 지금 다시 마크 트웨인에게 웃음을 던졌다. 또 브래트 허트는 어빙이 소박한 시골을 주제로 하여 감상을 짜낸 것처럼, 서부의 광산캠프의 생활에서 달콤한 감상을 짜냈다. 변경에서는, 감상과 유머가 거리낌없이 동거할 수 있었던 것이다.

지방색, 감상적인 추억, 웃음의 안도(安堵) 등 이제 새로운 미국 문학이 새 식물의 뿌리에서 자라나고 있었다. 음유시인(吟遊詩人)들이 이런 것을 찾아내어, 흑인의 민요와 대평원의 민요와를 섞어, 매우 독하고도 때로는 입에 댈 수 없는 지주(地酒)를 만들어냈다. 이것이 차츰 문장으로 쓰일 단계에 이르렀다. 1870년에는, 브래트 허트, 마크 트웨인 그리고 W. D. 하우얼스는 그들의 견문을 이야기 형식으로 혹은 스케치 형식으로 써서, 캘리포니아의 오버랜드 먼스리 (The Overland Monthly) 지(誌)에다, 보스턴의 애틀랜틱 먼스리 (The Atlantic Monthly) 지에다 그리고, 뉴욕의 하퍼스 먼스리 (The Harper's Monthly) 지(誌)에다 발표하였다. 그리고 대단한 환영을 받았는데, 그것은 이들 작품 속에 나타난 리얼리즘, 정서, 신기(新奇), 웃음 등이 전통적으로 미국적인 것이었기 때문이었다. 그들의 요설(饒舌)은 젊음에 넘쳐 조잡하였지만 그러나 민족의 소년시대를 갱신하였으며 제퍼슨, 프랭클린, 에머슨 등이 각자의 방법에서 설교하여 온 개척자의 독립 정신을 재주장하였던 것이다.

3

아일랜드(愛蘭) 이민들이 월든 호수 기슭에서 피츠버그로 통하는 신철도를 부설하였을 때 소로는 흥미를 갖고 이를 바라보았다. 이것은 서부를 향한 길이었으나 영토 이상의 것을 개척하였다. 1893년에

시카고는, 세계 박람회를 개최하여, 철도의 승리와 더불어 서부 제국
(帝國)에 있어서의 산업 자본주의의 승리를 축하하였다. 남북전쟁
이 진행되고 있는 동안에도 나이 어린 공화당은, 고관세(高關稅)에
의하여 국립 은행을 설립하고, 철도의 보조금을 지출하여, 산업과 운
행을 같이 하기로 하였다. 1890년에는, 15만 마일 이상 달하는 철도
를 소유하게 되었다. 정부의 철도 회사에 대한 교환 토지의 제공은,
극서부(極西部)가 개척되어 감에 따라 철도 회사에게 농가에 대한
우위(優位)를 주었다. 격렬한 경쟁 결과 막대한 경제적 노력이 소수
인의 수중에 들어가게 되었다. 밴더빌츠 가(家)(Vanderbilts)의
제이 굴드(Jay Gould), 제임스 J.힐(James J. Hill), E. H. 해리
먼(E. H. Harriman) 등이 각자의 철도 왕국을 건설하였을 때, 국가
의 경제는 그들의 계획과 투기에 의해서 좌우되었다. 번영과 공황의
기간이 매우 규칙적으로 교체되었으므로, 상업의 주기(週期)를 지
배하는 경제 법칙의 결과인 것같이 보였다. 대기업가들은, 최초의 기
업 자금을 공급한 개인이나 단체의 이익을 흡수했으나 결국 그들 자
신이 실패하게 되어 그들의 철도를 은행가, 특히 몰간 가(家)에 양도
하게 되었다. 곧 금융 자본은 트라스트에 의한 지배 방법을 발견하였
고, 이것이 후에 주식회사로 발전되어 나갔다. 철도 다음에는 웨스턴
유니온 전신회사, 스탠더드 석유, 카네기 강철 등의 트라스트, 그리
고 다수의 합동 기업이 생겨났으나 이들은 다소간 은행가에 의해서
지배되고 있었다. 월 가(街)는 새로운 힘의 상징이 되었고, 동시에
또 다른 세력이 조직된 노동자 속에서 형성되기 시작하였다.

1886년 5월 4일, 시카고에서 일어난 헤이마케트 폭동 사건
(Haymarket Riot)이 일어나 7명의 경관과 1명의 폭도가 폭탄에
맞아 죽자 전국민은 엄청난 충격을 받았다. 이것은 미국 사회에 있어
자본과 노동 사이의 알력을 극적으로 나타낸 것이었다. 이것을 계기
로 하여, 새로운 경제 사회에다 정치를 통합시키려는 장기간에 걸친

과업이 시작되었다. 대도시, 공장, 기계, 이런 것이 19세기의 미국을 형성하게 되었으며 동부의 산업주의는 서부의 미래를 장악하게 되었다.

태평양 연안에서의 산업 발흥은 식민지 시대에 시작되어, 18세기 말에는 매사추세츠로부터 펜실베이니아에 이르는 지역에서 우세하게 되었다. 알렉산더 해밀턴과 존 애덤스는 제조업자를 지지하고 글을 썼으며, 이것이 그들과 제퍼슨의 당(黨)과 분열하게 된 문제점이었다. 1803년의 루이지애나 매수(買收)에 주로 반대한 것은 매사추세츠의 연방당원이었다. 그리고 1814년에, 미국 연방에서 탈퇴하겠다고 위협한 것도 그들이었다. 그보다 30년 후 로웰의 호지어 비글로(Hosea Biglow)가 멕시코 전쟁에 반대한 것도, 남부의 방식에 따른 농업 경제의 팽창에 대한 항의에 지나지 않았다. 농업주의와 산업주의와의 충돌은 미국 헌법에도 생긴 것이라, 남북전쟁의 주요한 원인이 되었다. 전쟁 후 산업혁명이 본격적으로 미국을 찾아왔을 때, 이는 이미 존재하고 있던 그런 정세를 강화했음에 지나지 않았다.

서부에 있어서 이 충돌의 첫 단계는, 북부의 자작농(自作農)과 남부의 노예 소유자 간의 충돌에서 나타나게 되었다. 어느 경우에 있어서나 서부는 동부가 필요로 하는 원료를 공급할 운명에 있었다. 즉 서부는 석탄, 소맥, 가축, 귀금속, 석유를 산출하여 북부를 부하게 하여 미래의 미합중국을 형성하기로 되었으나, 처음에는 농업적 입장을 요구하였다. 이리하여 정치적 민주주의는 동부로부터 퇴각함에 따라, 앤드루 잭슨(Andrew jackson)과 이브러햄 링컨에서 재생(再生)하였다. 제퍼슨의 이상을 말한 자는 더글러스(Douglas, 1813 ~1861)보다 링컨이었다. 그럼에도 불구하고, 링컨의 공화당을 거쳐, 자주적인 개척민 정신은 농부로부터 기업가로 옮겨가고 말았다.

19세기말, 전 산업주의는 변경운동(邊境運動)의 마지막 여파로서 오대호(五大湖) 지방으로 침투하였고, 대륙 국가는 완성되어 금융 자본은 지배권을 장악하게 되었다. 대기업의 무한한 발전에 적합하도록 변경(邊境) 개척자의 이상과 가치를 합리화하고 있는 것은, 1870년부터 1910년까지 미국 문명에서 일어난 제변화를 이해하는 열쇠를 제공하고 있다. 개척적인 헨리 포드(Henry Ford)는 그 정신에 있어 다니엘 분이나 존 스미스(John Smith) 선장과 다를 바 없었다. 존 D. 록펠러(John D. Rockefeller)는, 토머스 제퍼슨이 토지를 개간하려고 한 것처럼 유전(油田)을 개발했다. 비록 제퍼슨만큼의 이상주의를 지니고 있지 않았지만, 개인 자유의 철학과 무간섭주의의 경제 이론은 청교도들에게는 물론 소위 실업계의 도적남작(盜賊男爵, Robber Barons)에게도 적응되었다. 비록 그 도중에 어떤 기본적인 가치가 전환되고 만 것같이 보이기도 하지만, 농업 경제에 의해서 발전된 가정(假定)을, 몇 년 후 그 이상과 습성을 잃지 않고 산업 경제에다 강제로 적응시킨다는 것은 명백히 불가능한 것이었다. 소박한 개척민에 대한 개념이 점점 낭만적이 되어가고, 한편 미국의 산업적인 생활의 현실이 더욱 더 복잡, 추악하게 되어감에, 사실의 왜곡(歪曲), 궤변, 환멸감 등이 나타난 것도 불가피하였다. 철도, 공장, 도시의 건설은 변경 개척의 최종적인 단계였다. 트랙터나 불도저가 농장에 진출하자, 버몬트에 있어서건 오클라호마에 있어서건 혹은 산 조와킨 유역에 있어서건 황야는 정복되어 갔다. 그리고 백악관(百亞館)에 달하는 길이 통나무집에서 출발되기보다 오히려 뉴욕의 뒷길로부터 출발되었을 때, 산업 혁명의 과정은 미합중국에 있어선 완료되고 있었다.

정치적, 경제적 과정 그 자체는 여기서 논할 바가 아니다. 왜냐하면 문학은 환경 그 자체를 취급하기보다 오히려 환경에 대해서 사람이 느끼고 생각하는 것을 취급하는 것이기 때문이다. 최근 헨리 내시 스미스(Henry Nash Smith)는, 서부에 있어선 경제적 변화가 있었음에도 불구하고 자유 개인의 신화(神話)와 세계 낙원에 대한 신화가 존속하고 있었다는 것을 밝힘으로써, 터너의 변경이론(邊境理論)을 보정(補正)하고 있다. 그러한 신화의 존재는 미국 문명 그 자체의 한 사실이다. 즉, 그런 신화가 있었기 때문에 미합중국에 있어서의 산업 혁명의 영향은 세계 어느 다른 지역의 그것과도 달라지고 있는 것이다. 토지 보호, 협력, 정부의 통제 그리고 산업의 단체 교섭과 같은 새로운 주의가 그들 이름에서 발전되어, 타국에선 흔히 보는 전체주의를 저지(阻止)하고 있다. 현대의 복잡한 미국의 생활과 급격한 경제적, 사회적 변천에 직면하면서도 자기의 인격을 유지하려는 자유인의 투쟁, 이 사이의 비극적인 모순이 제2의 미국 문예부흥의 주요 제목을 제공하고 있는 것이다.

제 7 장 문학적 재발견
-하우얼스, 마크트웨인-

1

1865년부터 1895년까지의 미국 문학의 이야기는 새로운 생활 환경에 대한 커다란 순응(順應)의 이야기다. 다행히도 그와 같은 변천에 직면한 것은 미국뿐이 아니었다. 유럽 여러 국가는 혁명과 국경 변경의 시대를 마치고 그들의 지반을 견고히 하고 있었다. 기술의 진전과 산업의 발흥은 미국에 있어서와 같이 영국, 프랑스 및 새로 통일된 독일과 이탈리아에 있어서도 사회적 변천을 급속도로 초래하고 있었다. 혁명의 시대는 지났고, 맹렬한 경쟁 시대가 바야흐로 전개되었다. 국가주의의 정신은 국외로는 새 제국(帝國)을 건설하며, 국내로는 새 사회조직을 수립하려는 자극을 도처에서 제공하고 있었다.

미합중국에 있어서와 같이 전 서방 국가를 통하여 문학은 일반적 사상에 주의하는 일이 적게 되었고, 생활의 직접적인 제현실에 더욱 주의하게 되었다. 이 운동은 두 가지의 형태를 취하였다. 하나는 '자기 집 뒷마당에' 흥미를 갖게 된 것이고, 다른 하나는 문학적 수법을 더욱 실험한 것이었다. 그 결과 지방주의와 리얼리즘의 공상과 이상주의를 대치(代置)하게 되었다. 따라서 소설은 가장 인기 있으며 사용할 수 있는 문학예술의 형식으로서 희곡이나 시를 대신하였다. 영국에선 새커리, 디킨스, 조지 엘리어트, 트롤로프 등이 역사상의 영웅적 행위, 제국(帝國)의 흥망, 순교자들의 흥망을 테니슨이나 브라우닝에게 맡기고, 대신 하층 서민의 성격과 그들의 생활에로 눈을 돌렸다. 프랑스에선 발자크가 그의 〈인간 비극〉을 발전시켰고, 새로운 형식을 지향하는 세계 각국의 소설가들에게 하나의 모범을 제공하였다. 소련에선 투르게네프가 전원 생활을 묘사함으로써 새로운 문학운동을 일으켰다. 미국에 있어선 최초의 국가적 발전과 이 낭만주의적 운동이 때를 같이하고 있었기 때문에, 남북전쟁과 서부의 개발에서 결과된 새로운 생활 환경에 꼭 적합한 관점과 문학적 수법이 유럽으로부터 제공되고 있었다는 점에서 다행이었다. 현재의 생활이 재발견되며 재검토되지 않으면 안 되었던 것이다.

1865년의 미국에선, 재발견할 것이 허다하였다. 동부의 잡지나 소설 독자에게는 광대한 서부 지역은 막연한 풍문 이외에는 알려져 있지 않았다. 남부는 비참하나 중대한 변화를 겪고 있었다. 북부조차 남북전쟁에 의하여 그 이전의 생활 방식과 분리되었을 때, 과거와 지방적 차이의 가치에 대한 새로운 의식을 경험하고 있었다. 지방주의적 리얼리즘 문학의 소재는 광대한 영토에 급격한 변화를 거듭하고 있던 이 나라에선 무진장이었다.

변경(邊境)에 있어서의 인구 이동이라는 큰 물결이 물러나가자 차츰 지방적 특색이 일어나기 시작하였다. 1871년 오하이오 주 제퍼슨의 윌리엄 딘 하우얼스가 뉴잉글랜드의 귀족적인 애틀랜틱 먼스리지(誌)의 편집장이라는 중직을 맡았을 때, 인디애나, 미조리, 캘리포니아, 메인, 뉴올리언스 등의 주(洲)에선 갑자기 그리고 때를 같이하여 지방주의적인 스케치와 시 등이 나타났다. 미국 소설에 있어서의 리얼리즘에 정의를 내리게 된 이 사람이야말로 널리 산재한 여러 지역에서 일어나고 있는 지방적 자각의 주요한 지지자이기도 하였다. 이 지방적 자각은, 대륙 전체에 걸친 국민적 문학 운동의 첫 단계에 있어, 지방적 전설과 특색을 이용한 하나의 공통적인 충격에서 온 산물임에 분명하였다.

이러한 특색은 여러 가지 요인에 의해서 결정되었으나 주로 현재와 과거의 이주민들의 출신지와, 그 지방의 특수한 직업을 만들어 낸 지방적 경제적 요소에 의해서 결정되었다. 한때의 북서 영지(領地)(North West Territory)는 이젠 중부 변경(邊境)(Middle Border)이 되었으며, 오래지 않아 미국의 농업과 산업의 중심지가 될 운명에 있었다. 동(東)은 앨러게이니 산맥에서, 서는 대륙 분수령(分水嶺)에 이르기까지, 북은 오대호(五大湖)부터 남은 오하이오, 미조리, 미시시피 삼대강(三大江)의 합류점에까지 이르는 대평원과 깊은 수로(水路)는, 서로 비슷한 일을 하며 사고(思考)하는 데 흥미를 가진 하나의 국민을 급속도로 창조해 갔다. 수년 내로 경제적인 자급자족을 약속할 만큼의 풍부한 자원을 갖고 있었던 이 광대한 지역은, 한때 코네티컷 양키(Connecticut Yankee)의 특징이었던 자신과 물질주의를 배양하였다. 사실 최초의 이주민들은 주로 양키들이었으나, 그들 뒤를 따른 독일과 스칸디나비아의 농부들을 쉽사리 흡수시키고 말았다. 공통적인 자기 신념, 토지에 대한 신뢰, 무섭지 않고 도와주는 신에 대한 믿음, 이러한 공통적인 신념이, 중부 변경의 이주민들에게 그들의 출신지 여하를 막론하고, 미국 전통의 주류 속에 있다는 감(感)을 주게 하였다. 민주적이며 농민적이며 자신만만하였던 인디애나 주의 후지어(Hoosier)이건 미주리 주의 파이크(Pike)이건 초기(初期) 양키의 기질을 송두리째 이어받고 있었다.

이 땅에서 자라난 미국인이, 그 지방어와 함께 1871년에 나온 에드워드 에글스톤(Edward Egglestone)의 〈후지어 학교교사(Hoosier School-Master)〉에서 그리고 존 헤이(John Hay)의 〈미주리의 민요(Pike County Ballads)〉에서 나타났다. 강한 종교적 배경에서 자라난 에글스톤이 가져온 경건한 감상주의는 지방 생활의 다반사(茶飯事)와 괴이한 인물에 대한 상세하고도 호의에 찬 관심과 균형 있게 혼합되어 있다. 단순한 연애 이야기가 서민과 그들의 생활을 면밀하게 묘사하는 데 알맞는 줄거리를 제공하고 있다. 학자적인 점이 있었던 에글스톤은 방언(方言)을 특별히 연구하여, 그와 같은 지방색을 그린 이야기에 때로는 읽을 수 없는 방언을 이용하는 새로운 형식을 내놓았다. 헤이 역시 같은 수법으로, 경쾌한 리듬의 민요조를 사용하여 화염(火焰)에 싸인 미시시피 강(江)의 증기선 선장 짐 블럿조(jim Bludso)의 이야기라든지, 황금의 마음씨를 갖고 있으나 보기엔 조야한 사람들의 이야기 등을 노래하였다. 그후 중부 변경은 E. W. 하우(E. W. Howe)와 조셉 커클랜드(Joseph Kirkland)의 무정한 이야기 속에선 단조하며 불유쾌한 곳으로 나타나고 있으나, 70년대와 80년대의 그곳은 희망과 선의에 가득 찬 곳이었다.

이와 같은 정신은 극서부(極西部), 특히 벌목장(伐木場)이나 광산의 캠프를 그린 이야기나 시에서 반영되고 있었다. 브레트 허트(Bret Harte)는 〈로링 캠프의 행운(The Luck of Roaring Camp, 1870)〉이라는 단편집에 수록된 감상적이기는 하나 효과적인 이야기로서 캘리포니아의 금광을 불후(不朽)의 것으로 만들었다. 그리고 그는 애틀랜틱 지(誌)의 유급 기고가(有給寄稿家)로서 보스턴으로 초빙되어 의기양양하게 대륙 횡단의 길에 올랐다. 그러나 그 자신의 인물과 배경이라는 노다지를 버리자 그의 희망과 예술은 쇠퇴하였다. 그는 또 한 번 노다지를 캤으나 두 번 다시 되풀이할 수는 없었다. 그러나 마크 트웨인은 〈고난행(苦難行, Roughing It)〉에서 극서부 지방을 그려 대성공을 거두었고, 오리건의 시인 와킨 밀러(Joaquin Miller)는 서부의 위대성을 다음과 같이 노래하였다.

공간이여, 뛰놀며 마음대로 숨쉬며 거인처럼 자라나 바다처럼 질주하
는 나의 사랑하는 아메리카의 대평원이여, 묘망(渺茫)한 황야(荒
野)의 바다여
나는 그대에게 몸을 맡기니 나의 양손을 치켜 들어다오.
Room! room to turn round in, to breathe and be
free To grow to be giant, to sail as a sea…
My plains of America! Seas of wild lands!…
I turn to you, lean to you, lift you my hands.

미국 대륙의 옛지역은 역시 이 새로운 운동에 색채 풍부한 소재를
공급하였다. 남북전쟁 이후의 뉴잉글랜드의 소설계는 여성들에 의해
서 점령된 감이 있었다. 〈엉클 톰스 캐빈〉으로 일약 문명을 날린 해
리엇 비처 스토 부인은 〈올즈 섬의 진주(The Pearl of Orr's Is-
land, 1862)〉에서 전원 생활을 그린 소박한 이야기로 전(轉)하였
으며, 새라 온 쥬에트(Sara Orne Jewett)는 〈디프헤이븐(Deep-
haven, 1877)〉이라는 스케치에서 스토 부인과 같이 메인 주(州)
의 바닷가를 주제로 하였다. 이러한 작품 속에 그려진 이상한 어부,
바위섬 그리고 작은 만(灣) 등은 매우 미국적인 색채를 띠고 있다.
여기에 대해선 영국의 여류 작가 제인 오스틴이 영감(靈感)을 준 바
많았고, 이는 〈시골 의사(A Country Doctor, 1884)〉와 〈뾰족한
전나무의 고을(The Country of the Pointed Firs, 1896)〉에서
발전되었다.
남부는 그 옛 평온을 회복하기엔 수년이 걸렸으나 80년대에 이르
자, 일찍이 오거스트 볼드윈 롱스트리트(Augustus Baldwin
Longstreet)가 〈조지아의 풍경(Georgia Scenes, 1835)〉에서 손
을 댄 일이 있었던 지방색의 보고(寶庫)는 조엘 챈들러 해리스(Joel
Chandler Harris)의 흑인 이야기인 〈리마스 숙부의 노래와 말

(Uncle Remus : His Songs and His Sayings, 1881)〉에서, 그리고 조지 W. 케이블(George W. Cable)의 뉴올리언스의 스케치인 〈크리올의 옛 시절(Old Creole Days, 1879)〉에서 재발견되었다. 이들 뉴잉글랜드와 옛 남부의 이야기는 중서부와 극서부 지방을 그린 스케치보다 억제된 원숙한 필치로 묘사되고 있다. 또한 현재를 취급함에 리얼리즘을 사용하였고, 과거를 취급함에는 로맨스를 사용하고 있다. 19세기가 끝나기 전 모든 지방은 그 지방의 독특한 인물과 과거의 영웅적 업적을 공급하였으며, 이로 인하여 일어난 지방주의의 문학 운동은 20세기에 이르기까지 계속되어 미국 소설을 형성하여 왔던 것이다.

2

한 가지 점에 있어 이들 여러 지방주의 작가들은 분명하지 않았다. 즉 사실과 허구, 현실과 로맨스와의 구별이었다. 에글스톤이니 주에트 같은 작가들은 그들이 직접 알고 있는 생활만을 그대로 묘사하려는 강한 충동을 갖고 있었으나, 이러한 관심에다 인습적인 연애 이야기나 인물 그리고 각 지방의 매력적인 역사를 요구하는 독자의 희망을 혼돈시키고 말았다. 더욱 복잡한 것은 해리스나 케이블과 같은 작가들이 옛날의 노예나 크리올과 같은 특수한 인간군(群)에 대해서 사회적인 의분(義憤)을 느끼고 있었다는 점이다. 매혹적인 역사는 또한 추악한 면을 지니고 있었다. 지방주의 문학 운동이 마크 트웨인의 경우를 제하고 90년대의 전반경까지 걸작을 낳지 못한 이유는 아마 상술한 제곤란을 해결할 만한 비평적 지도가 없었기 때문일 것이다.

윌리엄 딘 하우얼스(William Dean Howells, 1837~1920)가 1885년 하울퍼즈 지(誌) 주필의 연구실 난(欄)을 맡아 보며, 그가 오랫동안 창작적 노력을 바쳐 온 소설에 명확한 법칙을 내렸을 때, 그와 같은 지도 원리는 마침내 나타나게 되었다. '진실과 온건'이 두 마디는 그가 35년 동안이나 매월 이 난에서 지루함도 없이 꾸준히 신구 작가(新舊作家)와 독자들에게 제공하여 왔던 표준이었다. 그는 마크 트웨인에 관한 논문에서 "소설은 인생에 대해서 거짓말을 해서는 안 된다. 여러 가지 동기와 열정에 의해서 행동하는 인간을 그대로 묘사해야 한다."고 말하였다. '영국파 비평의 틀린 이론과 나쁜 버릇'을 버리고, 발자크와 투르게네프의 건전한 비평 방법을 택한 하우얼스는, '영국의 소설은 제인 오스틴도 알고 있듯이, 그를 출발점으로 하여 스콧, 불워, 디킨스, 샤롯 브론테, 새커리 그리고 심지어 조지 엘리어트를 거쳐 타락 일로를 걸었다. 왜냐하면 낭만주의의 열병(熱病)이 전 유럽을 사로잡고 있었기 때문이었다' 하는 것을 발견하였다. 원래 리얼리즘이란 워즈워드 및 기타 자연 시인들이 전 시대의 형식주의에 반항하였을 때의 주요한 문제 중의 하나였다는 것을 기억하지 못한 그는, 낭만주의를 '로맨스' 혹은 '거짓 꾸미기'와 혼동하였으며 그후의 문학가들을 괴롭히게 한 그릇된 대조이론(對照理論)을 수립했던 것이다. '소재의 충실한 취급에서 일보도 나가지 않는' 리얼리즘에 있어서만 건전할 수 있다고 느꼈던 그는 호손의 로맨스와 노벨과의 차이를 사실상 되풀이하고 있었으며, 호손과는 반대되는 입장(필딩이 취한 입장)을 취하고 있었다. 하우얼스는 신세대의 작가들은 자기 주위의 세계를 솔직히 보아 재출발해야 한다고 느끼고 있었으며, 이것은 정당하였다.

이 비평 입장은 이의 역사적 정확성보다 오히려 명석하며 수긍케 하였으므로, 차후 50년 동안 미국 소설계의 주류가 된 새로운 리얼리즘의 집합점이 되었다. 하우얼스는 신운동이 출발하지 않으면 안 될 지점에서 최초의 간단한 원리를 갖고 출발하였다. 자기 입장의 의의를 충분히 깨닫지 못했다는 사실은 그가 후년에 드라이저와 그의 추종자들에 뒤늦어졌다고 느낀 이유를 설명하는 것이며, 그가 장년에 이미 미국 문학의 거장(巨匠)이 되고 입법자였는가를 말하는 것이다. 로맨스에 대한 공격을 전개하는 데 있어서 그는 다음과 같은 네 가지 주요점을 역설하였다. 첫째로 이상한 것보다 평범한 것이 소설의 더 좋은 재료이다. 둘째로 인물 묘사는 플롯보다 더욱 중요하다. 셋째로 작가는 인생에 있어서의 선을 악보다 더욱 '리얼'한 것으로서 표현해야 한다. 넷째로 리얼리즘은 민주주의의 표현이므로 미국적인 수법으로서 특히 적절하다는 것이었다.

비평가이며 동시에 창작가였던 여러 문학가(예를 들면, E. A. 포우, 헨리 제임스, 그리고 T. S. 엘리어트 등)들과 같이 하우얼스도 그 자신의 최상의 실천을 통하여 비평 이론을 세우고 있었다. 그의 초기 작품은 여행기와, 그가 '심리적 로맨스'라고 불렀던 것과, 그가 잘 알고 있는 평범한 인간(그의 여러 소설에 나타나는 바실 마치(Basil March)로서의 그 자신을 포함하여)의 행동을 단순 소박하게 기록한 것, 이 세 가지였으며, 그는 후년에 이 마지막 소설 형식으로 다시 되돌아가고 있다. 사회 소설 때문에 이름을 날린 하우얼스는 거만을 떨지는 않았으나 심리적으로는 예리한 〈따뜻한 만추(晩秋, Indian Sumner, 1886)〉라는 소설을 그 자신으로서는 최우수작이라고 생각하였다.

농촌 출신이었던 하우얼스는 미국식으로 근면과 정직으로 입신 출세하였으며, 한편 남이 지니고 있는 그런 특질을 존중하였다. 그가 오하이오 주 시골 마을에서 보낸 소년 시절부터 이미 장래 보스턴이나 뉴욕의 문학 중심지에서 활동할 준비를 할 수 있었던 것은, 주로 그의 부친이 장려하였기 때문이었다. 그의 부친은 종교적 신비주의와 시에 대한 애호심, 거기에다 빈약한 상재(商才)와 저널리즘에 대한 재능을 지니고 있었다. 나이 어린 하우얼스와 그의 형제들은, 손가락에 묻은 인쇄잉크와 만족할 줄 모르는 독서욕을 갖고 성장하였다. 하우월스가 처음으로 동부를 향하여 문학순례(巡禮)의 길에 올라 로웰을 케임브리지에서 만났을 때, 그는 시인 겸 신문기자로서 왔던 것이며, 애틀랜틱 지(誌)의 주필에 자기 시를 제공하고, 로웰과의 회견기를 고향에 써보냈다. 이때 그는 곧 로웰과 필스로부터 환영을 받아, 이에 자극되어 보스턴에서 문학적 생활을 하려고 희망을 품게 되었다. 그리하여 이 희망은 1871년에, 필스가 로웰로부터 이어받은 주필의 자리를 필스로부터 계승받음으로써 충분히 실현되었다.

링컨의 선거용 전기를 집필한 하우얼스는 그간 베니스 영사직을 얻게 되었으며, 4년 동안의 베니스 체재에서 그는 최초의 산문 작품 〈베니스의 생활(Venetian Life, 1866)〉을 발표하였다. 외국의 일상생활에 관한 점잖은 이 논평은 처음에는 보스턴의 애드버타이저 지(誌)에 기고한 것이며, 이는 저널리스트의 작품이라기보다 소설가의 작품이었다. 왜냐하면 이 논평은 사상과 사건보다 인간에 더욱 관심을 두고 있기 때문이다. 이 평론으로부터 그의 최초의 소설이었던 〈신혼여행(Their Wedding Journey, 1872)〉에 이르기까지는 불과 한발짝의 거리에 지나지 않았다. 이 소설은 작가가 그의 신부인 버몬트 출신의 엘리너 미드(Elinor Mead)와 나이아가라 폭포로 밀월여행한 것을 조금 위장하여 묘사한 것이었다. 다음에 나타난 이태리 이야기엔 플롯이 좀더 많이 사용되고 있으다. 그의 독특한 재능, 즉 다소 야유를 섞어 가며 가정적인 풍속 소설을 쓴 재능에서 관찰할 수 있는 유일한 성장은 그의 〈연대(連帶, Complicity)〉에 대한 관념에 있을 것이다. 그는 한 인간의 행동은 다른 여러 사람들의 운명에 억제할 수 없는 영향을 끼치고 있다는 것을 차츰 알게 되었다. 그는 후년에 주로 톨스토이의 작품을 읽음으로써 이 큰 지식을 배웠다. 이를 계기로 하여 그는 그론런드(Gronlund, 1846~1899)의 〈공동사회〉를 연구하게 되었으며, 따라서 사회주의에 관심을 갖게 되었다. 그리하여 마침내, 개인이 사회적 관심에 의하여 일시적으로 압도되고 있는 그런 일군(一群)의 작품을 낳게 되었다.

하우얼스는 다음 네 가지의 사회 소설—즉 〈현대의 풍경(A Modern Instance, 1882)〉, 〈사일라스 래팜의 입신(立身)(The Rise of Silas Lapham, 1885)〉, 〈신흥 부호의 모험(A Hazard of New Fortunes, 1889)〉 그리고 유토피아 소설인 〈알트루리어에서 온 나그네(A Traveller from Altruria, 1894)〉—을 통해서 현대 독자들에게 알려져 있다. 왜냐하면 이들 작품에서 그는 미래에 대해서 가장 직접적으로 말하고 있는 것같이 보이기 때문이다. 제1의 작품은 결혼의 부조화, 여성의 사회적 지위, 이혼의 제도 등을 묘사한 것이다. 20세기 초기의 로버트 해릭(Robert Herrick), 로버트 그랜트(Robert Grant), 데이비드 그래햄 필립스(David Graham Phillips) 등의 작가들이 쓴 그와 유사한 방대한 소설의 선구(先驅)를 차지한 작품이다. 이것이 오늘날까지 가장 기억되고 있는 이유는 무책임한 신문기자인 버트레 하버드와 결혼하여 결국 궁지에 빠지고 만 마샤 게이로드(Marcia Gaylord)의 성격을 충분히 이해하여 묘사하고 있는 점에서다. 이와 마찬가지로, 둘째 소설에 있어서도 벼락부자와 지위는 있으나 빈곤한 보스턴 명문과의 투쟁이라는 사회적 주제도, 펭키 제조자 사일라스 래팜, 수수하나 훌륭한 그의 처 그리고 활발한 딸들의 사회적 홍망이라는 좀더 인간적인 주제 앞에선 망각되기 쉽다. 셋째 작품은 미국 도시 생활의 복잡하고도 철저한 분석이지만, 작가의 신분(身分)이라고 말할 수 있는 마치(March)가, 석유로 벼락부자가 되었으나 무교육이며 무감각한 농부 드라이푸스의 출자(出資)로 창설된 신문의 편집을 맡으라는 팔커손의 신청을 수락하자, 마치 일가(一家)가 셋집을 찾아다니는 광경에 매혹되고 마는 느낌이 있다. 사회적 불평등, 신흥 부호, 노동의 착취, 파업 등의 제반 문제는 이야기에 행동과 플롯과 의미를 주고 있으나, 작가와 그리고 독자의 사소한 일에 대한 홍미보다는 홍미 없는 것이 되고 만다.

　이러한 작품은 하우얼스가 리얼리즘을 창도함으로써 그리고 서민
(庶民)을 재발견함으로써 더 의미심중한 소설로 향하는 입구였다.
그러나 그는 기질적으로, 그 자신 그 입구를 뚫고 들어갈 수는 없었
다. 결국 그 자신의 가장 순정(純正)한 예술은, 그도 인정하고 있는
바와 같이, 이탈리아에 있어서의 따뜻한 만추(晩秋)의 구혼(求婚)
을 조용히 비꼬는 데서, 혹은 그의 작중의 옛 벗인 마치 부처의 은혼
여행(銀婚旅行) 같은 데서 발견될 수 있었다. 하우얼스의 인간성의
복잡 미묘성에 대한 예리한 의식은 그로 하여금 묘사에 대한 훌륭한
비평가로 만들었다. 그러나 한편의 다른 작가들은, 그가 제기한 사회
문제를 탐구하는 데 앞서 나아갔고, 그가 이미 발견하였던 미국 생활
의 모순을 좀더 대담한 유머로써 묘사하였고, 더 나아가 미국 서민의
일상 생활의 다반사를 제한된 속에서 충실히 연구하더라도 그들을 충
분히 이해할 수 없다는 것을 밝혔던 것이다.

3

　이들 다른 작가들 중 주요한 작가는 새뮤얼 랭곤 클레멘스(Samu-
el Langhone Clemens, 1835~1910), 즉 마크 트웨인이었다. 미
시시피 강(江) 서쪽에서 태어난 최초의 위대한 미국 작가였던 마크
트웨인은 월트 휘트먼이 예언하고 하우얼스가 기술한 그런 인물이었
다. 어떤 비평가가 믿고 있는 바와 같이 결코 성인이 되지 않는 어린
이였건, 또 다른 비평가가 주장하고 있듯이 결점이 장점이 되고 있는
천재이건, 이 대륙 심장부에서 태어난 서부의 아들은 미국 정신의 다
양성(多樣性)과, 범위 그리고 힘을 상징하게 되었다. 미시시피 강
(江)은 그의 동맥이었으며, 그의 두 손은 동서 양양(兩洋)에 닿았
다. 그의 초기 작품에는 어찌할 수 없는 변경(邊境)의 낙천주의(樂

天主義)와 유머가 그려지고 있다. 그의 만년의 작품에선 낙천주의의 실패에서 오는 어두운 절망이 그려지고 있다. 시대와 장소의 모든 사실과 기분에 반응한 마크 트웨인은 민중의 예술가였으며, 하나의 국민을 형성한 이야기의 화자(話者)이기도 하였다. 그 자신의 가장 훌륭한 작품이 전달하는 위대한 의미를 의식하지 않았던 그는, 다른 작가들에게 자기 스스로는 충분히 설명할 수 없었던 투시(透視)를 제공하였다. 그의 예술은 자연적이며 유기적이며 전적으로 건전하였다. 언제나 민중의 소리였으며, 가장 훌륭한 것은 미국의 서사시(敍事詩)였다.

소년 새뮤얼 클레멘스는 미주리 주 한니발의 강(江) 마을에서 자라났다. 센트 루이스 상류의 증기선(蒸氣船)의 정박소였던 이 마을은, 마크 트웨인에 의하여 전세계 소년들의 고향이 되었다. 사실 그가 태어난 곳은 서쪽으로 수마일 떨어진 플로리다라는 네거리 마을이었다. 그의 양친은 버지니아에서 켄터키를 지나 이 마을로 이주하여 왔던 것이다. 단정 성실하였던 부친 존 마샬 클레멘스는, 버지니아에서 이주하여 오는 도중 법률 사무소를 열고 토지에 손을 대었으나 성공을 거두지 못했다. 그리고 활발한 그의 처 제인 램프턴(Jane Lampton)은 다만 용기와 신념만 갖고서 어린애들을 키웠다. 둘째 아들이었던 샘은 유년 시대엔 허약하였으나, 살아남겠다는 의지만으로써 굳세게 된 그의 육체에는 모친에게서 이어받은 발랄한 원기와 풍부한 상상력을 지니고 있었다. 유머란 지나친 감수성이 비범한 인내력에 의해서 균형잡힐 때 결과되는 수가 자주 있다. 인간 생활의 모순을 보고 이것을 너그럽게 용서하는 것은, 즉 웃음을 던지는 것이다. 이것은 톰 소여와 허크 핀, 두 소년 속에 자신을 재생한 마크 트웨인의 역설(逆說)이었다. 톰은 변경 도시의 생활에 폭행과 흥분을 탐구한 클레멘스였고, 허크는 인간의 비인간성을 보고 이상하게 여긴 다감한 몽상가인 클레멘스였다. 이 두 소년은 한니발의 소년 속에서도, 또 전세계에 애독되고 강연한 어른 마크 트웨인 속에서도 결코 융화하지 아니하였다. 그러나 이 두 소년을 통하여 그는 가장 훌륭한 작품을 만들어냈던 것이다.

그의 예술의 최대의 요소는 추억이었기 때문에 그는 당장 이것을 실행할 수는 없었다. 그의 가장 초기 작품은 미국적인 성격과 풍경의 재발견이라는 좀더 직접적인 경험에 관한 것이었다. 실형(實兄) 오리온(Orion) 밑에서 생활을 한 새뮤얼은, 일찍이 시골 신문의 기자로서, 하우얼스와 새세대의 모든 미국 작가들이 경험한 것과 같은 리얼리즘의 기본 훈련을 받았다. 품팔이 인쇄공으로서 처음으로 동부로 여행한 그는, 주요 도시를 찾아다니며 신문사에서 일하였다. 수년 후 그는 고향 미시시피 지방으로 되돌아왔다. 여기서 그는 증기선의 풋내기 기자로서 미시시피 강(江)을 답사하였으며, 마치 중학생들이 라틴 어의 문법을 배우듯이 그는 이 느릿한 괴물과 같은 흐름의 만곡부(灣曲部), 사주(砂洲), 수류(水流)의 변화 등을 알게 되었다. 이제 뉴욕부터 뉴올리언스에 이르는 대륙의 지식을 완성할 양으로, 당시 네바다 주 준장관(准長官)의 비서였던 형 오리온과 더불어 육로로 출발하였다. 거기서부터 그는 캘리포니아로 나갔고, 더욱 호놀룰루까지 발을 뻗쳤다. 그 동안 광부, 식자공(植字工) 노릇도 하였으나 주로 신문기자 노릇을 하였다. 최후로 그는 퀘이커 시티 호(號)가 유럽과 팔레스타인을 방문하기 위하여 지중해 순항으로 나갔을 때, 알타 캘리포니아(Alta California) 지(誌)의 보도 기자로서 동선에 편승하였다. 이리하여 나이 34세에 달하였던 새뮤얼 클레멘스는 여러 많은 외교관이나 직업적 여행가보다 더 많이 세계를 보아왔던 것이다.

그의 최초의 스케치는 다감한 신문기자의 보도였다. 난폭한 강변 마을과 광산 캠프의 생활엔 날카로운 대조를 보였으며, 실제의 농담은 유머의 극치였다. 〈카라베라스 군(郡)의 유명한 개구리뛰기와 그 외 스케치(The Celebrated Jumping Frog of Calavaras County and Other Sketehes, 1867)〉는 브래트 하트와 아티머스 와드(Artemus Ward)의 로스앤젤레스의 광산과 캘리포니아의 금광 지대를 그린 것이다. 산탄(散彈)을 장진한 개구리의 이야기는 귀에 익은 이야기였고, 어리둥절해진 나그네의 계략은 독창적인 것보다 더 대담한 것이라고 하겠으나 하여튼 이것은 변경의 속담이었다. 무표정한 얼굴에다 남부의 사투리를 섞어 가며 굉장한 거짓말을 할 수 있는 기술 때문에 강연자로서 대성공을 거두고 있었던 마크 트웨인은, 이 똑같은 화술(話術)을 인쇄된 말로 옮길 수 있었다. 이 금선(琴線)은 전 미국에 공통된 것이며, 그의 청중에 대한 공감은 청중의 그에 대한 공감과 마찬가지로 처음부터 완전 일치된 것이었다.

〈외지의 순진한 사람들(The Innocents Abroad, 1869)〉과 〈고난행(Roughing It, 1872)〉은 동부와 서부의 여행을 똑같은 기분에서 쓴 것이다. 매일매일의 신문 독자를 위하여 씌어졌으며, 책으로 출판할 때에도 거의 수정하지 않았던 이 여행기는 그때 그때 인생에 대하여 느낀 인상이 신선하게 담겨 있다. 일견 순진한 것같이 보이는 그 속에 숨어 있는 날카로운 관찰은, 이 여행기에 매력을 주고 있다. 구세계에로는 감상적인 여행을 하며, 신세계에 대해선 호기심을 보여 주던 그런 시대에 있어 이 젊은 기자의 조소적인 순진성은, 인간의 사소한 위선에 대한 선량한 풍자의 기초가 되고 있다. 로마의 명소 안내자에게 속아 넘어가지 않고, 그리스도와 콜럼버스에 대해서 이야기하기를 좋아한 닥터라고 불리는 선의(船醫)의 이야기, 그리고 네바다 주의 광산 도시 버지니아 시에서 사기꾼에 걸렸다는 마크 트웨인 자신의 이야기 등은 참으로 유쾌한 것이다. 이러한 이야기는 허위를 폭로하고 본질적인 진리를 계시하는 순진한 경이(驚異)의 어조로서 기록되고 있다. 독자는 작가의 훌륭한 지식을 감지하여, 이야기를 즐겁게 읽어 나갈 수 있다.

　마크 트웨인은 1870년, 뉴욕 주 엘미러에 사는 올리비아 랭돈(Olivia Langdon)과 결혼하였으며, 이것이 그의 인생에 있어 하나의 전환기였다. 왜냐하면 결혼에 의해서 그의 성격이 뚜렷이 달라졌다는 이유에서가 아니고, 그의 방랑 생활에 종지부를 찍게 되어 일조에 존경받을 만한 훌륭한 신사가 되었기 때문이었다. 그의 작품에 대한 중요한 영향은, 방랑 기자를 우리 속에 가두어 넣고, 예술가로서의 트웨인을 추억의 세계에서 해방시켰다는 것이다. 마크 트웨인으로 하여금 이 부인에게로 이끌리게 한 이상(理想)은, 그가 올리비아 랭돈을 만나기 전에 이미 올리비아의 형이 갖고 있던 상자 속에서 올리비아의 사진을 보고는 사랑에 빠졌을 때부터의 오랜 것이었다. 조잡하고 담배를 씹으며 욕을 퍼붓는 죄인과 얌전하고 종작 없는 구애자(求愛者)와의 대조는, 마크 트웨인이 유머 가득한 덩치로서 이를 과장하고, 그의 옛친구들이 엘미러의 훌륭한 시민이었던 애인의 엄부(嚴父)에게 추천장을 보냄으로써 구혼에 성공하기 이전에, 이미 충분히 형성되고 있었다. 만사는 책에서처럼 그대로 일어났다.

　그 결과 마크 트웨인은 창작력이 가장 왕성한 시대(1873∼1890)를 존경할 만한 시민, 일가(一家)의 주인으로서, 코네티컷의 하트포드에서 보냈다. 이 시대의 제일의 작품은 그의 이웃에 살고 있던 찰스 더들리 워너(Charles Dudley Warner)와의 합작인 〈도금시대(The Gilded Age, 1873)〉였으나, 그는 여기서 자기의 서부와 워너의 동부와를 혼합시켜 보려고 하였다. 그러나 불행히도 실패된 이 실험에서 살아남은 유일한 인물은 제어할 수 없는 콜로넬 베리어 셀러스(Colonel Beriah Sellers)뿐이다. 이는 모든 소설 중에서 위대한 인물임에 틀림없으며, 한 푼도 없으면서도 낙천적이며 벼락부자가 되는 미국인의 원형(原型)을 이루고 있다. 그 자신의 종형인 제임즈 램프턴(셀러스의 모델)의 보잘것없는 현실과 과대 망상적인 계획과의 대조 속에서 마크 트웨인은 풍부한 노다지를 찾아냈다. 여기서 그는 자신의 소년 시절을 문학적으로 재생시키는 추억의 초점을 발견하였다.

사실상 하나의 걸작을 이루고 있는 3부작이라 할 수 있는 〈톰 소여의 모험(The Adventures of Tom Sawyer, 1876)〉 〈미시시피 강의 생활(Life on the Missisippi, 1883)〉, 〈허클베리 핀의 모험(The Adventures of Huckleberry Finn, 1885)〉은 이 발견에서 생겨난 것이었다. 하나하나 보면 이 세 작품은 서로 다르다. 즉, 첫작품은 소년을 위한 순전한 이야기로, 소년 시대의 공포와 환희에 가득 차 있으며 경험의 표면을 흘러가고 있다. 둘째 작품은 반은 추억에서 나머지 반은 새로운 관찰에서 묘사된 이 큰 강(江)에 대한 스케치와 인상을 집록한 것이다. 셋째 작품은 전체를 긴밀하게 결합케 하는 속편(續篇)이며, 이는 소년을 위한 이야기이기는 하나 소년만을 위한 이야기가 아니다. 이는 국민적 서사시다. 왜냐하면 이 강은 인간이 영원히 투쟁하지 않으면 안 될 대상이며 동시에 신뢰할 수 있는 유일한 것을 상징하게 되었기 때문이다. 이 셋째 작품이 주는 투시(透視) 속에 3부작(三部作) 전체는 의심할 바 없는 깊이와 더 큰 의미를 포함하고 있다.

애초에는 톰 소여와 그의 일단에 관해서만 쓸 예정이었다. 톰은 물론 실제 미시시피 강변 마을에서 자라난 샘 클레멘스라기보다 하트포드의 선량한 시민이 그의 잃어버린 청춘에서 갈망하며 재생케 한 샘 클레멘스였다. 시간은 이 예술가를 훈련하여, 확실한 붓으로 여러 가지 세부(細部)를 말살하기도 하며 강조하기도 하였다. 10년 동안의 소년시절은 한 여름으로 압축되었고, 인물과 장소는 정확성이라는 속박에서 벗어나 더 높은 진리를 나타낼 수 있는 더 넓은 영역으로 옮겨갔다. 한니발은 센트 피터스버그로 바꾸어지고 있으며, 작중 인물은 제각기 실재 인물이었다. 예를 들면, 허크 핀, 인진 조(Injn Joe) 베키 새쳐(Becky Thatcher), 폴리 숙모, 더욱이 마푸·포타

(Muff Potter) 그리고 더글러스 미망인까지 그러하였다. 잭슨 (Jackson) 섬의 비밀의 동굴과 그 동굴의 구석구석까지, 톰의 불후성(不朽性)과 같이 하여 후세 여행가들의 성지(聖地)로서 알려지게 되었다. 마크 트웨인 그 자신 이런 걸작을 쓰리라곤 생각하지 않았다. 소년 시대의 모든 잔인성과 공포는 해적 겸 로빈 후드인 톰 속에, 그 환희와 경이와 더불어 표현되고 있다. 그는 과거와는 완전히 결별하고 있었기 때문에, 모든 어른들 속에 살아남아 있는 소년 시대의 더 깊은 열정이 다시 소생할 수 있는 왕국을 잡은 셈이었다. 그의 슬픈 만년에 있어 그가 톰과 허크의 이야기를 다시 한 번 더 써보려고 한 사실은, 그 자신의 정신 생활에 있어 이 작품의 의미를 충분히 증명하는 것이 있다. 이 작품은 그 이외의 다른 사람들에게도 똑같이 도움이 되었다. 그리고 생명의 영원한 근원에 대한 그의 탐구를 부자연한 것이라고 생각할 필요는 없다.

  인생은 해적이 되든지 그렇잖으면 미시시피 강(江)의 증기선의 수선(水先) 안내인이 되는 것이 제일 좋았다. 이 강에는 모든 모험이 깃들어 있으며, 파일럿은 그 주인공이었다. 하우얼스가 애틀랜틱 지(誌)의 1875년 호(號) 제일호에 무엇을 써달라고 마크 트웨인에게 청탁하였을 때, 트웨인은 파일럿 시대의 추억에 가득 찬 일련의 스케치를 보냈으며, 이것이 〈미시시피 강상에서의 옛날(Old Times on the Mississippi)〉이라는 제목으로 발표되었다. 여기서 그와 그의 추억 사이엔 톰 소여는 개재되지 않았다. 그는 풋내기 파일럿으로서 수맥(水脈)과 사주(砂洲)를 알게 된 자기의 경험을 썼으며, 이 강의 역사와 지리 그리고 변하기 쉬운 이 강의 개성에 대해서 썼으며, 또한 강둑에서 그리고 몇 척의 벌(筏), 부(艀), 소선(小船) 등에 사는 주민들의 생활을 묘사하였다. 그러므로 〈백경〉을 제외하고선, 이처럼 물에 적시어져 있는 책은 아마도 그 전엔 없었을 것이다. 이미 휘트먼과 멜빌이 알고 있었던 바와 같이, 단지 세부(細部)를 집적

(集積)하는 것이 장대한 이미지를 재생하는 가장 훌륭한, 아니 유일한 방법일 수가 자주 있다. 마크 트웨인의 가지가지의 추억과 그의 여러 사실의 집적 속에서, 이 강의 정령(精靈)은 일어나고 있는 것이다.

이보다 8년을 경과하여 출판사는 그에게 미시시피 강의 전 유정(全流程)을 하강하는 여행을 하여, 그 경험에서 새 기사를 써서 한 권의 책을 만들도록 제안하였다. 〈미시시피 강의 생활〉의 후반은 이 여행에서 생겨났다. 물론 후반은 전반부의 영감(靈感)을 결핍하고 있으나, 이 경험은 더 많은 추억을 일으키게 하여 그때까지 오랫동안 중안되어 온 셋째 번 걸작을 완결할 의욕을 주었다. 허크 핀은 이 여행이 없었더라면 영구히 세상에 나오지 못하였을 것이다.

마크 트웨인의 천재성이 고르지 못하다는 것은 그의 걸작에 있어 더욱 명료하다. 술주정꾼인 부친과 더글러스 미망인으로부터 도망쳐 잭슨 섬에 숨어 있었던 허크는 수년 동안 작가의 버림을 받았다. 도망쳐 온 흑인 짐은 허크를 문학 때문에 구조해 주고, 허크는 그 대신 짐을 노예 상태에서 벗어나게 해준다. 이리하여 그들은 같이 떼〔筏〕를 만들어, 모든 오디세이 중에서도 가장 숭고하며 또한 가장 비천한 오디세이가 되어 미시시피 강을 내려간다. 마크 트웨인은 지나간 남부 문명의 호화찬란한 과거의 추억과 비천 속에서 그의 위대한 주제를 발견하였다. 후대의 윌리엄 포크너는 이와 같은 것을 더욱 철저하게 행하였다. 강가의 두 악당, '왕'과 '공작'의 광대는 그랜자포드와 셰퍼드슨 양가(兩家)의 반목에서 온 비극 때문에 상쇄(相殺)되고 있으며, 인간 사회의 고정된 도덕은 짐을 소유주에게 돌려보낼 것을 요구하는 법률의 정당성에 관한 허크의 명상에 있어서의 유동적〈流動的〉인 도덕성과 대비되고 있다. 이 도망해 온 노예는 자유를 얻기 위해선 강을 건너 일리노이 주 쪽으로 상륙하면 된다는 것이나, 혹은 와트슨 양(孃)이 죽어 그 유언에서 그를 자유의 몸으로 만들고 있는 것은 문제가 되지 않는다. 무지(無知)와 과오는 사실보다 더욱 진실하다. 왜냐하면 허크와 짐은 서로 공유하고 있으며, 이 이야기의 페이소스와 극을 구성하는 견고한 테두리를 제공하고 있기 때문이다. 이 이야기엔 소년으로서의 마크 트웨인의 내적 생활이 분명히 표현되고 있으며, 문학에 있어 이처럼 소년의 심리를 묘사한 것은 드물었다.

톰 소여가 짐과 허크 사이에 끼어들자 이야기는 깊이를 잃고, 최초의 작품인 〈톰 소여의 모험〉의 수준으로 되돌아왔다. 허클베리 핀의 최후의 3분의 1은 옛 기분에 놓여 있으며, 신선한 맛이 다소 없어지고 있다. 그러나 허크의 '교화되는 일'에 대한 반역은 안개에 싸인 미시시피 밤의 명상에서 형성된 것이며, 이는 교화된 작가의 옆에 늘 있어 그를 위안도 하고 괴롭히기도 하였던 것이다. 에머슨이나 소로의 콩코드 자연과는 모든 점에 있어 달랐던 기계 시대의, 이상하고도 무자비한 자연을 통하여 여행의 도(途)에 오른 독자들 앞에서도, 이 반역 정신은 따르고 있었던 것이다. 비틀거리며, 변덕스러우며, 무정하여 느릿느릿하게 흐르는 미시시피 강은 전 시대와는 전연 다른 이야기를 하여 주었던 것이다.

4

톰과 허크의 차이는 전기(前期)의 마크 트웨인과 후기의 마크 트웨인과의 차이이다. 톰의 창조자는, 인생의 신비에 가득 채워져 이의 공포에 놀라며 이의 모순과 대조에 흥미를 느끼는, 인생의 애호자였다. 허크의 창조자는 본질적으로 인간에 대한 비인간성 때문에 이에 등을 돌리는 회의주의자나 불가지론자(不可知論者)였다. 1884년부터 그의 생의 종막에 이르기까지 정신적 마크 트웨인은 공중의 눈에 비친 마크 트웨인하고는 별개의 인간이었다. 백발에다 온화한 웃음을 띠며 흰 양복에다 검은 엽초 담배를 물고 연단에 선 마크 트웨인이나, 가정에 있는 마크 트웨인은 어떠한 불행에도 농담으로 이를 맞이하는 경애할 만한 유리스트였다. 그러나 내심으로는 그는, 자기의 생애는 비극의 연속 속에서 끝났고, 이미 아무것도 믿을 수 없는 환멸을 느낀 냉소가(冷笑家)라고 생각하고 있었다. 이 변화는 불시에 일어난 것일까. 만일 그렇다면 그 원인은 무엇일까. 이것은 인간 본질과 시대 풍조가 가져온 당연하고도 필연적인 결과였을까. 이에 대하여 비평가들은 의견의 일치를 보고 있지 않으나, 이러한 질문에 대한 회답은 다른 어떤 인간의 생애에서도 찾아볼 수 없는 더 큰 비밀을 열 열쇠를 잡고 있는 것이다.

이러한 변화를 보이는 첫 징후의 하나는, 표면적으로는 어린이를 위하여 씌어진 책인 〈왕자와 걸인(乞人)(The Prince and Pauper, 1882)〉에서 나타나게 되었다. 이 이야기는 신하와 지위를 바꾸어, 서민 생활의 빈곤과 비극을 몸소 경험하는 영국의 왕자에 대한 것이다. 이야기의 무대는 엘리자베스 조(朝) 당시에 두었으므로, 작중의 사건은 시간적으로나 공간적으로나 멀리 떨어져 있어, 험악한 일까지 낄낄거리지 않고 깜쪽같이 말할 수 있었다. 유머 밑에 있는 포학성(暴虐性)은 웃음으로 넘겨 버리는 일 없이 표현할 수 있었다. 마크 트웨인이 반완성된 허크 핀을 내던지고 이 작품에 몰두하게 되었다는 사실은, 그의 마음속에 일어나고 있던 변화를 여실히 말하고 있는 것이다. 허크는 그의 마음속 최내부(最內部)와 너무 가까웠기에 마음 놓고 사귈 벗이 될 수가 없었다. 에드워드 왕자의 이야기는 아무 거리낌 없이 말할 수 있었으며, 아무도 이 어마어마한 뜻을 인식하지 않을 것이며, 또 사실상 누구 하나 인식하지 않았다.

1889년의 〈아서 왕궁(王宮)의 코네티컷 출신의 양키(A Connecticut Yankee in King Arthur's Court)〉는 그의 심경을 일층 명료하게 하였다. 작가는 이것은 단순한 대조(對照)에 지나지 않는다고 주장하고 있으나, 이는 전자보다 훨씬 더한 노골적인 풍자다.

현대에 관하여 논평하기 위하여 현대인을 과거나 미래로 혹은 먼 나라, 즉 가공(架空)의 나라로 갔다 놓는다는 생각은, 흔한 문학상의 기교이며 마크 트웨인 시대에는 극히 보편적이었다. 에드워드 벨라미(Edward Bellamy)의 〈회고(Looking Backward)〉는 1년 전에 나타났으며, W. C. 하우얼스의 〈알트루리어에서 온 나그네〉는 이보다 5년 후에 나타났다. 풍자적 의도를 가진, 글자 그대로 수백 종에 달하는 유토피아 소설은 기본적인 사회적, 경제적, 지적 변화가 일어나고 있었던 시대에 영·미 양국에서 출판되고 있었다. 마크 트웨인의 상기(上記) 작품을 그의 사적 생활의 제 사건에다 귀착시키는 것은 눈가리고 아웅하는 격이 된다.

〈코네티컷 양키〉가 특히 사람의 주의를 끄는 것은 이것이 트웨인의 가장 훌륭한 유머를 가진 유쾌한 익살로서도 재미있게 읽을 수 있고, 또 미국의 기계 시대 그리고 일반적인 인간성에 대한 풍자로서도 재미있게 읽을 수 있다는 이유 때문이다. 이 작품에서는 전기의 마크 트웨인과 후기의 마크 트웨인이 조화를 이루고 있다. 〈보스(Boss)〉는 작중의 한 인물이나 그 역시 성공한 미국의 실업가를 대표하고 있다. 그리고 그의 아서 왕궁(王宮)에로의 이동(移動)은, 현대 생활—민주적 자본주의의 생활—과 봉건 시대의 생활의 대조를 쉽사리 제공하고 있다. 중세시대의 농민들의 비참과 비극에 대하여, 교회와 법정의 독재적 권위와 부패—더욱이 모든 악(惡)의 근원으로서 인간성의 본질적인 잔인성, 이러한 것이 용서 없이 폭로되고 있다. 〈외지(外地)의 순진한 사람들〉과 같은 그의 초기 작품에서 많은 유머를 공급하였던 사이비 기사도와 사이비 로맨스에 대한 정체 폭로는, 여기서는 직접적인 공격으로 변하고 있으며, 둔감한 사람에겐 우습게 보였던 것이다. 동시에 기사들의 광대는 허크의 뗏목 위에서의 가짜 귀족의 광대처럼 터무니없는 짓이며, 야비한 웃음을 자아낼 뿐이다. 한편 보스 자신과 보스가 대표하는 사회도 작가의 필주(筆誅)를 면할 수 없다. 때로는 이 보스도 아서 왕처럼 우열하며 맹목적이며, 그의 사회 역시 어느 봉건 제도와 마찬가지로 부패하고 있으며 엉터리다. 마지막엔 민주적 자본주의를 찬성하는 편으로 기울어지나, 보스가 현대의 기계적 지식을 사용하여 그의 적(敵)인 기사들을 모조리 학살하게 되자, 인간 사회에 대한 열의는 남게 되지 않는다. 여기서 보스는 멀린의 마법에 의하여 잠들어 19세기에 다시 깨어나도록 하고 있다.

이 작품은 샘 클레멘스가 작가로서 그리고 강연가로서 인기의 절정에 달했을 때 씌어진 것이다. 낭비할 만한 돈도 갖고 있었고, 거기에다 행복한 가정, 애정 깊은 아내, 사랑하는 딸이 셋이나 있었다. 식자(植字) 기계와 출판업에 투자하여 실패한 것은 그의 개인적인 재난의 시초였고, 그의 환멸감도 여기에 귀착시키는 수가 자주 있었다. 다만 도덕적인 책임만을 지고 있었던 부채를 갚기 위하여 세계 일주의 강연 여행으로 나갔을 때, 그는 가장 사랑하던 딸의 죽음을 알았다. 그후 얼마 안 되어 둘째 딸과 병약한 처를 잃었다. 그 자신의 쇠약해 가는 건강도 우울의 원인이었지만, 그때 그는 비서인 알버트 비지로 페인(Albert Bigelow Paine)에게 자서전의 일부를 구술(口述)하고 있었다. 이 자서전은, 그가 믿는 바에 의하면, 그것이 씌어지고 있는 종이까지 태워 50년 동안은 확실히 읽을 수 없을 것이라는 것이었다.

마크 트웨인이, 1890년경, 그의 최대 작품의 비결이었던 사실과 허구(虛構)와의 미묘한 균형을 잃고 있다는 것은 하등 문제될 바 없다. 아마 그 이유는 단지 그의 고령(高齡) 때문일 것이며, 혹은 그의 인생에 일어난 특정한 사건 때문일 것이며, 그리고 당시의 시대 풍조였을는지도 모른다. 혹은 이 세 가지 전부가 대부분 그 원인이었을지도 모른다. 55세를 넘은 인간의 정신은 그 전처럼 예리할 수도 있는 것이나 그 전처럼 유연하지는 않다. 인생에 대한 태도와 사상은 더욱 고정되며, 더욱 날카로운 대조를 이룬다. 이전과 같은 창작력을 상실했다는 것을 자각하는 것은 괴로운 일이며, 이를 다시 찾으려는 노력이 실패하면 절망에 빠지게 된다. 예를 들면, 헨리 제임스와 같은 소수 작가들은 그러한 노력에 성공하여 만년에 있어 걸작을 내었다. 그러나 마크 트웨인은, 아마 그의 상상력이 성장을 중지하였기에, 한때 그가 창조한 가장 훌륭한 인물인 커넬 셀러스, 톰 소여, 허크 핀, 이 셋을 도로 찾으려는 노력을 기울였기 때문에 성공하지 못하였던 것일 것이다. 그의 만년의 작품 중에선 단 한 명의 중요한 인물이 나타나고 있다. 〈천치(天痴〉 윌슨(Puddn'head Wilson, 1894)이라는 소설의 주인공, 바보 윌슨에서 시작하여, 그의 사후에 출판된 〈불가사의한 나그네(The Mysterions Stranger, 1916)〉의 젊은 악마로서 끝나는, 인간성에 대한 철저한 냉소가(冷笑家)가 마크 트웨인의 상상력의 중심을 차지하게 되었다. 그의 철학적 입장은 천치의 일기에 명시되고 있으며, 〈인간이란 무엇이냐?(What is man?)〉이라는 에세이에서도 단념(丹念)하게 부연되고 있으며, 그리고 〈해들리버그를 타락시킨 사나이(The Man That Corrupted Hadley-burg)〉에서 충분히 예시되고 있다. 근본적으로는 다윈 일파의 과학, 즉 기계적으로 결정된 우주에 있어 인류의 행동에 대한 자유 의지를 일조에 빼앗고 만 과학이 제출한 새로운 입장을 받아들인 것이었다. 이 결정론적인 무위(無爲)의 입장에 보태어, 인류는 도덕감에 꺾이며, 죄의 의식 때문에 말할 수 없는 잔인성으로 몰아지므로 수동적(受動的)인 입장을 취할 수가 없다는 것이 마크 트웨인의 만년의 견해였다. 그리고 최후로, 만사는 일장지춘몽(一場之春夢)이다 하는 가능성이 많다는 것이다. 〈불가사의한 나그네〉의 악마의 성격을 통하여 마크 트웨인이 잘 인식하고 있듯이, 이 가능성이란 인간의 유일한 희망이라는 것이다. 절망을 극기주의(克己主義)로 바꾼 이 자각에 있어, 그는 비로소 자기의 개인적인 고통과 고독 그리고 인생 전반에 걸친 수수께끼에 대한 해답을 발견하였다. 그것이 한낱 꿈일지라도 문제될 것은 없었다.

이는 물론 문학이 언제나 그래야 되는 바와 같이 모든 것이 꿈이었다. 한니발의 샘 클레멘스는 다시 한 번 미국의 꿈을 꾼 것이었다. 그러나 그 꿈을 자기 시대에 맞추어 재형성하였다. 그의 전성 시대에 있어 그가 그린 생활에 접근하고, 기억에 남아 있는 인생의 세부까지 사랑하고 있었기에, 인간 사회에 미증유의 급격한 변화를 거듭하고 있던 사회와 더불어 변화할 수 있었다. 그의 예술은, 인생에 직접적으로 반응하고 있는 한, 더욱 준엄하고도 독선적인 예술 같으면 실패했을 것이라고 생각되는 경우에서도 성공을 거두었다. 마크 트웨인은 그 시대와 장소의 국민적 천재였다. 이 대륙 국가의 문학적 발견은 마크 트웨인에 의하여 기록에서 예술에로 옮겨갔던 것이다.

제 8 장 예술과 내적 생활
- 디킨슨, 제임스 -

1

마크 트웨인의 뒤를 이어 확대되어 가는 대륙과 근대 정신 세계를 적극적으로 받아들인 작가들도 많이 있었으나, 그 반면 서부가 요구하는 것이니 산업 혁명이니 새로운 과학이 요구하는 모든 것에 반항한 작가도 적지 않았다. 1890년경에 이르자, 금후 미국 문학에 있어 발전해 나갈 두 가지 길이 명시되었다. 그 하나는 자연계와 사물을 있는 그대로 솔직히 받아들이는 길이며, 다른 하나는 인간 내부로 향하여 의식을 탐구하며, 전통과 억제와 형식을 목표로 하는 이 두 가지 길이었다. 전 시대에는 포우와 호손이 다소나마 이 둘째 길을 걸었고, 또 후대에 와선, T. S. 엘리어트와 포크너가 같은 길을 따르게 되었다. 이것은 햄린 가랜드가 사용한 '뒷길'이라는 말보다 더 깊은 의미를 가진 '뒷길'이었으나, 이것은 동부에로의 동경과 전통의 탐구와 다소 관련되고 있었다. 이 길은 일견 비미국적(非美國的)인 것으로 보였지만, 이것 없이는 미국 문학은 성숙해질 수도 없었으며, 또한 전진하는 변경(邊境)으로부터의 일련적인 보도 이상의 것이 되지 못했을 것이다. 포우나 에밀리 디킨슨 그리고 헨리 제임스와 같은 작가는 역시 휘트먼과 마크 트웨인같이 미국 문화의 산물이었다.

1870년 이래 나타난 두 종류의 작가들은 그 수법에 있어, 다 같이 진실을 나타내려는 점에서 비슷하였다. 한편은 외계(外界)의 진실과 내계(內界)의 진실, 다른 한편은 미지의 서부의 진실과 친근한 동부의 진실을 나타내려 하였다. 리얼리즘은, 회의주의(懷疑主義)가 신앙을 대신함에 따라, 정신의 변경(邊境)을 개척하였다. 외계와 서부 그리고 미래 대신에 이들 행동으로부터 도피한 사람들은, 그들 자신의 정신의 내적 세계와 그들의 문화적 유산 및 과거를 탐구하였다. 롱펠로나 로웰의 향수(鄕愁的)적인 이상주의에서 볼 수 있는 유럽의 점잖음에 대하여, 미국의 조야성(粗野性)을 피상적으로 거부하는 데 만족하지 않았던 에밀리 디킨슨과 헨리 제임스는 내성(內省)을 통한 새로운 깊이의 이해와 예술의 완전성에 대한 신념을 발견하였다. 이들 각자의 정원과 사론에로 물러간 두 예술가는 그들의 한정된 경험에서 보편적인 진리를 새겨냈던 것이다.

2

에밀리 디킨슨(Emily Dickinson, 1830~1886)의 경우, 그 도피는 절대 속으로의 도피였다. 매사추세츠 주 앰허스트의 은퇴자(隱退者)는, 고요한 뉴잉글랜드의 마을에서 한 발자국도 밖으로 나간 일 없이, 고금의 대시인 중의 한 사람이며 또 여류시인 중에선 아마 최대의 시인이 되었다. 그 여자의 우주는 영혼의 우주였고, 그 여자의 특수한 과업은 그 우주로 하여금 말하게 하는 것이었다. 디킨슨은 그 전후에 걸쳐 어느 한 사람도 흉내낼 수 없었던 보석과 같은 시구(詩句)로 이 과업을 수행하였다.

디킨슨의 시는 실제로 경험된 생(生)의 표현이었을까 혹은 억압된 생의 표현이었을까. 디킨슨의 경험을 말하고 있는 것일까 혹은 원망(願望)을 말하고 있는 것일까. 디킨슨은 자기의 비밀을 지키는 데 성공하였으므로, 그 여자의 시의 기반이 되고 있는 생활이 비록 어느 면에서는 특수하였다 하더라도, 지금 그 생활을 재생하는 것은 거의 불가능하다. 디킨슨은 그처럼 은퇴 생활을 한 사람에겐 가능할 것 같지 않은 그런 지식을 갖고서, 신ㆍ인간ㆍ자연에 대해서 썼던 것이다. 디킨슨처럼 조용한 생애를 보냈으나, 그런 심각한 고통을 받으면서도 한편 즐거움을 느낀 사람은 일찍이 없었다. 그 여자만큼 사랑과 죽음을 알아 이를 말하고 있는 사람도 없었다. 그리고 그 여자가 누구를 사랑했으며 누구를 잃었는가에 대해선, 그 여자의 우인이나 전기 작가들도 의견이 일치될 수 없거나 혹은 일치하기를 원치 않았다.

그 당시의 또 다른 여류작가인, 메리 월킨스 프리맨(Mary Wil-kiins Freeman)의 이야기로서 유명하게 된, 뉴잉글랜드의 수녀(修女)의 원형(原型)부터 시작해야겠다. 19세기 후반기에 있어서의 여성의 생활 방식에는, 억압을 장려하는 그런 분위기가 있었다. 소피아 호손(Sophia Hawthorne)이나, 올리비아 클레멘스(Oilivia Clemens), 기타 여러 이상화되고 간직된 부인들을 일별하여 보면 거기엔 신경증의 이미지가 나타나고 있으며, 그것이 독특한 가치 체계를 제공하고 있는 느낌이 있다. 창백한 얼굴에, 흰 옷을 입고, 남편과 어린애에게 온갖 정성을 바치며, 그들의 신에 헌신한 그들은 섬겨지며, 간직되며, 억압되었다. 문학에 있어 표현을 허용하지 않았던 성(性)은 현실 생활에서도 공공연하게 인정되고 있지 않았다.

미혼(未婚)의 부인은, 사회가 가하는 속박으로 인하여 젊어서 죽는 일이 자주 있었다. 복장과 습관은 건강을 누릴 만한 자유로운 운동을 허용하지 않았다. 자기 내부에로 쫓겨 들어간 여성은 자신의 실현되지 않는 정열의 거울 속에서 강렬히 살았으며, 침묵 속에서 자기의 정력을 소진(燒盡)하였다. 에밀리 디킨슨은 그러한 여성의 대변자였다. 자연은 비록 가혹할 수도 있었지만, 그 여자의 친밀하고도 애정에 찬 벗이었다. 디킨슨은 개인적으로 친밀하게 신과 직접 이야기할 수 있었으므로, 그 여자의 종교는 교회를 필요로 하지 않았다. 그 여자가 어느 특정한 남성을 사랑했건 혹은 그 애인이 그 여자의 상상 속에서만 존재하고 있었건, 그 여자의 시에서는 별문제가 아니다. 왜냐하면 억압에서만 올 수 있는 깊은 격정을 갖고 사랑을 알았기 때문이다. 죽음 역시 늘 존재하고 있었으나 그 죽음이, 그 여자에게 가까운 누구의 죽음이었건 혹은 급작스럽게 일어난 죽음 그 자체에 대한 확신이었건, 중요하지 않다. 대부분의 다른 표현 방법이 폐쇄되고 있었기 때문에, 그 여자의 짧은 시절은 인간성이 의미하는 모든 것의 증유물(蒸溜物)을 잡게 되었다. 이러한 시는 이 세상에 보낸 그 여자의 편지였으며, 자기가 썼으면서도 자신이 투함(投函)할 수 없었던 그런 편지였다.

에밀리 디킨슨을 잘 알고 있었던 사람은 누구나 그 여자가 병적이며 내성적(內性的)이었다고 생각하지는 않았을 것 같다. 오히려 행복에 넘쳐 사람들과의 사귐도 좋았으며, 가족과 친한 벗들을 사랑하였으며 또한 사랑을 받았다. 상당한 자산가이며 강한 성격의 소유자였던 그 여자의 부친 에드워드 디킨슨은 앰허스트 대학의 법률 고문 겸 재무관이었다. 모친 에밀리 노크로스(Emily Norcross)는 정반대의 성격으로 오로지 남편에게 의지한 온순한 분이었으나, 1874년 남편이 죽고 자신도 병약하게 될 때까진 가족을 돌보는 데 전념하였다. 여동생인 라비니아(Lavinia ; 보통은 애칭으로 비니라고 불린다) 역시 일생 미혼으로 지냈으나, 언니되는 에밀리와 같은 정신의 미(美)를 공유하지 않았다. 장남인 오스틴(Austin)은 그의 부친을 닮아, 일생 앰허스트의 마을을 떠나지 않았고, 변호사를 개업하여, 이 마을의 지도적 시민이 되었다. 그는 에밀리의 어렸을 때의 동무인 재기(才氣) 발랄한 수전 길버트(Susan Gilbert)와 결혼하였으며, 메인 스트리트에 있는 양친 집 바로 옆집에서 살았다. 여기서 수전 언니는 수년 동안 시인의 극친한 친구가 되었다.

에밀리는 마운트 호리요크 신학교(Mount Holyoke Seminary)
에서 일 년간 지내고 난 후, 이 애정으로 굳게 엉킨 가족에게 일생을
바쳤다. 에밀리의 소녀 시절에 대해선, 노는 일에 있어서나 동무와
사귀는 일에 있어서나 이상한 점은 전연 없었다. 그러나 그 여자가 세
상에서 물러서 은퇴하였던 것에는 어떤 신중한 의도가 있었던 것같이
보인다. 디킨슨은 국민학교를 마치자 앰허스트 중학교에 다녔고, 학
우들 사이에선 재녀(才女)로서 알려졌다. 그리고 정원을 무척 사랑
했다. 친구들에 대해선 사귀기 쉬웠고 애정이 깊었다. 때때로 보스턴
으로 나갔고, 23세 때 한 번 필라델피아와 워싱턴으로 나간 일 이외
에는 앰허스트를 떠난 일이 거의 없었다. 천상(天上)의 주인을 위하
여 속세(俗世)를 버리기를 싫어하는 점에서만, 디킨슨은 다른 벗들
과 달리하고 있는 것 같았다. 디킨슨의 독립심은 19세기의 기독교적
귀의(歸依)에 대한 기쁨을 받아들이기를 꺼리게 하였다. 자기 자신
이 너무 속세적이라고 느꼈던 것이다. 에밀리는, 학우들과는 달리 하
등의 의심도 품지 않고 신앙을 믿을 수 없음을 깨닫자, 신학교에 다시
돌아가지 않았다. 그후 얼마 안 되어 디킨슨은 사회에서 물러섰다.
그러나 이것은 자아(自我)를 거부하는 것보다 자아를 지키는 것이
었다. 그녀의 행동에는 칼빈주의보다 양키즘이 더 많았다. 아마 에머
슨의 새로운 에세이《자립론(自立論)》을 이미 읽었을 것이다. 세상
에서 물러서 믿게 된 신앙은, 칼빈교도의 신의 의지에 대한 복종이 아
니고 오히려 초절주의자(超絶主義者)의 회의주의를 내포하고 있었
음이 확실하다.

혹은 실연(失戀)이 소문에 들리는 바와 같이 직접 원인이 되었을
지도 모른다. 그 부친의 법률 사무소에 그가 선생님이라고 불렀던 젊
은 법률가가 있었으며, 이 선생은 시와 종교에 있어 에밀리를 고무하
였으나 젊어서 죽고 말았다. 그리고 에밀리가 불과 두서너 번 만났을
뿐, 태평양 연안으로 가버리고 만 필라델피아의 목사가 있었다. 그러

나이 목사와는 수년 동안의 친밀한 교제를 계속하였으며, 그로부터 온 편지는 상자 속에서 늘어갔다. 이 양인이 혹은 그 중 누군가가 에밀리의 감추어진 공상 속에서 실현하지 못한 정열에 초점(焦點)을 제공한 것 같다. 하여튼 경험이 있었고, 이 경험은 그후 수년 이내에 어느 여성도 그때까지 일찍이 쓴 바 없었던 한 묶음의 시를 산출하는 데 충분하였다.

여성적인 겸손과 은퇴 생활에서 온 수치심 때문에, 대부분의 시를 죽을 때까지 발표하지 않았다고 추측하기란 용이한 일이다. 에밀리의 이웃에 사는 토드(Todd) 부인이, 그녀의 처녀시집 표지에다 그린 창백한 '인디언 파이프'의 상징은, 그 여자의 승인을 받지 못했다. 그리고 에밀리 디킨슨이 쓴 시는 결코 상처 입은 내향적(內向的)인 정신이 쏟아낸 것이 아니었다. 예술은, 인생에서 예술에로 전향하는 자에겐 두 가지 길을 주는 법이다. 하나는 병든 개성의 깊숙한 곳을 맹목적으로 방랑하는 길과, 다른 하나는 훈련받은 완전한 표현이 갖는 비개성적(非個性的)인 비정(非情)의 형식, 이 두 가지 길을 주는 법이다. 에밀리 디킨슨은 후자를 택하였다. 그녀의 시는 고백의 시가 아니고 오히려 기교(技巧)의 시였다. 자기가 원하는 조건에서 시집을 출판할 길을 발견하지 못하였고 또 타협하려고 하지 않았기 때문에, 생전에 시집을 발표하지 못했음이 분명하다. 처음부터 디킨슨은 사람들이 읽기를 기대하여 시를 쓴 것 같으나, 설혹 개변(改變)하지 않고 출판된다 하더라도, 책 형식보다 우인에게 보내는 편지에다 자작시(自作詩)를 동봉하는 것으로 만족할 뿐이었다. 디킨슨이 자작의 시를 보여 조언을 구한 사람들 가운데에는, 수전 언니, 마벨 토드, 새뮤얼 바울즈, 헬렌 한트 잭슨 그리고 조시어 호랜드 등이 있었다.

한 번은 조력이 될 만한 편집자를 발견하게 되었으나 그 사람마저 그녀의 기교상의 소홀이라고 생각된 것을 고치려고 하였다. 디킨슨이 자기의 시고(詩稿)를 보내 주었던, 목사이며 편집자였던 토머스 웬트워스 히긴슨(Thomas Wentworth Higginson)은 그녀의 시의 가치를 인정할 만큼 충분히 예리한 눈을 지니고 있었다. 그러나 그 역시 시를 인쇄에 돌리려고 했을 때는 격찬 리듬을 부드럽게, 불명료한 의미를 평명하게 하려 하였다.

시인 자신은 그러한 조언을 받았을 때 정중히 귀를 기울였으나, 이를 조용히 무시하였다. 디킨슨은 이들 중의 어느 누구보다도 자기가 말하고자 하는 것이 무엇인가를 더 잘 알고 있었으며, 그것을 표현하는 방법에 있어서도 엄격하였다. 부드러운 운율, 평이한 리듬, 단 하나의 명료한 뜻에만 한정되고 있는 말들을 요구하는 일반 독자의 소리엔 하등의 흥미도 느끼지 아니하였다. 오히려 기다리기를 좋아하였다.

디킨슨은 존 단(John Donne)이나 영국의 형이상학파(形而上學派) 시인들과 유사한 점이 있었다. 그들의 경우와 같이, 말의 의미에 대한 그녀의 이해는 섬세하고 복잡하며, 말의 음악에 대한 청각은 화음은 물론 불협화음까지 동화(同化)할 수 있었고, 시적 이미지는 실생활에서 그리고 책에서 취하여 정확하고도 무한히 다각적인 필치로써 표현하였다. 디킨슨이 표현하려고 하였던 사물의 깊이와 다양성(多樣性)을 포함하기 위해선 오로지 가장 복잡한 예술만이 필요하였다. 에머슨의 형이상학(刑而上學)이 허버트(Herbert)나 단(Donne)에서 볼 수 있는 그런 격렬한 이미지로서 이미 확대되었고, 거기에다 포우가 더욱 어둡고 더욱 정묘한 음악으로서 풍부하게 한 미국 시의 영역은, 디킨슨의 일견 단순하게 보이는 시로 말미암아 더욱 개척되었으며 더욱 깊어졌다. 에밀리 디킨슨은 인간 영혼의 성실성을 버리는 일 없이 또 자연계의 타당성을 버리는 일도 없이, 유한(有限)을 무한(無限)에다 일치시키려고 하였다. 그가 그 전에 이미 거부한 뉴잉글랜드 신학의 표현 방식에서, 닥쳐오는 과학 시대의 회의주의와 불안을 포착하여 이를 압축해서 표현하였다. 남북전쟁 직후에 씌어져 1890년대에 비로소 출판되었으나, 1920년대까진 거의 이해되지 않았던 그녀의 시는, 확고한 권위를 갖고 세계 대전을 겪은 사람들의 가슴을 울렸다. 그녀의 은퇴(隱退)는 변화하지 않는 세계에로의 은퇴였으며, 그녀의 편지는 자기처럼, 어찌할 수 없는 지점에 이른 역설(逆說)이 되고 만 세계에 보낸 편지였다. 충분히 훈련된 예술만이 위협하여 오는 혼돈계에 대하여 꿋꿋이 대항할 수 있는 것이었다.

3

  헨리 제임스(Henry James, 1843~1916)는 에밀리 디킨슨이 미국 시에 준 바와 똑같은 훈련을 미국 소설에다 주었다. 제임스는 그의 시대와 사회를 거부함으로써, 기록자가 되지 않고 오히려 방관자가 되었으며 분석가가 되었다. 그의 이탈은, 그의 생지(生地)인 미국으로부터의 이탈이었으며, 동시에 19세기 중엽의 변천하는 사상과 가치관(價値觀)으로부터의 이탈이기도 하였다. 포우와 호손은 상상의 세계와 사실의 세계 사이의 어느 것을 선택해야 할 예술가의 딜레마를 이행하여 전자, 즉 상상의 세계를 택한 데 반하여 제임스는 예술을 하나의 사실로 만들었다. 예술가로서의 미국인이 그의 가장 훌륭한 작품의 중심적 극적 인물이므로, 제임스는 그와 같은 딜레마를 사실적으로 취급하는 데 성공하였다. 그의 소설의 주인공은 수많은 단편 속에 나타나는 작가이건 화가이건, 혹은 그의 훌륭한 장편에서 볼 수 있는 바와 같이, 자아(自我)의 최선의 가능성을 발휘할 수 있도록 자아를 의식적으로 재형성하는 것이 자기의 예술이라고 생각하는 남성이건 여성이건, 그 주인공은 작가 자신의 적어도 본질적인 일부분이 투사된 것이다. 작중의 예술가는 언제나 철저히 비개성화된 헨리 제임스 그 자신이었으며, 임상분석(臨床分析)과 가치 평가의 대상으로 하였다. 제임스는 지각이라는 영사막에다 자신을 투사하는 이 재능 때문에 소설을 하나의 복잡하고도 엄밀한 예술로 발전시킬 수 있었다. 근대 소설은 구성의 기본 원리를 그의 이론과 실천에 의뢰하고 있는 바 크다.

　제임스의 경우에는 면밀히 엮어진 가정 생활이 우선 외계를 차단하고 말았다. 이 제임스 가(家)는 북부 아일랜드에서 온 이민에 의해서 1785년에 일어났고, 이 사람은 강한 칼빈주의적 도덕감에다 자손에게 남겨 줄 재산을 만드는 데도 몸을 아끼지 아니하였다. 이 올바니(Albany)의 윌리엄으로부터 제임스 가(家)는 이루어졌다. 적어도 2대(二代)까지는 놀고 지낼 만한 자산을 남긴 그는, 자손에게 은행 예금은 말할 것도 없이 양심을 부여하였다. 부친이었던 헨리 제임스는 이와 같은 부모와 신의 속박에 대하여 심히 반항하였으나 운명은 그에게 친절하지 않았다. 어렸을 때 사고로 말미암아 화상(火傷)을 입어 한쪽 다리를 절단하는 불행에 부닥쳤다. 그리하여 그는 행동가이기보다 사상가, 종교적 신비가 그리고 문화의 추구자가 되었다. 그 자신과 그의 가족이 다 마음대로 쓸 수 있는 재산을 가졌던 그는, 당시 유행하고 있었던 더 새롭고 더 자유주의적인 종파의 추상을 돌아다녔을 뿐 아니라, 동시에 현실 세계를 만유하여 유럽의 수도와 화랑(畵廊)을 찾았다. 그의 세계는 그의 자식들이 태어난 사회에 대한 거부였다. 그러므로 소설가 헨리 제임스는 가족적 혈열만이 힘이 되어질 수 있는 그런 가정에서 생장하였다. 안정된 종교적 체계와 그가 속할 수 있었던 사회에서 오는 안정감을 결코 맛볼 수 없었다. 그와 형제 자매 그리고 부모와의 굴레는 비상하게 강한 것이었으나, 신이나 국가에 대해선 아무런 언질도 없었다. 생산자로서보다 소비자로서의 인생을 택하여도 하등 상관이 없을 만한 충분한 자산을 갖고 있었던 그는 단지 인생의 방관자가 될 수 있었다.

　영국의 비평가 월터 베산트(Walter Besant)의 강연에 대한 회답으로서 1884년에 쓴 논문에서, 헨리 제임스는 사실의 리얼리즘과 방법의 리얼리즘과의 구별을 분명히 하였다. 그는 실형(實兄) 윌리엄과 같은 철학가는 아니었지만, 그는 유일한 실재(實在)란 인생이 방관자에게 주는 인상 속에 존재하고 있는 것이지 방관자가 의식하고 있지 않는 어떠한 사실 속에서도 존재하지 않는다고 확신하고 있었다. 그러므로 리얼리즘은 예술가가 인생을 보는 그대로 표현하는 것을 목적으로 한 의무에 지나지 않으며 따라서 그 인생은 실제의 인생과 다를 수도 있는 것이다. 자기의 감수성을 통하여 발견되는 예술가의 의식적인 자아를 경험의 최후적 척도(尺度)라고 생각함으로써, 헨리 제임스는 사실적 예술의 기반을 외계(外界)로부터 내계(內界)로 옮겨 놓았던 것이다. 이러한 점에서 출발한 그는 하우얼스 이상의 엄격성을 갖고, 리얼리스트의 수법을 그가 알고 있는 인생에다 적용하였다. 그러나 하우얼스나 마크 트웨인과는 달리, 그는 자신이 현실을 분명히 보지 않았을지도 모른다는 그런 의혹에서 완전히 벗어나고 있었다. 아니 제임스에겐 이러한 문제는 일어나지 않았다. 예술가로서의 그의 관능에 관한 한 그가 눈으로 본 것은 그가 충실히 따라야 할 유일한 현실이었다.

어떻게 하여 예술가가 되느냐 하는 문제가 어떻게 하여 미국인이 되느냐 하는 문제로 말미암아 복잡해졌다. 그는 인생을 거부하기 위하여—아니 인생을 예술의 투시(透視) 속으로 몰아넣기 위하여 인생에 대해서 지나치게 예민하게 된 것과 같이, 그는 모국에 등을 돌리고 일생의 대부분을 영국이나 대륙의 수도에서 보냄으로써, 자기가 미국인이라는 의미를 과도히 의식하게 되었다.

헨리 제임스의 불안에 대해서는 부단히 가족을 이동시키고 있었던 그의 부친에게도 일부 그 책임이 있었다. 뉴욕 시(市)에서 출생한 헨리는 세 명의 형제와 한 명의 누이와 더불어 제네바, 파리, 본 등지에서 가정 교사 밑에서 교육을 받았다. 미국에 살고 있는 동안에도, 뉴욕에서 있었던 만큼 뉴포트(New port)에서도 살았다. 심리학자인 형 윌리엄과의 친밀하고도 영속적인 관계는 이때 발전되었으며, 둘 다 본능적으로 이 상호 의존에서 탈각하여 자유롭게 되려고 하였으나 충분히 성공하지 못하였다. 그러나 이 두 형제는 서로 격려하였으며 이로 말미암아 그들은 지적 분야에 있어 성공을 얻을 수 있었다. 둘 다 하버드에 입학하였으며, 헨리는 법률학을 그리고 윌리엄은 과학을 전공하였고, 그후 둘 다 케임브리지에 정착하였다. 둘 다 청년 시대에 어떤 종류의 위기(危機)를 경험하였으나, 윌리엄의 경험이 헨리의 것보다 더 심각하였음인지 그후 그의 도덕적인 확신은 더욱 강하였다. 화재를 구경하고 있는 사이 사고를 만나 등에 부상을 입은 헨리는 동년배의 어린이들과 같이 놀지 못하게 되었으며, 따라서 방관자의 역할을 키워갔다. 약관(若冠) 20세 때 유럽 천지를 홀로 헤매었던 그는 사교계의 독신자로 자인하였으며, 교양 있는 지식인들이 모이는 어떠한 회합에도 초대되어, 가족적인 혹은 사회적인 계루(係累)가 없는 사람으로서 환영을 받았다.

제임스와 그의 종매(從妹) 메리 템플(Mary Temple)과의 우정—특히 한여름 뉴햄프셔에서 다른 두 청년과 함께 구혼을 하고 있었을 때의 그들 사이의 우정이, 그의 일생에 있어 어느 정도의 의미를 갖고 있는지 단정하기는 어렵다. 그 당시에 있어 결혼은 그의 직접적인 희망이 아니었던 것 같았다. 그러나 메리 템플이 죽자, 그 여자는 그의 소설의 가장 중요한 영감과 모델, 즉 인생에서 모든 것을 요구하면서도 그 적절한 몫까지 빼앗기고 마는 젊은 여인의 원형(原型)이 되었다. 이 사건은 그에게 깊은 감명을 주었으며, 정의·도덕·운명에 관한 그의 전생애에 걸친 사색의 초점이 되었다. 그러나 그 여성 자체는 그 당시에도 강렬한 욕구의 대상은 아닌 것 같았다. 메리의 영감(靈感)에 의해서 씌어진 소설에는, 언제나 방관적 태도를 취하며 격렬한 호기심과 이해 그리고 동정만을 주고 있는 청년이 나오고 있다. 이 청년이 바로 제임스다. 그가 연애에 있어서도 객관성을 세울 수 있었다면, 그는 어떠한 경우에서건 객관성을 결코 잃지 않았음이 당연하였다.

그는 나이 30세 때부터 사실상 가정도 없이 주로 유럽 천지를 헤매어 다닌 코스모폴리탄의 역할을 하였다. 한때 파리에 체재하여 투르게네프와 플로베르를 자주 만난 일이 있었고, 그후 얼마 동안 런던에 정착하여 자주 대륙을 방문하였다. 그는 이제 소설을 본업으로 삼았으며, 그의 예술의 창조와 개선에 일생을 바칠 각오였다.

1871년부터 1881년까지의 10년 동안에 씌어진 단편과 장편은 그의 관점과 방법을 확정하였으며, 그의 창작상 세 가지 주요한 제목을 결정하였다. 즉, 미국의 성실과 조야(粗野)에 대한 유럽의 허위와 교양의 대조, 인생의 진실과 예술의 진실과의 투쟁, 그리고 선악의 윤리적 측정에 대신하는 심리적 측정, 이 세 가지의 제목이 결정되었다. 그후 그의 작품은 예술로선 더욱 복잡하게 되었으며, 인간 고경에 관한 논평으로선 더욱 심각하게 되어갔다. 그러나 소재에 대해선 상기한 주요 문제 이상으로 나가지는 않았다.

이 시대, 제임스는 한 미국인으로서 미국적인 성격의 수수께끼를 풀려고 하였으며, 또 한 예술가로서 예술의 인생을 사랑과 인생의 현실에 융화시키려고 하였다. 이들 두 가지 제목은 그가 최초에 발표한 소설의 주인공인 로드릭 허드슨(Roderick Hudson)에 나타나 있다. 그는 로마에서 수업하고 있었던 젊은 예술가였으나, 완전히 견강부회(牽強附會)된 유럽식의 풍습과 가치관에 일치되고 만 미국의 국적(國籍) 이탈자였던 캐사마시마 공작 부인(Princess Casam-massima)의 미모에 현혹되어 학업을 포기하고 만다. 로드릭은 미국 성격의 제일 약점이라고 제임스에게 생각되었던 우둔한 이기주의를 나타내며, 동시에 예술가를 예술에 헌신하지 못하게 하고 정열의 와중(渦中) 속에 몰아넣는 그런 치정(痴情)에 저항하지 못하는 인간

올 나타내고 있다. 이 이중적(二重的)인 문제는 소설의 주인공으로 선 견디기 어려운 무거운 짐이었으므로, 그후의 작품에서 제임스는 로드릭의 딜레마 중 어느 하나에 주의를 집중시키고 있다.

〈아메리카인(The American, 1877)〉, 〈데이지 밀러(Daisy Miller, 1879)〉, 〈귀부인의 초상(The Portrait of a Lady, 1881)〉 및 기타 수편의 작품에선 이 국적 이탈자의 문제가 그의 주요한 관심을 차지하였다. 이 국제적인 문제를 가장 충분히 나타내고 있는 것은 크리스토퍼 뉴만(Christopher Newman ; 아메리카인의 주인공〉의 이야기다. 그는 자수성가한 미국인이며, 파리의 구가(舊家) 벨갈드 가(家)의 요새(要塞)를 공격하여, 다소 기품이 높은 미모의 사안틀 공작 부인을 손에 넣으려는 대담한 사나이였다. 뉴먼의 이 실패는 미국적 성격의 성실성에 대한 도덕적인 승리이기도 하다.(제임스는 이 뉴먼에서 그의 동포의 원형을 이룬 인간으로서 충분히 나타내고 있다) 그러나 이 거절당한 애인(뉴먼)이, 그의 적이 되고 만 적들을 멸망시키기 위하여 상대편 가정의 비밀을 이용하는 것을 삼가하고 있는 것은, 고귀한 태도이나 다소 공허감을 주고 있다. 이 작품의 멜로드라마적인 플롯은 독자의 흥미를 끌면서, 오늘날까지 많은 독자를 확보해 왔다. 그러나 제임스의 이와 같은 제목을 더욱 섬세하게 다룬 작품은 덜 읽혀지고 있으며, 이 플롯 때문에 독자와 작가의 주의는 신구(新舊) 두 문화의 충돌이라는 더 중요한 국면에 쏠려지고 있다.

이 제목을 다룬 그의 다음 작품인 〈데이지 밀러〉를 제임스는 솔직히 하나의 습작(習作)이라 부르고 있다. 국외 이국자(國外離國者) 데이지는 방약무인(傍若無人)한 태도와 순진성의 불가해(不可解)한 혼합물이다. 밀러의 미국인이나 이탈리아 인의 구혼자들의 눈에나 제임스의 눈에 그녀는 해결할 수 없는 대담한 순진성의 수수께끼다. 데이지는 유럽 사회의 인습에 도전하여, 자기의 무지(無知) ─ 남성의 기만에 대한 무지가 아니고 말라리아 열에 대한 무지 ─ 의 비극적 희생이 되고 만다. 이 극의 복잡성은 심리적 복잡성에 의하기보다 환경적인 복잡성에 의하고 있다. 그러나 제임스는 젊은 여인에게 미국적 성격을 대표하게 함으로써 그의 미국인에 대한 이해에 크나큰 진보를 가져왔다. 데이지의, 인습에 도전하여 자아(自我)를 충분히 실현시키려는 고민은, 뉴먼의 성숙한 문화의 즐거움을 물질적으로 윤택한 생활에 보태려는 노력보다 훨씬 정묘하게 묘사되고 있다. 데이지의 가치관은 제임스 자신의 가치관에 비교적 가까운 것이다.

〈귀부인의 초상〉에 나타나는 이사벨 아처(Isabel Archer)의 더 충실하며 더 여유 있는 분석은, 신구(新舊)문화의 대조라는 점에서 이 제목을 도달할 수 있는 데까지 발전시키고 있다. 이사벨 자신과 또 자신을 실현하는 도상에서 만나는 남성들 속에서, 제임스는 거의 모든 정도와 종류의 문화적 차이를 묘사하고 있다.―즉 미국인 가스퍼 굿우드(Casped Goodwood)의 무염치(無廉恥)로부터, 유럽화한 길버트 오즈몬드(Gilbert Oesmond)의 교활과 타락에 이르까지 그리고 워버턴(Warburton)의 무뚝뚝한 영국적인 정직성과, 관찰자의 역할을 하는 랠프 토처트(Ralph Touchett)의 냉정한 감수성 등에 이르까지 묘사되고 있다. 이 소설에 있어서의 심리적 감촉의 풍부성은 작가의 종매 미니 템플에 대한 추억과, 자기 내부의 인생을 발견코자 한 탐구의 도상에서 죽고 만 그 여자의 비극적인 실패에 대한 추억에 힘입는 바가 많다. 그러나 제임스는 사병(死病)을 사건의 관찰자에다 교묘하게 옮겨, 공평 정대한 랠프가 병에 걸리게 함으로써 이사벨로 하여금 미니의 운명에서 구제하였다. 만일 제임스의 예술보다 제임스라는 작가를 분석하는 것이 목적이라 한다면, 이 사실로부터 소설에로의 이행에 대해선 논할 바 많을 것이다. 그러나 미니에 대한 비극적인 추억이 제임스에 대해서 어떠한 의미를 갖고 있든지 간에, 소설로서의 의미는 심원하여 보답적(報答的)인 효과를 지니고 있다. 이사벨이 불행히도, 납득이 가지 않을 정도로 마지막 도피로

(逃避路)를 거절하여, 아내로서의 그리고 양모로서의 자기 의무로 되돌아가게 되는데 그 결과는 문제가 되지 않는 것 같다. 그 여자가 결백성을 잃어가는 전 과정을 탐구하고 있다. 크리스트퍼 뉴먼이나 데이지 밀러보다 훨씬 만족하게 미국의 생기와 정직성을 대표하고 있는 이사벨 아처는, 자기가 배반당한 부패한 문화에 대한 경험이 많은 실망은 물론 다소의 만족을 가져왔다는 것을 자각하고 있는 것 같다. 만일 이것이 인생이라면, 어떠한 점이고 허비없이 경험하는 인간이 되리라고 그 여자는 제임스와 더불어 말하고 있는 것 같다. 사건이나 돌발사도 문제가 되지 않고 인간 운명을 더 충족하게 이해하는 것만이 문제가 된다.

　제임스는 자신의 경험에 매우 가까운 문제를 허구적으로 취급하는 데 있어, 현실의 인생으로부터 예술을 완전히 분리시키는 데 성공하였다. 그는 이 분리야말로, 예술이란 완전히 자유로운 것이라 한다면, 매우 본질적인 것이라고 생각하게 되었다. 작중의 사건이 그 자신의 경험과 매우 부합되고 있을 때에도, 그 자신의 정감(情感)이 작중 인물의 감정에 휩쓸려 간 것같지 않다. 그러나 그의 소설에 나타나는 예술가들은, 딜레마로부터의 그와 같은 용이한 도피를 발견하지 않는다. 이런 문제에 고민하는 그의 작중의 여러 주인공들도 딜레마에서 도피하는 일이 거의 없다. 〈선생의 가르침(The Lesson of the Master)〉에 나오는 청년은 그의 현세적(現世的)인 사랑을 그의 예술이라는 더욱 엄격한 애인에다 희생하고 만다. 그러나 그의 선생은 야유적으로, 그와 반대 경우를 취하여, 청년의 애인을 자기 것으로 만들고 만다. 〈중년(The Middle Years)〉에 있어선 노경에 들어선 소설가가, 죽어 가는 백작 부인과의 복잡한 연루로 말이암아, 젊어서 얻지 못한 예술적 성공을 잡으려는 마지막 유일한 기회를 놓치고 만다. 〈애스펀 씨의 서류(The Aspern Papers)〉에선 어느 죽은 시인의 생애를 그가 남긴 편지에서 캐내려고 하는 것인데, 예술가의 개성이 인간의 개성과 구별되느냐 하는 여부와 따라서 예술가의 개성은 애독자의 정당한 소유물이 되느냐 하는 여부에 관한 최후적인 문제를 일으키고 있다.

이상은 제임스가 이 문제의 거의 모든 국면에 접촉하기 위하여 쓴 여러 장단편(長短篇)의 일부에 지나지 않는다. 그러나 이에 대한 그의 대답에 가장 가까운 것은 〈진실한 것(The Real Thing)〉에서 발견될지 모른다. 이 작중의 화가의 모델들은 예술가가 묘사하고자 하는 개념을 그들 자신의 육체에서 너무나 정확히 표현하였으므로, 그들은 예술가의 창작적 자유를 뺏고 있다. 실제로 모델이 되고 있는 그런 종류의 인간이 되기보다 그 인물로서 행동하며, 자기 자세(姿勢)의 의미를 전연 알고 있지 않는 그런 직업적인 모델은 진실한 것에 간섭하려 하지 않으므로 모델로선 우수하다. 그리고 이 진실한 것이란, 제임스에 대해선 이것이 화폭에 옮겨질 때까진 화가의 마음속에만 존재하는 것이다. 여기에, 거의 명백한 비유(比喩)의 형식으로 표시된 제임스의 심미철학(審美哲學)의 중심 원리가 있는 것이다.

4

〈귀부인의 초상〉에 있어 예술의 폭과 강도 그리고 특질을 발견한 헨리 제임스의 예술은 분명히 어물어물하고 있었으며, 그후 근 20년 동안 산만하게 되어 그 방향이 확실치 않았다. 이 동안의 가장 훌륭한 산물은 여러 가지 종류의 단편 소설이었으나 그 외에도 많은 비평을 썼으며, 비교적 성공은 거두지 못했으나 희곡·전기·여행기 같은 것에도 손을 댔다. 그러나 1902년 근 60세에 이르자, 그는 돌연 소위 승리의 장면으로 되돌아와 한때 이사벨 아처를 중심으로 하여 만든 것과 같은 종류의 삼대 웅편(三大雄篇)을 발표하였다. 즉 〈비둘기의 날개(The Wings of the Dove, 1902)〉, 〈대사〉들

(The Ambassadors, 1903)〉, 그리고 〈황금의 주발(The Golden Bowl, 1904)이다. 이들 작품은 일견 불필요하리 만큼 지루하고 복잡하기 때문에 제임스의 가장 열렬한 추종자들을 제외하고선 거의 모든 사람들이 경원하고 있다. 그러나 이들 세 가지의 허구예술(虛構藝術)의 정묘하게 짜낸 직물은, 〈모비딕〉이나 〈풀잎〉의 분방한 힘과는 전연 대차적(對蹉的)인 종류의 걸작으로서 그 자리를 차지하고 있다. 이들 3편의 작품에서 제임스는 자신을 위하여 그리고 그의 뒤를 이을 소설가들을 위하여 특수하나 완전히 발달된 소설 예술을 실현하였다. 이리하여 기교(技巧)는 마침내 승리의 개가를 올리게 되었다.

이들 삼대 응편에서는 심리적 심원성이 깊어 가고 그 문체와 구조가 복잡하여졌지만, 얼른 보기엔 무의미한 실험의 결과였다. 그가 희곡에서 자기의 본령을 가질 수 있다 하는 환상은, 그의 작품 중에 희곡적인 요소가 점점 많아진 것을 보아 당연한 추측이라 하겠다. 그러나 제임스는 자기 종류의 희곡이 아니고 그 당시 유행하고 있던 부자연한 희곡을 쓰려고 했기 때문에 비참하게 실패하였다. 그의 여러 가지 단편 소설은 초기의 〈워싱턴 광장(The Washington Square, 1881)〉으로부터 〈과거의 감각(The Sense of the Past, 1917)〉에 이르기까지 훌륭한 희곡의 특질을 지니고 있었고, 그후 다른 사람에 의해서 희곡화되었을 때는 성공적인 연극이 되었다. 그러나 1850년부터 1895년까지의 런던의 극단은 심리적 흥미를 주로 한 그런 작품을 공연할 용의가 되어 있지 않았다. 그가 희곡을 쓰겠다는 기도는 소설에 있어 그가 추구하여 온 그 객관성을 발전시키는 데 도움이 되었지만, 이런 완전한 실패를 맛본 그로서는 결코 행복한 경험은 아니었다.

그가 1857년부터 1901년 사이에 쓴 일련의 단편 소설은 훨씬 굉장한 성공을 가져왔으며, 이들 작품에서 그는 그의 초기 소설에서 사용한 것보다 더 예리한 인간 관계의 상극을 취급하였다. 〈메이지가 아는 것(What Maisie Knew, 1897)〉, 〈포인턴 가(家)의 약탈품 (The Spoils of Pointon, 1897)〉 〈나사(螺糸)의 회전(The Turn of the Screw, 1898)〉, 〈사춘기(The Awkward Age, 1899〉 그 리고 〈성천(聖泉, The Sacred Fount, 1901)〉 등의 악(惡)의 주 제—주로 어린이 사이에 나타나며, 호손을 그처럼 괴롭게 한 그런 형 식을 취하여 나타나는 악, 즉 타인의 소유 의지로 말미암아 한 사람의 마음이 침해된다는 악의 주제를 취급한 일련의 작품이라고 생각될 수 있다. 메이지는 6개월 교체로 자기를 보호해 주는 사이 나쁜 부모의 비행(非行)을 관찰함으로써, 연소 시부터 이미 모든 것을 다 알게 된 다. 여자 가정교사들 자신도 윗사람들의 비행에 휩쓸려 들어가고 있 었는데, 그들의 비밀 이야기를 마음대로 듣게 된 메이지의 악의 교육 은 이 소녀의 분별을 날카롭게 했으며, 우둔하다고 보여질 만큼 침묵 을 지키게 한다. 메이지는 그대로 성장하여 가며, 그후에 나온 소설 의 주인공 소위 〈사춘기〉에 도달하자, 주위에서 행하여지는 모든 음 모에 참가하게 되는 난다 브룩남(Nonda Brookenham)이 되었을 지 모른다. 〈포인턴 가(家)의 약탈물〉에 있어선 탐욕이 악이 되어 있으며, 여기서는 대저택과 귀중한 미술품, 그리고 가구 등의 소유욕 이 어머니와 자식, 자식과 정인(情人)이라는 인간 관계가 풀 수 없을 만큼 엉키고 있다. 그리고 〈성천〉에서는 영국의 지주 급의 점잖은 사 교계의 이면에 숨어 있는 요부(妖婦)를 주제로 하고 있음이 분명하 다.

　오늘날까지 많은 논쟁을 거듭해 온 〈나사의 회전〉의 막연한 악도, 따라서 이해하기 어려운 것이 아니다. 이 악을 무어라고 이름지을 수 없는 것은, 포우와 호손의 작품에 나타나는 악과 마찬가지로 그 결과 에 있어서만 유해(有害)하기 때문이다. 제임스의 이야기는 순수한 멜로드라마, 즉 오로지 공포만을 위하여 씌어진 괴기 소설이라고 보여질 수 있으나, 실은 그 이상의 것이다. 죽은 피터 퀸트(Peter Quint)와 제셀 양(孃)(Miss Jessel)이 살고 있는, 두 어린이를 지배하고 있는 힘은 마력적이다. 이 마력을 저주의 결과로 해석하건 혹은 정신병적 착도(錯倒)의 결과라고 해석하건 이는 오로지 독자의 기질에 따를 것이다. 그리고 이 이야기를 말하고 있는 새 여자 가정교사가 저주의 대리자인가 혹은 저주의 피해자인지 하는 문제 역시 독자의 마음 여하에 달릴 것이다. 제임스는 그가 쓰고 있는 악과 마찬가지로 일부러 모호한 태도를 취하고 있다. 그의 예술적인 이탈(離脫)은, 가장 무서운 도덕적인 장면을 작가의 논평을 조금도 가하지 않고 나타낼 수 있는 지점에까지 발전하였다.

제임스가 그의 일생의 중심적 이야기인 미니 템플의 사랑과 죽음에로 되돌아온 것은 이러한 기분에서였다. 이젠 〈비둘기의 날개〉의 밀리 셸르(Milly Theale)로서, 병든 몸에 숨어 있는 강력한 정신력은 그 여자의 종형(從兄)이며 아마 구혼자였던 그에게, 그의 과학적 소설 분석에 대하여 극히 매력을 느꼈던 도덕적인 문제를 제공하고 있다. 초기(初期)의 밀리, 즉 이사벨 아처는, 유럽에 있어서의 모험의 경험에서 될 수 있는 데까지 발견하기 위하여, 많지도 않는 재산을 소비하여야 할 처지에 빠진다. 이에 반하여 밀리의 부(富)는 막대하였으며, 그 여자의 사명은, 이름도 모르는 병에 걸리어 죽기까지의 그야말로 단기간 내에 최대 한도의 인생의 고동(鼓動)을 맛보려는, 그 재물에 못지 않는 정도의 놀라운 욕구를 만족시키려는 것이다. 모든 요소가 그처럼 고양(高揚)되었으니, 밀리의 연인과 우인들의 배반은 공모하여 이사벨을 배반한 저 머얼 부인과 길버트 오스먼드의 배신 행위만큼 명료해질 필요가 없다. 케이트 크로이(Kate Croy)와 머튼 덴셔(Merton Densher)는 반드시 악한은 아니다. 즉, 그들은 밀리에게 남겨진 수일 내지 수개월 동안 덴셔가 그 여자에게 헌신하고 있음을 믿게 함으로써, 밀리를 행복하게 해주고 있다는 구실을 내걸고 있다. 밀리가 요정(妖精)의 여왕으로서 군림하고 있는 세계는 그 여자에게만 실재(實在)하는 것이다. 그러므로 밀리의 유희(遊戲)에 참가하는 것이 가장 친절한 행위임이 확실하다. 특히 그렇게 함으로써, 승리자는 희생자 밀리의 자연사(自然死)를 기다리는 일뿐이기 때문이다. 덴셔의 악은 아마 자기 기만의 약점에 지나지 않을 것이나, 케이트의 악은 그 여자 역시 자기의 우인 밀리에게 친절을 베풀고 있다고 하는 마지막 단 한 가지 의심 때문에 더욱 절실하다. 이러한 문제는 상대적이며, 그러한 가치를 측정할 최종적인 도덕적 규준이란 없는 것이다. 제임스 자신은 작중의 여왕과 그 우인들을 냉정히 관찰할 수 있는 창문이나 노대(露臺)의 비유를 사용하고 있다. 밀리는 남이 볼 수는 있지만 자신을 보고 있지는 않다. 그러나 그 여자는 자주 그리고 매우 눈부실 사양(斜陽) 속에 나타나기에, 그 비극의 강한 인상이 독자의 마음에 영구히 새겨지고 있다. 비둘기로서 출발한 이 작품의 중심적 상징은 정묘하게도 날개가 되고 있다. 밀리는 인생에 있어 조우(遭遇)하는 사건과 인간의 희생이 되고 마는 아름답고, 불쌍한 여자는 아니다. 그 여자는 하늘을 날 수 있는 날개를 갖고 있다. 비극은 그 비상(飛翔)이 끝난 데 있다.

밀리의 생애와 죽음에 대하여 짜여진 복잡한 모양은, 만일 그 예술이 감수성을 규준으로 하여 측정된다면, 제임스의 예술의 완성품이다. 그러나 제임스 자신은 〈대사들〉을 더 나은 작품이라 생각하였으며, 또 많은 비평가들도 거기에 동의하고 있는 것 같다. 이 작품은 감동이 적은 본질적으로 희극적인 주제 위에서 씌어졌기 때문에, 작가와 독자의 동정을 강렬하게 끌고 있지 않으나, 더욱 완성된 작품이라는 만족감을 남긴다. 이것은 하등의 결점도 없는 서술(叙述)의 견본이다. 프랑스의 한 요부의 간계(奸計)로부터 채드 뉴섬(Chad Newsom)을 구조하게 되는 램버트 스트레처(Lambert Strether)가, 체스터에서 자기 심복 마리아 고스트리(Maria Gostrey)를 만나 자기가 유럽에 온 사명을 상의하는 데부터 시작된다. 그가 의심하지 않았던 그런 방법에서 자기 사명을 완수하여 마리아와 헤어질 때까지, 이야기는 건축 구조에서 보는 원만성(圓滿性)을 잃지 않고 있다. 이것 또한 유럽 사회의 복잡한 가치(價値)와 충돌하고 있는 순박한 미국인을 취급한 옛날부터의 주제다. 그러나 제임스는, 자기 자신처럼 완전한 정신적 계발(啓發)을 경험할 만한 정묘한 미국인을, 드디어 스트레처에게서 발견하였다. 여기에 제기되고 있는 이 문제는 분명히 가치의 충돌이며, 작가는 완전히 냉정한 관찰자가 되고 있으며, 이 작품의 희극적 정신은 처음부터 끝까지 사건을 지배하고 있다. 신혼 여행에서 신부를 파리에 데리고 왔을 그때의 자기 청춘의 정신을 다시 갖게 됨으로써, 스트레처는 너무 늦기 전에 모험을 좋아하는 비오네 부인(Madame de Vionnet)이 채드 뉴섬에게 가져온 생(生)의 활발한 고동을 인식하게 된다. 채드를 무사히 데리고 오도록, 채드의 모친에 의해서 메사추세츠의 울레트로부터 파견된 대사직 대신에, 그는 전향할 위험조차 없는 미국인 포콕스(Pococks)의 제이 사명의 대상이 된다. 이리하여 채드의 연애 사건의 중심적인 장면을 여러 창문을 통하여 보아 온 스트레처는, 이번에는 자기 자신을 볼 수 있는 입장이 되어 이야기 중심으로 움직여 간다. 플롯의 모형(模型)이 그리는 동심원(同心圓)이 진동하는 의미의 핵심으로 향하여 끌리어 들어감에, 스트레처가 처음에 차지하고 있었던 외변(外邊)에는 또 다른 동심원이 붙게 된다. 이것은 못에 던져진 돌이 그리는 파문의 이미지다. 그러나 이제는 그 방향이 반대가 되고 있다. 즉, 중심에서 바깥으로 향하는 것이 아니라 바깥에서 중심으로 향하여 움직이고 있다.

제임스는 나중에 붙인 서문에서 "나의 소설의 임무는 나의 환상의 이 과정을 예증(例證)하는 것이다."라고 말하고 있다. 이 소설에선, 스트레처가 적어도 인생은 지금부터 살기에는 너무 늦다는 것을 깨달고 있는 것을 제외하고선, 아무 일도 일어나지 않는다. 스트레처의 초연한 태도는 작가의 투시적(透視的) 견해를 완성케 하고 있다. 드디어 제임스는 행동의 필요성에 의해서 혼란되지 않는 완전한 형태를 갖춘 소설을 써냈던 것이다.

제임스는 그후 다시 자기의 소설 이론을 그처럼 만족하게 예시한 적은 한 번도 없었다. 다음에 나온 대작(大作)〈황금의 주발〉은 깍듯이 정돈된 인간 관계를 유감없이, 완전히 그려내고 있다. 그리고 주발은 그 조그만 세계의 완전성과 그리고 그 세계를 파괴하는 결점, 이 두 가지를 상징하고 있다. 그러나 이 소설은 전작(前作)만큼의 유쾌한 풍자도 결핍되어 있으며, 그 구성(構成)도 뻔히 들여다보인다.

다만 그의 〈유쾌한 구석(The Jolly Corner)〉과 〈정글의 야수 (The Beast in the Jungle)〉와 같은 몇몇 단편 소설에서, 제임스는 다시 그의 가장 순수한 예술 수준에 도달하고 있다. 흔히 그랬던 것과 같이 이들 단편 소설에 있어서의 그의 성공은, 그 자신의 억압된 경험, 즉 여기서는 자기 개성의 또 다른 면이 혹시나 다른 사람 속에 구현되고 있지 않을까 하는 두려움을 이용하여 이를 완전한 객관성을 갖고 취급한 데서 결과되고 있다. 모든 미국의 소설가치고—앰허스트와 똑같이 내성적(內省的)인 시인—에밀리 디킨슨의 경우와 같이—가장 자기 중심적이며 주관적이었던 제임스는 완전한 기술을 통하여 전체적 계시(啓示)의 예술에서 성공하였다. 헨리 제임스와 에밀리 디킨슨은 하우얼스나 마크 트웨인이 그들 주위의 세계의 실재 (實在)를 나타낸 것과 같이 효과적으로, 내적 세계의 실재를 개인 의식의 탐구에 의해서 나타낼 수 있다는 것을 예증하였다. 거부의 귀로 (歸路)는 미국적 경험의 바로 심장부에 이르는 길이었다.

제 9 장 역학(力學)의 문제
— 애덤스, 노리스, 로빈슨 —

1

1890년대의 10년 동안은 급격한 문화적 변화가 일어난 시대였다. 세기말(末)이 인간 제반사에 있어 한 시대의 끝을 획기한다는 속설(俗說)에 근거가 있건 없건, 이 설은 이 경우엔 적용되는 것 같다. 세기말에 있어 대륙 국가를 형성하였던 힘이 최초의 중요한 문학적 표현을 발견하였다. 그것은 마치 백 년 전 독립 전쟁에 뒤이은 국가주의의 대파(大波)가 정치적 및 경제적 운동은 물론 이와 동시에 문학적 운동이 된 것과 같았다.

이 세기말 10년의 초두(初頭), 19세기의 최후의 거인들이 죽었다. 예를 들면 로웰과 멜빈은 1891년에, 휘트먼과 휘티어는 1892년에 죽어, 낭만주의 운동의 전존자는 한 사람도 남지 않았다. 브라이언트와 롱펠로, 에머슨은 10년 전에 죽었고, 쿠퍼, 어빙, 포우, 소로 그리고 호손은 이미 세기 중엽에 죽었다. 이들 대가들이 문학의 사상과 형식 위에 행사하였던 지배력이, 지도의 방법을 발견할 수 없었던 2류급의 지도자들 손에 옮겨갔을 때, 진정한 의미의 문학적 공백(空白)이 있었다. 하우얼스는 로웰의 역할을 충분히 채울 수 없다는 열등감을 극복하지 못하였다. 마크 트웨인은 유명한 저 휘티어 기념일의 만찬회의 장중한 공기를 익살부려 유하게 하려다가, 대가들을 즐겁게 하기는커녕 오히려 노여움을 사고 말았다. 헨리 제임스는 런던에 영구히 자리잡아 유유자적(悠悠自適)하였고, 뉴욕이나 보스턴의 2류 시인들이나 비평가들—올드리치(Aldrich), 스테드먼(Stedman), 길더(Gilder), 스토다드(Stoddard)—은 자기네들을, 고산(高山)의 내리받이에 이은 평야라고 기꺼이 자인하고 있었다.

이 시들어 가는 낭만주의를 타도하기 위하여 일어난 문학 운동은 19세기 중엽에 이르자 전시대보다 더욱 활발한 역할을 연출하기 시작하였다. 신생 국가에 있어서의 광활(廣濶)한 힘을 흡수하여 이를 묘사하려는 리얼리즘에 뿌리박고 있던 이 운동은, 철학적 깊이를 새로운 진화론적(進化論的) 과학 이론에서 얻었고, 인간 의식의 이해를 초기 심리학의 발달에서 얻었고, 사회적 의의를 산업 혁명이 가는 곳마다 뒤를 이은 사회 제도의 창시자로부터 얻었고, 최후에 문학적 격려를 동시대의 프랑스 · 독일 · 소련, 기타의 대륙 문학의 자세한 지식으로부터 얻었다.

'자연주의'라는 용어는 너무 제한되어 있기 때문에, 90년대의 미국 작가들이 유럽 작가들과 협력하기 시작한 새로운 지적(知的)인 문학 운동을 서술할 수는 없다. 이것은, 세계 어느 나라에서건 계몽주의의 견해에 대신하고 있던 우주관 및 인생관에 표현을 줄 적당한 방법을 발견하려는, 암중모색(暗中摸索)에 지나지 않았다. 제한된 힘과 조직적인 체계 위에 선 뉴턴의 우주와 합리적 정신의 로크의 우주는 그다지 논리적이 아니며, 자기 결정을 할 수 없는 인간의 개념으로 말미암아 궁지에 빠지고 있다. 다윈, 마르크스, 프로이드 같은 영국과 유럽의 사상가들은, 일반 대중의 마음에서 오래지 않아 뉴턴이나 애덤 스미스나 루소, 로크의 학설을 대신하게 될, 자연과 인간성에 대한 학설을 형성하고 있었다. 이에 앞서 미국 문학은 타국의 문학과 함께 열렬한 자연복귀(自然復歸)를 창도하였다. 즉 워즈워드, 괴테, 에머슨은 이 의미에선 전부 자연주의자였다. 90년대에 들어오자 자연 복귀에 대한 부르짖음이 다시 울리었다. 그러나 자연에 대한 일치된 관념은 달라지고 있었다. 무자비하고 비인간적인 기계가, 시인이 자기의 도덕적 질서에 대한 관념을 부과할 수 있었던 산악(山嶽)이나 덩굴 덮인 폐허를 대신하고 있었다. 인간은 생물계의 중심에서 쫓기어 나갔고, 인간의 자유 의지는 자연도태(自然淘汰)와 경제의 결정론 혹은 의식적인 것보다 잠재 의식적인 동기 등의 이론에 의하여 빼앗겨지고 있었다.

미국인의 성격에 깊이 스며든 낙천주의와, 미국 사회의 성장을 인도하여 온 기본적인 민주적 농본주의(農本主義)와, 인격 완성과 진보에 대한 관념 사이의 밀접한 관련 때문에 이 새로운 사상을 유럽인만큼 미국인은 쉽게 받아들일 수 없었다. 낭만주의 시대의 개념은 거의 세기말에까지 지속되었고, 사회적 리얼리즘과 심리적 결정론에의 경향에 대해선 억세게 저항하였다. 1890년경까지 하우얼스와 마크 트웨인, 기타 리얼리스트들은, 미국 생활의 사실을 편견(偏見)없이 새로이 검토해야 한다고 요구하여 성공하였다. 그리하여 인간 개성에 대한 회의적이며 과학적인 견해는 제임스의 소설에서 그리고 에밀리 디킨슨의 시에서 나타나고 있었다. 문학은 실생활에 표현을 부여한다는 정상적인 과업에 착수함에 따라, 불가피하게도 실험과 불안의 시대로 돌입하였다. 90년대의 문학 운동은, 인간 일반의 생활과 미국인의 생활을 새로운 과학의 냉정한 눈에 비치는 그대로 서술하려는 새로운 일군의 미국 작가들의 시도였었다.

이 운동의 하나의 중요한 부산물은 미국 작가와 유럽 작가와의 결속이 밀접해진 대신, 영국과의 관계가 이완(弛緩)되어 갔다는 것이다. 새로운 과학을 보급하는 데 유력한 사람들은 예를 들면, 스펜서와 헉스리 같은 영국인이었고, 마크 트웨인, 벨러미, 하우얼스, 거랜드와 같은 민감한 미국 작가들이 일찍부터 읽고 있었다. 하디와 같은 영국의 시인이나 소설가들은 도스토예프스키, 졸라, 하우프트만과 같은 대륙 작가들처럼 새로운 사상의 영향을 심각하게 그리고 일찍이 받지 아니하였다. 롱펠로와 로웰이 프랑스와 스페인의 로만 파(派)와 이상주의 파(派)의 시인이라든지 희곡 작가들을 읽었는 데 반하여, 하우얼스, 제임스, 마크 트웨인은 일찍부터 투르게네프와 톨스토이, 발자크와 졸라, 마르크스와 니체를 발견하였다. 졸라의 실험소설(實驗小說)에 관한 논문 1880년에서, 그는 세기말의 미국 작가들이 흡수하여야 할 매우 근원적인 사상을 발표하였다. 즉, 작가는 실험과학의 엄밀한 방법을 사회와 개인의 분석에 적용할 수 있으며, 또한 적용해야 한다는 것이었다. 이 논문 자체를 읽은 미국인은 그다지 많지는 않겠지만, 졸라의 자기 이론을 그 자신의 소설에다 적용하려는 기도는 노리스, 크레인, 드라이저, 기타 여러 작가들에게 잘 알려져 있었다. 이 새로운 자연주의를 통하여, 미국 문학은 다음 수십 년간 세계 문학의 중요한 지위를 차지하게 되었다. 이 자연주의는 신·인간·사회 및 자연에 관한 기본적인 개념의 핵심을 제공함으로써, 초절주의와 낭만적 철학이 미국 문학에 있어 첫번째의 르네상스를 가져온 것과 같이 두 번째 르네상스에 초점을 주는 역할을 하였던 것이다.

2

이 시대의 격동에 대한 미국인의 반응은 적극적이었으며 또한 실제적이었다. 사상을 신속히 행동으로 옮기는 데 익숙한 국민에 대해선, 일단 철학적 교의가 일반에게 알려지면 그 다음 필요한 것은 실행 방식을 찾아내는 것이다. 미국인은, 윌리엄 제임스(William James)에 있어 실제적 방법론을 진리탐구에 응용하여 현대 심리학의 기초를 세운 철학가를 얻었고, 에드워드 벨러미(Edward Bellamy)에 있어 사회 도덕에 의하여 자본주의를 억제하는 방식을 창안한 사회학자를 얻었고, 헨리 애덤스(Henry Adams)에 있어 미국의 전통을 우주적 진화의 한 양상(樣相)으로서 과학적으로 설명하려고 하였던 역사가를 얻었다. 상기한 분들은 1885년부터 1895년 사이에 나타나, 현대인의 딜레마를 해결하여 사회 행동의 실제적 방식을 안출하려고 한 지식의 전 분야에 걸친 여러 사상가들 중 일부에 지나지 않았다. 실험적 방법을 사용함으로써 모든 지식을 구체적인 사실에 적합시키려는 공통된 희망에서 각종의 학회가 각 방면에 설립되어 역사·문학·경제·물리 등 제부문의 학자들을 일당에 모이게 하였다. 바야흐로 위대한 과학 시대였었다.

미국의 철학은 결코 심원(深遠)하지 않았다. 초기의 청교도들은, 황야를 개척하고 도시를 건설하는 일에 신의 의지를 작용케 하는 방법을 발견하였다. 그리고 19세기의 자유주의자와 초절주의자들은 진리의 규준으로써 형이상학보다 경험을 강조하였다. 미국인의 사고 방식에다 후에 프래그머티즘이라고 알려지게 된 철학—비록 이 용어 자체는 백 년 이상 동안이나 발명되지 않았지만—을 준 이는 조나단 에드워드가 아니고 벤자민 프랭클린이었다. 그리고 에머슨의 대령(大靈)은 결국 미행(美行)을 서약하는 도덕적 감정에 지나지 않은 것이 되었다. 헨리의 형 윌리엄 제임스가 발전시킨 프로그마티즘의 철학은, 합리주의에 대한 반항이었다. 솔직히 말하여 반이지적(反理智的)이었던 이 철학은 '첫째 것, 원리, 범주, 상상된 필요성 등에서 얼굴을 돌려 최후의 것, 성과, 결과, 사실을 향하여 봄'을 주장하였다. 윌리엄 제임스는 이에 정의를 내렸으나, 그것을 발명하지는 않았다. 그는 '사상이란, (그 자체는 우리의 경험의 일부에 지나지 않는다) 우리가 우리의 경험의 다른 부분과 원만한 관계를 맺는 데 도움이 되는 한에 있어, 진실성을 띠게 된다'고 선언하고 있는데 이것은 그의 독창(獨創)에 의한 것이 아니다. 이렇게 제안되어 공개된 우주는 개방된 인간의 마음에 해방감을 주었다. 이것이야말로 사상의 변경(邊境)을 어디까지든지 밀고나갈 개인의 권리를 결정적으로 진술한 것이었다.

프래그머티즘은 실험 심리학의 발달에 대한 문을 열어 놓았고, 윌리엄 제임스는 그 길을 안내하였다. 만일 실험이 진리의 유일한 표준이라 한다면, 과학은 아무런 주저함도 없이 인간 행동의 실험적 분석을 시작할 수 있다. 1870년의 정신적 위기를 겪고 있는 동안 제임스는 경험 과학의 조건을, 그의 부친의 종교적 신비주의의 대용으로서 받아들이게 되어 그의 긴 여생을 인간 동기의 연구에 바치기 시작하였다. 1876년에 그는 하버드 대학에다 최초의 심리학 실험소를 창설하여, 1890년에는 그의 결정적인 저작《심리학의 원리(The Principles of Psychology)》를 출판하였다. 1896년에 그는 예일 대학에서 〈믿으려는 의지〉에 관하여 강연을 했으며, 1902년에는《종교적 경험의 종류(The Varieties of Religious Experience)》에 관한 강연집을 발표하였다. 그 자신은 소위 '사회적 복음(福音) 운동'에는 참가하지 않았지만, 제임스는, 종교의 세속화와 헨리 조지가 제창한 물건세(物件稅) 운동과 같은 사회 개혁과, 벨러미의 사회적 유토피아《기원 2000년에서 1887년을 회고하여(Looking Back ward : 2000~1887, 1888)》에서 발전된 국가주의 운동 등에 구체적인 표현을 발견해 낸 조직적인 사회 이상주의의 발달을 지지함에 있어, 다른 어떤 미국의 사상가들에 뒤떨어지지 아니하였다. 제임스 철학의 주요한 공헌은, 전통적인 종교적 독단주의와 급격한 지적 및 문화적 변천 시대에 일어난 새로운 과학 사이의 충돌에 있어 정전(停戰)을 명하는 데 성공하였음에 있다.

혁명보다 오히려 진화에 의한 사회 개량을 믿고 있는 미국인의 신념은 물결치듯 이 새로운 문제를 맞이하였다. 영국의 로버트 오웬(Robert Owen)이나 프랑스의 프랑수아 푸리에(Francois Fourier)와 같은 유토피아적 몽상가들에게 언제나 호의를 보내고 있었던 미국의 사상가들은, 초기 식민지 시대의 미개지에서 유토피아적 공동 사회를 형성하였던 수많은 실험적 생활에 압도적인 동정을 보냈던 것이다. 이러한 경험의 대부분은 책으론 표현되지 않았고, 이러한 경험의 기초가 된 선의(善意)가 마르자 잊혀지고 말았다. 그러나 세기말이 가까워지자 이 운동에 변화가 나타났다. 변경(邊境)의 폐색(閉塞)과 더불어 미국인은 그들의 사회적 꿈에 살기보다 그 꿈을 쓰기 시작하였다. 이리하여 토머스 무어 경(卿)(Sir Thomas More)의 《유토피아》로부터 플레이토의 《공화국》에 이르는 계보(系譜)를 더듬어 올라갈 수 있는 그런 종류의 소설이 유행하게 되었다. 이런 소설 중에서 벨러미의 〈회고〉는 사회사상의 체계로서나 문학적 작품으로서나 가장 훌륭한 작품이었다.

　제임스와 같이 벨러미는 인간의 선성(善性)과 인격의 완성에 대한 전통적인 미국인의 신념을 버리는 일 없이, 새로운 과학이 갖는 프래그머틱한 방법과 물질주의와 힘에로의 의지 등을 받아들였다. 수법에 있어 플레이토의 공화국을 그대로 모방하여 묘사한, 벨러미의 기원 2000년에 있어서의 도시적 미국의 유토피아는 산업 자본주의의 이상화다. 그리고 이 유토피아에선, 인간의 사회 책임감이 생(生)의 확장을 구하는 인간의 근본적인 충동을 제어하고 있는 것 같다. 그가 보스턴의 한 청년으로 하여금 잠들게 하여, 눈을 뜨자 1세기 이상의 미래에 몸을 두게 함으로써 발견케 하고 있는 민주적 형태의 국가 자본주의는, 여러 중요한 점에 있어 그후의 '뉴 딜'이라는 정책에 의해서 실현되었다. 1950년의 미국 정부는 벨러미가 자유 경쟁의 사회에 있어서의 투쟁의 해결책이라고 생각하였던 대(大) 트라스트에 흡사하게 되었다. 빈민가(街)는 그가 제안한 바와 같이 주택가(住宅街) 계획에 의하여 소실되었으며, 기타 그가 경제적 착취에 관하여 부과한 여러 가지 통제는 법률이 되기도 하였다.

　과학이 인문 과학, 교육, 정치, 종교, 기타 미국 생활의 모든 부문에 침투하여 갔을 때, 경험적 방법이 미국 생활의 제 문제에 어떻게 적응되어 가는가를 탐구한다면, 이 설명은 너무나 본론에서 멀어질 것이다. 문학에 있어 이것은 리얼리스트들의 방법과 이상에 커다란 도움을 주었으며 동시에, 비극과 희극에 관한 고전적인 이론이 해결할 수 없었던 형식을 갖고 인간 운명의 문제를 제기하였다. 시대는 바야흐로, 새로운 질서의 제 문제를 적어도 인간적이며 우주적인 표현으로써 말할 수 있는 문학가를 필요로 하였다.

역사가 헨리 애덤스(Henry Adams, 1838~1918)는 눈에 띄지 않게 스스로 이 역할을 맡았다. 역사는, 그때까지 미국의 주요한 역사가들의 손에 의하여, 주로 이야기식의 예술이 되고 있었다. 프레스코트(Prescott), 모트리(mottry), 파크먼(Parkman), 밴크롭트와 같은 뉴잉글랜드의 대가들은 기록적 문서를 사용하였지만, 동시대의 독일 역사가들에서 볼 수 있었던 철학적 깊이와 과학적 철저성을 결핍하고 있었다. 그들과 애덤스와의 본질적인 차이는 그들이 이야기식의 투시(透視)에서 사화(史話)를 말하려고 한 데 대하여, 애덤스는 문명사상의 문제를 어느 한 점에서 깊이 파들어가 이를 분석함으로써 해결하려고 하는 데 있었다. 그의 문제는 민주주의를 움직이는 것이 무엇이냐를 발견하며 아울러 민주주의의 결점을 단점과 더불어 폭로하는 것이었다. 즉 그의 공격 지점은, 그의 조부 존 퀸시 애덤스(John Quincy Adams)와 증조부인 제2대 대통령 존 애덤스 사이에서 개재되어 있었던 제퍼슨과 매디슨의 시대였다.

애덤스의 사가로서의 사업에 대한 준비는 우연한 것같이 보이나 ―아마 일부분은 그러했지만―그처럼 특수하며 철저한 준비는 없었을 것이다. 명문 애덤스 가(家)의 아들로 태어난 그는 어려서부터 가족의 기록 문서의 더미 위에서 자라났다. 하버드 대학을 졸업한 후 그는 독일로 유학갔으며, 그곳에선 단지 독일어만을 공부한 것처럼 하였다. 그러나 그후에 나타난 그의 학업에 있어서의 증거는 그의 겸손

이 거짓임을 나타내고 있다. 그의 부친의 비서로서 남북전쟁 시대를
런던 주재 미국 대사관에서 보냈으며, 여기서 처음으로 방관자일망
정 정치와 외교를 내적(內的) 입장에서 배웠다. 키가 작고 새침데기
였던 그는 일찍이 법률이나 정치 대신에 저널리즘의 직업을 택하였으
며, 그의 저널리즘은 제1급에 속한 것이었다. 잡문과 계간지(季刊
誌)에 투고하는 것은 그에게는 인류와 국가를 움직이는 방법이었고,
행동에서 일단 물러선 일종의 정치적 수완이었으며, 전인류를 생도
로 하는 교육의 한 형식이었다. 맹렬한 독서가였던 그는 기븐(Gib-
bon)과 미슐레(Michelet ; 프랑스의 역사가, 1798~1874)를 읽었
으나, 그들이 과학적 방법을 결핍하고 있음을 발견하였다. 우인의 지
질학자(地質學者)인 클라렌스 킹(Clarence King)에 자극받은 그
는, 콤트(Comete)와 라이엘(Lyell), 다윈과 마르크스를, 역사는
예술인 동시에 과학이 될 수 있는가를 발견하기 위하여 연구하였으
며, 그 결과 아직 아무도 예증하지 않았지만, 역사는 예술인 동시에
과학이 될 수 있다는 결론에 도달하였다. 만일 공화국의 형성기에 있
어서의 기록 문서 배후에 있는 법칙을 충분히 이해할 수 있다면, 커다
란 역사적 사건의 원인을 드러낼 수 있는 것과 동시에 역사 편찬학
(編纂學)의 새 원리를 예증할 수 있다고 생각하였다. 그는 이 목적을
위하여 여생을 바쳤다.

  애덤스의 주의 깊은 독자들은 그가 실패했다고 주장하는 말에 속아
넘어가지 않을 것이다. 그는 하버드에서 잡은 교편 생활 7년간을 중
단 기간이었다고 생각하였으나 청년들을 고무하는 데 있어 혁혁한 성
공을 거두었으며, 그렇게 함으로써 자신의 인간성을 깊게 할 수 있었
다. 노스 아메리칸(North American) 지(誌)와 네이션(Nation)
지(誌)와 그 외 잡지의 편집과 집필은 주로 익명(匿名)으로 하였으
나, 그의 논설이 그 자신의 손으로 혹은 남의 손으로 편집되며, 그 수
법과 문체 그리고 이해에 있어 착실하게 진보되고 있음을 나타내고

있었다. 1877년 국무성의 문서를 이용하기 위하여 부인과 함께 워싱턴에 자리잡았을 때 그의 필생의 대작(大作)을 쓸 준비가 되어 있었다. 그후 12년 만에 16년간의 미국 사정을 쓴 9권의 역사책을 완성하여 출판하였다.

표면상으로는 제퍼슨과 매디슨의 통치를 사실적으로 설명한 것이나, 이것은 하나의 새로운 형태의 인간 사회가 서구(西歐) 사회에 있어 힘있는 지위에까지 상승하였다는 것, 그리고 그 힘의 변화에서 생긴 결과를 될 수 있는 한 가장 광범위한 규모에서 실제적으로 분석하고 있는 것이다. 민주주의의 기원과 과정에 대한 그의 사색은 초기 식민지 시대에까지 되올라가며, 동시에 그의 시대를 지나 가까운 장래에까지 이르고 있다. 그가 미국이 영국과 프랑스의 식민지 제국의 권리와 꿈의 대부분을 흡수하고 있다고 말하는 데 있어, 우연히도 그는 나폴레옹 정권의 몰락과 영국 식민 정책의 재편성에 대하여 어느 역사책에서도 발견할 수 없을 만큼의 훌륭한 설명을 주고 있다. 이 책은 민주주의 정체의 결정적인 분석으로선, 드 토크빌(De Tocqueville)과 브라이스 경(卿)(Lord Bryce)의 저작과 어깨를 나란히 할 수 있는 것이나, 문제의 내부에서 외부로 향하여 씌어져 나간 유일한 책이라는 점에서 볼 때 이는 유일무이한 것이다. 그리고 그는 예언자의 소리로서 여러 번 되풀이하였던 하나의 관념—즉 장래의 2대국(二大國)은 미국과 소련일 것이다—하는 생각을 실증하고 있다.

그 동안 부인의 자살이라는 가정 비극이 일어났다. 이 이유에 대한 여러 가지 억측은, 애덤스의 희망과 계획을 근본적으로 변경시킨 동기를 암시하는 것으로서만 타당하다. 마침 4부로 되어 있는 역사의 마지막 부분을 쓰고 있을 때 이런 타격을 받은 그는 이를 완성하려고 재촉하지 않으면 안 되었다. 그러자 갑자기 그는 이 필생(畢生)의 대작에 대한 홍미를 잃어, 교묘하게 이의 계획과 구성을 희미하게 하여 독자의 홍미를 잃지 않을 정도의 구실을 붙여 세상에 내놓고선, 우인이며 화가인 존 라 파지(John La Farge)와 더불어 남태평양으로 떠나가고 말았다.

역사가들은 이에 속지 아니하였다. 그들은 명예학위를 주려고 그를 추천하였으며, 전 미국 역사학회의 회장으로 추대하였다. 그러나 애덤스가 명백하게 논증하기보다 개개의 사례를 연구함으로써 설명하였던 과학적 법칙의 증명 혹은 반증(反證)으로서 미합중국의 역사를 쓸 것을 요구한 그의 도전을 수락한 분은 한 분도 없었다. '미국 역사에 있어서의 과학적 관심은 그 국민적 성격과, 확대하게 될 운명을 지닌 사회—거기선 개인이 주로 타입으로서 중요하지만—에 집중되고 있다.' 사상과 의지의 사람이었던 제퍼슨은 그의 정책이 실패하고 있는 것을 보았지만 매디슨은 시세(時勢)에 따라 결국 승리에 도달하였다. 당시 국민은 생활의 대발전을 필요로 하였고 또 대발전에 필요한 자원을 갖고 있었기 때문에 정복과 팽창의 기분 속에 사로잡혀 있었다. 국민적 성격은 공통적인 경험에 의해서 형성되었으며, 역사가며 사회학자였던 헨리 애덤스는 이러한 성격을 야기케 한 물심(物心) 양면의 법칙을 발견하여 이를 명시하면 그만이었다. 이렇게 함으로써 그는 예술가의 일에다 과학적 역사가의 일을 결합시켰다. 이 《역사(The History)》는 저자가 일부러 그 사실을 애매하게 하고 있음에도 불구하고, 과학적으로 발견되고 명시된 자연의 법칙에서 그 형식과 구조를 취했기 때문에 하나의 유기적인 예술 작품이었다. 그 방법과 결론에 있어 합리적이며, 냉철하며, 무자비하였다. 이 새로운 자연주의적 입장에서 미국인에 의하여 씌어진 최초의 완전한 작품은, 대부분 읽혀지지 않고 있다.

3

1885년 애덤스의 심경(心境) 변화는, 과학적 역사의 파이어니어로서 자임(自任)하고 이 역할을 수행함에 있어, 감정적인 정력과 그의 상상력을 복종시켜 왔던 엄격한 규율로부터 해방하는 것이었다. 이것이 가능하였던 것은 하나의 그의 일이—앨버트 갤러틴(Albert Gallatin) 및 존 랜돌프(John Randolph)의 전기 그리고 지금은 남아 있지 않는 아론 버(Aaron Burr)의 전기 등의 부차적(副次的)인 일과 함께—끝났기 때문이었고, 직접적인 원인은 아내의 자살에서 온 충격 때문이었다. 타히티 섬에서의 짧은 기간을 제외하고선 그는 다시 역사를 쓰려고 하지 않았다. 그가 역사를 그의 과거 속으로 집어 넣으려고 생각하였던 그때, 이 태평양상의 조그만 섬을 한때 지배한 왕족(王族)과의 친선에서, 그는 그 자신의 가족과 국가에 있어 이해하려고 애썼던 역사적 과정의 알뜰한 실례를 발견하였다. 애덤스가 설복하여 과거의 위대한 추억을 말하게 한 현명한 노(老) 여추장(女酋長)은 일종의 헨리 애덤스였으며, 한때 세력을 날린 왕가(王家)의 마지막 사람이었다. 그리고 태평양상의 소도(小島)가 제국(帝國) 간의 충돌에 휩쓸려 들어가고 있는 것은, 곧 개인의 힘으로선 어찌할 수 없는 힘의 행진을 여실히 보여 주는 실례였다. 엄중한 비매품으로 불과 몇몇 부수만 발간된 이 책은 그의 최초의 직업에 대한 고별사(告別辭)였다.

그는 이제 역사의 철학가, 즉 교사의 교사가 되었다. 사건에서 원인으로, 기록에서 명상으로 돌아갔다. 피상적인 관찰자의 눈엔, 그가 방향감을 잃고 단지 예술과 사상의 감정가(鑑定家)가 되고 만 것같이 보일 것이나, 그 실패의 뒤에는 새롭고도 더 깊은 목적이 존재하고 있었다. 역사를, 인간 운명의 진화에 있어서의 어떤 유기적 과정에다 관계지으려는 그 자신의 노력은 이해되지 않았다. 첫 과업은 역사가들로 하여금 그들 자신의 문제에 직면하게 하는 것—즉 이야기식의 예술을 벗어나지 못한 역사를 발견하여 이를 과학에 적응하는 것—을 돕는 것이었다. 이 변화는 기본적인 목적의 변화라기보다 방법의 변화에 지나지 않았다. 그러나 이 변화는 이성(理性) 아래에 있는 통찰력에 대한 자유를 증가하는 것, 그리고 그때까지 엄중히 억제당해 왔던 자연주의자, 신비주의자, 예술가로서의 애덤스를 해방하는 것을 요구하였다.

1894년 미국 역사학회의 회장 연설(會長演說)에서 그는 자신의 입장을 천명하였다. 즉, 역사가는 과거의 개괄론(槪括論)을 현대 세계에 적용할 수 없는 것으로 하여 버리지 않으면 안 된다. 만일 역사가가 자신의 소용되는 개괄론을 창조하지 못한다면 자연과학이 이미 내놓고 있는 비관론자의 설을 받아들이지 않을 수 없을 것이라는 것이었다. 당시의 사상계의 패배주의에 경고를 던지면서 그는 자신으로선 산출할 수 없었던 하나의 세계관, 그것에 의하여 인간이 우주에 있어 확고한 지위를 차지할 수 있는 세계관을 요구하고 있었다.

그가 가장 깊은 관심을 보여 주었던 인생 문제는 그의 익명소설 〈민주주의(Democracy, 1880)〉와 〈에스더(Esther, 1884)〉에서 이미 표현되고 있다. 이 두 소설은 직관적 호기심에 이끌려 인간의 힘의 근원을 탐구하려는 두 여성을 그린 것이며, 하나는 민주주의의 정치와 사회에서 그 근원을 구하며 다른 하나는 종교적 및 과학적 사색과 예술의 세계에서 힘의 근원을 발견하려고 하고 있다. 그 이듬해 비극이 닥쳐왔을 때, 그의 반응은 첫째 극기적(克己的)인 침묵이었고, 그후 2편의 위대한 작품 〈몽생 미셸과 샤트레(Mont-Saint-Michel and Chartres, 1904)〉와 〈헨리 애덤스의 교육(The Education of Henry Adams, 1907)〉 그리고 이 두 작품을 연결하는 〈미국 역사 교사들에 보낸 편지(A Letter to American Teachers of History, 1910)〉를 쓸 준비에 서서히 착수하였다. 이제 일선에서 은퇴하여, 손수 해결할 필요가 없는 제문제를 한가로이 사색할 특권이 부여된 노교사가 말하는 그런 구조로 씌어진 이 3부작(三部作)은, 현대인의 기본 문제를 매우 심원하고도 광범위한 방식에서 말하였기 때문에 하나의 새로운 상징 체계를 만들어내지 않으면 안 되었다. 애덤스는 문학만으로서는 다룰 수 없는 문제를 제기함으로써 현대 역사학을 위해서보다 현대 문학을 위하여 훌륭한 기초를 세워 놓았다. 그는, 더욱 분명히 문학을 본업으로 삼고 있었던 햄린 거랜드(Hamlin Garland)와 프랭크 노리스(Frank Norris) 등과 같은 작가들이 실패하고 있는 점에서, 성공하였다. 즉 신자연주의를 훈련된 예술만이 갖는 의미 심중한 형식에로 바꾸었던 것이다.

10년간의 휴양과 친한 벗들(화가인 존 라 파지, 세 명의 친우 엘리자베스 카메론, 클라렌스 킹, 존 헤이 그리고 애제자(愛弟子) 헨리 카보트 롯)과의 여행은 필요한 예비행위였다. 다음 10년간의 비밀리에 행한 조용한 사색과 집필은 필연적인 결과였다. 그의 생전에 〈샤트레〉는 개정되고 출판되었다. (1913년)이어 1918년에는, 로지(Lodge)를 '헨리 애덤스의 교육'으로 잘못 불러 자서전으로서 간행하였다. 그리고 이보다 1년 후 그의 동생 브룩스 애덤스(Brooks Adams)는 애덤스의 역사 철학에 관한 논문을 모아 마음대로 고쳐서 한 권의 책을 만들어, 여기에 〈민주주의적 교의(教義)의 타락(The Degradation of the Democratic Dogma, 1919)〉이라는 오해받기 쉬운 표제를 붙였다. 헨리 애덤스처럼 죽은 과거와 아직 태어나지 않는 미래와의 사이의 불안한 균형에 서 있다고 느낀 새 시대의 청년들은, 지혜와 지도를 애덤스에게서 구하였다. 이 〈잃어버린 세대〉를 거쳐 애덤스의 소리는 드디어 들리게 되었다.

문학가로서의 애덤스가 얻은 최후적 승리의 비밀은, 상징을 사용하여 실재(實在)와 신화를 조화시키는 그 능력에 있다. 그는 '혼돈은 자연의 법칙이며, 질서는 인간의 꿈이다' 하는 결론에 도달하였으나 법칙이고 꿈이고 다 거절될 수 없었다. 그는 계시종교(啓示宗敎)의 교의를 받아들이기를 싫어하였으나, 그럼에도 불구하고 인간은 질서의 꿈을 조직화된 교회의 제도와 의식 속에서 가장 성공적으로 실현하였다는 것을 시인할 수 있었다. 성모 마리아의 숭배에서 유럽의 대사원(大寺院)을 건조한 사람들은, 현대 세계가 상실하여 버리고 만 것 같은 감정과 사상의 통일을 완수하였다.

〈몽생 미셸과 샤트레〉는 표면상으로 젊은 여인들—애덤스가 대사원을 방문하였을 때 동반하였던 질녀들과 그를 이해하는 직관력을 갖고 있음에 틀림없는 공상 속의 질녀들—을 위하여 쓴 여행기로 되어 있다. 경쾌한 유머의 기분에서 '아저씨'는 인류가 모든 희망과 신앙을 발견하였던 영원히 성스러운 장소에로 질녀들을 안내한다. 옛날 놀만 섬에 있었던 성 미셸의 회당과 중세(中世)의 음유시인(吟遊詩人)들의 노래 속을 지나 가장 순수한 신앙의 세기(1150년부터 1250년)와 샤트레의 사원에 가까이 가는 애덤스는, 한때 한 시대가 성모 마리아에서 모든 시대의 모든 인류의 꿈인 통일을 실현하였던 성모 마리아의 상징과 사실에로 독자를 이끌고 간다. 어떠한 건축자들도, 이 연로한 여행가만큼 면밀한 주의와 이해로써, 뾰족한 아취, 착색된 유리창, 벽장에 조용히 서 있는 입상(立像) 등을 설명할 수 없다. 여행자들이 회당의 문을 나오자, 그들은 교회를 건립한 신념에 개종된 것이 아니고, 인간의 꿈의 상징으로서의 교회 그 자체에 개종되고 만다. 그들의 인식은 종교보다 오히려 예술의 인식이다. 이 회의적 신비주의자는 껄껄 웃으면서, 간단하며 착실한 우주관을 말로써 표현한 스콜라 파(派)의 철학가들을 연구하기 위하여 도서관으로 안내해 간다. 아베라드(Abelard), 성 프란시스(St. Francis), 모든 사람 중에서 가장 위대한 건설가이며 아리스토텔레스와 기독교의 신앙을 융화하였던 토마스 아퀴나스(Thomas Aquinas)에 대해서 설명한다. 그는 "여기에 비로소 발견되었다가 잃어진 통일이 있다. 어떻게 하여 다시 찾을 수 있을까? 결코 이성(理性) 속에서는 아니다. 성모는 불합리의 극치이기 때문이다. 신앙의 거부에서도 아니다. 성모는 인류의 어머니이며 인간의 죄의 조정자이기 때문이다. 내세의 생활 속에서가 아니고, 현세에서 찾을 수 있다. 성모 마리아는 기계로써 설명해 치울 수도 없고 멸망시킬 수도 없는 힘을 대표한다. 성모는 운명에 대한 인간의 항의이다"라고 말하고 있는 것 같다.

'헨리 애덤스의 교육'은 잊어진 역사가의 경험에서 혹시 성숙한 지혜를 배울지도 모르는 청년들을 상대로 하여 씌어진 것이다. 만일 그들이 역사를 하나의 과학 학문으로 만들 역사의 새 법칙을 발견해야 한다면, 그들 자신의 시대를 이해하여, 거기서 응용할 수 있는 일반 법칙을 추출(抽出)하지 않으면 안 된다. 자연과학자들이 제공할 수 있었던 모든 것은 1893년 시카고 대박람회에 진열한 한 대의 기계에 지나지 않았다. 그리고 이 기계는 영구히 힘을 발생할 수 있으나, 켈빈 경(卿)(Lord Kelvin)의 말을 믿어야 한다면, 그것은 에너지를 낭비하기 위하여 그것을 물질에서 추산하고 있는 것에 불과하였다. 발동기는 일종의 통일성을 제공하였으나 그것은 붕괴의 통일성이었다. 이것이야말로 역사가가 복종하여 해석하려 하지 않으면 안 되는 법칙이었을까.

한때 헨리 애덤스라는 인간이 있어, 그는 옛 환상세계에서 태어나, 냉혹하고 몰인간적인 힘이 지배하는 이 무서운 신세계에 마치 화석(化石)처럼 살아남았다. 그의 〈교육〉의 발자국을 되밟아 올라간다면, 20세기의 청년은 그의 잘못에서 무엇인가 배울 것이며, 이 새로운 시대의 중심적 의미를 발견할 것이다. 이렇게 함으로써 자기 가까이 와서 포위하려는 것같이 보이는 비관주의와 기계주의에서 벗어날 수 있을지 모른다.

'아저씨'는 이 둘째 번 순례에선 첫째 번만큼 유쾌하지 않았다. 왜냐하면 그의 가슴속엔 질녀들과의 사회를 더 좋아하고 있었기 때문이다. 그러나 될 수 있는 한 가벼운 기분으로 이 일에 착수하고 있다. 그 자신을 하나의 상징으로 만든 데 있어, 그는 적어도 개인적 견해의 한정에서 벗어날 수 있었고, 이리하여 그 자신과 미래와를 일치시킬 수 있었다. 그의 과거는 모든 사람의 과거, 즉 미국인 및 민주주의자로서, 아마추어 과학자 겸 철학가로서, 어떠한 문명이고 여태껏 경험한 바 없었던 가장 급격한 변천 속을 그와 더불어 살아온 모든 사람들의 과거가 될 수 있었다. 통일성에 관한 새로운 법칙이 발견될 수 없을지 모르지만, 그러한 법칙이 인간에게 필요하다는 것은 그가 실패를 인정하기를 싫어하는 사실에 의해서 예증되어질 수 있었다.

인간 운명에 관한 이들 두 개의 유사한 에세이의 희극적이며 야유적인 태도는 실제의 깊이와 지혜를 속이고 있다. 왜냐하면 이들 작품이 다 같이 나타내고 있는 인생의 해석은 희극적이 아니고 비극적이기 때문이다. 모든 것이 제기되고 있으나 아무것도 해결되지 않는다. 한 예술 작품이 인류에게, 이 지구상에 있어서의 그 시대의 인생의 파라독스를 인생에 대한 가치관을 빼앗는 일 없이 다시 가르칠 수 있다면, 그런 작품은 세계의 문학을 구성하고 있는 서사시, 희극, 그리고 비극 사이의 한 지위를 획득한다. 애덤스의 걸작은 새로운 세기의, 그리고 인간 경험에 있어 새로운 시대의 여명기에 이 일을 성수한 것이다. 그후 그에게 남아 있었던 모든 것은, 그의 동배(同輩) 역사가들에게 줄 '편지'를 쓰는 일이었다. 그러나 누구 한 사람 귀를 기울이지 않았다. 다만 청년들만이 귀를 기울이고 있을 뿐이었다.

4

애덤스의 마지막 저작이 과연 하나의 문학상의 걸작을 구성하고 있는지 그 여부는 의론의 여지가 남아 있다. 작가 자신은, 미완성 작품이라고 생각하고 있으며, 그의 편집자나 비평가는 이들 작품이 갖고 있을지 모르는 어떤 일관된 의미를 발견하려고 많이들 애써 왔다. 그러나 그들 작품이 보여 주는 상징의 건조물이 미국 문학사상 제2르네상스에 힘과 형식을 주었던 사상과 문화 운동의 선두에 서 있다는 것은 거의 의심할 여지가 없다. 수리물리학(數理物理學)과 진화론적 생물학이 나타낸 우주상(宇宙像)을 이해하고 이를 받아들임으로써, 애덤스는 유럽의 문학을 새로운 창작 활동으로 각성케 한 새로운 자연주의에 확고한 기반을 두었다. 그의 회의주의는 엘리어트가 후에 경험에 대한 객관적 상사물(相似物)이라는 것을 발전시키는 데 도움이 되었으며, 상당한 수의 미국 작가들이 그 뒤를 이어 활동을 시작하기 적어도 한 세대 전에 예술로서 현대인을 표현할 수 있었다.

그 동안 이 신(新) 운동은 처음만큼 세련되지 않았던 분위기 속에서 발전하였고, 이 운동의 예언자는 은둔적(隱遁的)인 학자 애덤스보다 더욱 단순한 사람이었다. 1891년 위스콘신과 아이오와 양 주(兩州)의 출신인 햄린 거랜드(Hamlin Garland)는 젊었을 때 동부로 나갔으나, 변경(邊境)의 희망이 사라져 가는 데 대한 우울한 이야기를 모은 〈본가도(本街道, Main Travelled Roads)〉를 발표하였다. 현실의 생활을 아무런 꾸밈없이 그린 이들 스케치 배후에 있는 주제는 그후의 〈중부 변경의 자식(A Son of the Middle Border, 1917)〉에서 전개되고 있으며, 그 문학적 의도는 〈붕괴하는 우상(偶像)(Crumbling Idols, 1894)〉에서 기술되고 있다. 이 대평원의 아들의 비틀거리는 통찰 속에서 미국의 자연주의 소설은 최초의 철저한 진술과 예시(例示)를 발견하였다. 미국의 리얼리즘은, 하우얼스, 허트, 에글스턴 등의 양지바른 언덕에서, 제임즈 A. 헌(James A. Herne)과 브론슨 하워드(Bronson Howard)의 〈음산한 실록극(實錄劇)〉, 하우(E, W, Howe)의 〈시골 마을의 이야기(The Story of a Country Town, 1883)〉, 조셉 커클랜드(Joseph Kirkland)의 〈스프링 군(郡) 제일의 비열한(卑劣漢) 주리(Zury : The Meanest Man in Spring County, 1887)〉, 해롤드 프레데릭(Harold Frederic)의 〈세론 웨어의 파멸(The Damnation of Theron Ware, 1896)〉 등 비타협적인 소설을 지나, 리얼리즘이 문

학적 방법인 동시에 인생의 해석이라는 단계에까지 내려왔다. 비관
주의는 생생한 통찰이라든지 더욱 유연한 표현 방법이라는 아무런 혜
택도 받지 않고 사람의 마음속을 침입하여 갔다. 성실한 군소작가
(群少作家)들보다 창작적 천재가 더욱 요구되었다.

　이 필요한 섬광(閃光)이 용기와 힘의 소설가, 프랭크 노리스
(Frank Norris), 스티븐 크레인(Stephen Crane) 혹은 잭 런던
(Jack London)등 세 작가에 의해서 공급될 기미가 일시 동안 보였
다. 이들 세 작가들은 현저한 문학적 재능을 지니고 당시 널리 퍼져
있었던 자연·인간·예술 등에 관한 신사상의 영향을 마음껏 받아
들인 작가들이었다. 이 세 작가들은 힘있고도 도전적인 소설과 단편
을 썼으나, 이들 중 누구도, 결국 드라이저가 후에 한 것처럼, 신자연
주의(新自然主義)의 장점(長點)은 물론 한계(限界)를 받아들여
이의 도움을 받아 소설에 있어서의 시종 일관된 목적과 방법을 발전
시키는 데는 성공하지 못하였다.

　프랭크 노리스(Frank Norris, 1870~1901)는 그의 쾌활한 생
기 때문에 이들 세 작가 중에서 가장 인기가 있는 것 같다.《소설가의
임무(The Responsibilities of the Novelist, 1903)》라는 논문집에
서 그는 신운동의 선두에 서 있으나 동시에 "소설이란 무엇을 증명하
며, 모은 힘의 집합, 사회적 경향, 민족적 충격에서 결론을 꺼내며,
복수(複數)의 인간보다 단수(單數)의 인간 연구에 전념하는 것이
다." 하고 창도(唱導)하였을 때, 그 자신의 혼란을 폭로하고 있다.
이들 세 가지 힘은 그의 상상 속에서 힘차게 작용하였다. 즉, 하나는
하우얼스가 생각하고 있었던 단순하고도 글자 그대로의 리얼리즘의
인습적인 관념이고, 다음은 아마 니체로부터 얻었을 원시적 야생의
힘에 대한 신념, 그리고 막연한 종교적 계시(啓示)가 미국 민주주의
의 제도를 파괴하지 않고 제악(諸惡)을 교정하는 그런 개혁된 사회
질서를 구하는 이상, 이 세 가지가 작용하고 있었다. 그리고 그를 더

욱 분열시켰던 것은, 새로운 길을 따르려는 충동과 그가 시도하고자
한 대부분의 실험에 대해서 전연 동정하지 않았던 잡지를 통하여 일
반 독자에 도달하려는 욕망 때문이었다. 그의 난국(難局)은 경쾌한
자서전적인 로맨스〈블릭스(Blix, 1899)〉에 의해서 가장 훌륭히 예
시(例示)되고 있다. 이 작품의 주인공인 문학 청년은 새로운 타입의
여인—깁슨(Gibson)이 그린 여인의 매력을 잃지 않고 거기다 독립
심이 강한 여인—을 사랑함으로써 진지한 창작 활동에 들어가, 창작
은 자기가 알고 있는 인생을 정직하게 표현해야 한다고 깨닫게 된다.
노리스 그 자신은 한때 파리의 화가들의 사회에서 그리고 샌프란시스
코의 신(新) 보헤미안들 사이에서 딜레탕트한 생활을 보냈다. 그가
최초의 철저한 실험소설(實驗小說)〈맥티그(Mc Teague)〉(이 소
설은 1899년까지 발표되지 않았다)를 썼던 것은, 그가 하버드에서
루이스 게츠(Lewis Gates)의 지도하에 졸라를 읽고 있을 때였다.
이 작(作)에서 난폭하며 동물처럼 조야한 치과의, 그의 격렬한 본능
그리고 추악한 환경 등이 졸라의 빈민굴을 묘사한 그런 힘과 성실을
갖고 그려내고 있다. 이러한 것은 미국 문학에 있어 일찍이 본 적이
없었다. 그러나 이후 이와 비슷한 작품이 계속해서 나타나게 되었다.
　노리스의 가장 인상적인 작품은 산문 서사시인 〈장어(章魚, Oc-
topus, 1901)〉이며, 이것은 생명력의 상징인 소맥(小麥)이 서부의
대평원에 심어져, 기아(飢餓)에 떠는 유럽으로 수출될 때까지의 행
정을 그리기로 되어 있었던 3부작(三部作)의 제1부다. 이 3부작 중
처음의 2부만이 씌어졌으며, 그 이유는 〈이리(Wolf)〉라는 표제가
붙기로 되어 있었던 마지막 소설을 착수하기 전에 작가가 죽었기 때
문이었다. 제2부 소맥 판매장은 시카고 곡물 시장의 난맥과 같은 투
기를 주제로 한 것이나, 제1부에서 보는 바와 같은 생기와 폭을 대부
분 결핍하고 있다. 그러나 〈장어〉에서 노리스는 그가 갖는 모든 것을
주고 있다. 애덤스의 성모(聖母)와 발전기(發電機)의 상징을 예기

케 하는 그런 상징주의를 채택하여, 노리스는 캘리포니아의 산, 와킨 유역의 소맥 재배자와 독점적인 남태평양 철도회사 사이의 투쟁을, 풍요한 대지의 원시력과 기계의 비유기적(非有機的) 힘과의 하나의 상징적인 투쟁으로써 그리고 있다. 노리스가 철저한 자연주의적 숙명론을 유유히 향락하고 있을 때 이 본질적인 투쟁을 취급하고 있는 필치는 굉장한 바 있으나, 그의 내부에 있는 비평가가 너무 자주 간섭을 하여 그의 가장 감동적인 구절이 막연한 종교적 신비주의에 빠지는 경향이 있다. 그렇다고 치더라도, 〈장어〉는 울프(Wolfe)나 스타인벡(Steinbeck)과 같은 후대 작가들이 발전시켰던 새로운 종류의 원시적 서사시에로의 길을 터놓았다. 그 당시까지의 모든 미국 소설 중에서 가장 야심적인 작품 (〈모비딕〉을 제외하고)이었던 〈장어〉는 이 작가의 한정된 힘을 넘음으로써, 역사적으로 중요한 작품이 되었다.

스티븐 크레인(Stephen Crane, 1871~1900)의 작품 역시 실험적인 것이나, 노리스와는 달리 그리고 아마 그의 작품 범위를 신중히 제한하고 있기 때문일 것이나, 크레인은 고전(古典)적인 완벽을 지니고 있는 단편과 장편을 산출하는 데 성공하였다. 영어로 쓰인 소설로서 〈적색(赤色) 무훈장(武勳章)(The Red Badge of Courage, 1895)〉만큼 훌륭한 소설은 없으며, 〈갑판 없는 쪽배(The Open Boat)〉나 〈푸른 호텔(The Blue Hotel)〉만큼 훌륭한 단편은 없을 것이다. 이들 작품에선, 공포의 요소가 인간 행동의 기본적인 동기로서 그려지고 있으며, 인간의 불합리한 행동은 원시적 본성의 더할나위 없는 참혹한 행동으로서 설명되고 있다. 크레인은 그의 예술상의 위기에 제(際)하여 새로운 결정론의 입장을 취하였으므로, 철학적 동요를 초래하는 일 없이 그의 창작력을 전적으로 표현의 행동에 바칠 수 있었다. 노리스의 경우와 같이 크레인 역시 인상파(派)의 그림과 화가들을 알고 있었으며, 적어도 졸라와 톨스토이의 몇 작품을 읽고 있음에 틀림없다. 그 자신은 그런 영향을 전적으로 부정하고 있는 것 같기도 하지만, 자매예술(姉妹藝術)인 회화(繪畵)의 선명한 색채와 유동적인 형태를 가진 생채(生彩) 있는 묘사를 한 크레인은, 하우얼스가 전연 모르고, 마크 트웨인이 막연히 느끼고 있었고, 헨리 제임스는 충분히 인식하였으나 왜곡되어 합리화하고 만, 인간 정신의 실재(實在)를 충분히 표현할 수 있었다. 어디서 어떻게 해서 알았는지 모르지만 크레인은 누구나 분석 심리학의 원리를 명확히 계통 세워 말하고 있는 것 같지 않았던 시대에 이미 분석 심리학의 힘을 감지(感知)하고 있었다. 〈적색 무훈장〉의 주인공인 청년은, 의식적으로 어찌할 수 없는 자기 내부의 깊숙한 힘으로 말미암아 전쟁터로 휩쓸려 들어갔다 다시 거기서 밀려나와, 자기 정복에로 되돌아온다. 그리고 〈갑판 없는 쪽배〉의 조난에서 살아남을 유일한 사나이라고 생각되던 그 건장한 급유사(給油士)는 오히려 유일한 조난자가 되고 만다. 외계 속에 있건 잠재 의식 내에 있건 유기적 생명이 갖는 원시적인 힘이 무력한 개인의 행동을 지배하고 있다.

다른 작품에선 산만하게 되고 나중에는 일반 독자의 환심을 사려는 바람에 유야무야되고 말았지만, 크레인의 초기의 가장 훌륭한 작품에서 보이는 주제와 형식의 통어력(統禦力)은 휘트먼과 노리스보다 오히려 포우, 호손, 앰브로스 비어스의 예술 전통에 속하고 있다. 그의 예술적 훈련은 경험에서 얻었다기보다 예술에서 얻은 것이었으므로, 그의 예술은 신주(新酒) 첫맛 이상으로 나가지 않았다. 그리고 그처럼 잠시 동안 해방되어 표현된 힘이 곧 다시 내부 쪽으로 향하여져, 저술가 그 자신을 소모하고 말았다. 근 20편에 달하는 단편과 또 다른 소설 〈거리의 여인 매기(Maggie : A Girl of the Street, 1892)〉는 천재의 모습을 지니고 있으며, 적어도 25년 후에야 나타나게 된 헤밍웨이, 포크너 등 기타 여러 작가들의 방향과 방법을 제공하였다.

자연주의가 갖는 힘과 함정은, 이 두 작가가 예술가로서 충분히 성장할 수 없었다는 사실에서 명료하나, 이는 잭 런던(Jack London, 1876~1916)의 폭풍우와 같은 일생에 더욱 완전히 나타나 있다. 런던은 노리스와 크레인이 애써 구하고 있었던 인기를 획득하였으나, 그들처럼 자기 자신의 격정(激情)의 불꽃으로 자신을 소진(消盡)하고 말았다. 노리스보다 더욱 완전히 니체식의 인간의 원시적 이기주의와, 다윈적(的)인 우주에서 인간을 지배하고 있는 적자생존(適者生存)의 무자비한 법칙에 관한 견해를 받아들인 런던은 〈야생의 절규(絶叫)(The Call of the Wild, 1903)〉에서 최상의 힘을 발휘하였다. 이 작품의 주인공은 문명이라는 거미줄에 구속됨이 없이 자신을 완전한 것으로 만드는 자연의 힘에 마음대로 응할 수 있는 동물이다. 그가 이와 같은 간단한 생물학적 법칙을 사회 문제에 적용하려고 하였을 때, 예를 들면 〈마틴 이든(Martin Eden, 1909)〉에 있어 그 자신의 이야기를 하였을 때 혹은 〈철의 뒤꿈치(The Iron Heel, 1907)〉에 있어 노자(勞資) 간의 충돌을 말하고 있을 때, 그의 이야기의 구조를 뒷받침하고 있는 이론은 스티븐 크레인의 가장 훌륭한 작품에서 보는 바와 같은 순수한 예술이라고 하기에는 너무나 많은 모순을 드러냈다. 인간의 완전성에 대한 옛적부터의 신앙과, 모든 것을 소멸시키고 마는 자연의 법칙 앞에서의 인간의 무력함을 믿는 새로운 신념, 이 두 가지는 공존할 수 없었다. 그리고 또한 힘을 요구하는 생물학적 충동은 사회주의 국가의 우월설(優越說)을 말하는 마르크스주의에 대한 거의 종교적인 신앙에 조화시킬 수 없었다. 모든 새로운 과격주의(過激主義)를 무비판적인 태도로 받아들임으로써 런던은 이야기에 힘을 집어넣을 수 있었으나, 자기가 해방시켜 놓은 힘을 억제할 수는 없었다. 〈마틴 이든〉에 있어 그는 자신의 자살을 예언하고 있는데, 그 자살의 피할 수 없는 원인을 훌륭하게 분석하고 있다. 자연주의는 아직 예술상의 불완전한 수단에 지나지 아니하였다.

5

20세기 초두에 일어난 시를 과학의 이미지에서 개조(改造)하려는 운동은, 소설에 있어서의 이와 비슷한 경향보다는 부드러웠다. 그 결과 이 운동은 전시대만큼 극적이 아니었고 그 영향도 직접적이 아니었다. E. C. 스테드먼이 1900년 《아메리카 사화집(詞華集)(An American Anthology)》을 편집하였을 때 그는 디킨슨, 라니어, 크레인, 로빈슨, 무다 등 시인들의 작품을 집록했으나 올드리츠, 스톳다드, 테일러 및 그 자신과 같은 전통파의 목가적인 정적(靜寂)을 뒤흔드는 하나의 운동을 그들 작품 속에서 인식하지 않았다.

이 문제는 시드니 라니어(Sidney Lanier, 1842~1881)의 시와 평론에 가장 명료히 나타나 있다. 그의 《영시(英詩)의 과학(The Science of English Verse, 1880)》은 휘트먼 이래 미국 시의 기초를 이루고 있었던 이론상의 변화를 처음으로 충분히 승인한 것이다. 포우의 《작시 철학(作詩哲學, The Philosophy of Composition)》과 《시론(詩論, The Poetic Principle)》에 관한 논문에서 제기한 의론을 쳐들어, 라니어는 대담하게도 운문이라는 말은 특별히 관계지어진 일련의 음이라고 말하고 있다. 이리하여 그는, (포우는 성공하지 못했지만) 그의 시론을 수법의 면에다 한정하고 있다. 시의 의미에 대해선 무어라고 말하건, 시형(詩形)은 음으로서, 즉 귀로 듣고 눈으로 보고 마음에서 상상되는 음으로서 이를 취급함으로써 하나의 과학으로 만들 수 있다. 즉, 분석과 분류의 대조(對照)가 될 일정한 단위로 분해할 수 있다. 음악은 이미 그것이 취급하는 음의 양과 질, 고도, 고조 등을 측정하는 데 있어 이를 이룰 수 있다. 이러한 음악의 술어를 이미 확립된 기보법(記譜法)과 더불어 채용함으로써, 시도 자연과학과 동렬(同列)에 설 수 있다는 것이 라니어의 견해다.

라니어는 포우의 뒤를 이은 심스(Simms), 차이버즈(Chivers), 팀로드(Timrod) 등 남부 시인들 중에서 가장 연소하였으며, 남북전쟁 후에도 시작(詩作) 활동을 한 유일한 시인이었다. 포인트 루크아우트(Point Lookout)에서의 4개월 동안의 포로 생활에서 건강을 잃고 빈곤과 싸우면서, 전쟁 후의 수년 동안의 여생을 음악과(그는 발티모어의 피보디 관현 악단의 제일 플루티스트였다) 문학 연구와 (그는 1879년 존 즈킨킨즈 대학 영문학 강사가 되었다) 시작(詩作)에(그는 1877년에 처녀 시집을 발표하였다) 바쳤던 것이다.

라니어는 그의 시의 이론과 영감(靈感)을 얻기 위하여 영국 낭만주의파(派)의 영향을 탈피하여 시드니, 파트남, 스펜서 등 엘리자베스조(朝)시대의 시인들에 도달함으로써, 당시의 시인들 사이에서 유니크한 존재가 되었다. 그의 시론의 한계를 가장 잘 증명하고 있는 것은, 음악적으론 경쾌하며 인상적이나 명확한 이미지와 사상을 결핍하고 있는 그의 만년의 시에서 발견될 수 있을 것이다. 다른 많은 이론가들과 마찬가지로, 그는 이론을 실천에 옮기려고 할 땐 실망을 주고 있다. 그러나 당시 잔존하고 있던 이상주의자들의 통속적인 시를 타파하여 시작(詩作)의 엄격한 법칙을 연구할 준비를 하기 위하여, 그 당시의 어느 누구보다도 진력하였다. 후대의 미국 시인들은 그들이 시인하는 것보다 더 많이 그에게 은혜를 입고 있는 것이다.

라니어는, 다윈의 과학이 여러 시인 위에 던진 철학적 회의(懷疑)에 괴롭히지 않았다. 그의 우수(憂愁)는 병고(病苦)와의 투쟁에서 결과되었을는지 모르지만, 개인적인 것이었다. 이에 반하여, 윌리엄 본 무디(William Vaughn Moody, 1869~1910)의 우수는 환멸과 회의에 뿌리 박혀 있었다. 그의 미완성 3부작(三部作) 〈재판의 가면극(The Masque of Judgment, 1900)〉, 〈불이 가져오는 것

(The Fire-Bringer, 1904)〉그리고 〈이브의 죽음(The Death of Eve, 1912)〉에서, 신설된 시카고 대학의 교사였던 이 시인은, 인류의 중심적인 문제—즉 인간의 신에 대한 반역 그리고 도덕적인 이상주의에서 필사적인 투쟁의 최후적 해결을 구하는 것—를 시극(詩劇)의 형식으로서 묘사하려고 하였다. 그는 산문극(散文劇)〈대분수령(大分水嶺, The Great Divide, 1906)〉과 〈신앙 치료가(治療家)(The Faith Healer, 1909)〉에 있어 시사 문제를 취급하고 있으나, 무디의 이상주의는 앞을 내다보기보다 과거를 회고하고 있으며, 과학과 기계 세계의 제반 문제에 성실하게 직면하기보다 오히려 재래의 가치와 해결로 돌아가기를 요구하고 있었다.

시에 있어 세기말의 진정한 소리를 발견한 것은, 오히려 에드워드 알링턴 로빈슨(Edward Arlington Robinson, 1869~1935)에서였다. 에머슨의 이상주의와 디킨슨의 회의주의를 이어받은 이 냉담한 뉴잉글랜드의 시인은, 그의 출생지인 메인 주(州)의 가디나에 자리잡아 자기 주위를 살피고 마을 사람들의 생활에서 시를 발견하게 되었다. 그의 시에 나타나는 〈틸버리 타운(Tilbury Town)〉은 셔우드 앤더슨의 와인즈버그, 오하이오나 싱클레어 루이스의 곳파아 프레이리보다 수년 앞서 인간 경험을 단적으로 묘사한 것이다. 〈분류(奔流)와 전야(前夜)(The Torrent and The Night Before, 1896)〉라는 작품이 〈그날 밤의 어린이들(The Children of the Night)〉이라고 표제를 고쳐 이듬 해 재판되었을 때, 로빈슨은, 스테드먼과 같이 이상적인 미(美)와 진리만이 시의 유일한 재료라고 믿었던 비평가들의 공격 대상이 되고 말았다. 그의 조용한 반항은 시단에다 고유한 시풍(詩風)을 주었으며, 이 신운동에 있어 그의 지도적 지위는 곧 확립되었다. 이 세상 없는 것이 없었으나 드디어 자살하고만 리처드 코리(Richard Cory), 인생을 파괴하여 '서쪽 문으로 갈 수 있었던' 루크 해버갈(Luke Havergal), 그리고 한 잔의 쓴 쑥을 택하여 행복을 획득한 클립 크린겐하겐(Cliff Klingenhagen)은 그의 작중에 나타나는 소박한 사람들 중의 셋에 지나지 않으나, 로빈슨은 이러한 소박한 사람들을 통하여,

> 미움의 더럽혀진 자위(自衛) 속에
> 고동하는 맥박, 인간의 성스러운 마음.
> in hate's polluted self-defense
> Throbbing, the pulse, the divine heart of man.

을 찾고 있다.

로빈슨이 뉴잉글랜드의 초절주의를 유산받고 있는 것은, 〈광명〉에 대한 그의 확고한 신념에서 나타나 있다. 그가 회의시대(懷疑時代)와 친척 관계를 맺고 있다는 것은, 그 광명을 서방, 즉 낙조(落照)와 황혼 이외에선 발견하지 못하고 있는 데 나타나 있다. 〈하늘을 배경으로 선 사나이(The Man Against the Sky, 1916)〉에서 그의 인생관을 남김없이 말하고 있으며, 이 시로써 미국 시에 있어 그 지위를 얻었다.

사람은 누구나 저녁 하늘에 대하였을 때의 그 키로써 측정된다. 그러나 죽음을 절멸이라 하여 이에 직면하게 되면 그것은, 즉 그의 힘이 된다. 희망은 없어도, 그가 알고 있는 것 그리고 갖고 있는 것을 밑받침으로 하여 꿋꿋이 설 수 있다. 이 시인은 단순한 말로써 그리고 무뚝뚝하나 유동적인 리듬으로써 인생의 수수께끼에 대한 프래그머틱한 해결을 되풀이하여 드디어 사람의 이목을 끌게 하였다. 그 다음 그는 아서 왕의 전설에 눈을 돌려, 이 전설에서 전통적인 로맨스를 박탈하여 〈멀린(Merline, 1917)〉, 〈란셀롯(Lancelot, 1920)〉, 〈트리스트램(Tristram, 1927)〉에서 사랑과 회의 그리고 비극의 성실하고도 리얼리스틱한 해석을 주고 있다. 멜로드라마에 가까운 장시(長

詩)〈가벤더의 집(Cavender's House, 1929)〉,〈나이팅겔의 영광 (The Glory of the Nightingales, 1930)〉그리고〈입구에 선 매시 아스(Matthias at the Door, 1931)〉에서, 현대 의식의 암흑한 심 층(深層)을 똑같은 기분에서 탐구하고 있다. 마지막에〈회의하는 디오니서스(Dionysus in Doubt, 1925)〉의 주제―즉 현대 생활의 물질주의와 획일주의(劃―主義)는 선구적(先驅的) 자아(自我)에 적대하고 있다는 주제를 취하여,〈재스퍼 왕(King Jasper, 1935)〉 에서 복잡한 상징극을 만들어냈다. 헨리 애덤스와 더불어 로빈슨은 인류에 대한 그의 불멸의 신앙을 19세기 이상주의의 붕괴에서 구출 하여 이 신앙을 강화하고선, 현대의 과학결정론이라는 괴물과 대치 (對峙)하였다.

90년대의 문학 운동은 세기의 첫 무렵에 있어, 미국인을 과학 시대 와 직면하게 하였다. 천후(天候)와 대지를 상대로 한 농장에서 증기 와 전력, 차륜과 치차(齒車)의 명령에 복종하게 된 도시에로 산업이 인간을 몰아넣었을 때, 사고(思考)하지 않는 보통 사람도 그의 기본 적인 개념과 가치에 대하여 어떤 종류의 재평가를 하지 않을 수 없게 되었다.

20세기의 미국 문학이 전 서구(全西歐) 문화(文化)의 주요한 힘 이 되었던 것은, 이 변화의 경험이 미국의 급격한 생장 한가운데선 다 른 어느 곳에서보다 더 극적인 면을 지니고 있었기 때문이었다. 유럽 인들은 드디어 20세기 중엽의 미국인의 작품에서, 그들 자신의 경험 과 사상의 명확하고도 힘찬 표현을 보게 되었다. 그러나 1890년대에 이 문화적 변화 과정은 아직 완결되지 않았다. 이를 이해하기 위한 통 찰도 아직 발견되지 않았다. 또 이것을 어떠한 예술 형식에서 표현할 수법도 발달하지 않았다. 세기말은 장차 닥쳐올 것을 암시하고 있을 뿐이었다. 유럽 문학―특히 프랑스와 러시아의 문학―이 아직도 지 도적 지위에 서 있었다.

제 10 장 제2의 르네상스
- 드라이저, 프로스트 -

1

미국 문학은 1910년부터 1920년까지 사이에 성년기(成年期)에 도달하였다. 그 성숙의 정확한 해는 1912년 혹은 1916년이라 할 수 있겠다. 이 두 해에 19세기의 형식, 사상, 습관의 일소(一掃)를 상징할 것 같은 한두 가지 사건이 일어나고 있기 때문이다. 문화적 혁명에 있어서의 극적인 급변에 의하여 시어도어 드라이저의 소설은 검열에서 해방되었고, 포에트리(Poetry), 다이알(Dial), 스마트 셋(Smart Set) 그리고 세븐 아트(Seven Arts) 지(誌) 등은 갇혔던 홍수처럼 밀려나오는 실험적인 시와 산문에 대하여 열렬한 독자를 공급하였고, 프로빈스타운과 워싱턴 스퀘어, 기타 반 아마추어 극단의 창작극이 브로드웨이로 진출하였다. 최후로, 얼핏 보기엔 아무런 관련이 없는 사건에 일관적인 의미를 주는 것처럼 랜돌프 본(Ran- dolph Bourne)을 선두로 한 밴 위크 브룩스(Van Wyck Brooks), H. L. 멘켄(H.L. Mencken) 등의 급진적 문학자의 일군이 나타나, 청교도주의의 죽음과 자의식적인 비평 운동의 탄생을 축하하였다. 이는 바야흐로 청춘과 변화 그리고 희망의 시대―미국의 제2 문예 부흥의 개화시(開化時)였다.

이러한 사건에는 물론 정치적 배경이 있었다. 1911년부터 1912년은, 미국 정치에 있어 진보적 운동이 그 최고조에 도달한 시기였다. 그 당시 대통령 선거에 입후보한 세 사람의 후보자 중 두 사람은, 미국 생활에 있어서의 급진적인 변화를 정강(政綱)으로 하여 선거 운동을 행한 자유주의자였다. 시어도어 루스벨트(Theodore Roosevelt)와 우드로 윌슨(Woodrow Wilson)은 정반대되는 개성을 지니고 있었으나, 양자 다 미국민의 공통적인 요청에 응할 심볼이었다. 즉 도덕적·정치적 혹은 경제적 이상에 관하여 의견이 일치되지 않는 경우는 적었다. 그들은 자유, 경제, 산업 독점, 정치적 부패 등에 관한 공격에 있어 서로 경쟁하였다. 그들은 또 통제와 시정에 의하여 개혁을 가져올 수 없으면 혁명이 일어날 것이라고 예언하는 데 서로들 앞섰다. 미국민이 법률학의 일개 교수를 국가 최고의 정치적 지위에 선출하였을 때 결코 뚜렷한 안이감(安易感)은 없었다. 그러나 변혁을 부르짖는 그들의 요구 배후에는 그들이 부동한 신념을 갖고 있었던 민주적 전통에 대한 안정감이 있었다. 불가피한 과오가 있었음에도 불구하고 미합중국은 세계 열강이 되었으며, 그 실험은 성공하였고 따라서 세계에 대하여 하여야 할 사명이 있다고 보았던 것이다. 우드로 윌슨의 《신(新)자유》의 교의는 고립주의의 논의로서나 국제 정치 개입의 논의로서도 사용될 수 있었는데, 이것은 제퍼슨의 신념을 부연(敷衍)한 것이며, 성장 변화하여 가는 국민에게 1세기 이상 동안 적용되어 성공을 이룬 그 성과에 의해서 보증되고 있었던 것이었다. 이것은 미국인의 심정에다 경제적 불평등과 정치적 불화를 모호하게 하는 데 충분할 만큼 강한 국가 관념을 키웠다. 그리고 이것은, 가장 강하고 자신있는 자만이 자기의 결점을 직시할 수 있기 때문에 자기비판을 배양하였던 것이다.

문학은 역사상의 이러한 시기에 개화하는 것 같다. 왜냐하면 일이 순조로이 수행되는 시기에 있어서만 인생의 비극은 무사히 직시되기 때문이다. 에머슨은 국가가 확립된 시기에 사람들의 내성(內省)을 요구함으로써 미국 문학에 있어 제1의 르네상스를 인도하였다. 제2의 르네상스는 합중국이 통일된 국가로서, 멀리 유럽에서 싸우고 있는 세계 대전에 참가하려는 무렵에 시작하였다. 이때 밴 위크 브룩스가 명백히 알고 있었던 것과 같이, 미국 생활의 유연성과 예민하고 자기 비판적인 활력은 다시 이상하게 비등(沸騰)하고 있었다. 과학이 육성한 자연주의의 철학은 90년대에 시작하여 10년 이상 동안이나 인습과 반동의 힘으로 억제되어 왔으나, 이제 갑자기 표면에 나타나 문학운동의 중심적 추진력이 될 수 있었다.

그런 시대에는 문예 비평이 인생 비평이 된다. 1900년 E. C. 스테트먼은 미국 시에 대하여, 마치 너무나 혹렬한 기후에 시들어 가는 가냘픈 한 송이의 꽃인 것처럼 썼다. 이 점은 밴 위크 브룩스가 《미국의 성년기(成年期)(America's Coming-of-Age, 1915)》에서 이의 정의를 내렸을 때 더욱 날카로워졌다. 여기서 '지식인(High-brow)'과 '속인(俗人, Low-brow)' 사이를 윤곽짓고 있는 경계선은 미국 문화의 모든 층을 횡단하고 있었다. 이것이 《황금의 십자가》에 도전한 평민 브라이언(Wiliam Iennings Bryan, 1860~1925 ; 미국의 정치가이며 금 본위(金本位)에 반대하여 평민 브라이언이라고 불렸다)이건, 혹은 그들의 시대를 거부하여 과거의 문학과 문화에 도피한 창백한 교수들이건, 비평가는 미국의 정신적 생활과 현실의 생활 사이에 하등의 연결도 발견할 수 없었다. 산문학은 대학에선 인정되지 않았고, 전문가들은 일반 민중의 생활에 영향을 주지 않는다고 브룩스는 생각하였다. 이제야 미국인의 사상이 미국인의 현실과 조화될 시기가 도래하였다.—페니모어 쿠퍼는 이미 1세기 전에 이 생각을 말하고 있다. 브룩스는 다시 한 번, 미합중국에 있어서의 문학 생활의 문제를 처리할 수 있는 비평 운동을 요구하였다.

그의 요구는 힘에서 응해졌다. 이로써 결과된 비평 운동엔 세 가지의 주요한 지류(支流), 즉 문학적 급진주의, 신인본주의 그리고 심미주의가 있었다. 초기의 브룩스는 벗인 랜돌프 본과《미국 문학의 정신(The Spirit of American Literature, 1913)》의 저자 존 메시(John Macy)의 문학적 급진주의를 쳐들어, 이를 크게 역설하였다. 그는 이미《청교도의 술(The Wine of the Puritans, 1908)》로써, 이상주의의 옹호자—어리석기 짝이 없는 억제(抑制)를 목적으로 하는 20세기의 청교도주의를 부활하려는 전대(前代) 청교도주의의 잔존자들—에 대하여 공격을 개시하였다.《마크 트웨인의 시련(The Ordeal of Mark Twain, 1920)》에서, 미국 땅에 머물러, 미국의 정신적 제한에 불복한 예술가의 운명을 연구하였다.《헨리 제임스의 편력(遍歷)(The Pilgrimage of Henry James, 1925)》에선 국외로 도피한 예술가의 운명을 탐구하였다. 이 두 작가의 막다른 골목은 이겨내기 어려운 것이었다. 브룩스 자신은 1927년엔 이 싸움에서 은퇴하고, 1936년에 와서 다시 미국의 문학 생활을 원숙한 필치로 쓴 5권의 문학사 중 제1권인《뉴잉글랜드의 개화(The Flowering of New England)》를 내놓았다. 이 문제에 대한 그의 개인적인 해결은, 재발견된 미국 문학의 전통(반은 추측이며 반은 실재다)을 투시(透視)하기 위하여 이 문제에서 초월하는 것이었다. 이 연작(連作)은 1951년에 완결하여 '제작자와 발견자(Makers and Finders)'라는 표제를 붙이고 있다.

H. L. 멘켄, 루이스 멈포드(Lewis Mumford), 월도 프랭크(Waldo Frank), 루드윅 루이존(Leudwig Lewison), 맥스 이스트먼(Max Eastman) 그리고 기타 다수의 비평가들은, 문학적 급진주의의 기분을 다 갖고 있었으나 어떤 한 가지 신조만의 반항엔 참가하지 않았다. 각자는 독단적으로 도전하였으며, 브룩스처럼, 최후에는 미국 생활의 문학적 이해를 더욱 진실하게 하는 것을 목적으로 한 착실한 계획에 착수하였다. 멈포드는 가장 넓은 시야에서, 즉 건축

· 문학 · 실업 및 과학 · 기술 등의 각 분야에서 미국 문화를 개관하였다. 루이존은 브로이드 방식을 미국문학사에 적용하였고, 맥스 이스트먼은 짧은 기간 동안 마르크스에서 감응을 발견하려 하였다. 월도 프랭크는 라틴 아메리카의 역사와 문화에서 상사물(相似物)을 발견하였고, H. L. 멘켄은 미국어의 철저한 연구에 착수하였다.

이 운동의 타당성을 그 착실한 학문적 업적에 의하여, 가장 철저하게 증명한 것은 멘켄이었다. 멘켄은 1914년부터 1924년까지 조지 진 네이선(George Jean Nathan)과 공동으로 편집한 스마트 셋(Smart Set) 지(誌)에서, 다음은 아메리칸 머큐리(American Mercury) 지(誌)에서 온갖 형태의 가짜에 대하여 개혁을 개시하였다. 그가 젊었을 때부터 일하고 있었던 볼티모어의 헤럴드 지(誌) 이래의 신문기자 기질이 살아남아 있어, 니체와 버나드 쇼로부터 회의의 도전, 생물학에 대한 신앙 그리고 위선과 향당심(鄕黨心)의 정체를 폭로하는 기법(技法)을 보급하는 데 도움을 주었다. 사회 비평가로서의 그는 회의주의에 사로잡혀, 격렬한 반민주주의적 입장을 취하게 되었다. 그러나 문예 비평가로서 그리고 동시대의 가치와 습관에 관한 해설가로선 편견에 기우는 일이 적었다. 그의 《편견(偏見, Prejudices, 1919~1927)》은 당시의 불확실한 급진주의에 대한 강장제였고, 그의 《서문의 책(A Book of Prefaces, 1971)》은 당시 19세기에 대한 만가(挽歌)에 참가한 일반 미국인의 점잔주의에 준 가장 직접적인 공격 중의 하나였다. 전통적인 과묵(寡默)과 인습에 대하여 공격을 가하고 콘래드(Conrad), 하네카(Haneker), 드라이저 등을 평가함으로써, 그는 새로운 문학상의 여러 힘을 해방하는 데 크게 기여하였다. 최후에 《미국어(The American Language, 1936, 제4판)》와 2편의 《보유(Supplements, 1945, 1948)》에서 그는 학문적인 작품으로 교수들을 무색케 하였다.

문학적 급진주의자들의 공격은 강력하였다. 그러나 어떤 일치된 사상과 가치, 혹은 계획 위에 기초되어 있지 않았기 때문에 오랫동안 지탱해 나갈수 없었다. 신인본주의자라고 알려졌던 소 그룹의 공격은 하나의 한정된 교의의 체계를 갖고 이를 보급하려고 했기 때문에 더욱 효과적이었다.

어빙 배비트(Irving Babbitt)의 《문학과 미국 대학(Literature and The American College, 1908)》과, 브라우넬(Brownell)의 《미국의 산문 대가(大家)(American Prose Masters, 1909)》 그리고 폴 엘머 모어(Paul Elmer More)의 《셸번 에세이(Shelburne Essays, 1904~1910)》의 최초의 6권이 세상에 나옴으로써, 하나의 명백히 조직된 문학적 사상의 체계—여기엔, 전대의 이상주의자들의 도덕적 주장이 보존되어 있으나, 철저한 음미에 의하여 그 감상주의를 박탈하고 있는 체계가 있었음이 명료하였다. 이 두 그룹(새로운 비평가와 전대의 이상주의자)은 서로 연결되어 급진주의자들의 공격의 대상이 되었다는 사실에도 불구하고, 신인본주의자들은 그들의 운동을 반낭만주의적(反浪漫主義的) 운동이라고 생각하였다. 브라우넬과 모어는 더 훌륭한 비평가였으나, 그들의 입장을 정의하여 이를 하나의 '파(派)'로 만든 것은 배비트였다. 그의 제자였던 노맨 포스터(Noman Foerster)가 후에 《규범에 향하여(Towards Standards, 1930)》에서 설명하고 있는 바와 같이, 배비트는 자기의 입장을 르네상스 기(期)의 휴머니스트들이 로마 교회의 권위와 결별한 사실에 기초하고 있었다. 그러나 그는 20세기에 있어, 인간의 성실성에 대한 위협은 종교적 독단(獨斷)에서 오는 것이 아니고 과학적 독단에서 온다는 것을 발견했기 때문에 그들의 사상과도 반대 방향을 취하였다. 따라서 신(新)휴머니즘의 경향은 자연주의에 등을 돌려 도덕적 절대에로 향하는 것이었다. 에머슨은 인간 자신의 운명을 창조하며 이를 판단하는 자만 인간이라는 개념에 꽤 가까이 갔지만, 배비트는 이에 철저하였다. 이 신인본주의(新人本主義)

는 특수한 미국적인 유산을 요구하지 않았지만 이는 전통적인 미국의 가치제도에 깊이 뿌리박혀 있으며, 이 점에 있어 브룩스가 신인본주의와 식민지 시대의 청교도주의 사이의 연결을 알아챈 것은 정당하였다. 결국 신인본주의는 문학 급진주의자들의 일을 몰래 방해했다기보다 오히려 보조하였다. 1930년에는 짧은 기간이지만 투쟁적인 운동으로서 화려하게 전개되었으나, 다음 10년 동안에 일어난 여러 가지 비평사의 제 문제 속에 자취를 감추고 말았다.

이 새로운 비평 운동의 제3지류(支流)는 전기한 두 지류보다 오래 살아 남았지만 이를 정의하기는 더욱 어렵다. 심미주의라는 것이 아마 이를 가장 적절하게 기술하는 것이 될 것이다. 왜냐하면 이의 궁극의 근원은, 포우의 취미를 순지(純知)나 도덕감보다 나은 것으로 택하여, 전달될 인상 혹은 효과를 문학 예술의 주요 목적이라고 강조한 데 근거를 두고 있기 때문이다. 19세기의 우세한 도덕적 및 국가주의적 주장과는 서로 용납되지 않았던 이 견해는, 헨리 제임스가 소설의 이론을 '인생의 직접 개인적인 인상'에 기초를 두었을 때까지는 강력하게 진술되지 않았다. 그러나 아나톨 프랜스(Anatole France)나 월터 페이터(Walter Pater) 등 인상주의적 비평가들의 영향은, 오랫동안 미국의 주요 작가들에겐 느껴지지 않았다. 이는 오히려 행실 좋은 데카당스의 기분으로서 도시의 보헤미안의 구석으로 흘러들어갔다. 그리고 이 데카당스도 보들레르, 베를레느, 말라르메를 지나 포우에로의 영향을 암시하지는 않았으며, 그후의 더 복잡한 미국 문학의 상징주의에 대한 준비로서 사용된 것도 아니었다.

제임스 G. 하네커(James G. Haneker)의 음악, 문학, 미술에 관한 에세이에서 그리고 제임스 브랜치 캐벌(James Branch Cabell)의 환상적 작품에서, 이 순수한 심미주의의 가냘픈 실은 세기말과 20세기 초엽 동안 미국 생활의 거친 포목으로 짜여졌다. 캐벌의 〈생의 저쪽(Beyond Life, 1919)〉에서 진술하고 있는 가장 순수한 심미주의는 로맨스를 도피로서 솔직히 변호하고 있다. 왜냐하면 모든 동물 중에서 인간만이 자기의 꿈을 흉내낼 수 있다는 것이 그의 소론이었기 때문이다. 그리고 심미주의의 아카데믹한 승인은, 하버드의 루이스 게이트(Lewis Gate)와 컬럼비아의 조지 에드워드 우드베리(George Edward Woodberry) 등과 같이, 예술 생명에 대한 다른 주의를 승인할 수 없었기 때문에 부득이 인상주의에 달려가고 만 그런 이상주의자들에서 발견된다. 최후에 J. E. 스핀건(J.E. Spingarn)의 〈신비평(The New Criticism, 1911)〉에 관한 에세이에서, 미국에 있어서의 심미주의 운동은, 그후 미국의 문예 비평의 구조에 기초를 제공한 인생과 예술에 대한 냉철한 감수성을 설명하는 더 확고한 이론을 이탈리아의 크로체(Croce)의 철학에서 발견하였던 것이다.

2

19세기의 가치와 규범(規範)이 당시 미국인의 의식을 얼마나 강력하게 파악하고 있었는가는 비평에서보다 소설에서 더욱 현저히 예시되고 있다. 과학이 인간 동기에 대한 새로운 개념을 가져왔음에도 불구하고, 예로부터 내려온 로맨틱한 줄거리를 좇는 이야기는 확고한 지반을 갖고 있었다. 특히 F. 매리온 크로포드(E. Marion Crawford)의 이탈리아를 무대로 한 전원시풍(田園詩風)의 역사 이야기, 제임스 래인 앨런(James Lane Allen), 윈스턴 처칠(Winston Churchil), 토머스 넬슨 페이지(Thomas Nelson Page) 등의 옛 목화와 삼림(森林)의 남부를 그린 통속 소설에 있어서였다. 이러한 소설에선 남북전쟁의 의미는 주로 농본적(農本的)이며 귀족적인 생활 양식의 서글픈 소실(消失)에 있었던 것 같다. 그리고 유럽의 가치는 그 로맨틱한 과거의 유물에 있었던 것 같다. 심지어 하우얼스, 제임스, 크레인, 거랜드, 런던 등의 진지한 작품까지도, 1세기에 걸친 확대된 정치력과 무한한 경제적 자원 위에 세워진 영·미식 낭만주의적 가치관의 견고한 조직을 돌파할 수 없었다.

그들의 직업을 인생의 비평이라고 보았던 진지한 소설 작가들에게 열려 있었던 단 하나의 길은, 어떤 한 사회적 문제를 대개는 시대의 격류 속에 휩쓸려 들어간 고결한 인물의 개인 문제로서 시험적으로 취급하는 것인 듯하였다. 강한 인류애가 엄격한 종교적 신조를 압도하고 마는 목사, 자기의 노동자들의 생활 상태에 충격을 받는 실업가, 둔감한 남편에게 얽매인 자각한 여성, 물질적 표준에서 성공을 측정하는 데 질식된 화가나 건축가, 영락했으나 자부심이 강한 귀족적 계급, 사교계에 뛰어들어갈 수 없는 신흥 벼락부자, 혹은 주의를 위하여 개인적 생활을 희생한 파업 지도자, 이러한 인물들이 인기를 차지하였다. 하우얼스, 제임스, 애덤스, 마크 트웨인은 전부 이러한 기분의 작품을 썼다. 이외에도 이와 같은 종류의 2류 작품을 쓴 작가들은 다수였다. 예를 들면, 반(反)스트라이크 소설인 〈빵의 승리자(The Bread-Winners, 1884)〉를 쓴 존 헤이(John Hay), 개인의 종교적 위기를 연구한 〈시론 왜어의 파멸(The Damnation of Theron Ware, 1896)을 쓴 해롤드 프레데릭(Harold Frederick〉, 사업과 윤리적 가치와의 충돌을 분석한 〈공유지(The Common Lot, 1904)〉의 작가 로버트 헤릭(Robert Herrick) 그리고 인습에 대한 도전에서 행복을 찾는 한 여성의 이야기인 〈환락의 집(The House of Mirth, 1905)〉의 작가 에디스 훠턴(Edith Wharton) 등이 있다. 하디, 톨스토이, 혹은 졸라의 소설보다 입센과 스트린드베르의 극에 더욱 유사하였던 이들 문제 소설은, 아마 호손과 포우에 의해서 쐬어진 심리 소설의 오랜 고통 그리고 그들을 지나 이미 식민지 시대에 확립되어 개인 완성에 대한 민주주의적 교리에 의하여 강화된 도덕률에 은혜 입는 바 많을 것이다. 이들 작가 중 누구나 미국의 사회적 윤리의 기본 구조가 중대하게 위협받고 있다고 느끼는 것 같지는 않았다. 여기에 취급되고 있는 문제는 언제나 개인의 가치가 사회적 변화의 도전을 받고 있으나, 자신의 윤리적 용기에 따라 살아남기도 하며 몰락하기도 하는 개인에 대한 문제였다. 이러한 문제의 취급이 E. W. 하우의 〈시골 마을의 이야기(The Story of a Country Town, 1883)〉에서 보는 바와 같이 직접적이며 진지한 것이었건, 그리고 에디스 화턴의 〈순진한 시대(The Age of Innocence, 1920)〉에서 완성된 그런 방법에서 궤변적(詭辯的)이건 야유적이건, 이러한 소설의 기분은 적어도 사반세기(四半世紀)에 걸쳐 중요하지는 않았을지라도, 그것은 흥미있는 소설을 산출해 낸 평온한 과거의 유물이었다.

이런 종류의 작품 중에서 가장 뛰어난 산물은 버지니아 출생의 두 여류 작가인 엘렌 글래스고(Ellen Glasgow, 1874~1945)와 윌라 캐서(Willa Cather, 1876~1947)의 소설이었다. 이 두 작가는 연령의 차이도 별로 없었지만 글래스고 편이 훨씬 연로한 것같이 보인다. 왜냐하면 그 여자는 생애의 대부분을 고향인 버지니아에서 보냈으며 그 지방의 특색과 가치를 연구하는 데 몰두했기 때문일 것이다. 글래스고가 쓴 수많은 일련의 고요하나 힘찬 소설을 회고하여 보면, 그 여자는 버지니아 주(州)의 사회사를 계획(計劃)하여 이를 완수하였다고 생각하고 있었던 것 같다. 이 '변화해 가는 질서의 역사극과 막 나타나려는 중산 계급의 고투(苦鬪)'를 몇몇 소설의 초점이 되고 있는 개인 실패의 비극을 배경으로 하여 묘사하고 있다. 그의 초기 작품의 중심 테마는, 낡은 남부 사회의 하나의 형(型)으로서 또 남성 우월(優越)을 신조로 하는 기사도 정신을 거부한 것이었다. 처녀작 〈자손(The Descendant, 1897)〉에 이미 나타났고, 여러 가지 형태를 지나 최후작 〈현세(現世)에 있어(In This Our Life, 1941)〉에 이르기까지 계속된 그녀의 급진주의는 언제나 개인적인 거부와 사회적인 거부와의 혼합이었다. 새로운 여성과 새로운 남부는 이와 똑같은 불가결한 반항의 요소였으며, 잃어버린 청춘을 다시 찾을 수 없었던 남부의 신사들은 농원 경제와 더불어 소멸된 과거 생활의 유물이었다. 〈불모(不毛)의 땅(Barren Ground, 1925)〉의 주인공 도린다(Dorinda)는 피로에 빠진 토지에 대한 인간의 번식력(繁殖力)의 반항을 상징하는 동시에, 인내력만이 살고 사랑은 잃고 있는 그런 생활의 궁극의 불모성(不毛性)을 상징하고 있다. 〈로맨틱한 희극 배우(The Romantic Comedians, 1926)〉에 있어 하니웰 판사(Judge Honeywell)의 재혼(再婚)은 영원한 청춘을 얻으려는 그의 사회의 꿈과 그의 꿈이 실패로 돌아간 것을 의미하고 있다. 하우얼스가 매우 좋아하고 있었던 단순한 외계(外界)의 사물에 대한 진리와 인간 마음에 대한 호손적인 진리 같은 것과를 결합한 글래스고는, 당시의 사회 조직을 나타내는 데 있어 다른 작가들이 이루지 못한 성공을 이루었다. 비극적인 강렬과 희극적인 야유를 받아들일 수 있는 유연한 문체를 마음대로 구사한 글래스고는, 자신을 충분히 이해한 데서 그녀가 속하고 있는 사회를 완전히 변경하고 만 가치의 변동을 해석할 수 있었던 것이다.

이와 똑같은 사회 변천의 문제는 글래스고에서보다 윌라 캐서에서 더욱 훌륭한 예술성을 발견하였다. 캐서 소설의 진주와 같은 특질은 그녀의 도덕적인 불안을 감추고 정적감(靜寂感)과 질서감(秩序感)을 주고 있다. 캐서의 일가는 일찍이 버지니아로부터 네브래스카 주(州)의 레드 크라우드 마을로 이주하여 왔으며, 캐서는 아직 자리잡히지 않았던 대평원의 보리밭과 보헤미안 이민들 사이에서 자라났다. 이리하여 대지와 친하게 된 캐서는 변경(邊境)의 여인들의 초상에다 하나의 진동하는 성실성을 주었으며, 그 성실성은 너무나 순수하고 원시적이기 때문에 자연스러운 감을 준다. 〈종달새의 노래(The Song of the Lark, 1915)〉의 화가 시어 크론버그(Thea

Kronberg)와 〈나의 안토니아(My Antonia, 1918)〉의 평원(平原)의 여인 안토니아 시머다(Antonia Shimerda)는 원시주의를 공유하고 있다. 그 주의는 구속 없는 자연에 기초하고 있기 때문에 사회에 대한 도덕적인 비평이 되고 있다. 글래스고의 도린다는, 인생 경험의 본능적인 면에 대하여 새로운 진리를 발견코자 정복하지 않으면 안되었던 인습(因襲)으로 말미암아 속박되고 있는 데 반하여, 캐서의 여성들은 아무런 생각 없이 본능에 따라 행동하여 인생을 고귀한 것으로 만들고 있다. 캐서의 여인들이 그들 자신의 활발하고 소박한 개성에서 창조해 내는 세계는 개척자의 세계, 즉 저 뒤에 남겨 둔 무기력한 사회의 부패로부터 도피한 세계였다. 다만 〈타락 부인(墮落夫人, A Lost Lady, 1923)의 주인공 포레스터 부인(Mrs. Forester)처럼 변경에다 부패를 가져온 몇몇 예외도 있었지만, 그 여자의 숭배자는 "썩은 백합은 잡초보다 더 나쁜 냄새를 풍긴다."라고 말한다. 윌라 캐서는 이리하여 한 인물 속에 가치의 전 체계를 세울 수도 있었으며 파괴할 수도 있었다. 캐서의 자연주의는 개인 의지에 대한 그녀의 신념을 억제할 수 없었다.

캐서의 도피에 의한 인생 비평은 《교수의 집(The Professor's House, 1925)》에서 완성되었다. 피터(Peter) 교수가 협곡에서 잃은 도시에 눈 뜨고 있는 것은 하나의 상징적인 의미를 갖고 있다. 이 것은 그가 몇 번이고 기도한 자살보다 더욱 완전에 가까운 인생의 거부였다. 이 인물 속에서 캐서는 대초원의 망각된 도시와 이 이상 더 살기를 그만둔 인생의 정적(靜寂)에서 태어난 극기심(克己心)의 중심을 발견하였다. 이 극기심은 〈대사교(大司敎)에 죽음 오다(Death Comes for the Archbishop, 1927)〉의 라토르 신부(Father Latour)가 그의 벗인 베일런트 사교(司敎)(Bishop Vaillant)의 죽음에 대하여 그리고 그 자신의 죽음을 준비하는 데서 발견하고 있다. '그가 버리고 있는 것은 과거다…… 그의 기억 속엔 이제 아무런 투시(透視)도 없었다.' 캐서는 더 나가서 〈바위 위의 그림자 (Shadows on the Rock, 1931)〉의 비현실적 세계로 들어가거나, 혹은 버지니아 이야기인 〈사피라와 노예의 딸(Sapphira and the Slave Girl, 1940)〉에서 자신의 민족적 과거에로 복귀하려고 할 때에도, 일찍이 거부하고 만 현실감을 다시 찾을 수 없었다. 그러나 점점 원숙해 간 그녀의 상징주의는 다른 소설가들을 위하여 새로운 길을 열어 놓았다. 그 여자의 소설은 경험과 표현의 정수(精髓)를 취급하였으므로 완벽(完璧)에 접근하였다. 그러나 인생도 예술도 다 그 여자의 마지막 파악을 피하고 말았다. 드라이저를 제하면 동시대인의 누구보다도 용기를 갖고 있었던 캐서의 현실 생활과의 직접적인 접촉은, 그가 젊었을 때 뉴욕에서 S. S. 맥루어(S. S. Meclure)와 그의 일당인 먹레이커(muckrakers—폭로가)들을 위하여 일한 경험을 들 수 있다. 그러나 그의 소설엔 전연 나타나 있지 않았다. 그 대신 캐서는 자기 개성의 주위에다 반투명(半透明)의 거미줄을 걸어 자기의 인생 비평을 솔직히 말하기보다 독자의 추측에 맡겼던 것이다.

이들 불안한 19세기의 잔존자들과 당시의 물질주의에 대한 비타협적인 풍자 때문에, 노벨 문학상을 획득한 최초의 미국인 사이엔 처음에는 아무런 관련도 없는 것같이 보일 것이다. 휘턴, 글래스고 그리고 캐서는 미국 생활에서 발생하고 있던 심각한 변화를 점점 강하게 의식하게 되었지만, 그들은 잃어버린 개인의 가치를 회복함으로써 이들 변화에 대처하려고 하였다. 싱클레어 루이스는 자신을 발견하고 세계를 냉정히 보아, 자기 개인의 가치보다 세계의 가치를 음미하여 그가 발견한 것을 폭로하기를 좋아하였다.

루이스가 발견한 것은 아름다운 것은 아니었다. 미네소타 주(州)의 소크 센터라는 쓸쓸한 마을(적어도 그의 눈에는 그렇게 보였다)의 불행한 사람들—그는 그들로부터 피하여 동부로 나가 수업하였으며, 뉴욕에서 신문 기자가 되었지만—은 캐서의 개척자들이 지니고 있던 변경(邊境)의 아름다움을 전연 갖고 있지 않았다. 싱클레어 루이스는 중산 계급에 속하고 있었으며 따라서 자기도 잘 알고 있었다. 그래서 인생을 귀족적 혹은 심미적 거리에서 보지 않았다. 사회주의의 예언자 업턴 싱클레어(Upton Snclair)가 주재하는 뉴저지 주(州) 헬리콘 홀에 있는 유토피아 마을에 참가하였을 때, 그는 현실 사회에서 도피하고 있었다기보다 오히려 맞이하고 있었다. 그는 자기 주위에서 보는 여러 가지 문제에 대하여 실제적인 해답을 바랐으며, 멘켄이 한 것처럼 자기보다 정직하지 않은 자들의 위선을 조소하려 하였다.

그의 초기의 소설은 실패작이었으며, 〈도심가(都心街, Main Street, 1920)〉에서 그의 동정 없는 통열한 풍자의 재능을 자기 고향에 돌리자, 비로소 자기에 알맞는 자연적인 예술을 발견하였다. 루이스가 미국의 중류 사회의 완전한 비평가가 된 것은, 그 자신 중산 계급 출신이었고 거기에다 그 계급을 사랑했기 때문이었다. 야유적인 자연주의자였던 그는, 마치 스위프트나 마크 트웨인이 한 것처럼, 인간성 본래의 단순한 가치를 파괴하고 있는 맹목성(盲目性)과 위선에 대하여 부르짖었다. 〈배비트(Babbitt, 1922)〉의 묘사는 미국어 사전에 〈Babbitt〉라는 신어(新語)를 부가하였는데, 이것은 산업 사회의 소도시에 있어서의 성공주의와 물질주의에 사로잡힌 비열한 인간의 상징을 만들어냈기 때문이었다. 환상에 사로잡혀 희생된 이 불쌍한 인간의 잃어진 인간성을 나타내기 위하여 작가는 동정과 모욕을 뒤섞고 있다. 그후 루이스의 인물은 누구나 제 머리를 쥐틀 속에 집어넣음으로써, 쥐틀의 다른 구멍을 발견하였다. 〈에로스미스(Arrowsmith, 1925)〉에선 의학계의 내막이, 〈엘머 갠트리(Elmer Gantry, 1927)〉에선 승직(僧職)의 내막이, 〈쿨리지를 알고 있던 사나이(The Man Who Knew Coolidge, 1928)〉에선 상업계의 내막이, 〈여기선 일어날 수 없다(It Can't Happen Here, 1935)〉에선 정치계의 내막이 폭로되고 있다. 때로는 조지 배비트, 마틴 애로스미스, 동명(同名)의 소설(1927년)의 주인공 새뮤얼 도즈워스에서 보는 바와 같이, 루이스의 인간관(人間觀)은 그의 회의주의를 초월하여, 기억에 남는 산 인간을 창조하는 수도 있다. 그러나 그의 보통 수준은 풍자적인 가정 소설이다. 다만 그의 소설이 에디슨 휘턴이나 엘렌 글래스고의 소설보다 한층 높은 것은, 그가 이 두 여류 작가와는 달리 미국의 중산 계급의 생명 없는 평범한 생활을 자신의 전문 분야로 택하여 이를 그리는 데 전념했기 때문이었다. 1930년 미국 제일류의 작가로서 수상하기 위하여 스톡홀름으로 갔을 때, 자기가 선두에 서고 있는 이 문학 운동은 자기보다 훌륭한 많은 작가들에 의해서 이루어졌다는 그런 느낌을 지니고 있었다. 그의 일에 대한 성실성과, 그가 그처럼 무참히 폭로한 사회에 대한 충성을 웅변적으로 언증하고 있는 이 겸손한 태도는 루이스의 중요한 재능 중의 하나이었다. 그와 같은 인생 비판에다 신시대의 더 깊은 현실에 박힌 뿌리를 주기 위해선, 드라이저와 셔우드 앤더슨과 같은 더 철학적인 자연주의자들을 기다리지 않으면 안 되었다.

3

아직도 영국 전통의 올가미에 얽매어 있던 작가들—노리스나 크레인, 그레스고나 루이스—은 시어도어 드라이저(Theodore Dreiser, 1871~1945)처럼 이 운동에 초점을 줄 수 없었다. 드라이저는 1844년 독일의 마이엔으로부터 오하이오의 데이턴으로 행복을 찾아 이주해 온 가난한 직공의 아들이었다. 드라이저와 더불어 미국의 자연주의는 유럽 대륙을 석권하고 있던 운동과 일체가 되었다. 1900년에 초판이 되자 곧 판매 금지가 된 시스터 캐리(Sister Carrie)의 주조(主調)는 자연 법칙에 대한 묵종(默從)이며, 이것을 하층 중류 계급 그대로의 말과, 포류(漂流)하는 인생 그 자체에서 얻은 형식을 사용하여 묘사한 것이다. 노리스와 거랜드, 크레인과 런던이 의식적으로 수행하려 하였던 것을 이 독일에서 이주한 농부의 아들은 거의 피할 수 없었다. 그것을 수행한 힘은 그의 타고난 힘이었다. 그래서 그가 해야 할 것은 그 힘을 자기 자신을 거쳐 표현에로 흐르게 하는 것뿐이었다.

어느 의미에선 드라이저가 쓴 모든 작품은 하나의 긴 자서전이었다. 그의 양친·형제·자매 그리고 그 자신의 고투와 상극이 유년 시대의 기록인 〈새벽(Dawn, 1931)〉을 위시하여, 그가 신문기자 시대를 지나 소설가로서의 성숙기에 도달할 때까지의 영혼을 탐구하는 이야기에서 상세하게 그려지고 있다. 화재를 만나 공장을 태워 버리고, 늘어 가는 대가족을 부양할 길 없어 근심에 지친 여윈 메뚜기와 같은 그의 부친 위에 실패의 고배가 무겁게 매달려 있었다. 동물처럼 애정 깊은 모친은, 그후 어디서도 볼 수 없는 부드러운 애정을 갖고 많은 어린애들을 그들의 불안한 가정에 붙들고 있었다. 그러나 그 모친조차 너무 어려서부터 그들이 미국 생활이라는 거센 바다로 억지로 밀려나가는 것을 막을 수 없었다. 이 젊은 몽상가는 형제 자매들이 격류(激流)에 휩쓸려 무정한 바닷가에 던져지는 것을 보았다. 형 폴(Paul)만이 유행가의 작가로서 성공하였으나, 다른 형제와 네 자매들은 새로운 문학에 의미와 방향을 준 일련의 미국의 비극 속에서, 변명(變名) 아래 그들의 슬픈 생애의 이야기를 들려 주고 있다. 드라이저는 오랫동안 곰곰이 생각하고 난 후 그가 직접 알고 있는 인생을 그렸던 것이다.

드라이저의 모든 소설에 있어서의 2대(二大) 유인(誘引)은 금전과 성(性)인데, 이것은 그가 알고 있는 한 성공과 실패의 상징이었다. 자연계의 경제적 생물학적 목표가, 복잡한 자유(自由) 경쟁의 사회에서 방향을 잃은 개인에 대하여 가장 강한 동기를 제공하고 있다는 것을 정묘한 이론적인 과학에서 배울 필요는 없었다. 그는 자기 부친이 너무 많은 가족에다 충분한 금전이 없어 노하기 쉬운 우울한 늙은이가 되고 만 것을 보았다. 매음(賣淫), 알코올, 도박, 절도, 더러운 죽음 등은 그의 소년 시대부터 그의 주위에서 연상 벌어지고 있던 일상 다반사였다. 이들로부터 빠져나오는 길은, 이러한 힘을 억제하는 것이었으나, 개인만으로서는 도저히 달성할 수 없는 과업임이 분명하였다. 이리하여 자연 법칙에 대한 완전한 수동적인 묵종(默從)은 도스토예프스키와 졸라의 소설에 있어서와 같이, 사회 개혁에 대한 정열과 함께 그의 의식 내에서 결합되고 있었다. 이 두 가지 태도의 논리적인 모순은 이런 소설가들에게는 하등의 철학적 불안을 일으키지 않았다. 왜냐하면 예술은 철학이 아니며, 소설이 취급하는 인생 경험과 같이 모순 당착이 있어도 무방하기 때문이다. 반드시 달성해야 하되 이룰 수 없는 목표란 위대한 비극의 핵심(核心)이며 오늘날까지 그러하였다. 경제적·생물학적 필연에서 인내의 의지와 운명 사이의 영원한 투쟁이 전개되고 있다는 것을 드라이저는 발견하였다. 그의 소설에 나타나는 세 명의, 의지박약하며 무기력한 젊은이들, 캐리 미버(Carrie Meeber, 시스터 캐리의 주인공), 제니 게하트(Jennie Gerhardt, 동명(同名)의 소설 주인공), 클라이드 그리피스(Glyde Griffths, 미국의 비극 주인공)들은, 권력과 성공을 차지한 세 사람 프랭크 쿠퍼우드(Frank Cowperwood, 3부작(三部作); 〈금융업자〉〈거인(巨人)〉〈극기주의자(己克主義者)〉의 주인공), 유진 위틀라(Eugene Witla, 천재의 주인공)〉 및 솔론 반즈(Solon Barnes, 〈성벽(城壁)〉의 주인공) 등과 마찬가지로 불가해(不可解)한 운명의 희생자들이다. 비극의 주제는 모든 소설에 있어 본질적으로는 동일하다. 왜냐하면 드라이저의 소설은 일견 차별이 없는 것처럼 보이는 무한한 디테일로써 채워지고 있음에도 불구하고, 인생의 의미는 그에게 대해선 단순하며 깊은 감동을 주는 영원히 동일한 것이었기 때문이다.

〈제니 게하트(Jennie Gerhardt, 1911)〉와 〈시스터 캐리(Sister Carrie, 1912년에 재판)〉는, 동일한 주제를 가장 순수한 형식으로 다른 여러 가지 각도에서 묘사하였다. 제니는 드라이저의 마음에 든 인물이었으며, 그의 많은 독자들도 역시 좋아하는 인물이었다. 왜냐하면 제니의 전락(轉落)은 그 여자의 선량함에서 왔기 때문이었다. 제니가 처음에는 브랜더 상원의원과, 다음에는 재산가인 청년 레스터 케인(Lester Kane)과 관계를 맺게 된 것은, 화려한 생활과 음분(淫奔)을 욕구했기 때문인 것보다 오히려 빈곤과 남자의 정을 거절하지 못한 탓이었다. 레스터의 이야기는, 제니의 입을 통하여 알려지고 있을 뿐인데, 그는 나중에 클라이드 그리피스의 전형적인 미국의 비극이 되고 있다. 우연한 기회가 한쪽을 올리면 다른 쪽은 무의미한 나락으로 떨어지고 만다. 레스터가 비슷한 사회적 지위가 있는 기질에 맞는 다른 여자에게로 돌아갔을 때, 제니의 인생에 대한 희망은 다시 되돌아올 수 없었다. 그럼에도, 살아남는 자는 레스터가 아니고 제니다. 비극의 문제는 미해결인 채 남아 있다.

비평가와 도덕가들이 이 작품을 문제삼았을 때, 그들을 괴롭혔던 것은 제니의 난혼(亂婚)이 아니라 그 여자의 행동이 작가의 비난을 받기보다 묵인받고 있다는 사실이었다. 추측건대 작가는 이 이야기를 절대적인 자연 법칙의 도덕률 위에서, 즉 인간이 만든 가치를 초월하는 본능에 대한 신앙 위에서 이 이야기를 세워 놓았을 것이다. 사회 기구 그 자체가 도전을 받았으며, 이것이 경종(警鐘)을 울린 이유였다. 〈시스터 캐리〉에 있어 인습에 대한 배반은 전보다 더욱 눈에 띄게 흉악하였다. 그 까닭은, 이 단순한 시골 처녀가 처음에는 순업(巡業)하는 판매원과, 다음에는 고급 사롱의 지배인과 관계를 맺는데, 이 경험은 순응성이 강하고 본능적인 성질을 가진 그 여자에겐 성공의 사다리를 밟는 것에 지나지 않았기 때문이다. 캐리는 성공의 사다리를 올라가게 되지만, 드루에(Drouet)는 단지 다른 여자에게로 옮겨갈 뿐이고, 허스트우드(Harstwood)는 죄를 범하여 전락(轉落)의 일로를 걸어 빈곤에 빠져 궁사(窮死)하고 만다. 이것은 다 육욕(肉慾)과 물물교환(物物交換)의 무의미한 힘에 의하는 것이다. 이 무질서한 윤리관을 지지한 자는 캐리뿐만이 아니라 드라이저 그 자신이었다.

　이러한 인물들은 드라이저가 잘 알고 있는 사람들이었으며, 그는 그들과 공명할 수 있었다. 이와는 반대로 금융업자 프랭크, 쿠퍼우드(실재의 인물은 찰스 T. 야크스(Charles T. Yerkes)는 드라이저가 알고 있지 않는 것, 그렇게 되기를 바랐던 모든 것을 대표하고 있다. 쿠퍼우드 소년은 물탱크 속에서 큰 새우가 무력한 오징어 새끼를 압도하여 마침내 잡아먹고 마는 것을 보자, '그놈은 어찌할 수가 없었어' 하고 결론을 내린다. 큰 새우는 충분히 무장하고 있었으니 오징어 새끼를 먹고 살 수 있다. 그러나 인간은 큰 새우보다 월등 우수하다. '그럼, 인간은 인간을 먹고 산다. 노예를 보라.' 돈은 얼마든지 있고, 또 남들이 갖지 않은 어떤 매력을 타고났기 때문에 원하는 여자를 마음대로 손에 넣을 수 있었던 이 금융업자에게서, 드라이저는 니체류(流)의 초인(超人)에 대한 그의 해석을 발견하고 있다. 세 가지 장편 소설 〈금융업자(The Financier, 1912)〉, 〈거인(The Titan, 1914)〉 및 〈극기주의자(The Stoic, 1947)〉는 이 초인의 일생을 취급한 것이다. 처음에는 필라델피아, 다음은 시카고 그리고 런던을 무대로 하여 같은 이야기를 되풀이하고 있다. 어느 작품에서나 이 초인은 완전한 냉혹성과 비도덕성에 의하여 권력의 정점(頂點)에 달하나, 그만 도를 넘어 전락의 구덩이로 빠지고 만다. 그러나 주인공의 파멸은 철저한 것이 아니기 때문에 그 몰락은 그리 비극적이 아니다. 그는 굴욕에 처해서도, 죽음에 면해서도, 약자에 대하여 냉혹한 승리를 거두는 때처럼 의기양양하였다. 최후에 범가(梵歌)에 의한 정신적 도피를 발견한 자는 쿠퍼우드가 아니라 극기주의자에 나타나는 그의 정부(情婦) 베레니스(Berenice)였다. 왜냐하면 큰 새 우에게는 오징어 새끼에 대한 승리 이상 더 큰 가치는 없기 때문이다.

〈천재(The Genius, 1915)〉와 〈성채(城砦, The Bulwark, 1946)〉에서 드라이저는 다른 두 초인을 통하여, 쿠퍼우드엔 전연 없었던 비물질주의적 가치를 탐구하고 있으나 진정한 확신을 가질 수는 없었다. 유진 위틀러(Eugene Witla)는 화가이나 그 이외 모든 점에 있어 예술가 드라이저 자신이었으며, 또 그가 원하고 있었던 인간이었다. 그러나 자신의 전기에 너무 가까이 이르고 있다. 위틀러의 생애는 드라이저와 마찬가지로, 신경쇠약에 걸리어 예술 활동은 중단되나 그후 실업계에 나가 오랫동안 성공을 거둔다. 그 동안 그의 예술은 고갈되고 만다. 그의 부부 생활은 부절제로 말미암아 꺾어졌으며, 아내의 죽음에 대한 자책(自責)은 인생의 해결을 가져오기보다 오히려 인생과의 타협을 촉구하였다. 위틀러나 〈성채〉의 주인공, 엄격하여 환멸을 느낀 노 퀘이커 교도 소론 번즈도, 운명에 복종케 하는 자연과의 막연하고도 신비적인 교감(交感) 이상의 높은 가치를 발견하지 않았다.

드라이저는 그의 전성기에 있어 활발한 유물주의자였으며, 인생을 무조건 받아들이는 근대 과학의 지도를 받고 있었다. 이 의미에서 그의 한창 때의 작품인 〈미국의 비극(An American Tragedy, 1925)〉은, 그의 대표작인 동시에 가장 훌륭한 작품이다. 그는 적어도 소설에 관한 한, 10년 동안의 침묵 후 이 작품을 발표했다. 〈천재〉가 사실상 금압(禁壓)되자, 드라이저는 두 편의 미완성 작품 〈극기주의자〉와 〈성채〉를 중지하고 희곡, 시, 스케치, 단편, 수필 등으로 돌아왔다. 당시 생물학을 읽고 과학에 대한 흥미를 가졌던 그는, 여기서 각 개인의 행동에 대한 동기(動機)로서의 그의 소위 화학

작용의 이론을 발전시켰다. 그리고 한편 인간 행복을 원하였던 그는, 계급 투쟁과 당시 국내외에서 나타나고 있던 사회주의와 공산주의에 더욱 깊은 관심을 갖게 되었다. 그의 모든 소설 중에서 가장 면밀히 제시된 〈미국의 비극〉은 그의 이 두 가지의 흥미를 반영하고 있다. 이 소설의 플롯의 중심을 이루고 있는 범죄는 미국적인 경험에서 자주 발생하는 범죄—즉 젊은 여자에게 임신케 한 젊은이가 그것이 사회적 성공에 방해가 된다고 하여 그 여자를 죽이고 마는 범죄이다. 실제로, 체스터 질레트라는 청년이 1906년 뉴욕 주(州)의 빅 모스 호(湖)에서 애인 그레이스 브라운을 익사케 한 사건이 있었다. 이것은 드라이저가 이 작품을 쓰기 전에도 또 쓰고 난 후에도 관심을 갖고 있었던 그런 사건 중의 하나였다. 이 사건에 관한 신문 브리핑이 이 소설의 클라이드 그리피스가 죄를 범하게 될 직접적인 원인이 되고 있으며, 또 드라이저가 그와 같은 소설을 쓸 동기가 되고 있다. 이 사건에 대한 재판과 처형의 기록은 재판소의 방대한 기록을 차지했으며, 이것이 신문에 보도되었다. 드라이저는, 그러한 범죄의 동기가 될 수 있는 환경과 정신 상태를 알기 위하여 그 자신의 청년 시절의 기억을 크게 참고 하고, 상기(上記)한 기록을 기초로 하여 이야기를 꾸미기만 하면 되었다. 그의 인류애와 인간의 딜레마에 대한 이해는 이에 알맞는 주제를 발견하였다. 이 소설은 그가 늘 쓰려고 원하고 있었던 완전한 비극이 될 수 있었다. 그는 이 작품에서, 그가 잘 알고 있는 경험을 한 사회와 시대의 위기를 의미하게 하는 데 성공했기 때문이다.

　이 이야기의 도덕적 핵심은 인간 책임의 문제다. 클라이드는 세심한 주의를 갖고 범죄를 계획하여, 그 범죄를 저지를 때까지는 맹목적이나마 논리에 맞는 필연적인 행동을 취해 나간다. 그러나 마지막 순간이 다가오면 범죄 자체는 우연적인 사고가 되고 말며, 클라이드는 익사하는 로버타(Roberta)를 구조하지 않았다는 이유로 직접적인 책임을 지게 된다. 클라이드의 유죄를 입증하기 위하여, 지방 검사는 정황에 따라서는 반드시 있어야만 했으나 실제로 소실되고 만 정황 증거를 만들어 내지 않으면 안 되었다. 이 모순은 누구나 자기의 행동을 정말 계획할 수가 없다는 것이다. 즉, 모든 것이 복잡한 내적(內的) 화학작용과 밖에서 발휘되는 사회적 압력에 의해서 결정된다는 드라이저의 확신을 강조한 것이었다. 여기에서 제니의 이야기가 되풀이되고 있다. 다만 여기선, 인생을 맹목적으로 맞아들이는 이유가 더욱 명료히 진술되고 있고, 그 행동의 결과가 무참하게 희생자에 부과되고 있을 따름이다. 이것은 또한 작가의 눈에서 영웅 숭배의 박막(薄膜)을 걷어내고 씌어진 프랭크 쿠퍼우드의 이야기이기도 하다. 위대한 비극엔 매우 필요한 서사시적인 요소가 여기선 수행되고 있다. 이것은, 작가가 자기 자신의 경험을 가지고 전체 사회의 경험을 나타나게 하는 방법을 알고 있었기 때문에 생겨난 것이다. 미국 문명의 경제적·사회적 성층(成層)은, 클라이드로 하여금 모든 자유로운 민주적 개인의 권리라고 본 목표를 실현하지 못하게 할 만큼 이미 고정되고 있었다. 미국 전통에 깊이 뿌리박혀 있던 성공주의는 이젠 소용이 없었다. 팽창 확대를 걷는 변경 사회의 신조는 산업화된 20세기의 복잡하고 응고된 사회에는 적용되지 않았다. 당연해야 할 것이 당연히 되지 않았다. 비극적인 문제는 날카롭고도 명확하였다. 그러나 이것은 고전적인 규범이나 규칙과는 상관없이 새로이 형성된 문명 속에서 전연 다르게 발전하고 있었다. 드라이저의 예술은 하나의 인생 경험을 전체로서 나타냈으며, 따라서 완성과 성숙의 예술이었다.

4

드라이저가 미국의 대소설(大小說)의 형(型)을 발견하는 데 성공하며, 문학 진전에 대한 조건을 문학 급진주의자들이 명확히 정의하게 된 것을 계기로 삼고, 90년대의 문학 운동은 20세기 초엽 동안 잠시 그 생채(生彩)를 잃었지만 1915년경까지엔 다시 활발히 시작되었다고 말할 수 있다. O. 헨리(O. Henry), 부스 타킹턴(Booth Tarkington), 링 라드너(Ring Lardner), 에드나 퍼버(Edna Ferber)와 같은 단편과 경(輕)소설의 작가들까지, 지방색과 자연주의의 특징인 보도 문체(文體)에 중점을 두어 중류와 하층 계급의 생활을 자료로 사용하고 있었다. 미국은 마침 자기 자신과 화해하고 있었으며, 제2의 문예 부흥은 전진하고 있었다.

극과 시에 있어 이 창조력의 부활은 비평과 소설의 경우보다 더욱 현저한 바 있었다. 왜냐하면 극작가와 시인들은, 혁신된 사상과 문체를 갖고 새로운 독자를 얻을 때까지 극복해야 할 더 큰 기술상의 곤란을 갖고 있었기 때문이었다. 그러므로 진출(進出)은 매우 늦었으나, 결국 나타나게 되자 더욱 급격한 것이었다.

1910년의 미국 극단의 상황은, 극작가들의 독창성이나 실험을 촉구하는 그런 것이 아니었다. 입센, 스트린드베리, 하우프트만의 희곡에서 대륙의 극단을 지배하고 있었던 자연주의, 사회 비평, 인상주의 등의 운동은, 영국에선 피네르, 쇼, 바카 등에서 온순하게 반영되고 있었으나 대서양을 건너 미국에로는 아직 건너오지 않았다. 다재(多才)한 클라이드 피츠(Clyde Fitch), 어거스터스 토머스(Augustus Thomas), 데이비드 벨라스코(David Belasco) 등은, 아직 데이비드 개릭(David Garrick, 영국의 배우, 1717~1779년)조차 조금도 놀라게 하지 않았을 그런 희극이나 멜로드로마를 써내고 있었다. 그리고 윌리엄 본 무디(William Vaughn Moody)와 페리 맥케이(Perey MacKayc)의 시적(詩的) 실험은 상연할 무대를 찾아 관객을 붙드는 데도 곤란하였다.

극단이 이러한 상태에 있었던 이유는 주로 기계적인 것이었다. 종래의 지방 극단과 순회 극단은 작가보다 배우에 중점을 두었고, 지정한 상업 자본에 의하여 경영권이 장악되었으며, 브로드웨이에 집중하려는 스타 시스템에 의하여 대부분 대치(代置)되고 있었다. 당시 미국에는 국민 극장도 실험 극장도 없었으며, 또 소인(素人)들의 '예술 극장'도 없었다. 그러나 1915년경에는, 이것이 한꺼번에 마구 쏟아져 나왔다. 매사추세츠의 프로빈스타운의 '부두 극장'은 1915년 여름, 극단 멤버(거기엔 당시 무명의 유진 오닐도 끼어 있었다)들이 쓴 수편의 일막극과 새로운 생생한 유럽의 번역극을 공연하여 성공을 거두자, 그 해 가을에는 뉴욕으로 진출하였다. 대개 이와 때를 같이하여, 지방극단이 클리블랜드, 파사데나, 댈러스, 뉴올리언스, 그리고 하버드 대학, 노스다코타 농과 대학, 피츠버그에 있는 카네기 공업 대학 등의 구내에다 공동 극장을 설립하려 하고 있었다. 뉴욕에선 위싱턴 스퀘어 극단이 주택 지대로 옮겨가, 시어터 길드 극단을 만들게 되었다.

이들 새로운 극단의 방침은, 미국 극작가들에 의한 작품의 공연과 더욱 흥분적인 유럽 번역극의 공연으로 대략 반반 나누어져 있었는데, 이들 극단이 미국 극작가들에게 준 영향은 매우 자극적인 것이었다. 작가들은 인정되어 그 수고의 보답을 받았고, 또 미국인의 생활과 일반 생활에 관한 진지한 사상이 새로운 유연한 형식의 극에 의하여 직접 무대 위에서 표현되어질 수 있었다. 시인, 소설가들은 극에 손을 대기 시작하였으며, 무대와 창작극 사이의 장벽이 무너지기 시작하였다. 극은 미국에선 처음으로 문학 표현의 중요한 형식이 되었으며, 1925년부터 1935년까지 오닐, 맥스웰 앤더슨(Maxwell Anderson), 로버트 E. 셔우드(Robert E. Sherwood), 시드니 하워드(Sidney Howard) 등이 대활약을 하고 있을 동안, 미국의 극작가는 전세계에 알려져 존경을 받게 되었다.

시에 있어서의 르네상스는 극단의 경우와 같이 급격하였으나, 시인은 발표의 길이 있건 없건 계속 쓰고 있으므로, 극의 경우보다 더욱 직접적으로 작품을 산출하였다. 하파즈 지(誌), 스크리브너 지(誌), 애틀랜틱 지 같은 잡지는 일찍부터 감상적이며 인습적인 시를 게재하였으며, 신문도 사설란 밑에다 온정 있는 시를 싣곤 했다. 리처드 호비(Richard Hovey), 윌리엄 무디, 리제트 우드워스 리즈(Lizette Woodworth Reese) 등은 그러한 환경 밑에서 서정적 재능의 힘만으로써 몇 가지 기억에 남을 만한 시를 쓴 작가들이었다. 그러나 스테드먼(Stedman), 스토다드(Stodardd), 길더(Gilder), 올드리치(Aldrich) 등 점잖은 시인들은, 시카고의 해리에트 몬로(Harriet Monroe)가 〈시의 잡지 포에트리(Poetry : A Magazine of Verse)〉라고 아담한 소잡지를 발간한 1912년까지엔 아직도 시단을 지배하며 인정을 받고 있었다. 거의 반 세기 동안 이 포에트리 지(誌)는 경제적 변동 및 취미의 변천에서 살아남아, 미합중국에서 나타난 가장 큰 영향(애틀랜틱 지(誌)를 제외하고선)을 준 문학 잡지가 되었다. 반항의 심벌과 발효소(醱酵素)로서, 폭발적 심미(審美) 의식을 주며 또 이를 촉진시켰던 것이다.

해리에트 몬로 자신은 본래 실험가도 아니었고 사색가도 아니었다. 다만 새로운 실험 사상 감정에 호의를 갖고 있었을 뿐이다. 그러나 다음 10년 동안에 세인의 인정을 받은 시인치고 그 이름이 적어도 한 번쯤 동 여사(女史)의 잡지에 나타나지 않는 일이 없었으며, 대부분은 정기적인 기고가였다. 포에트리 지(誌)가 일으킨 흥분이 사라지고 문학사가가 그 현상적인 업적을 회고할 때, 그는 포에트리 지(誌)가 재생한 예술의 두서너 가지 중요한 운동에 길을 열어 놓았던 것을 볼 수 있을 것이다. 이 잡지는 가장 훌륭한 전통주의자들을 거절하지는 않았지만 에즈라 파운드, 애미 로웰 그리고 인상파 시인들을 통하여 에머슨, 디킨슨, 기타 19세기의 형이상학시(形而上學詩)를, 혼돈하여 말을 잃어버린 현대의 요구에다 연결시켜, 그후 25년 이상이나 후에 최고조에 달하는 미국의 형이상학시 운동의 기초를 닦아 놓았다. 이것은 또한 더욱 직접적으로는, 베이챌 린제이(Vachel Lindsay), 로버트 프로스트(Robert Frost), 에드거 리 매스터스(Edgar Lee Masters), 칼 샌드버그(Carl Sandburg) 그리고 최후로 로빈슨 제퍼스(Robinson Jeffers) 등의 시에 있어 강력한 자연주의 운동을 일으켰다. 〈콩고 강(江), 기타의 시(The Congo and Other Poems, 1914, 린제이의 시집)〉, 〈보스턴의 북쪽(North of Boston, 1914, 프로스트의 시집〉, 〈스푼 리버 사화집(詞華集)(Spoon River Anthology, 1915, 매스터스의 시집)〉, 〈시카고의 시(Chicago Poems, 1916, 샌드버그의 시집)〉는 포에트리 지(誌)에 의하여 발표의 기회가 제공되지 않았더라도 세상에 나왔을지는 모르지만, 이들 시집이 때를 같이하여 출판된 것은 적어도 무엇을 암시하고 있는 것이었다.

휘트먼의 음유시인(吟遊詩人)의 정신은, 일리노이 주(州)의 스프링 필드의 음유시인에 되돌아왔다. 미국 전통에 깊이 뿌리 박힌 베이첼 린제이(Vachel Lindsay, 1879~1931)는, 현대의 음유시인들과는 달리 노래를 부르면서 1912년 자작시 〈빵을 벌기 위한 노래(Rhymes to Be Traded for Bread)〉를 중서부와 남서부를 돌아다니며 팔았다. 〈콩고 강(江)〉 시에 나타나는 멜로디와 음성이 그려내는 이미지는 대초원의 웅대한 리듬과 도시의 소음, 뇌리에서 사라진 아프리카 정글의 힘찬 울림을 잡고 있다. 이 시의 내용을 이해할 수 없었던 미국인들도, 이 백발의 재즈 부활자가, 대학의 강당에서 혹은 시골 장터에서 자작의 시를 읊고, 부르짖고, 속삭일 때, 그 순수한 음성이 주는 의미에 사로잡히고 말았다. 린제이가 '천국과 봄의 대담한 옛 노래'를 부르면, 애이브러햄 링컨은 휘트먼의 애도가(哀悼歌) 속의 무덤에서 나와 다시 걸어다니며, 존 브라운은 천상의 낙원에서 돌아오고, 노아와 대천사(大天使) 가브리엘의 거동을 보고하고, 조니 애풀시드는 산상에 올라가 기도를 올린다. 린제이의 '미의 복음'에

대한 신앙과, 새로운 미국적인 시를 세우기 위하여 민요와 재즈의 요
소를 교묘히 사용하는 그의 기법엔, 예술적인 면과 종교적인 면이 있
다. 무진장한 정력과 자기 천부에 대한 신념을 가진 듯이 보였던 린제
이가 1931년 12월 그의 소위 '실패'에 절망하여 자살하였을 때, 그
의 추종자들은 커다란 충격을 받았다. 그는 끝끝내 씌어지지 못하고
만 서사시를 위하여 정력을 저장하는 대신, 자신의 생명을 태우고야
말았다.

　미국 문학에 대한 린제이의 공헌은, 마치 음악에 대한 조지 거시윈
(Goerge Gershwin)의 공헌같이, 창작적인 생활에 있어서의 영속
적인 생명력으로서의 민속(民俗) 정신에 대하여 감수성을 일으켰다
는 것이다. 금세기의 30년대와 40년대에 전국을 휩쓴 민요, 민화,
속담에 대한 일반적인 흥미의 부활을 보기 전에 나타난 린제이는, 진
정으로 미국적인 노래가락을 발견하기 위하여 다른 어느 시인들보다
도 노력하였다. 그의 모든 시의 원동력이 되고 있는 것은, 정치적인
국가주의가 아니고 민중에 대한 열렬한 애정이었다. 이것은 또한—
기묘하게 착도(錯倒)된 형식에서—에드가 리 매스터스(Edgar
Lee Masters, 1869~1948)의 작품에 대해서도 말할 수 있는 것이
다. 〈스푼 리버 사화집〉은 1912년 시카고의 문학 운동을 발견하기
전에 이 변호사 시인이 이미 써왔던(주로 고전적인 주제에서), 모방
적인 전통 시에 대한 고의적인 반항이었다. 〈희랍 사화집(詞華集)
(The Greek Anthology)〉을 모델로 삼아, 그 생지인 일리노이의
루이스타운의 주민에서 그가 잘 알며 또한 미워하고 있는 남녀들의
자작(自作)한 폭로적인 묘비명(墓碑銘)을 쓰도록 제안한 사람은,
〈리디즈의 거울(Reedy's Mirror)〉의 작가 매리온 리디(Marion
Reedy)였다. 드라이저와 같이 세궁민들의 어두운 생활에 동정을 품
으며, 루이스와 같이 마음에 대한 반항 정신을 갖고 있었던 매스터스
는 놀랄 만한 불후의 명작을 썼다. 그러나 그후의 그의 시와 산문은,

순수한 자연주의의 둔하고도 어색한 결점이 많았으며, 드라이저를 위대하게 한 비극적인 정신도, 싱클레어 루이스의 희극적 정신을 해방시킨 야유적인 투시(透視)도 없어지고 말았다.

린제이와 매스터스가 지시한 길—하나는 미국 민중의 유산을 이어받는 길, 다른 하나는 현대 사회의 세궁민을 이해하는 길—에 따라 성공한 자는, 칼 샌드버그(Carl Sandburg, 1876)였다. 샌드버그는 휘트먼을 제하고선 아무도 하지 못하였던, 미국의 국민적 시인이라는 역할을 맡았다. 그러나 그 세대의 대부분의 시인들과 마찬가지로 그는 38세 때 〈시카고의 노래〉를 출판하여 비로소 세인의 인식을 받았으며, 이 시집의 시제(詩題)는 그보다 2년 전에 포에트리 지(誌)에 발표되었다. 이 시의 생생한 야성미와 속어(俗語)의 지혜 때문에, 일리노이의 게일즈버그에 사는 스웨덴 이민의 아들이며 시카고의 신문기자였던 샌드버그는 일약 세상의 주목을 끌게 되었다. 이것은 결코 시가 아니었다. 갱과 도살자 그리고 화물 운반인들의 폭력이 시를 향하여 젊은이가 비웃는 듯한 웃음을 던지며 '매력 있는 저주(咀呪)'를 내뱉는 충고의 말이었다. 이는 보통 의미에선 결코 시가 아니다. 이 시에는 운율도 없으며 시형(詩形)도 없다. 심지어 규칙적인 리듬조차 미묘하며 이미지조차 없다. 이 시의 주요한 영감(靈感)을 공급하고 있는 것은, 도덕적인 것이건 아니건 하나의 사상이 아니고 전체적인 인상이었다. 이 수법은 주로 드라이저나 기타 자연주의의 산문 작가들의 디테일을 마구 집중시키는 방법이다. 그러나 이 시집엔 시제(詩題)가 조잡한 데 대하여 부드러운 시도 있다. 이들 시에선, 안개와 호수와 멀리 날아가 갈매기나 손구루마(手車)를 밀고 가는 생선장수나 문전에 서 있는 여인이나 다 같이 중요한 요소다. 샌드버그는 한때, 자기는 휘트먼보다 에밀리 디킨슨에 힘입는 바 많다고 말한 적이 있지만, 적어도 그의 애미 로웰과 이지스트파(派)와의 관련은 찾기 어려운 바는 아니다. 그가 은혜 입고 있는 것은, 형이상학적인 애매성(曖昧性)이 아니고, 인간 가치에 대한 감수성과 색과 형에 대한 예민한 반응력이었다. 이 미국의 민중 시인은 자연 그대로의 인생의 본질적인 가치에 대해서 결코 애매하지도 않았으며 회의적도 아니었다. 그는 현대인이 경험하는 희극과 비극을 같이, 어느 한쪽이 다른 쪽을 배제하게 될 만큼 그 대립이 날카롭기 전에 받아들일 용의가 있었다. 풍자와 절망이 생기 있는 환희 속에 혼합되고 있었다.

샌드버그는 〈햇볕에 탄 서부의 석판(Slabs of the Sunburnt West, 1922)〉에서 시카고로부터 대초원을 내다보았다. 〈루타바가 이야기(Rootabaga Stories, 1922)〉에선 소년 시절의 신선한 전설에서 민중의 원시적인 심정을 탐구하였다. 〈미국의 노래 보따리(The American Songbag, 1927)〉에서는 모든 민족의 모든 종류의 민요를 수집하였다. 샌드버그는, 미국의 민속 전통이 그 이질(異質) 혼합 때문이 아니고 오히려 그 이질 때문에 구별될 수 있다는 것을 인식한 최초의 민요 수집가였다. 온갖 종류의 사람들이 온갖 종류의 일을 하고 있는 것이 곧 미국인이 될 수 있었으니, 새로운 문명 위에 세워진 문화는 철인 정치가(哲人政治家)들이 약속한 자유에 의해서 형성되었기 때문이었다. '모든 인간은 창조주에 의하여, 양도할 수 없는 고유한 권리를 부여받고 있다고 믿는다'—이에 응하여 샌드버그는 〈민중은 밤에 전진한다〉하고 노래하고 있다.

〈동포여, 그렇다(The People, Yes, 1936)〉와 6권으로 된 〈애이브러햄 링컨전〉(1926~1939)에서, 샌드버그는 정경(情景)과 인간을 노래하는 서정 시인의 수준을 넘어, 일반적 미국 민중의 서사시적 대변자가 되었다. 그때까지의 그의 시가 주로 산문이었다면, 그가 주인공 링컨을 일리노이의 혁명에서 그의 상징적인 희생적 죽음에 이르기까지 따를 때, 그의 산문은 주로 시가 되고 말았다. 샌드버그는 휘트먼, 린제이, 매스터스 등과 같이, 포착할 수 있는 미국 정신의 전부는 인민과 대지에서 난 이 거인상(巨人像) 속에 높이 구현되고 있다고 느꼈다. 만일 미국이 서사시를 필요로 한다면, 이 시인의 율동적이며 인상주의적인 산문으로 쓴 국민적 영웅 링컨의 전기가 다른 어떤 산문이나 운문보다 이 요구를 충족하고 있다 하겠다.

샌드버그의 장점은 그의 감각적 이해가 직접적이며 그의 감응이 신선하며 풍요하다는 데 있다. 그는 브룩스와 멘켄이 요구한 것, 즉 미국의 전통과 동시대의 미국 생활에 뿌리박고 있는 문학을 창조하는 데 스스로 착수하였다. 샌드버그는 그가 발견한 인생을 비판하기보다 그것을 그대로 받아들인 그 세대의 소수 작가들 중의 한 사람이었으며, 그의 시 자체는 감상적이며, 정묘함을 결핍하고 있다고 비난받을 수 있다. 그러나 그가 인생의 진리를 발견하고 그것을 기억할 만한 표현을 하는 데 있어 그가 적극적으로 기여했기 때문에, 설혹 그가 말하고 있는 사물이 다만 참고학자(參考學者)의 흥미의 대상이 될 때에도, 그의 작품은 살아남을 것이다. 그의 가장 야심작 〈링컨 전기(傳記)〉 다음에 쓴 유일의 소설인 〈추억의 바위(Remembrance Rock, 1948)〉에서 다시 미국의 유산을 더듬으려고 하였다. 이번에는 시간과 시대에 도전할 수 있는 사람들을 통하여 시도하였다. 칼 샌드버그는 일생을 통하여 '진리에 이르는 길을 막는 모든 장애물'을 무시하여, 그의 작중 인물인 메리 와인딩(Mary Winding)이 1608년에 한 것처럼, 닥쳐오는 비바람과 그 비바람 뒤에 나오는 별에 대하여 축배를 올릴 용의가 되어 있었다.

5

흥분에 넘친 제2의 성년기에 도달하자 미국 시는 과거와 전통과의 모든 관계를 끊어 버릴 용의가 있는 듯하였다. 그러나 이 그룹 중에서도 가장 순수한 시인이었던 로버트 프로스트(Robert Frost, 1875

~1963)는 실험주의자인 동시에 보수주의자이기도 하였다. 그는 신
시운동의 급진주의를 받아들이지 않고 그 생기만을 같이 나눈 여러
젊은 남녀 작가들—로버트 힐리어, 마크 밴 도렌, 스티븐 베네, 엘리
너 와일리, 에드나 센트 빈센트 밀레이 등—과 함께, 미국의 정형시
(正形詩)의 전통도 그 매너리즘과 인습적인 제약을 없애면 그 고유
의 생명력을 아직 지니고 있음을 입증하려 하였다.

프로스트는 뉴잉글랜드 출신은 아니지만 그곳에서 자라났다. 그의
부친은 남북전쟁 때 남부에 동정한 정객이며 신문기자였는데, 일찍
이 캘리포니아로 이주하였다. 그래서 시인의 첫 10년은 그곳에서 보
냈다. 그가 선조의 고향으로 돌아왔을 때 그는 마치 방탕아와 같은 정
열을 갖고 돌아왔다. 그는 일생을 통하여 늘 뉴잉글랜드의 농토를 사
들이는 것을 도락(道樂)으로 삼았다. 이것은 거칠은 산(山) 터에다
그의 뿌리를 다시 박아야 할 무슨 정열적인 욕구의 상징인 것같이 보
였다. 이 개심자(改心者)의 열성은 마침내 1900년에는 그를 뉴햄
프셔의 데리에 와서 가족을 거느리게 했다. 그후 1950년에 버몬트의
립튼을 내려다보는 고원의 농장에다 손수 지었던 산장(山莊) 현관
에서 홀로 저녁 노을을 바라다 보았을 때까지, 그는 그 정열을 조금도
잃지 않고 있었다. 프로스트의 일생은, 그가 태어난 세계를 모조리
받아들였음과 함께, 그의 정신적 유산에 헌신한 일생이었다.

프로스트는 20세기의 초절주의자이며 새로운 자연주의자였다. 인
간 영혼의 불멸에 대한 에머슨의 신앙—이것 때문에 에머슨은 전능
자비(全能慈悲)한 신에 대한 도달하기 어려운 신앙을 포기하였지만
—은, 프로스트에 와서는 완전한 회의적인 휴머니즘으로 되고 말았
다. 인간이 처음 자연과 화해하기만 한다면 불합리한 신을 무시해도
괜찮을 것이다. 이러한 확신을 가졌던 프로스트는 대지(大地)와 가
까이 하고, 거기서 일하는 사람들에게로 돌아가, 개중전(個中全,
All in Each)이라는 낡은 교훈을 다시 배웠던 것이다.

처음에는 독자들도 그를 단순히 자연시인이라고 생각하고, 그의 속이는 듯한 단순한 시에 면밀한 주의를 하지 않았다. 사실인즉, 그는 거의 인생을 다 보내고 나서야 비로소 독자를 얻게 되었다. 1912년까지만 해도 그는 한 첩(帖)의 시를 보았으나, 다른 시인들과 이야기한 적도 없었다. 그러나 그는 갑자기 농장을 팔고, 가족을 이끌고 영국으로 건너갔으며, 거기서 에즈라 파운드와 소호(Soho) 파의 시인들과 사귀게 되어 자신을 얻게 되었다. 파운드는 그에게 친절하였지만 프로스트는 이내 자기와 도시 시인들과는 아무런 인연도 없음을 깨달았다. 그래서 그는 다시 시골을 찾았다. 이번에는 허트포드셔에서 에버크롬비(Abercrombie), 브루크(Brooke), 깁슨(Gibson), 토마스(Thomas)와 같이 더 성미에 맞는 벗을 알게 되었다. 그때에는 그의 서정시인 〈소년의 의지(A Boy's Will, 1913)〉가 출판될 마당이었고, 이 뒤를 곧이어 회화체시(會話體詩) 〈보스턴의 북쪽(North of Boston, 1914)〉이 나올 참이었다. 다른 현대 시인과는 딴판으로 미국의 토착성(土着性)을 간직하였던 프로스트는, 일약 롱펠로, 휘티어 이후 가장 널리 애독된 최초의 미국 시인이 되었던 것이다. 그의 시는 대학에서도 강의하게 되었고, 지방에서도 읽혀졌다. 그 자신도 에머스트 대학을 비롯한 대학 강의와 농장 관리에 그의 생활을 양분하기 시작하였다. 그가 할 수 있었고 또 하고 싶었던 두 가지 일이란 곧 관찰하는 것과 가르치는 일이었다. 그의 비형식적인 시는 이 두 가지가 혼합하여 생겨난 결과였으며, 이는 민중의 사랑을 받는 서정시에 대한 고대적인 방식이었다.

물론 〈꽃송이(The Tuft of Flowers)〉, 〈굳은 나무 밭에서(In Hardwood Groves)〉와 같은 시를 그저 가벼운 기분 이외에 아무 무게도 없는 전원 교훈시(田園敎訓詩)로서 읽을 수도 있지만, 동포애(同胞愛)나 죽음에 관한 시 같은 데는 무슨 격렬성이 깃들어 있어 민감한 독자에겐 폭풍우 경보만한 박력을 준다. 〈담 수리(Mending

Wall)〉〈두 갈래 길(The Road Not Taken)〉,〈벚나무(Birch-
es)〉에서 볼 수 있는 프로스트의 휴머니즘은 견고, 완전해지고 있다.
그는 그의 관찰의 일부로서 교훈을 그냥 남겨 두는 것을 배웠다. 즉,
겨울의 서리 때문에 담에서 내려구른 돌을 집어 올려다 다시 쌓는다
는 것은 그 자체 하나의 암흑의 행동이며, 필요는 하겠지만 소용 없는
일이다. 두 갈래 길 중 다른 길을 택했더라면 '만사가 달랐을는지' 모
른다는 것이다. 또 벚나무 가지를 추려서 땅 위로 내려놓는 것은, 나
무에 기어오르는 사람에게는 더할나위없는 만족스러운 보람이라는
것이다. 이와 같이 보통 사람들에게는 무의미한 일상 다반사같이 보
이는 그런 자연과 인간과를 내포한 생활의 순간순간이, 이들 시에서
는 날카롭고도 완전한 진리의 상징이 되고 있다. 관찰과 그것이 주는
의미 그리고 이것이 구현되고 있는 시형(詩形), 이 삼자가 혼연일체
가 되어, 여기에 완전한 예술을 이루고 있다.

　프로스트의 시가 얼핏 보기에 단순하게 보이는 것은, 그의 어감
(語感)에 대한 청각에서 오는 것이다. 희랍어와 라틴어를 평생을 두
고 연구하여 온 프로스트는 원래가 고전주의자이며 보수주의자였다.
면밀한 주의를 갖고 그는, 하강조(下降調)와 어렴풋한 배음(倍音)
을 가진 뉴잉글랜드의 짤막한 사투리에 귀를 기울였다. 프로스트는
초기에 행한 어느 강연에서, 변론 대회에 나간 소학생 모양으로 서먹
서먹하게 '고양이를 내쫓겠다' 하는 말과 '얼른 나가. 이 고양이놈'
이라는 말에는 차이가 있다고 설명한 일이 있었다. 그에게는 어조
(語調)가 시의 시작이었다. 그는 약강조(弱強調)가 영어에 있어 가
장 자연스러운 운율이라 하여 그것을 쓰고 있지만, 그것을 튀기기도
하고 폭을 넓이기도 하여 '말하는 소리의 박자(拍子)'를 잡고 있는
것이다. 주로 브라우닝에서 배우고, 또 프로스트같이 뉴잉글랜드 출
신인 E. A. 로빈슨의 힘으로 이미 미국에 동화된 극적 서정시의 수법
이 〈가장(家葬, Home Burial)〉,〈일꾼의 죽음(The Death of the

Hired Man)〉, 〈흙탕 시기의 두 방탕자(Two Tramps in Mud Time)〉와 같은 소박한 대화시에 나타나고 있다. 그의 타이밍(timing)이 매우 정확하고 그의 청각 역시 예민하기 때문에 같은 시구(詩句)—'자기 전에 갈길이 있으니'—가 두 번째 쓰일 때에는 전연 다른 무엇을 나타내기도 한다. 프로스트의 아이러니는 그 주지에 이르자 가장 예리한 시적 무기가 되며, 최악의 경우에도 재주 있는 노인의 말재롱으로 가치가 있다.

프로스트가 뉴잉글랜드에 살고 있는 동안 시집은 연달아 발표되었다. 즉 〈산골짝(Mountain Interval)〉, 〈서쪽으로 흐르는 개울(West-Running Brook)〉, 〈아득한 산맥(A Further Range)〉, 〈뽀죽 탑 모양의 숲(Steeple Bush)〉 등이 나왔으며, 이들 시집의 음조가 매우 비슷하므로, 마치 휘트먼의 〈풀잎〉처럼, 인생의 책으로서 같은 시제(詩題)하에 단권(單卷)으로 모을 수 있다. 그러자 마크 트웨인의 경우와 같이 가정적인 비극이 닥쳐왔다. 이 단단한 나무를 연속적으로 쳤지만 나무는 질겼다. 그러나 로버트 프로스트는 가만히 선 채 다시 한 번 따뜻하고도 찡그린 웃음을 띠우며 오랫동안 간직해 왔던 대작을 썼던 것이다. 여러 해 전에, 그는 〈거기에 다 있진 않다(Not All There)〉라는 변변찮는 소 서정시 속에다 자기의 인생 철학의 꼬투리를 집어넣은 적이 있었다.—인간은 신에게 말을 걸려고 돌아섰지만 거기엔 신이 없는 것을 보았다. 신은 인간에게 말을 걸려고 돌아섰지만, 인간이 반절도 안 됨을 발견하였다. 그의 70세의 생일을 축하하고자, 이 반(半) 인간은 다시 한 번 신과 대결하여 '요브'의 모습을 빌려, 〈이성의 가면극(A Masque of Reason)〉에서 신에 도전하였다. 신은 '요나'의 몸을 빌려, 〈자비의 가면극(A Masque of Mercy)〉에서 '자비 이외 아무것도 부정(不正)을 정의(正意)로 할 수 없노라' 하고 대답했었다. 이러한 시에서 자연의 소리는 인간성을 띠고 자연스럽게 신과 대화를 하였다.

제 11 장   주기(週期)와 정점(頂點)
- 오닐, 헤밍웨이 -

1

　제1차대전과 2차대전 사이에 미국 문학은 기교의 완성과 뜻의 깊이에 있어 새로운 하나의 정점에 도달하였다. 20세기의 문학 운동은 1925년경까지엔 안정되었고, 그 형태와 범위를 정할 수 있게 되었다. 문학적 급진주의자와 신(新)휴머니스트들의 항의와 설법은 사회, 개인, 문학형식 등 특정된 문제를 다루려는 비평에 양보하기 시작하였다. 소설과 시, 그리고 희곡은 낡은 속박을 벗어 버리고, 미대륙에 있어 일찍이 그 유례를 찾아볼 수 없었던 그런 실험과 힘의 자각의 시대로 돌입하였던 것이다. 싱클레어 루이스는 1930년 스톡홀름 연설에서 미국 문학이 다시 '성년에 도달하였다'는 것을 기정 사실로서 언명한 바 있었다. 루이스의 연설을 들은 사람들은 그 당시 이미 원하기만 했다면, 그가 언급한 대부분의 작품을 모든 유럽 나라말로 읽을 수 있었던 것이다. 미합중국의 신문학은, 국내외를 막론하고 서구 문화에 있어 하나의 놀랍고도 부정할 수 없는 힘으로서 인정을 받고 있었다. 1935년까지 제2의 르네상스는 만발하고 말았다.

　이 신문학의 대부분을 산출한 작가들은 반항 운동의 선두에 선 사람들은 아니었다. 노장파(老壯派) 작가들도 활동을 전개하고 있었으나 그들 대부분은, 전에 하던 말을 좀더 능란하게 풀이하고 있을 따름이었다. 1925년에는 〈아메리카의 비극〉, 〈불모의 땅〉, 〈교수의 집〉 등의 작품이 나타났다. 시(詩)에 대한 퓰리처 상은 당시 그들의 걸작이라고 말할 수 없는 작품에 대하여 즉 프로스트, 로빈슨, 애미 로렐 등에 수여되었다. 그러나 그 동년에는 스코트 피츠제럴드, 어네스트 헤밍웨이 및 동시대 작가들의 최초의 중요한 실험적 작품이 나타나고 있음을 보게 된다. 때는 마침내 두 세대가 마주친 시간상의 십자로였다.

젊은 세대의 작가들은―그들 대부분은 19세기의 마지막 십 년 동안에 태어나, 미국이 세계적 강국(强國)으로서 그 성숙기에 도달하려는 시대에 자라났던 것인데―그들이 막 성년에 달했을 때, 서구 문명의 붕괴를 뜻하는 것과도 같은 대전에 부딪치자, 즉시 자기네들을 '잃어버린' 것으로 생각하였다. 그들이 그때까지 알고 왔던 세계, 즉 평화와 번영과 진보가 인간성의 승리의 표시로서 당연하다고 보아 온 세계가, 영구히 제거된다고 생각된 만행에 의하여 갑자기 도전을 받았던 것이다. 충격에 당황한 그들은, 처음엔 십자군의 정신에 불타 사태를 바로 잡고, 세계를 다시 한번 '민주주의를 위한 안전한 장소'로 만들기 위하여, '전쟁을 없애기 위해서 싸우기' 위하여, 부상병을 간호하기 위하여, 그릇된 지도자에 항거하여 유럽의 민중을 일어서게 하기 위하여 전쟁 마당으로 달려갔던 것이다. 우드로 윌슨이 이 전쟁을 이끌며 슬로건을 내세웠으나, 시어도어 드라이저, H. L. 멘켄, 그리고 프랑스 · 러시아 · 영국의 우상 파괴자들과 평론가들은 이 전쟁에 대한 해석을 제공하였던 것이다. 표면상으로는 이상주의자와 개혁자들의 벗인 것처럼 보였으나, 내심으로는 그들이 싸우고 있는 사악(邪惡)은 예상외로 가까운 곳에 있다는 것을 잘 알고 있었다.

시작과 같이 갑자기 종전하자 이들 젊은이들이 조국을 돌아다보았을 때, 전쟁의 충격은 받았을망정 전쟁의 참다운 고통은 별로 맛보지 않았음을 알았다. 국민은 전시 산업에서 한몫을 보았고 거기다 승리에는 늘 따르게 마련인 독선과 지배욕이 감돌고 있는 것을 발견할 뿐이었다. 이 두 번째의 환멸로 말미암아 그들은 둔감한 그들 조국을 등지고 전쟁에 퍼부었던 정열을 갖고, 미국 내와 그들 자신 내에서 문학적·도의적 성실을 위하여 싸우기로 하였다. 병원차로 부상병을 전선에서 운반한다든지, 공중에서 혹은 축축한 참호 속에서 싸우던 날의 정열을, 그들은 이제 문학에다 쏟아 놓게 되었다. 그들의 거의 대다수는, 미국에 있어서의 전시의 번영에서 오는 강렬한 물질주의에 반감을 느껴 군에서 제대하자 다시 유럽으로 되돌아갔다. 파리의 화실을 드나들며 정치보다 오히려 예술을 논하며, 만일 그들 자신의 설명에서 판단한다면 술과 방탕에 그들의 환멸에 피로한 심신을 소모하고 말았던 것이다. 비록 이와 같은 타락된 모습은 90년대의 청년들의 경우처럼 적합하지 않았지만, 그런 모습은 인류 문제에 해결을 줄 수 있는 그런 새로운 미국 문학을 일으키는 데는 유망하지 않았다.

그러나 힘의 문학은 문제에 해답을 주기보다 오히려 문제를 제출하는 것이다. 대전과 대전 사이에 성장한 미국 작가들에 있어, 애초엔 현실로부터의 무책임한 도피라고 보이던 것이 나중에는 그들의 사명을 인식하는 수단이었음이 판명되었다. 이들 젊은이들은 20세기에 있어서의 인간의 딜레마를 표현하는 새로운 예술 형식을 발견하기 위하여 시간은 물론 거리의 투시(透視)를 필요로 하였다. 선배 작가들은 이미 문학 예술이 취급해야 할 여러 가지 문제를 제기하고 있었다. 그래서 젊은 작가들은 쓰는 법을 배우지 않으면 안 되었다. 외국에 머물고 있건, 귀국하여 은둔적인 생활을 보내건, 그들은 서서히 자기들의 예술을 체득하고 있었다.

비평가 중에서 멜컴 카울리(Malcolm Cowley, 1898~1989)와 애드먼드 윌슨(Edmund Wilson, 1895~1972)은, 그들 젊은 세대의 가장 훌륭한 대변자였다. 이들 두 비평가가 여러 많은 사람들을 대표한 것은 그들이 동시대의 문학사에 대하여 명확한 개념을 지니고 있었기 때문이었다. 카울리의 〈추방인의 귀국(Exiles Return, 1934)〉에 있어선 한 세대의 작가들의 경험이 요약, 평가되고 있다. 그 속에서 카울리는, 자기네들은 유럽의 지식인들이 국내의 지식인들 이상으로 더욱 환멸을 느끼고 있는 것을 알고 있다고 말하고 있다. 지금까지 미국 작가들이 숙명으로서 감수하여 온 열등감의 무거운 짐이 사라지고 말았다. ‘그것은 단 한번에 사라졌다기보다 오히려 짊어지고 가던 자루에서 모래알이 새듯이 사라져 버린’ 격이었다. 그리고 미국은 민요니, 새로운 예술형식이니 또 분명한 국민적인 타입이나 문명을 소유하고 있다는 자각이 그들에게 필요한 자신을 주었다. 그들은 ‘잃어버린 세대’의 신화를 창조하고, 다시 자아를 발견하는 일에 착수하였다. 카울리는 이것을 이반(離反)과 복귀의 형식이라고 말하고 있다. 그는 1930년까지만 이 형식을 적용시키고 있으나, 다음 10년간의 의의에 대해서도(특히 1951년의 개정판에서는) 암시만은 던져 주고 있다. 망명과 예술에로의 헌신의 기간은 20년대의 10년간이었다. 복귀의 시기는 아직 닥쳐오지는 않았으나, 1934년 사회의 재건은 복귀를 실현할 호기인 듯이 보였다. 이 경우 예술가에게는 두 가지 길이 있었다. 즉, 하나는 사회로부터 도피하여 자기 개성에 따르는 주관적인 문제 속으로 파들어가는 것이고, 다른 하나는 자기가 인류와 일체임을 깨달아 사회 개혁을 위해선 최선이라고 생각되는 운동을 받아들이는 것이었다. 어느 경우에 있어서나, 예술가가 할 일이 국내에 있었다.

윌슨은 카울리 이상으로 시대에 대한 반응을 더욱 충실히 나타내었다. 1931년에 〈액셀의 성(Axels Castle, 1931)〉이 나타나자, 신세대는 예술의 성전(聖典)으로서 이를 받아들였다. 그리고 10년 후 1940년에 나온 〈핀랜드 역(驛)으로 (To the Finland Station)〉는 신세대에 사회 개혁에 대한 신앙의 형식을 주었던 것이다. 이 세대의 비평가들 중, 가장 이상적인 비평 문학을 산출한 이는 바로 윌슨이었다. 그는 정말 새로운 예술 작품을 취급할 때에도 그 작품을 즉시로, 그리고 정확하게 이해하는 동시에 그것을 사적(史的) 방법의 건실한 기초 위에서 평가하였으므로, 그의 비평문학은 그 시대의 문학의 연대기(年代記)를 이루고 있다. 윌슨은 그의 여러 가지 시평과 논문에서, 그 자신 한때 그의 은사인 크리스천 가우스에게 말한 듯이 '인간 사상의 현대사(現代史)를, 그것을 형성한 조건을 배경으로 하여 그리는 데' 성공하였던 것이다.

윌슨의 비평은 당시의 문학 정신에 작용하고 있던 세 가지 힘, 즉 상징주의, 프로이드주의, 그리고 마르크스주의를 인정하고 있다. 그 중 첫째 것은, 주로 예술을 그 자체로 생각하는 것이고, 나머지 둘은 개인과 사회에 관한 소론(所論)이었다. 영미 비평가들이 현대 작가의 작품을 이해하지 못한다면, 그 이유는 그들이 주로 영국 문학 밖에서 일어난 하나의 문학 혁명, 즉 프랑스에서 발달한 것이지만 원래는 포우, 호손, 멜빌, 휘트먼, 에머슨 등의 작품에 나타난 상징주의 운동을 깨닫지 못하였기 때문이라고 윌슨은 〈액셀의 성〉의 서론에서 설명하고 있다. 이것은 영국의 작가들보다 오히려 유럽대륙의 대가들과 미국 작가들이 협력한 미국 고유의 문학운동이었다. 세계 문학에 있어 독자의 지위를 차지할 수 있다는 미국 작가들의 자신은 즉시로 확증되었고 따라서 그 이유가 설명되었던 것이다. 〈액셀의 성〉은 이 시대에 대해선, 마치 밴 액 브룩스의 〈아메리카 성년기에 달하다(Americas Coming-of-Age)〉가 전 시대에 대해서 이룬 역할을 떠맡았던 것이다.

현대의 자연주의를 전시대의 고전주의에다 결부시키고, 또 상징주의를 낭만주의에다 연결시키려는 윌슨의 기도는 충분히 성공하지는 않았으나, 그의 심벌리즘 자체의 발견과 정의는 다른 여러 가지 사소한 문제를 설명하고 있다. 상징주의는 초기의 낭만주의 운동과 마찬가지로, 과학적인 합리주의의 요구, 즉 객관적이며 과학상의 사실에 부합하라는 요구에 대한 반항이었다고 그는 지적하고 있다. 시인은 남과 다른 자기만의 개성과 감정을 나타낼 특별한 언어를 발견하든지 만들어내지 않으면 안 된다. 상징주의자의 심벌은, 예를 들면 십자가나 깃발처럼 넓은 개념을 나타내는 것이 아니라, 그것은 그 작가만의 고유한 것이며, 주체로부터 떠난 특수한 은유(隱喩)이며, 작가의 특유한 개인 감정을 전달하는 것이라야 한다. 윌슨은 예이츠, 발레리, 엘리어트, 프루스트, 조이스, 거트루드 스타인 등에서 이 이론의 실천자, 근대문학의 창시자(創始者)를 발견하고 있다. 그러나 그 자신은 이 이론이 요구하는 듯한 예술가의 사회로부터의 이탈을 인정하려 하지 않았다. 이 책 마지막 장에서 윌슨은 비릴엘 드 릴의 작품인 〈액셀(Axel, 1890)〉의 주인공에서 나타나 있는 그런 경험의 방기(放棄)를, 랭보가 시도한 원시적인 생활과 대조하고 있다. 그 어느 것도 그것만으로서는 만족을 줄 수 없을 것같이 보이나, 20세기의 인간은 그 어느 하나를 택하지 않을 수 없다고 생각하였다. 윌슨은 이와 같은 막다른 골목을 자기 자신이나 문학을 위해서도 받아들이기를 싫어했기 때문에 윌슨의 저서는, 사실상 그 시대에 대한 항의나 다름이 없다. 상징주의는 단지 개인의 말에 그치지 않고 현대 과학이 주는 복잡한 경험을 표현하기 위한 새로운 수단—아직 완전히 이해되고 있지는 않지만—을 제공하게 될지 모른다고 윌슨은 느끼고 있었다. 만일, 현대인과 현대 사회의 재건에 이바지하고자 한다면 우리는 액셀의 성을 응당 피하지 않으면 안 된다.

이와 같이 하여, 개인을 재평가하는 방식을 제공한 프로이드의 영향과, 사회를 재평가하기 위한 수단을 제공한 마르크스의 영향을 받아들이는 길이 열리었던 것이다. 이 양자는 다 같이 환상이 현실보다 낫다는 액셀의 신념을 타파하고, 인간이 자연을 취급할 때 쓰는 것과 똑같은 그런 과학적인 방법으로, 인간 자신을 취급할 것을 주장하였다. 〈세 겹의 사상가(The Triple Thinkers, 1938)〉, 〈부상(負傷) 과 활(The Wound and the Bow, 1941)〉에 실린 평론과, 그리고 사회주의 모든 분야를 역사적으로 연구한 〈핀랜드 역으로〉에서, 윌 슨은 이 두 개의 사상 체계를 탐구하고 이를 문학 문제에다 적응하려 하였다. 그는 그 당시 사회와 예술을 논하는 군소 비평가들이 엉키고 있던 독단이라는 거미줄에 사로잡히는 일 없이, 때마침 최고조에 달 하였던 문학 운동에 이론적인 근거를 제공하였던 것이다. 이 자연주 의적 상징주의의 창작적 긴장에서 비로소 유진 오닐, 어네스트 헤밍 웨이, 토머스 울프, 윌리엄 포크너, T. S. 엘리어트의 대작이 나왔 다. 기타 청년 시대에 대전과 정신적 방면을 경험했고, 1935년까지 에는, 그들이 사는 시대와 조국에 대하여 불안하나 다이내믹한 조화 를 이루게 된 작가들의 작품이 나왔던 것이다.

2

오닐의 〈존스 황제(The Emperor Jones, 1920)〉가 워싱턴 스퀘 어로부터 브로드웨이로 옮겨갔을 때, 문학에서의 근대적 운동은 바 야흐로 미국 극단에 도달하였다고 말할 수 있을 것이다. 이것은 미국 의 사회 문제 중에서도 가장 긴급한 흑인 문제를, 공포의 결과를 사회 학적으로라기보다 오히려 심리학적으로 분석한 것이며, 거기에다 이 것을 전적으로 상징적인 수법으로 표현한 극이었다. 이보다 불과 수 개월 전에 프로빈스타운 극단은 역시 오닐의 〈지평선 너머로(Be- yond the Horizon)〉라는, 비틀어진 생활과 적의(敵意)에 찬 자연 을 주제로 한 사실적인 비극을 공연한 바 있었다. 그 전에도, 그의 일 련적인 단막극이 케이프 카드 끝에 있는 '부두극장'에서 주로 공연된 바 있었다. 그러자 갑자기, 그 발견의 시기가 부당하게도 지연되었던 탓이지만 미국은 미국 최초의 대극작가를 발견함과 동시에 유럽에 비

할 만한 자유 극장 운동을 비로소 갖게 되었다. 오닐의 사실적이면서
도 인상주의적인 극의 성공에 자극되어, 다른 작가들도 오랫동안 미
국의 극단을 속박하고 있던 로맨틱 코메디와 멜로드라마의 전통에서
벗어나 새로운 문학적인 실험을 시도할 길을 열었던 것이다. 그후 오
닐의 뒤를 이어 수전 글래스펠, 맥스웰 앤더슨, 시드니 하워드, 엘머
라이스, 폴 그린, 로버트 E. 셔우드, 손톤 와일더, 클리포드 오데스,
기타 다수의 극작가들이 나타났으며, 이들 작가들은 20년대와 30년
대를 미국 연극사에 있어 하나의 정점을 이루는 시대로 만들었다.

  엄밀히 말하자면 유진 오닐(Eugene O'Neill, 1888~1953)은 소
위 '잃어버린 세대'의 한 사람은 아니다. 오닐은 이 그룹의 대부분의
사람들보다 몇 살 위였을 뿐만 아니라 그들처럼 전쟁의 경험도, 국외
망명의 경험도 없었다. 그 대신 그 자신의 방랑 시대를 마련하였고,
1920년대에는 본격적인 창작 활동에 들어가 당장에 미국에서의 예
술 문제를 다루게 되었던 것이다. 배우 겸 극작가였던 제임스 오닐의
아들로 태어난 그는, 일찍부터 카톨릭의 기숙학교나 프린스턴 대학
에서 받은 형식적인 교육에 맹렬히 반대하였다. 1909년부터 1914
년에 이르기까지 그는 국내에서 사무원과 신문기자 노릇을 했으며 극
장에서 일하기도 했다. 그러나 그 기간의 대부분은 바다를 헤매고,
온두라스에서 금광도 찾고, 남미(南美)에서 부두 룸펜 생활을 하고,
사잠프튼과 뉴욕 간 정기선의 선원이 된 적도 있었다. 그 사이 건강을
해쳐 여러 달 동안 휴양을 했다. 그 동안, 그때까지의 여러 가지 경험
에 의하여 싹트기 시작하였던 인생관을 표현하는 수단으로서 연극에
다 관심을 두게 되었다. 1914년부터 15년까지 일 년 동안 하버드 대
학의 조지 피어스 베이커 교수의 '47번 연극교실'에서 작극법을 배웠
던 것이 그의 야심을 더욱 굳게 했으며 그의 예술에 대한 기초를 닦았
다. 진지한 극작가로서의 그의 생애를 통하여 그의 활동은 마지막 긴
병에 걸릴 때까지 중단된 일이 없었는데, 그는 언제나 두 가지의 목적

을 목표로 하고 있었다. 즉, 극단의 인습에 사로잡히지 않고 오로지 무대만을 위하여 쓴다는 것, 다음은 인간의 고경을 탐구하기 위하여 쓰는 것이지 관객을 즐겁게 하기 위하여 쓰는 것이 아니라는 것, 이 두 가지 목표를 염두에 두고 있었다. 그러나 이 기간 동안에 씌어진 단 하나의 경쾌한 극인 〈오, 황야여(Ah Wilderness, 1913)〉라는 극은, 만일 작가가 원하기만 했더라면 그 방면에서 충분히 성공할 수가 있었으리라는 것을 능히 보여 주고 있다.

오닐은 극을 쓰기 시작할 때부터 연극에 있어서의 두 가지의 흐름, 즉 자연주의와 인상주의의 영향을 반영하고 있다. 그의 작품이 입센, 스트린드베르, 하우프트만, 체호프 등의 작품과 비슷하다는 사실은, 그가 이들 작가들을 의식하고 있었건 아니었건, 그의 강렬한 창작력을 길러 주고 있던 힘이 무엇이었던가를 증명하고 있는 것이다. 오닐은 일찍부터 육지와의 이탈과 그 반대의, 즉 바다의 유혹과 적의라는 이 두 테마를 발견하였다. 그리하여 〈지평선 너머로〉〈안나 크리스티(Anna Christie, 1921)〉와 그 밖에 초기에 쓴 일막극 같은 데서 인간 욕망의 좌절을 자연주의적으로 취급한 작품 속에서 이상 두 가지의 테마를 사용하고 있다. 〈동녘 카디프로 향하여(Bound East for Cardiff)〉와 〈카리브 섬의 달(The Moon of the Carilbees)〉에서 이미 등장한 선원 양크는, 철저한 상징극인 〈털북숭이 원숭이(The Hairy Ape, 1922)〉에서 작가를 현실로부터 비약시켜 상징의 세계로 끌어올린 역할을 하고 있다. 이 극에서 양크는 화부(火夫)로서의 착실한 일이 주는 정신적인 안정을 거부하고, 자기의 '소속하는' 장소를 찾으러 떠나는 현대의 〈에브리맨〉(15세기 영국의 〈에브리맨〉이라는 극의 주인공)이다. 뉴욕 시의 5번가로의 진열장에 상징된 상류 계급으로부터도, 그리고 '세계산업 노동조합(I. W. W)'에 의해서 대표되는 반항적인 하층 계급으로부터도 버림을 받은 양크는 〈존스 황제〉와 같이, 자기 자신의 원시적인 내면 세계로 되돌아가지만,

거기서도 그는 기본적인 동물성의 지배력을 상실하고 있음을 발견할 따름이다. 그리하여 자기를 내쫓고 만 사회를 파괴하는 데 도움을 받고자, 동물원의 우리에서 내놓은 〈털북숭이 원숭이〉는 오히려 그에게 덤벼들어 그를 짓밟아 죽여 버리고 만다.

이 극의 테마와 동인(動因)은 관객의 흥미를 끌 만큼 명백하지만, 동시에 이 극을 보는 개개인에게 잊을 수 없는 하나의 문제를 제기하고 있다. 오닐의 작품 중 유일한 혁명극인 이 작품에서도 작가는 자기를 압박하는 자본주의적 및 기술적인 사회에 대해서 개인이 반항한다는 점을 철저하게 추궁하고 있지 않았다. 이 극에서 양크의 자멸을 가져온 것은 적어도 사회적 속박에서 완전히 해방된 그 자신의 야수적 본성이었다. 따라서 문제의 핵심은 사회학적이라기보다 오히려 심리학적인 것이었다. 오닐이 그 오랜 극작 생활을 통하여 지녀온 초점은, 개인의 영혼이 현실의 세계와 환상의 세계의 중간 어느 곳에서 길을 잃었을 때 그 영혼이 어떻게 되느냐 하는 문제였다. 인간 행동에 대한 현대적 사고의 기본적인 부분을 이루는 잠재의식이니 이중 혹은 그 이상의 복잡한 동기(의식적인 것과 무의식적인 것과를 포함하여)에 관한 인식을, 그는 희랍 사람들이 쓰던 수법을 빌리기도 한 여러 가지 실험적인 연극에서, 그리고 래자로, 디오니소스, 오레스테스 등의 이야기를 현대적으로 번안하여 나타냈다.

두 개의 주요한 3부작인 〈기이한 막간극(Strange Interlude, 1928)〉과 〈상복이 어울리는 엘렉트라(Mourning Becomes Electra, 1931)〉에서 오닐은 그의 예술의 극점에 도달하였다. 이 중 첫째 작품은 그 구상과 기교에 있어서 참으로 현대적이며 자연주의적이다. 자기 자신의 눈에 비친 주인공 니나 리즈와 그리고 다른 사람 눈에 비친 그 여자 자신의 이야기를 나타내기 위하여, 자기 반성의 긴 구절에서 그는 방백(傍白)의 수법을 썼다. 뉴잉글랜드에 사는 어느 교수의 딸인 니나는 약혼자가 결혼하기 전에 전사함으로써, 남들이다 맛보는 즐거운 결혼 생활의 꿈이 깨지고 만다. 이 욕망의 좌절에서 오는 죄악감이 그녀로 하여금 여러 가지 성적 경험을 갖게 하며, 그런 경험을 통하여 그녀의 정열적인 성질이 나타난다. 이 극을 심리학 실험실로부터 구출하여 드라이저가 쓴 것 같은 자연주의적 비극에까지 끌어올렸던 것은, 오로지 오닐의 관객을 끄는 작극 기교와 개개인에 대한 깊은 이해심에서였다. 니나는 그 상대되는 남자들처럼 실감을 주며 자기 아들을 자기의 정열적인 욕구의 컴플렉스 속으로 흡수하고 그 생명을 파괴하려다 실패하고 마는 마지막의 미해결 장면은, 진정한 비극만이 일으킬 수 있는 정화작용(淨化作用)을 가지고 있다.

오닐은 〈상복이 어울리는 엘렉트라〉에서도 이와 비슷한 테마를 취급하고 있지만, 이 작품에서는 아이스킬로스, 소포클레스, 에우리피데스 등이 사용한 희랍 신화 〈엘렉트라〉 중의 인물, 테마, 장면 등을 이 극의 인물, 테마, 장면과 병행하여 의식적으로 사용하고 있어, 그의 자연주의는 그만큼 수정을 받고 있는 셈이다. 메논의 〈집〉에서 상징된, 몰락하여 가는 낡은 뉴잉글랜드의 가정에서, 아가멤논 일가(家)(트로이 전쟁 때의 대장)의 붕괴와 생존자들—아내인 클리테임네스트라(크리스틴), 딸 엘렉트라(라비니아), 아들 오레스테스(오린)—의 패가망신하는 애욕의 갈등이 재현되고 있는 것을 본다. 간음과 근친상간이 일가의 파멸을 가져오며, 또한 서로 이간 반목하며 가족간의 애정을 죽이는 병적인 욕정의 심벌이 되고 있다. 여기서는 관습적인 인간관계가 첫째는 불의(不義)로서, 다음은 심신을 태우고 마는 격렬한 욕정으로 시들고 만다. 이야기는 남북전쟁에 참가한 에즈라 메논 준장이 불충실한 아내와, 이미 불만과 증오에 의하여 왜곡된 아들과 딸이 살고 있는 차디찬 가정으로 돌아오는 데서부터 시작된다. 이 형제는 억압의 직접 원인이었던 그들 양친으로부터 해방되나, 회오(悔悟)와 자멸적인 죄악감에 가득 찬 인생을 피치 못하게 된다는 것으로 끝나고 있다. 이 비극은 아리스토텔레스적인 의미에서도 완전하며, 그 밖에 현대 심리학의 요구에도 충실하다. 이 극의 배후에 있는 고전적인 신화는 이 이야기를 보편화하는 데 도움이 되고 있다. 그렇지 않았더라면, 단지 지방적이며 병적인 것이 되었을지도 모른다. 여기서도 오닐은 인간성과 무대의 제 요구에 대하여 충분한 지식을 가졌음을 실증하였다. 또 그의 실험의 임상학적인 면이나 기계적인 면을 초월하여 통일되고 감동적인 비극을 산문으로 창조했던 것이다. 그가 세 차례나 퓰리처 상을 받았고(1920, 1922, 1929), 1936년에는 노벨 문학상을 받았던 것은, 이미 국내외에서 알려져 있었던 그의 위대한 업적과 그의 커다란 영향을 강조하는 데 지나지 않았다. 이리하여 미국 극은 성년기에 도달하였던 것이다.

이 정력적인 개성이 준 자극은 즉시로 다른 작가들에 의해서도 느껴졌다. 오닐의 상징적인 자연주의 극을 이어받아 그것을 더욱 실험해 갔을 뿐만 아니라, 보통 형식의 가정극, 찬란한 역사극이나 사회문제극마저 오닐의 영향을 받아 생기를 얻게 되었다. 필립 배리와 S. N. 베어먼의 희극은 그 성숙한 풍자의 형식으로, 클라이드 피치와 레이첼 크로저스의 작품에서 보지 못한 깊이를 갖게 되었다. 한편, 수전 글라스펠, 시드니 하워드, 로버트 셔우드 등의 사회 문제극에서는 희극적인 요소가 거의 없어지고 말았다. 베어커의 〈47번 교실〉에서 배운 바 있었던 시드니 하워드(Sidney Howard, 1891~1939)는 20년대의 중간쯤 훌륭한 작품을 연달아 발표하였다. 그 중에서도 〈그들은 원하는 것을 알고 있다(They Knew What They Wanted, 1924)〉와 〈은선(銀線, The Silver Cord, 1926)〉은 훌륭한 무대 효과와 인간적인 가치와 욕정에 대한 예리한 통찰을 결합시키고 있다. 로버트 셔우드(Robert Sherwood, 1886~1955)의 〈로마에로의 길(The Road to Rome, 1927)〉에 나타난 경쾌한 맛은 〈워터루의 다리(Waterloo Bridge, 1930)〉의 감상주의를 지나 〈화석의 삼림(The Petrified Forest, 1935)〉의 욕망 좌절을 그린 멜로드라마와 〈일리노이의 에이브 링컨(Abe Lincoln in Illinois, 1938)〉에서 보는 조용하고도 강렬한 애국심으로 발전하고 있다.

이 시대의 철저한 사회 비평은 오닐의 경우처럼 독일 인상주의에 힘입는 바 많았다. 엘머 라이스(Elmer Rice, 1892)는 현대인의 우의(寓意), 〈계산기(The Adding Machine, 1923)〉에서 이 수법을 사용하고 있으나, 〈거리의 풍경(Street Scene, 1929)〉과 〈심판일(Judgement Day, 1934)〉에서는, 그의 직접적인 사회비평에다 더욱 사실적인 형식을 부여했다. 라이스의 작품은 30년대의 마르크스 부활을 시사하고 있지만, 클리포드 오데스의 〈좌익을 기다리다(Waiting for Lefty, 1935)〉니, 〈황금의 소년(Golden Boy, 1937)〉, 혹은 앨버트 맬츠의 희곡들처럼 특히 프롤레타리아적은 아니었다. 핼리 플라나간의 지도하에서 일어난 〈연방 극장 계획(The Federal Theater Project, 1936~1939)〉은 당시의 사회 문제를 취급하기 위하여 실험적인 수법을 사용하였다. 소턴 와일더(Thornton Wilder, 1897))의 〈우리들의 마을(Our Town, 1938)〉과 〈우리들 이빨 가죽(The Skin fo Our Teeth, 1942)〉에선 사회 문제의 취급이 상징과 환상의 교묘한 사용을 통하여, 선전의 수준으로부터 더욱 보편적인 인간 경험의 수준에까지 끌어올려지고 있다.

이 극의 부활에 있어 맥스웰 앤더슨(Maxwell Anderson 1888~1959)이야말로 오닐 다음에 설 작가였다. 앤더슨도 역시 현대 극작가의 모범을 희랍 신화나 아리스트텔레스의 《시학(詩學)》에서 구하였다. 영국의 엘리자베스, 스코틀랜드의 메리 그리고 앤 볼린 등, 세 여왕의 생애를 그려낸 일련의 역사극에서 고전 비극의 규칙을 배워, 이것을 현대적 테마와 소재(素材)에다 적용했다. 그가 로렌스 스톨링스와 공작(共作)한 선구적인 전쟁극 〈광명의 대가는(What Price Glory, 1924)〉은 사회 관심을 보이고 있으며, 이 경향은 〈뇌신(雷神)들(Gods of Lightning, 1928)〉과 〈윈터세트(Winterset, 1935)〉에 그려지고 있는 색코 밴제티 재판(註 ; 둘 다 미국에 살았던 이탈리아 출신의 과격주의자며 살인의 혐의를 받고 사형에 처해졌음) 후에는 더욱 힘있게 표시되었다. 〈윈터세트〉에 있어 앤더슨은, 일상의 장면과 사건에 있어서 강박도를 높이기 위하여 운문을 사용함으로써 무대 위에 시를 부활시키자는 그의 평생의 소원을 가장 훌륭하게 이루었던 것이다. 이 극은 에우리피데스보다 셰익스피어를 더욱 연상케 하는 복수극이며, 그 플롯은 특정한 사회 문제니 등장 인물의 평범성을 초월하고 있어, 현대 미국 생활을 그린 비극, 사람의 마음을 정화하는 비극을 낳을 수 있었다.

20년에 걸친 미국 극의 르네상스는 1939년의 2차대전 폭발과 더불어 종말에 온 것 같았다. 적어도 하나의 주요한 휴식에 들어간 듯이 보였다. 그 해 윌리엄 사로얀(William Saroyan, 1908~1981)은 상징적인 도피 환상극인 〈나의 마음은 고원에(My Hearts in the Highlands)〉와 〈그대의 생애(The Time of Your Life)〉를 갖고 새로운 세대와 새로운 시대의 정신을 반영하였으나, 그로부터 1945년까지는 진지한 의도를 지닌 새로운 연극은 나타나지 않았다. '시어터 길드 극단'과 소극장은 계속 진지한 연극을 공연하고 있었으나, 그 중 대부분은 옛날 극을 재생한 것이 아니면 번역극이었다. 옛 극작가들은 창작력이 쇠퇴해지자 다른 방면에 관심을 갖게 되었다. 그들 중 많은 사람은 헐리우드로 가서 영화 산업에 흡수되기도 하였으며, 혹은 거기서 공연되는 가장 선정적인 희곡을 쓰기도 하였다. 혹은 이 세상을 떠난 자, 오닐처럼 반은둔적인 생활을 하고 있는 자도 있었다. 자연주의적 상징주의의 연극 운동은 적어도 당분간은 그 코스를 다 달린 것 같이 보였다.

3

　오닐, 라이스, 앤더슨, 사로얀 등의 상징주의는 커다란 캔버스 위에다 원색으로 단번에 그린 것이었다. 극은, 소설이나 시와는 달리 공간을 가진 무대와 연출의 조건 등으로 제약을 받고 있기 때문에 너무 미묘하게 될 수 없다. 그렇지만 오닐은 〈존스 황제〉의 장면에서 볼 수 있듯이 인상주의적인 무언극이니, 〈기이한 막간극〉의 방백(膀白)과 같은 잠재의식의 폭로에서 현실의 논리와 결별하여, 자기 자신을 위한 액셀의 성을 발견하였다. 그는 인간의 원시적인 자의식을 해방하고, 후기 인상파와 입체파(立體派)의 화가들이 선과 색을 사용하듯이 단편적인 형식을 직접적으로 사용함으로써 그 해방된 자의식을 표현하기 위하여 연극의 관습을 고의로 무시해 버렸던 것이다. 그의 최후의 긴 희곡인 〈빙인(氷人)은 오다(The Iceman Cometh)〉는 죽음의 광상곡(狂想曲)이라기보다는 환상이 현실보다 일층 높은 의식이라는 선언이라 하겠다. 이것은 인생의 충실한 기록을 요구하는 자연주의자에 대한 상징주의자의 답변이었다.

　아메리카의 소설에 대한 거트루드 스타인의 영향이, 시어도어 드라이저의 영향을 보충하였던 것은 바로 이 점에서였다. 스타인은 드라이저와 같이 독일 계통의 미국인이었지만, 드라이저와는 달리 일찍부터 훌륭한 교육을 받았고, 또 여행할 수 있었던 신분이기도 하였다. 래드크립 대학에 다닐 때 윌리엄 제임스의 수제자의 한 사람이었던 재원(才媛) 스타인은, 존스 홉킨스 의과대학에서 뇌해부학을 연구한 바 있었고, 그 과학적 지식을 회화(繪畵)와 문학에다 적용했다. 1920년 이후 스타인은 형과 함께 파리에서 살며 마티스, 피카소, 기타 인상파와 후기인상파의 화가들과 우정을 나누었으며, 화가들이 그림에서 하고 있는 것을 말로써 실험해 보기로 하였다. 스타인의 〈세 사람의 생애(Three Lives, 1909)〉는 개개의 단어를 해방하기

위하여 문법과 문장법을 무시한 리드미컬하고 반복이 많은 문체로
서, 세 사람의 무식한 여자들의 진지한 정신 작용을 포착하려 한 것이
다. 이리하여 말은 유연하게 되고 그 가능성은 무한하게 된다. 이 문
법적 속박으로부터의 이탈은, 〈미국인의 형성(The Making of
Americans, 1925)〉에서 충분히 나타나 있다. 그러나 이 작품은 그
당시 씌어진 소설 중에선 가장 읽기 어려운, 그 대신 가장 커다란 영
향을 준 소설일 것이다. 자유스러운 형식에서 씌어진 이 분방한 실험
은 스타인의 후기의 작품, 이를테면 〈3막에 등장하는 네 성자들
(Four Saints in Three Acts, 1934)〉같은 가극에서 다소 수정되고
있다. 그러나 예술이란, 단고를 형식적인 문맥에서 도려내고 직접적
인 표현의 유연한 요소로서 사용함으로써, 〈완전한 현재〉속에 살 수
있다는 그의 발견을 결코 잊지는 않았다. 스타인이 불합리주의니 원
시주의에 흥미를 가졌던 것은, 드라이저니 기타의 소박한 자연주의
자들과 같이, 인생의 근원을 구명한다기보다 오히려 현실로부터의
지적인 도피였다.

　오닐에게 미친 거트루드 스타인의 영향은, 직접적이든 간접적이든
오닐의 원시의식(原始意識) 특히 흑인의 의식에 대한 관심 속에서
볼 수 있으며, 또한 언어와 희곡 형식에 있어서의 일관성을 타파하려
는 노력에서도 엿볼 수 있다. 이와 같은 경향은 시카고에서 칼 샌드버
그와 파리에서 거트루드 스타인을 알게 된 셔우드 앤더슨(Sher-
wood Anderson, 1876~1941)의 소품과 단편에서도 볼 수 있다.
앤더슨의 〈와인즈버그 오하이오(Winesburg, Ohio, 1919)〉에 등
장하는 〈괴기한 군상〉은, 예술가에 의하여 심리적 억제로부터 해방
이 되어 자발적인 말로써 왜곡된 자아를 나타내는 시골 마을의 평범
한 인간들의 초상에 지나지 않는다. 경마장에서 일하는 사람들, 삼각
주(三角洲)에 사는 흑인들, 그리고 마을 주민들에 대한 앤더슨의 흥
미는, 현대 생활의 기계화에 대한 반항이며 동시에 해방된 성(性) 속

에 인간 가치를 구하려는 노력이다. 그보다 앞서 나타난 헨리 애덤스, 그보다 후에 나타난 윌리엄 포크너들과 같이 앤더슨은, 남자들이 잃어버린 비밀의 지혜를 공급할 수 있고 궁극의 신비를 열 열쇠를 가진 자는 바로 여성이라고 믿었다. 포크너는 뉴올리언스에서 앤더슨을 알게 되었고, 그에게 입은 바 은혜를 인정하고 있다. 그들 사이의 관련성은 테마의 선택에 있어 유사성을 지니고 있다는 점, 그들의 문체가 회화적(繪畵的)이며 유동적이라는 점, 그리고 둘 다 원시적인 인간 속에 일층 더 높은 진리를 추구하고 있다는 점에서 곧 알 수 있는 것이다.

앤더슨이 장년기에 들어서자 자영하고 있었던 도료공장(塗料工場)을 폐쇄하여 가족을 버리고, 말하자면 인생과 맞부딪쳤을 때, 그는 현대 미국 생활과 결별한다는 상징적인 행동을 수행한 것이었다. 많은 젊은 작가들에 대해선 이거야말로, 드라이저의 비장한 질문과 싱클레어 루이스의 아이러닉한 비평에 대답한 것으로 보였다. 환상과 사회로부터의 이탈을 인정함으로써, 앤더슨은 비록 당분간은 그 길을 홀로 걸어가는 외로운 나그네에 지나지 않았다 하더라도, 상징주의 소설에로의 길을 터놓았던 것이다.

젊은 세대의 반항은, 프린스턴 시대를 그린 반자서전적인 소설인 〈낙원의 이쪽(This Side of Paradise, 1920)〉을 쓴 F. 스콧 피츠제럴드(F. Scott Fitzsgerald, 1896~1940)에 의해서 발단되었다. 피츠제럴드는 싱클레어 루이스의 미네소타 출신이며―1차대전에 출전한 바 있었다. 〈큰 한길(Main Street)〉과 같은 해에 나온 〈낙원의 이쪽〉의 〈재즈 시대〉의 묘사는 풍자라기보다는 오히려 폭로이다. 주인공 애이모리 블레인이 유복한 특권 계급에서 태어나 젊어서 운동, 교우, 문필, 연애 등에 충분한 성공을 거두고 있는 것은, 그의 환멸과 그후에 오는 쾌락, 명성, 망각을 자포적으로 추구하는 전주곡이 되고 있다. 이 블레인의―그리고 작가 피츠제럴드의, 대학 2학년

생과 다소 같은 난행(亂行) 속에는 전후의 냉소적인 아이러니라기보다 오스카 와일드나 스윈번 등 보헤미안들이 좋아한 향락주의적 방탕의 자세가 더 농후하다. 재즈 시대가 일반 사회가 받아들인 도덕률을 파괴하려 들었을 때, 그들의 행동은 끔찍했으며 많이 떠들기도 하였던 것이다. 피츠제럴드의 자기 자신의 열광적인 경험욕, 제 자신과 그보다 더욱 병적이었던 아내의 부귀명성을 탐내는 욕망 그리고 젊어서 '파탄하고 말았다'는 사실이, 이 처녀작에서 충실히 그려지고 있으며 또 예언되고 있다. 이것은 한 시대의 종말과 새시대의 시초를 내면으로부터 그린 것이다.

피츠제럴드의 장점은—그리고 약점은—그의 진지한 고백과 이를 표현하는 말의 재능에 있다 하겠다. 그의 가장 완성된 소설인 〈위대한 개츠비(The Great Gatsby, 1925)〉에서—잠시 동안이기는 하나—그는 그가 말하고자 하는 것을 빈틈없이 짜인 예술적인 형식에서 말할 수 있었다. 거부(巨富)인 밀주업자(密酒業者)의 사랑과 죽음에 관한 짧은 이야기가 실감을 주는 것은, 즉 개츠비 자신이 말하는 것이 아니고 그가 지금도 사랑하고 있는 데이지, 즉 다른 남자와 불행한 결혼을 하고 있는 여인의 종형제며 그녀를 숭배하고 있는 소녀의 입을 통하여 말하고 있기 때문이다. 이처럼 말하는 사람을 씀으로써 그는 전작에서 필요로 하고, 후기 작품인 〈부드러운 밤(Tender Is the Night, 1934)〉의 미완작인 〈최후의 대군(The Last Tycoon, 1941)〉에서 결핍하고 있었던 예술적인 초월성을 이 작품에서 얻을 수 있었던 것이다. 닉 캐러웨이가 말하는 것이 신비적인 매력을 지닐 수 있는 것은, 그 이야기를 형성하고 있는 환상이 그에게는 로맨틱한 감상이 아니고 오히려 비극적인 양상을 띠고 있기 때문이다. 피츠제럴드가 잡지의 인기작가로서 성공하되 예술가로서 성장하지 못하였다는 사실은, 그의 시대와 그 자신의 도덕적인 약점을 반영하는 것이라기보다도, 동시대에 관한 그의 이해가 날카로웠지만 그러나 국한

되고 있었다는 데 그 원인이 있었다.

존 도스 패소스(John Dos Passos, 1896~1970)는 피츠제럴드 만큼 민감하지는 않았지만 좀더 견고한 예술가였다. 그에 이르러 청년의 반항 정신은, 싱클레어 루이스가 암시하고 피츠제럴드가 선언한 미국 사회의 기본 제도에 대한 공격과 더불어, 드디어 표면에 나타나게 되었다. 스페인의 예술 문화를 논한 초기의 논문집 〈로지난테 다시 노상에(Rosinante to the Road Again, 1922)〉에서 그는 보편적 사회의 연구가 겸 비평가로서 등장하고 있다. 그리고 최초의 중요한 작품인 〈세 군인(Three Soldieis, 1921)〉은 개인의 성격 묘사라기보다 전쟁이 인간성에 미치는 영향을 일반적으로 탐구한 것으로서 더욱 의의가 있다.

언어와 소설 구조에 관한 그의 급진적인 실험은, 예술 그 자체로서보다 저널리즘의 정신, 즉 사회적·문화적 생태를 효과적으로 폭로하려는 정신을 갖고 시작되었던 것이다.

헤밍웨이, 맥리시 등과 같이 중서부 출신이었던 도스 패소스는 그들과 함께 동부의 대학 교육을 받았고, 전투 부대 혹은 야전 의무대에 소속하여 유럽 전선에 참가하였다. 종전 후에는 그 시대와 조국으로부터의 이탈을 경험하였다. 〈세 군인〉은 그후 여러 작가들에 의해서 무수히 나타난 사실적인 전쟁 소설의 효시였다. 원래는 신문기자였던 도스 패소스는 스페인, 러시아, 멕시코의 문명에서 사회혁명의 중심적인 사조, 즉 사회적 이탈의 의미와 그에 대한 해답을 구하였다. 도스 패소스는 언제나 그의 소설에다 여행 기사—〈모든 나라에 있어서(In All Countries, 1934)〉와 같이—나, 혹은 정치이론과 사회이론에 관한 논설—〈제퍼슨 전(Jefferson, 1954)〉에 있어서와 같이—을 삽입한다. 그리고 그의 훌륭한 소설에 있어서의 핵심적인 의미는 정치나 경제적인 문제에서 이끌어 내고 있는 것이다. 하우얼스와 마크 트웨인을 지나 쿠퍼와 폴딩까지 찾아올라갈 수 있는 논쟁의 전통을 정면에서 이어받은 도스 패소스는, 작품 구성을 위해선 건축학의 지식에 의지했고, 여러 가지 창작상의 기교를 얻기 위해선 언어와 상징을 연구했던 것이다. 그의 활동을 보면, 사회 비평에 의존하는 자연주의의 일면이 소설에서 가장 효과적으로 표현되고 있는데, 이것은 그가 드라이저뿐만 아니라 헨리 제임스에서도 소설 작법을 배웠기 때문이었다.

〈맨해튼 트랜스퍼(Manhattan Transfer, 1925)〉는 그의 최초의, 진실로 실험적인 소설이었다. 이 작품은 뉴욕에 사는 일단의 주민들과 그들의 추잡한 인간 관계에 대하여, 그의 상표(商標)가 된 파노라마적인 전망을 사용하여 그린 추악한 이야기다. 이 소설의 플롯은 개인보다 오히려 시(市) 전체에 집중되고 있으며, 그 테마는 사회적 타락과 퇴폐(頹廢)를 취급한 것이다. 자본주의 기구의 모든 면에 대한 그의 공격에는 마르크스적인 냄새를 맡을 수 있으나, 그의 사회 철학은 당대 몇몇 작가들이 품고 있던 그런 공리공론은 아니었다. 이 이유 때문에 그의 작품은 1925년부터 1939년 사이에, 같은 테마를 취급한 여러 소설보다 생명이 길어 오늘날까지 생명을 유지하고 있는 것 같다.

3부작 《U. S. A, 1938》는, 〈42도선(The 42nd Parallel, 1930)〉〈1919년, 1932〉 그리고 〈큰 금(The Big Money, 1936)〉으로 구성되고 있다. 이 작품에서 미합중국의 현대 문명 전역을 살피기 위하여 파노라마적인 수법을 다시 사용하고 있으며, 더욱 조직적이며 복잡한 방법에다 이를 적용시키고 있다. 이 소설의 중심을 이루고 있는 것은 선택된 몇몇 인물들의 생활이며, 이것이 초기 소설에서보다 더욱 면밀하고 일관성 있게 그려지고 있는 것이다. 그리고 이 소설의 중핵(中核)은 외부의 몇 가지 관점에서 볼 수 있다. 즉, 시대의 사회적 관심을 부르짖기 위하여 신문의 표제를 이용하는 〈뉴스 영화〉 사건과는 관련없이, 〈의식의 흐름〉의 수법으로 작자의 주관적 반응을 반영하는 〈카메라의 눈〉, 그리고 작중의 비천한 시민들의 생활과 대조하기 위하여 주는 저명인사들, 이를테면 포드, 데브즈, 루스벨트 몰간 등—의 전기의 촌묘(寸描) 등이다. 이와 같은 여러 가지 요소가 서로 교차된 단편적인 삽화(挿話)가 끼어 있어, 얼른 보기엔 혼란 상태 같은 감을 주는 점에서 충분히 성공하고 있다.

두 번째 3부작인 〈컬럼비아의 특별구(District of Columbia, 1953)〉는 작가 도스 패소스가 공격보다 방어의 입장으로 돌아섰기 때문에 첫째 것 만큼은 통일성을 지니고 있지 않다. 이제 와서 그는 더욱 미국적 민주주의에 대한 충성심을 받아들이고, 이 입장에서 민주주의 원칙을 위협한다고 본 세 가지의 정치체계에 대해서 맹렬한 공격을 가했던 것이다. 〈어느 청년의 모험(Adventures of a Young Man, 1931)〉에서는 공산주의를, 〈넘버 원(Number One, 1943)〉에서는 파시즘을, 최후로 〈웅대한 계획(The Grand Design, 1949)〉에서는 뉴 딜 정책을 공격하였다. 이 작품에서는 그의 파노라마적인 수법을 거의 버리고, 더욱 관습적인 기교와 보수적인 사회철학을 채택하고 있다. 그의 정치 사회관은 본질적으로 그다지 달라져 있지 않다고 논할 수도 있으나, 그의 공격 목표는 1930년대와 40년대 사이에 있어 매우 달라져 있다. 또, 둘쨋 번 3부작에서 사용한 그의 수법은 첫째번의 그것과 비교하여 실험적이 아니기 때문에, 여러 비평가들은 그를 얌전한 보수주의자로 전향한 열광적인 혁명가라고 보아 상대를 하지 않게끔 되었다. 예술가로서 또한 사회 비평가로서, 그의 대표작에서 일관된 목적을 발견하고, 미국 소설에서 볼 수 있는 사회 비평의 전통 속에서 그가 차지하는 지위를 확인하기에는 '시간'을 기다릴 수밖에 없는 것이다.

4

　도스 패소스가 사회 전체의 입장에서 현대 생활의 커다란 모순을 해결하려고 하였다면, 토머스 울프(Thomas Wolfe, 1900~1938)는 한 인간의 영혼 속에서, 즉 자기 자신 속에서 이와 같은 모순에 직면하였다. 울프는 도스 패소스 이상으로 교의나 주의에 해방되고 있었으나 그의 동료인 자연주의자처럼, 그가 흥미를 갖고 있었던 분야에 있어서의 최신의 과학 지식—즉 심리학의 지식에 의존하고 있었다. 도스 패소스가 그의 눈앞을 스쳐가는 인생의 변천해 가는 파노라마를 바라다본 데 반하여 울프는 안으로 눈을 돌려 관찰과 기억을 거쳐 자기 내부에서 예술가에 대한 진정한 인생의 의미를 잡으려 하였다. 그는 소재에 대한 태도에 있어선 리얼리스트였지만, 그 소재를 표현하는 데 있어선 매우 훌륭한 심벌리스트였다. 울프의 경우, 왕성한 감수성을 통하여 받아들인 감각적 인상은, 일일이 거기에 상당하는 주관적 반응을 일으키며 이에 필연적인 의미를 주지 않을 수 없었다. 초절주의자들의 이상주의 시대에 현대의 인간관과 자연관을 택한 울프는, 초절주의자들의 유기적인 예술관을 부활시켜 에머슨, 멜빌, 휘트먼 등의 상징주의와 밀접한 관련성을 지닌 하나의 상징주의를 만들어냈다. 울프의 혼란은 현대 과학이 명령하는 자연주의적 우주관이 가져오는 혼란이었으며, 그의 명지(明知)는 미국의 심미적 경험이 극치에 달했을 때 얻어지는 명지였었다.

　그의 소설에 나타나는 두 사람의 주인공인 유진 갠트와 조지 웨버로부터 작가 토머스 울프를 분리한다는 것은 불가능하다. 그의 주요 인물의 생활은 언제나 작가의 생활과 얽혀 있으며, 그 인물의 매력은 경험된 여러 가지 사건이 작가의 마음속에서 음미될 때 일어나는 상상력에서 직접 생겨나는 것이다. 울프는 항상 자기의 예술을 자기 개성 밖으로 갖다 놓고 심미적인 객관 속에서 그의 경험의 의미를 발견하려는 노력에서 고민한 것같이 보이나, 이에 성공하지 못하였다는 것은 아마 다행이었을지 모르겠다. 원래 울프는 포크너와 엘리어트처럼 치밀한 예술가는 아니었다. 만일 그가 자신 밖으로 나갔더라면 울프는 아마 작가로서의 환상을 잃어버렸을 것이며, 창작력의 발전을 통어하지 못하였을 것이다. 그가 성공했다고 본 소설에 있어, 그는 단지 철학적 객관성, 즉 감각이 아닌 사상의 지배만을 획득했던 것이다. 따라서 이러한 소설은 초기 작품에 비하면 박력이 약하다. 그의 예술은 그의 천재성과 일치하였고, 신중히 계획되어 통어된 것이 아니고 유기적으로 자연 발생한 것이었다.

모든 자연주의 작가에게는 길고 상세한 자서전을 쓰는 경향이 있다. 그 덕택으로 대체 울프란 어떠한 인간이었으며, 그 일생에서 어떠한 사건과 경험을 겪었던가, 그리고 일생을 어떻게 보내려고 하였던가 하는 놀라울 만큼 풍부한 지식을 갖게 되었다. 울프는 또 자기를 말하는 자서전적인 소설 이외에도 그의 모친 및 다른 사람에게 보낸 많은 서한과 〈소설 이야기(The Story of a Novel, 1936)〉라는 긴 에세이를 남기고 있다. 사실과 허구의 대비는, 갠트 웨버 울프가 캐토우바의 올타몬트(실명은 노스 캐롤라이나의 애슈빌)의 산에 둘러싸인 마을에, 북부에서 내려온 거인(巨人)이며 성질이 난폭한 석공(石工)인 아버지와 억압은 받았으나 역시 성질이 괄괄한 남부 출신 어머니 사이에 태어나는 데서부터 시작된다. 그는 그의 학교 교육, 소년 시절의 연애, 수줍은 교우 관계, 폭풍우 같은 가족 관계, 로맨틱한 꿈, 풀피트 힐에서의 대학 생활로 나가며 마지막엔, 감옥과 같은 산(山)마을에 처음에는 정신적으로, 나중에는 실제적으로 반항하여, 그곳을 도피하여 북부로 향하여 작가가 되기까지 이 대비는 계속되고 있다.

이 서사시적인 이야기의 테마는 도피와 실패, 그리고 '집'으로 되돌아가려는 노력이다. 따라서 한 인간의 일생의 주기는 모태부터 무덤에 이르기까지의 인류가 밟는 주기의 상징이며, 대지에 얽매여 있는 운명에서 벗어나 자유를 구하려는 것은, 어머니보다 오히려 아버지와 일체가 되려는 노력이다. 정신분석학이 제공하는 상징 체계를 자유로이 빌려, 그것을 자유자재로 구사한 울프는 그 자신의 성쇠(盛衰)를 번갈아 찾아오는 희망과 절망 속에서 그려나갔던 것이다.

유진 갠트는 〈천사여 고향을 돌아보라(Look Homeward, Angel, 1929)〉와 〈시(時)와 강(江)〉에 대하여(Of Time and River, 1935)〉이 두 작품의 주인공이다. 전작은 탄생부터 베이커의 '47번 연극교실'(울프는 1920년부터 22년까지 이 교실에 출석했다)에서 작극법을 배우고자 하버드로 출발할 때까지를 그리고 있다. 후작은, 하버드 재학시부터 프랑스 방랑 시대까지를 취급하고 있다. 유년시대와 사춘기를 자세히 그린 이 작품은 칼라일, 루소, 괴테 등의 로맨틱한 염세적 감상을 암시하고 있다. 유진 역시 자기 자신의 질풍노도 시대를, 자기 자신의 영원한 부정과 긍정과를 경험했다. 그에게 이와 같은 격정을 통어하는 힘이 없었다 하는 사실은, 때로는 사람의 마음을 뒤흔들며 깊이 감동케 하며 또 때로는 무의미한 수사(修辭)가 되어 튀어나오는, 즉 그의 창작의 펜에서 흘러나오는 말의 분류(奔流) 속에서 잘 반영되고 있다. 한때 토머스 울프가 스크리브너 출판사의 편집장인 맥스웰 퍼킨스에게 원고를 가져갔을 때는 트럭에 싣고 가져갔지만, 퍼킨스가 삭제를 하고 이것을 그의 아파트로 돌려보냈을 때에는 택시로 하였다는 이야기가 전해 오고 있다. 이러한 이야기에서 울프의 거창한 전설이 성립되고 있으며, 그는 마치 펜을 휘두르는 폴 반얀인양 무수한 일화가 그 위에 쌓여지고 있는 것이다.

그 원인이―주인공 퍼킨스인지 혹은 작가 울프인지 혹은 소재 그 자체에 내재하고 있는 형식에 있는 것인지―하여튼 그의 처녀작은, 그후에 씌어진 3편 반의 소설에 비하면 훨씬 단단한 내적 통일을 지니고 있다. 모친―부친의 복합(複合, complex)은 이해되고 있으며 따라서 일련의 상징 속에 늘 나타나 있다. 이를테면 주위를 둘러싼 산들, 천사의 죽음, 강과 기차, 자주 되풀이하는 돌, 잎, 입구의 삼중창 등, 이런 상징 속에 나타나 있다. “우리들 중 누가 영원히 고독한 나그네가 아닌 사람이 있겠는가”하고 울프가 물으면, 이에 답하여 유진은 비명과도 같은 울부짖음으로 “오! 잃어버린 자여, 바람에 서글픈 망령이여, 다시 집으로 돌아오라.” 하고 이에 응한다. 그의 형 벤의 죽음으로, 다른 산 인간 속에 제 자신을 몰입시키려던 울프의 소원은 다시 그에게로 되돌아와 영원히 그 소원을 이루지 못하게 하여 다시는 집으로 돌아갈 수 없게 된다. “벌써 어두워지고 말았다. 시들은 나뭇잎이 뒤흔들리고 있다.” 이것은 막 닥쳐오려는 성숙에 대한 그의 자각이었으며 이리하여 소설은 이미 꾸며졌던 것이다.

  이 소설에는 사춘기의 경험이 충분히 그리고 정확하게 재현되고 있어, 일반 청년들은 이를 탐독하고 다음 소설을 읽어나가는 것이 보통이다. 그후의 소설에 있어선, 예술을 통하여 계시된 인생의 통일성 같은 것이 없음을 발견하게 된다. 〈시와 강에 대하여〉는 북부로 향하는 기차 여행의 이야기로부터 시작되나, 이 삽화는 후에 일어날 사건의 준비 및 배경이 되어야 할 것임에도 점점 길어져 그 자체가 하나의 단편소설이 되고 만다. 성공을 거두게 되자 울프는 편집자의 권위로부터 다소 벗어나게 되었고 그 결과 소재와 인상에 균형을 잃게 되었다. 무턱대고 울프를 좋아하는 독자들에겐 이것은 하나의 이점이겠지만, 이 때문에 소설은 독자를 이끄는 중심적인 테마를 잃고 있는 것이다. 스타위크와의 우정도, 앤과의 사랑도, ‘강하고 장하고 부드러운’—혹은 또 되살아온 유년 시절의 추억도 그의 정신적인 방황을 그 궤도에 붙들어 맬 만큼 충분한 테마가 되지 못하였다.

  울프는 그의 실패를 자각하고 이에 대한 그의 반응을 그후의 소설에서, 이번에는 조지 웨버라는 또 다른 분신(分身)을 통하여 말하고 있다. 그는 둘쨋 번 소설의 예고 난에서, 전부 다하여 여섯 권이 될 장서를 예고하고 있다. 여기서는 유진 이외, 1791년부터 1933년까지의 갠트 및 펜틀랜드 양가(兩家)의 역사를 취급하기로 되어 있었다. 이 예고에서 그가 말하고 있는 바에 의하면, '첫째 네 권은 이미 집필이 완료되었고, 그 중 두 권은 출판되었다'는 것이다. 그러나 〈10월의 장마당(The October Fair, 1925~1928)〉과 〈펜틀랜드 너머 산들(The Hills Beyond Pentland, 1838~1922)〉은, 그 당시 실제로 다 끝났다치더라도, 미완성품이며 난잡한 상태하에 있었음에 틀림없을 것이다. 하여튼, 셋째와 넷째 이 두 소설이 나타났을 때, 이들 소설은 예고의 내용과는 전연 딴판이었다.

그 동안 울프는 퍼킨스와 다투어, 트렁크에 가득한 원고와 저작권을 하파즈 사(社)의 편집장인 에드워드 C. 애스웰한테로 옮기고 말았다. 이 마음 상한 이야기는 마지막 소설에서 울프 자신이 말하고 있으며, 그후에도 여러 사람들이 이를 되풀이하며 논하고 있다. 이 싸움의 시비(是非)는 다음 소설이 새 출판사에서 발행되기도 전에, 울프가 병에 걸려 죽었기 때문에 그냥 흐지부지 파묻혀지고 말았다. 애스웰은, 조지 웨버와 두 편의 소설〈거미줄과 바위(The Weband the Rock, 1939)〉〈다시는 집에 돌아갈 수 없다(You Can't Go Home Again, 1940)〉를 인수하였다. 〈저 너머 산들(The Hills Beyond, 1941)〉은 단편을 모은 것이다. 이상이 울프가 발표한 작품의 전부이지만 그밖에 단편소설집 한 권과, 그의 소설에서 발췌한 서정적 문장을 운문으로 인쇄한 시집(詩集) 한 권이 있다.

〈거미줄과 바위〉의 첫머리에서는 이름을 조지 웨버라고 바꾸고 풍채도 전보다는 다소 단정하지만 여전히 보기 흉한 거구(巨軀)인 유진 갠트가 유럽에서 돌아온 배에서 내려, 뉴욕과 브루클린에서 작가 겸 교사 생활을 시작한다. 웨버는 그의 처녀작(그의 노스 캐롤라이나에서 지난 청춘 시대를 그린 것이다)이 출판될 때까지 워싱턴 스퀘어 대학(가공의 이름)에서 작문을 가르치면서 생계를 이어나간다. 그의 감정 생활은 부자이며 아내에게 관대한 실업가의 아내인, 신극운동(新劇運動)의 무대장치가였던 에스터 재크에 집중된다. 소설은 이 폭풍과도 같은 격렬한 사랑을 거의 종국(終局)에까지 이끌고 간다. 왜냐하면 이것은 울프에겐 매혹의 여인에 대한 구애(求愛) 이상의 것이기 때문이었다. 즉, 도시를 도피처로 치고 이에 열중하고 그러다 이를 거부하는 것을 의미한다. 왜냐하면 에스터는 그가 필요로 하되 원치 않는 성숙의 소리이기 때문이다. 작중에 일어나는 사건은 결국 작가 울프의 내적 탐구를 나타내는 상징에 지나지 못했다. 그러나 이 작품에는 이러한 사건이 상세하게 그리고 글자 그대로 사실에 따라 묘사되고 있기 때문에, 이전 작품에서 볼 수 있는 신비적 요소를 얼만 가도 볼 수가 없다. 울프가 새로이 발견한 객관성은, 본인은 높이 평가하고 있었지만, 그에게서 감정력과 수사력(修辭力)을 뺏고 말았다. 그러나 그가 이야기에 열중하고, 이전처럼 이야기가 저절로 진전되어 나가자 그의 힘은 다시 되돌아온다. 그가 에스터와 헤어지는 저 '마지막 숙명적이며 파멸적인 4월'의 푸른 마술은, 사랑과 미움을 한데 겹쳐 그를 압도하고 만다. 이 폭풍이 사라지자 그는 '쓰라림과 기쁨과 황홀의 야수의 울부짖음'을 부르짖을 수 있음을 발견한다. 이와 동시에 그는 이 쓰라림을 거쳐 버리고 온 고향의 산들을 상기하는 것이다.

〈다시는 집에 돌아가지 못하리〉도 역시 웨버의—그리고 울프의—노스 캐롤라이나 시절의 과거에 대한 고별이다. 이것은 전작보다 통일성이 없는 작품이기는 하나, 지난날의 울프의 모습을 더 많이 간직하고 있다. 이것은 그가 싱클레어 루이스와 맥스웰 퍼킨스와의 우정에 자극을 받아, 옛날의 자기 중심적인 분방성을 다시 찾아 마음껏 제 자신에 대해서 쓰고 있기 때문이다. 요절(妖折)하리라는 예감에 사로잡혀 그가 마지막으로 돌아간 곳은 바로 미국 그 자체였었다. '집보다 다정하고, 지구보다 더 큰 나라를 찾아서…….'

에스터 재크, 맥스웰 퍼킨스, 그리고 도시가 주려는 것을 모조리 거절하였으니, 보통의 의미로서 보면, 울프는 충분히 성장하지 않았다. 결국 그는 제 자신의 완전한 성숙을 물리치는 데에 성공한 셈이다. 그러나 그의 손실은 또한 이득이기도 하였다. 끝까지 청춘을 붙잡아 놓치지 않았던 울프는 어쩔 수 없는 굶주림과 목마름을 느꼈고, 또 내심의 상극(相剋)을 해결하는 언어의 위력을 받았던 그는, 현대 미국 작가 어느 누구보다도 제 자신과 그리고 더불어 인류를 완전히 표현하는 것을 그의 지상명령으로 삼았던 것이다. 울프는 그의 어찌 할 수 없는 천성으로 말미암아, 휘트먼이 되려고 그렇게 애쓴 자연 그대로의 유기적인 미국 예술가가 되었던 것이다.

5

도스 패소스의 격렬한 사회 공격과 이와 대조적인 울프의 내적 자아의 폭로는 어네스트 헤밍웨이(Ernest Hemingway, 1899～1961)의 단편과 소설에 이르러, 그 탁월한 소설 작법으로 말미암아 원만히 융해되고 있다. 헤밍웨이야말로 소재를 훌륭히 구사하며 가장 심각한 의미의 세계로부터 의식적인 문체와 언어의 극한에까지 도달한 예술가이다. 어느 의미에선, 헤밍웨이는 동시대의 여러 작가들보다 그 예술의 영역이 좁다고 말할 수 있다. 왜냐하면 그는 단 한 가지 테마, 즉 격렬성이라는 가치 이외의 모든 가치를 박탈당한 오늘날의 세계에 있어 인간은 어떻게 죽음과 대결할 수 있을까 하는 테마밖에 갖고 있지 않기 때문이다. 그러나 더 광범위한 의미에서 본다면, 그는 아마 포크너와 엘리어트를 빼놓고서는 현대 작가들 중에서 가장 보편적인 작가일 것이다. 왜냐하면 〈우리의 시절(In Our Time, 1924)〉의 닉 애덤스부터 〈노인과 바다(The Old Man and the Sea, 1952)〉의 어부(漁夫)에 이르기까지 온갖 기질의 인간 속에서 되풀이되는 극기적(克己的) 용기의 이미지로서, 그가 넓이에서 모자라는 것을 깊이에서 보충했기 때문이다.

그가 폭력에 의한 죽음을 자각한 것은, 부친과 함께 북부 미시간 주 삼림 속에서 사냥을 하였을 때의 일이었다. 또 현대 문명 사회의 복합(複合)에 눈이 뜨이기 시작한 것은, 그가 캔자스 시(市)에서 신문기자 노릇을 하고 있을 때였다. 그의 세대의 여러 젊은 이상주의자들과 마찬가지로, 헤밍웨이 역시 전쟁을 경험하기 위하여 미국의 야전 위생대를 택하였지만, 전쟁에 참가하기보다 전투를 보도하였다. 그의 초기 작품에 나오는 헤밍웨이적 주인공—정신적으로나 육체적으로나 부상을 입고 있지만—은 평화가 회복된 후, 조국을 버리고 파리에 있는 이국자(離國者)들의 무리에 끼고 만 작가 헤밍웨이의 상징에 지나지 않았다. 거트루드 스타인은 그 세대 전체에 '잃어버린'이라는 형용사를 써서 그의 '도망'이 얼마나 진정한 것인가를 인정하였다. 오, 잃은 자여, 바람에 서글픈 망령(亡靈)이여. 헤밍웨이가 제 자신의 과거와 자기가 태어난 번영한 조국을 버리고 문명과 결별하였다는 것은, 울프의 것이 부분적인 것에 지나지 않았다는 의미에서 보면, 참으로 완전한 것이라 하겠다. 헤밍웨이의 분신이기도 한 최초의 주인공 닉 애덤스의 극기적인 비개인성은, 젊은 유진 갠트의 감정적인 자기(自棄)와 자기연민(自己憐憫)과는 선명한 대조를 이루고 있다. 닉 애덤스는 〈우리의 시절(In Our Time)〉—그것은 풍자적인, 평화 없는 시절이었지만—에 수록된 단편 속에서만 나타나며, 인간세계에 연달아 일어나는 일상적인 에피소드의 우열한 점이나 추악한 폭력을 관찰하여 거기서 지혜를 배우고 있는 소년이다. 여기에 비로소 새로운 종류의 단편소설, 즉 줄거리가 없고 삽화적이며, 감정은 박탈되고 언어를 아끼고 있지만, 극도로 예민한 감수성으로써 튼튼히 함께 묶은 일련의 이야기를 이루는 단편소설이 나타난 것이다.

닉 애덤스는 후에 나온 작품에서는 사라지고 있는데, 이것은 헤밍웨이가 작가로서 기록계(記錄係) 노릇을 배웠기 때문이다. 이러한 방법으로 그는 냉정하고 비개인적인 태도—즉 영혼이 죽은 다음 날 아침 소용이 없게 된 자기의 육체를 바라보듯 냉정한 태도—로, 주인공들을 그릴 수 있었다. 이 특질로써 헤밍웨이의 걸작을 다른 작품과 구별할 수 있는 것이다. 또 이 특질에서, 그는 그후 많은 작가들이 모방하려다 끝내 성공하지 못한 상징주의와 독특한 언어를 만들어냈던 것이다. 그의 감정을 나타내지 않는 압축법은 기교상의 수법이 아니라, 인생에 대한 그의 태도의 정수(精髓)인 것이다.

거트루드 스타인의 영향이, 예술가로서의 헤밍웨이에 대해서 과연 어떠한 의미를 갖고 있는 것인가 하는 것은 단정하기 어렵다. 이것은 아마 때마침 제임스 조이스나 파리의 국제적인 작가 그룹에서 나오고 있었던 언어의 힘과 용법에 관한 새로운 개념을 그에게 주고, (그렇지 않았더라면) 속박이 되고 말 성싶었던 소설 작법의 규범에서 그를 해방시켰던 것에 불과한 것인지 모른다. 이들 작가로부터 강렬하고 순간적이며 고도로 개성적인 경험의 직접적 상징으로서의 어구(語句)의 가치(규범적인 문법과 수사법(修辭法)으로 훈련된 도구로서의 어구 가치(語句價値)와는 다르다)를 배웠는지도 모른다. 동시대의 대부분의 작가들이 지니지 않았던, 정신적 훈련에 대한 의식을 타고난 헤밍웨이는 이 방향을 따라갔으며, 따라서 그의 독특한 사명을 위하여 하나의 새롭고도 이채로운 문체를 마침내 창조하였던것이다.

〈해는 또다시 뜬다(The Sun Also Rises, 1926)〉에 등장하는 이 국자들은, 시세(時勢)에 의하여 그들에게 강요된 사회 포기의 태도를 고집한다. 부상과 그 결과 일어난 성적불능으로 제이크 반즈는 그 자신의 그리고 작가 세대의 상징이 된다. 이 소설에 나타나는 다른 인물들은 반즈처럼 뚜렷하게 정상적인 경험에서 떨어져 있지 않으며, 또(보통 경험에 대신하는)격렬한 경험에 의하여 심신을 괴롭히는 일도 적다. 브레트 애슈리 부인의 '우리들은 함께 참 재미있게 살 수 있었을 것을’ 하는 마지막 말은 매우 나직한 어조로 말하게 하고 있으므로, 독자들은 이 말 속에 이야기의 모든 뜻이 포함되고 있다는 것을 간과(看過)하기 쉬운 것이다. 즉, 정상적인 세계는 실재하지 않고, 그랬을 거다 하는 세계가 되고 만 것이다. 이들이, 미친 것 같은 연애 속에, 투우장의 죽음 속에, 또 쉴 새 없이 들이키는 칵테일 속에, 그나마 발견한 것은 오로지 재미뿐이며—이 말에는 최고부터 최저의 의미를 줄 수 있다—오로지 강열성뿐이었다. 피츠제럴드의 재즈는 이제 이 무시무시한 죽음의 춤을 반주하고 있으며, 허무감은 여기서 완성된 셈이었다.

이와 같이 철저한 가치부정은 단 한 가지 결과만을 가져올 것 같았다. 즉, 이 작가는 더 이상 붓을 들지 못하리라는 결과였다. 그러나 헤밍웨이는 이 부정을 부정하고 말았다. 인간 고뇌의 깊이를 무자비하게 찾아들어간 그는 생각지도 않던 암반(岩盤)을 발견하였던 것이다. 살려는 의지가 거기에 있었던 것이다. 그리고 그 너머에는, 후에 포크너가 노벨상 수상연설에서 대담하게 주장하고 있듯이, 이긴 자는 의지가 있었던 것이다. 이 기초 위에 예술을 세울 수 있었던 것이다.

당시의 독자들에 대해선, 헤밍웨이의 다음 작품인 〈무기여 잘 있거라(Farewell to Arms, 1929)〉는 모든 것에 대한 그의 또 다른 하나의 결별에 지나지 않는 것같이 보였다. 카포레트 탈주라는 상징적인 이탈 행위의 상처는, 열렬한 캐서린의 죽음이나 도망으로써 고칠 수는 없었다. 캐서린이 죽고 나자, 프레데릭 헨리, 즉 헤밍웨이의 신판 인간극의 주인공은 미지의 나라에서 홀로 갈 바도 모르고 남게 된다. 자기 자신의 무력한 탓으로 상처를 입고 고민에 사로잡히면서도, 그는 사랑과 죽음을 겪었고, 평원에 얽매이면서도 그는 마침내 산을 발견하고 산을 찾았다. 이미 그 산에 올라갈 수는 없을지언정, 제 손으로 제 목숨을 끊을 수는 없었다. 헤밍웨이의 작품의 주인공들은 때가 오면 죽음과 맞설 수 있는데도 불구하고, 결코 자살은 하지 않는다.

후대의 비평가들은, 이 작품이 헤밍웨이 세계의 중심을 차지하고, 그 밖에 모든 다른 작품은, 여기서 간단히 표현된 테마를 연장한 것이거나 단축한 것임을 발견하였다. 헤밍웨이 자신이 이 사실을 알고 있었건 모르고 있었건, 이후 근 10년 동안 그는 소설에 손을 대지 않았다. 그가 아프리카의 수렵여행에서 돌아와, 투우나 맹수 사냥에 관한 책을 쓰던 것을 멈추자, 이번에는 소설의 주인공을 위하여 초기 작품에선 결핍되고 있던 사회적인 틀을 마련하려 했다. 〈가진 자와 안 가진 자(To Have and Have Not, 1937)〉에 나오는 우둔한 주인공 해리 몰간은, 술을 밀매하기 위하여 연방정부를 상대로 하여 싸우지만, 인간은 혼자만으로는 살아 나갈 수 없다는 것을 기어이 깨달으며, 헤밍웨이 자신도 같은 사실을 스페인 혁명에서 몸소 경험하였다. 〈누구를 위하여 종은 울리나(For Whom The Bell Tolls, 1940)〉의 주인공 로버트 조던은 이 소설의 첫머리에 인용된 시인 존 단(John Donne)의 '누구나 그것만으로 완전하다는 섬(島)이 될 수 없다'라는 교훈을 인정하고 있는 점으로 보아, 프레데릭 헨리하고는 다르다. 이 소설에서, 왕당(王黨)을 위한 선전밖에 읽을 수 없는 비평가는 정말 헤밍웨이를 읽고 있다고 말할 수는 없다. 이제 헤밍웨이가 깨달은 바는, 모든 결별에는 두 당사자, 즉 개인과 그가 속하는 사회가 있다는 것이다. 화포(畫布)는 커졌으나 테마는 여전히 같은 것이었다.

이 소설이 미국 작가 중에서도 가장 주관적이며 개인주의적인 헤밍웨이의 사회적 의식의 각성을 대표하고, 또 한 주의에로의 시기에 늦은 개종(改宗)을 표현하고 있다는 것은 있을 수 없다. 공산주의나 파시스트 열강이 닥쳐오는 전쟁의 마지막 시련에다 원조를 퍼부었을 때, 세계 각국의 이상주의자들은 그 어느 편으로 끌려갔지만, 왕당파

의 입장은 민주주의의 입장과 거의 다름이 없는 듯하였다. 조던도 이
왕당 편에서 싸우지만 그의 전쟁은 완전히 사적(私的)인 것이었다.
조던은 교량을 폭파하고 자기 숙명에 따르는 기회를 기다리면서 산굴
속에 숨어 있는 동안에도, 스페인의 유격대원들과는 늘 의견의 충돌
을 가져오고 있다. 겁쟁이 남편 파블로를 거느리는 대지의 여수령
(女首領) 필라의 동기는 정치 이론과 정치 목적과는 아무런 관계가
없다. 또 조던의 생사를 결정하는 이유도 한 주의 명분(主義名分)을
위한 희생에서 나온 것이 아니라, 제 마음에 드는 여인에 대한 강열한
육체적 애정에서 나온 것이다. 이 정치적 투쟁에 관계하는 양쪽의 우
열과 의심 때문에, 조던의 죽음의 사회적 의의는 없어지고 만다. 그
는 마리아를 사랑하고, 교량을 폭파하고 도주하다가 무의미한 죽음
을 맞이한다. 그러나 죽음의 종소리를 들으며 '하나의 일이 훌륭하게
이루어질 수 있다……'고 생각하면서 조용히 죽어간다.

　　몇몇 단편에서는, 헤밍웨이의 의도는 훨씬 더 명백하고 그 상징은
더 대담하고 그 언어는 더 날카롭고 그 플롯은 더욱 압축되고 있다.
아마 그 중심적인 상징은 〈킬리만자로의 눈(The Snows of Kilim-
anjaro, 1936)〉에서 볼 수 있을 것이다. 초기 작품인 〈살인자(The
Killers, 1927)〉에서나, 또 이보다 충분히 성장한 〈프랜시스 메컴버
의 짧은 행복한 생애(The Short Happy Life of Francis Macom-
ber, 1936)〉에서도, 죽음을 여러 가지 다른 정도의 무관심이나 용기
로써 맞이하고 있지만, 〈킬리만자로의 눈〉에서는 상징과 현실의 양
면이 충분히 묘사되고 있다. 아프리카 사막의 뜨거운 햇볕 아래 드러
누워서, 그 상한 다리가 곪아 전신에 독이 도는 것을 기다리고 있는
사나이의 머리에 떠오르는 지난 날의 행복한 추억은, 지금 자기를 간
호해 주고 있는 여자와의 추악한 관계를 더 절실하게 의식시킨다. 이
단계에서는, 그의 유일한 희망은 비행기에 의한 구조에 달려 있다.
그러나 한편 눈이 쌓여 솟아 있는 킬리만자로의 서쪽 봉우리 가까이

에는, 얼어 죽은 표범이 누워 있다. '저런 높이에서 표범이 대체 무엇을 찾고 있었는가를 설명한 사람은 아무도 없다.' 그리고 마침내 그를 안전과 건강의 꿈나라로 싣고 가던 비행기가 왜 갑자기 오른쪽으로 방향을 돌리고, 믿을 수 없을 만큼 하얀 네모난 봉우리로 뛰어들어갔는지 구태여 설명할 필요가 없을 것이다.

　그의 성숙을 보이는 소설—그가 계획하고 있던 대작(大作)의 일부이지만—에서도, 헤밍웨이는 〈킬리만자로의 눈〉과 같은 방향을 취하였다. 〈강 너머 숲속으로(Across the River and into the Trees, 1950)〉에서 다시 한 번 군인 이야기를 되풀이하려는 최후의 비장한 노력이 보이지만, 〈노인과 바다(The Old Man and the Sea, 1952)〉에는 현실의 모습을 볼래야 볼 수가 없다. 이 늙은 어부는 이교(異敎)의 진리를 밝히려고 사용된 기독교적인 상징이다. 노인과 거어(巨魚)는 승패가 없는 최종 결전을 하는 인간과 자연을 나타내는 데 지나지 않는다. 쌍방이 다 승리를 거둔다. 왜냐하면, 노인은 상어를 제것으로 소유할 수는 없지만 그것을 잡고 있기 때문이다. 노인은 결투가 최후 단계에 이르자 '누가 누굴 죽이건 상관할 바 없다'고 말하고 있지만, 나중에 그는 잠들고, 사자(獅子)를—표범일지도 모른다—꿈꿀 수 있었다. 한 시대가 그 회의(懷疑)와 신앙을 표현하는 문학의 소리를 발견한 셈이다.

제 12 장 기억의 용도
- 엘리어트, 포크너 -

1

물리학의 법칙에 의하면 모든 힘에는 이와 반대되는 동등의 힘이 있다고 한다. 자연계는 이것으로 균형을 유지하고 있다. 문학사에서도 이와 같은 법칙이 있는 듯하다. 즉, 하나의 동적(動的)인 낭만주의 운동에 대하여서는 규범, 형식, 억제로 기울어지는 동등의 힘을 가진 반대 운동이 일어나는 것 같다.

1920년대와 1930년대에 미국에서 개화한 문학 운동도 그 예외가 아니었고, 그 내부에 반동의 씨를 품고 있었다. 이미 1920년 이전에도, T. S. 엘리어트는, 시의 개성 몰락과 예술에 있어서의 이상적 질서의 인식을 주장하였고, 몇몇 사람들과 더불어, 분망한 미국 사람들에게 채찍질을 하면서 이들을 시정하려고 들었다.

미국 작가들 중에는 이 경고에 귀를 기울이고, 그들의 창작 활동에 충분한 규율을 가하고, 〈위대한 개츠비〉, 〈윈터세트〉, 〈상복이 어울리는 엘렉트라〉, 〈무기여 잘 있거라〉 그리고 로버트 프로스트의 서정시 같은 작품을 발표한 작가들이 있었는가 하면, 다른 작가들, 이를테면 드라이저, 루이스, 샌드버그, 울프 등은 여전히 구태의연하였다. 미국 문학 전통의 본질적인 요소인 유기적 예술론은, 내용과 형식의 무한한 탐구와, 감정과 사상의 자유로운 표현을 언제나 보증하여 왔다. 19세기의 낭만주의가 멜빌과 에머슨에서 상징주의를 길렀듯이, 20세기의 낭만주의적 자연주의는 오닐과 울프에서 커다란 동적인 상징주의를 발전시켜, 문학사상(文學史上)에 두 번째 커다란 르네상스를 가져왔던 것이다.

1935년에 이 운동은 절정에 도달하였다. 그리고 몇 해 후 폭발한 2차대전은 적어도 10년간은 이에 대한 반동을 지연시켰다고 할 수 있겠지만, 1945년에 이르자 반동 세력은 균형을 가져오는 교정력(矯正力)으로서 충분한 힘을 발휘하였다. 이 반동의 선두에 선 사람들이 바로 심미파의 비평가들이었다. 이 심미파에 관계된 사람들이 '신비평가'로서 널리 알려지게 된 것은 이보다 몇 해 후의 일이다. 이 운동의 형성기에 있어서의 특징은, 예술가와 그 개인적인 문제 (역사적이건 아니건)에서 떠나, 예술 작품 그 자체에다 주의를 집중하는 것이었다. 시가 문예 중 가장 순수한 형식이라고 인정을 받고, 따라서 규율에 따르며 또 음악과 회화에 가장 가까운 것인 만큼, 심미적 비평은 우선 시의 목적과 방법의 새로운 연구에 착수하였다. 시드니 러니어는 음악과 물리학의 법칙에 따라 영시(英詩)를 하나의 과학으로 하려고 노력하여 이 운동의 선두에 섰다. 19세기 〈퓨리터니즘〉의 탈을 벗기는 데 진력한 J. G. 하네커와 같은 신보헤미안들은, 시를 음악과 회화에 있어서의 인상파운동과 동일하다고 보아, 시를 그 자매예술과 똑같은 법칙하에 두려고 하였다. 그러나 시를 위하여 계통선 규칙을 만들어내기란 그리 간단하지 않았다. "인상주의가 초래한 혼돈은, 일시의 피난처이지 결코 자리잡을 곳은 아니다. 우리는 사상가로서의 비평가의 개념을 갖지 않으면 안 된다."고 스핑건은 말하고 있다. 또 그는 주로 크로체의 체계에 의거하여 심미주의의 입장을 말한 〈신비평(The New Criticism, 1950)〉이라는 강연에서, 이 심미주의 운동에 이름과 명확한 목표를 주었던 것이다.

스핑건은 그 자신이 내세운 원리를 실제로 적용할 수 없었기 때문에, 후일의 '신비평가'들로부터 반드시 동인(同人)의 대접을 받았다고는 할 수 없다. 철두철미 이론가였던 그는, 그 자신이 요구한 것과 같은 비평가가 되지 못하였다. 따라서 스핑건은, 《반대 진술(Counter—Statement, 1931)》을 쓴 케니 버크를 위시한 여러 인사들과 마찬가지로, 신운동의 기여자는 되지 못했고 다만 신운동의 형성자로 남았다. 예술 작품을 치밀히 연구함으로써 심미적 규율을 발전시킨다는 일은, 에즈라 파운드(Ezra Pound, 1885~1972)와 같은 실제 창작에 종사하는 작가들에 남겨지고 있었다. 파운드의 비평적인 사색과 적용에 대한 공헌은, 절충적이며 산발적이었지만, 동시에 그것은 독창적이며 용감하며 효과적이었다. 일찍부터 애미 로웰과 포에트리지의 이미지스트 파들과 사귀며, 거트루드와 레오 스타인의 파리 화실과 소호(Soho)의 뒷골목 그리고 이탈리아의 바닷가에 모여든 국제적인 그룹과 관계를 맺은 파운드는, 당시의 미국 작가의 어느 누구보다도 '취미의 종교'에로의 순수한 귀의(歸依)를 설교했다. 그는 영국의 T. E. 흄, 프랑스의 레미드구르몽으로부터 예술품에서 직접 받은 인상을 법칙화할 수도 있을 거라는 것을 배웠다. 아직 연구되지 않았거나 잊어버린 문학, 즉 프로반살, 엘리자베스, 중국의 문학 등을 널리 탐구하고, 또 그와 그의 동인들이 생각해 낸 모든 방법과 생각을 모조리 실험해 보아, 그는 마침내 비평을 기성의 시와 현존의 시에다 밀접하게 연결시키는 데 성공하였다. 파운드 자신의 작품은 시에 있어서나 산문 비평에 있어서나 이상하지만, T. S. ·엘리어트와 그밖의 심미파 시인들에게는 그들의 예술을 발효시킨 효모의 역할을 하였다. 파운드가 일견 무관심한 도전적 태도로서 내던진 비평적 견해는, 후에 이르러 냉정한 엘리어트에 의해서 수집 정리되어, 하나의 심미적 조화를 이루게 되었다. 파운드가 〈휴 셀윈 모벌리(Hugh Selwyn Mauberley, 1920)〉나 〈장시 백 편(Cantos,

1925)〉때문에 고안해 낸 수법은, 철학자 시인 엘리어트에 의하여 설명이 되었다. 또〈황무지〉를 비롯하여 그밖의 그의 시에서, '대가' 자신도 구사할 수 없을 만큼 놀라운 기교와 심원성으로써 적용되고 있다.

이밖에도 형식주의의 시인—비평가는 많지만, 그 중 존 크로 랜섬 (John Crowe Ransom, 1889~1975)은 20년대, 자칭 도피자들이라고 칭하고, 그들이 몽상하는 시의 세계와 같은 순수한 세계의 건설을 남부의 농본주의의 부활 속에 구하려고, 밴더빌트 대학에 모여든 일군의 작가들의 지도자가 되었다. 수식(數式)과 같은 완전성이 그들의 이상이 되었다. 이를 달성하기 위하여 그들은 하나의 '실제적' 비평, 즉 작가가 의도하는 의미보다도 독자가 실제로 받는 의미를 분석하는 방법을 제창한 영국의 비평가 I. A. 리처드의 자극을 받아, 언어와 이미지를 재검토하기에 이르렀다. 새로운 분석적인 시가 발달함에 따라 이 새로운 분석적 비평이 나타나게 되었는데, 이 비평은 그 인식에 있어서는 인상주의적이지만 방법에 있어서는 과학적이었다. 이 운동이 전국적인 운동으로 되어감에 따라, 20년대 및 30년대를 통하여 논쟁과 토론, 이론의 구성, 시에 대한 실제적인 적용 같은 것이 부단히 계속되었다. 그러다 갑자기 1945년에, 미국은 확고한 입장에 선 권위주의의 문예 비평가의 강력한 일단—그들 대개는 숙달한 시인들이지만—을 가지게 되지만, 미국시는 이미 새로운 소리를 들을 수 없다는 것이 분명하게 되었다.

2

T. S. 엘리어트(T. S. Eliot, 1888~1965)는 이 반동적 운동과 당대 문단의 제일인자였다. 세인트 루이스에서 출생하고, 하버드, 소르본, 옥스포드에서 교육을 받은 엘리어트는 30세가 될까 말까 할

때, 한 권의 소시집(小詩集)인 《프루프로크와 기타의 관찰(Pru-
frock and Other Observations, 1917)》과 산문집《성림(聖林),
시와 비평에 관한 논문(The Sacred Wood : Essays on Poetry
and Criticism, 1920)》을 가지고 문단의 중심으로 등장한 것이다.
런던의 무명 은행원이었던 엘리어트는 불과 몇 해 사이에, 영미(英
美)의 젊은 시인들의 영도자로서 인정을 받았다. 크라이테리온 지
(誌)의 편집자로서는, 지지파와 반대파 쌍방으로부터 신시(新詩)
와 시비평의 입법자이며 취미의 결정자로서 존경을 받았다. 그의 사
상, 업적, 〈독재(獨裁)〉에 관한 논평은, 본인이 신중히 추고를 거듭
한 시와 평론의 양보다 훨씬 더 빨리 쌓여 갔다. 1925년에는, 그는
본국뿐만 아니라 귀화국(歸化國)에서도, 제일류의 시인, 비평가로
서 인정을 받았던 것이다.
  엘리어트의 사상과 예술은, 영미적인 전통에 깊이 뿌리박고 있다.
엘리어트 가(家)는 뉴잉글랜드의 명문이며 대대로 명사를 배출하고
있는데, 그 중에서도 하버드 대학의 총장과, 세이럼의 마녀재판(魔
女裁判)에서 호손의 조상의 한 사람과 같이 배심원이었던 조합파교
회의 목사 등은 유명한 분들이다. 시인의 조부(祖父)는 하버드 대학
의 신학교를 졸업한 후 서부로 이주하여, 워싱턴 대학의 창립자 겸 총
장이 되었다. 부친은 세인트 루이스의 저명한 실업가였고, 또 시인이
며 전기작가였던 모친은 베이 콜로니의 초대 이민의 한 사람의 자손
이었다. 따라서 1906년 엘리어트가 하버드에 입학하였을 때, 그는
미국적인 변경 경험(邊境經驗)에서 볼 수 있는 주기, 즉 서부의 개척
자의 자손이 동부로 돌아간다는 것을 완성한 셈이었다. 그러나 엘리
어트는 지리적인 의미에서뿐만 아니라 다른 의미에서도 변경 운동에
는 역행하였다. 즉, 엘리어트는 예술 속으로 다음에는 종교 속으로
파고들어가, 자기의 표현할 미를 잘 알고, 동면(冬眠)하는 벌레와도
같이 조심스럽게 자기 영혼이 들어갈 집을 세우고 있었던 것이다.

엘리어트가 소년 시절을 보냈던 세인트 루이스는 시카고와 더불어 눈 뜬 중서부의 수도 역할을 하고 있었다. 거기에는 활발한 새로운 대학뿐만 아니라 도서관과 출판사가 있었고, 또 몇 가지 잡지도 발행되고 있었다. 그 중에서 제일 알려진 것은 윌리엄 토리 해리스가 편집하고 있었던 사변철학 잡지(Journal of Speculative Philosophy)일 것이다. 해리스는 콩코드 파의 철학에선 부른슨 올고트와 연관이 있었고, 1857년에 콩코드의 이상주의를 세인트 루이스에 도입하였다. 역시 센인트 루이스 출신인 폴 엘머 모어는 하버드에서 학업을 마친 후 센인트 루이스로 돌아와 교편을 잡았다. 또 드라이저가 신문기자 생활을 시작한 곳도 이 세인트 루이스에서였다. 모어는 당시 대학원에서 엘리어트의 형을 가르친 것을 기억하고 있지만, 이와 같은 영향 중의 어느 것을 젊은 엘리어트가 느꼈는지 어느 전기작가도 아직 명백히 하고 있지 않다. 그러나 엘리어트가 그의 젊었을 때의 사상에 있어서는 어빙 배비트와 네오 휴메니즘 운동에 관련이 있는 것을 자인한 것으로 보아, 이들로부터 엘리어트가 무슨 영향을 받았다는 것을 상상하기란 어렵지 않다. 하여튼 그의 비평의 기초공작은 철학에 있어서의 철저한 훈련이었다.

엘리어트의 비평적 견해가 자가당착, 성장, 변화를 겪으면서도 늘 권위자의 모습을 지니고 있는 것은, 이 철학적 기초를 갖고 있기 때문인지 모르겠다. 그의 말 속에 볼 수 있는 강력한 확신과 은근한 아이러니는 설득력을 잃지 않고 사람들에게 사상과 감정의 유연성을 느끼게 한다. 엘리어트의 독자는 그의 비평 속에서, 아무리 그 결론이 잠정적이건 혹은 회의적이건, 자기 머리로 문제를 숙고하고 그 사색의 성숙한 결과를 이야기하는 사람의 소리를 듣는 것이다. '성림'에서는, 아마 그의 비평적 사색의 기반이라 할 수 있는 문제를 제기하고 있다. 즉, 전통과 개인의 재능과의 관계, 새로 만들어진 예술 작품과 현존하는 어느 훌륭한 예술품의 체계와의 관계, 현재와 과거, 과거와 현재와 미래와의 관계 등이 그것이다. 이에 관련하여 두 가지 문제가 나타남이 분명하다. 그것은 시인과 창작 전의, 창작중의, 창작 후의 작품과의 관계, 그리고 현재의 통찰로써 과거를 밝히도록 역사의 과정을 역전시키는 것, 이 두 가지다. 이와 같은 문제와 이에 유사한 문제는, 〈프루프로크〉부터 〈사중창 사곡(四重唱四曲)〉에 이르기까지의 그의 걸작이나 또 전 생애를 통한 평론의 주제를 이루고 있다. 그리고 이것이 그의 독서와 창작을 지도하여 온 것이다.

이 탐구자는 다만 탐구자라는 점만으로써 흔히 낭만주의자라고 생각되고 있지만, 그의 탐구의 목적은 질서, 형식 그리고 규율이었다. 따라서 그가 〈랜설레트 앤드류를 위하여(For Lancelot An-drewes, 1928)〉라는 논집 속에서, "나는 정치에서는 왕당파, 문학에서는 고전주의자, 종교에서는 영국 카톨릭 교도다."라고 선언했을 때, 아무도 의외라고 생각하지 않았다. 그후 엘리어트는 이 신앙 고백에서 일어나는 교의적 문제를 피하려고 노력하였는데, 이것으로 그의 신앙이 본질적으로 달라진 것은 아니다. 엘리어트는 그와 그의 시대가 상실하였다고 본 가치를 충분한 용의와 목적을 가지고 탐구하며, 늘 변화하며 성장해 가는 반동주의자였다. 그의 지도적 지위는 당시 어느 작가에게도 떨어지지 않는 그의 재능과 정력에 따르는 것이었다. 그의 가장 초기 작품은 20년대에 씌어졌고, 현대 문학에 미친 그의 영향은 40년대에 와서 그 정점에 달하였다. 그러는 동안 그는 창작 활동의 제3기, 즉 극작에 들어갔으며, 다음과 같은 소시집과 평론집《시집 1909~1935년 (Collected Poems, 1909~1935, 1934년 출판, 1934년 및 1950년에 개정)》《시와 극 전집(The Complete Poems and Plays, 1952)》을 남기고, 시작과 비평 활동에 일단 종지부를 찍은 듯이 보였다.

엘리어트의 시는 서정시나 극시도 함께, 그가 평론에서 논하고 있는 종류의 작품을 얻으려는 일련의 시작(試作)이라 할 수 있다. 그의 초기의 시에 직접적인 영감을 주었던 사람은 줄스 라포르그이며, 이 프랑스 시인에게서 기지와 비유를 배웠다고 엘리어트는 말하고 있다. 물론 엘리어트가 다른 시인에게 입고 있는 은혜는 이것만이 아니었다. 왜냐하면 원래 프랑스의 상징주의 방법은 엘리어트의 시에는 고유한 것이었고, 또 그 배후에는 17세기 영국의 형이상 시인들, 특히 존슨, 밀턴, 마벨, 단 등의 수법이 있었기 때문이다. 이것은 또 일찍이 에머슨과 에밀리 디킨슨이 잡으려면 방법이었다. 이들 두 시인도 엘리어트처럼 19세기 영국의 낭만파 시인들을 거부하고, 초기 형이상 시인들에게, 이를테면 에머슨은 조지 허버트에게, 에밀리 디킨슨은 토머스 브라운 경에게 사숙하려 하였던 것이다.

원래 해방된 퓨리턴의 양심에는, 이미 식민지 시대의 시인 에드워드 테일러의 시절부터 불안한 심정에서 더 비개인적인—아직 체계화된 도덕적·심리적 질서라고까지 못할지언정—질서 속으로 도피하는 수단으로서 결렬한 상징주의 수법으로 달리는 경향이 있었다. 이와 같이 엘리어트는 현대의 미국 생활을 받아들이지는 않았을 망정 미국 문학 전통의 직계임이 분명하다. 또 그는 자기 자신을 모럴리스트라고 부르고 있지만, 그의 도덕적 실현 방법은 예술, 즉 윤리 자체에 관계 없이 직접 신학으로 들어가는 예술을 거쳐서 가능하게 되었다.

〈황무지(The Waste Land, 1922)〉까지의 그 이전의 시는, 이 방법의 격렬함을 잘 나타내고 있는데, 이것이 잘 되고 있는 곳에서는 시인이 바라는 객관성을 얻고 있다. 인간 경험의 영구적 기록으로서의 전설을 다시 찾아, 이것을 현대의 사건과 개인의 감정을 재는 규준으로서 사용해야 한다. 엉덩이가 큰 스위니, 베이디커의 여행 안내서를 가지고 돌아다니는 버뱅크, 무능무력한 J. 알프레드 프로크, 이들은 엘리어트가 현대 생활의 상하층에서 주워 온 희극적 인물들이지만, 제각기 환경에 대처하지 못하는 현대인의 무능력을 상징하고 있

다. 이와 같은 기억은 〈황무지〉의 첫머리에서 상기되고 있으나, 이
것은 곧 성배(聖杯)의 전설, 전도서 시인의 소년 시절의 실연, 셰익
스피어의 템페스트, 보들레르의 시 등에서 얻은 기억과 연결되고 만
다. 경험의 단편은 처음에는 무의미한 잡탕으로 모여지고 있지만, 곧
시는 현대 생활의 불모성(不毛性)의 의미를 심리적으로 탐구하는
일에 본격적으로 착수하게 된다. 〈황무지〉는 해설이 아니고 탐구이
므로, 그 속에 지적 질서와 귀결을 찾으려고 드는 독자들에게는 실망
감을 준다. 이 시에는 아무런 해답이 없지만, 이 시가 묻고 있는 '나는
적어도 내 땅을 정리할 수 있을까' 하는 질문은, 독자가 바라는 거의
모든 해답을 암시하고 있는 듯하다. 이 시의 구조의 기초를 이루고 있
는 것은 대지·공기·불(火)·물(水)의 사원(四元)이다. 행동
을 하나로 통일하는 방법에 사용되고 있는 전경(前景)에는, 성적 암
시의, 부단히 되풀이되는 출산·사랑·죽음의 테마를 가진 여러 가
지 식물이나 번식의 신화가 나타난다. 그러나 이 시의 진가는 감수성
의 여러 단계에서 동시에 볼 수 있는 조망(眺望)의 놀라움에 있으니,
아무리 주의 깊은 독자들도 이것을 일독하고 이해하기란 거의 불가능
한 일이다. 그러나 다시 읽는 보람은 굉장한 것이다. 엘리어트는 예
술을 자기만의 개인적인 도피의 세계에 이용하는 상징주의자의 한계
를 훨씬 넘어선 시인이다. 그도 우선 자기만의 세계로부터 출발하고,
아무런 변명도 설명도 없이 자기의 독서와 경험을 밑천으로 삼으며,
그의 독특한 상징으로서 자기뿐만 아니라 다른 사람들도 역시 도피할
수 있는 세계를 세우는 것이다. 엘리어트의 작품과, 순전히 난해(難
解)함을 자랑삼는 2류 시인들의 작품과의 차이는 곧 알기 어렵다.
왜냐하면 〈황무지〉같은 시는 그 속에 포함되고 있는 철학을 그리 쉽
게 나타내고 있지 않기 때문이다. 가령 〈황무지〉와 에즈라 파운드의
〈장시(長詩)―이 양자는 거의 같은 방법으로 쓴 같은 폭을 가진 시
이지만―와의 차이는, 엘리어트의 시는 일찍이 파운드가 버리고 다

시 찾지 못한 불변의 인간성에다 튼튼한 기초를 두고 있는 점에 있다.

예술가로서의 엘리어트의 발전에서 볼 수 있는 두 가지의 변화—그가 순수히 심리적인 소재와 방법에서 신학적인 것으로 옮겨갔다는 것, 그리고 표현의 수단으로서 서정시보다 극시에 더 흥미를 갖게 되었다는 것—에 대해서는 논할 것이 많을 것이다. 그러나 이 변화는 보기보다 그리 돌변했던 것은 아니다. 왜냐하면, 그의 초기의 시는 원래 신학적인 문제(현대인과 그를 잊어버린 듯이 보이는 신(神)과의 관계)를 본질적으로, 극적 형식(개인의 경험을 한 벌의 상징적인 인물과 사건 속에다 투사하는 형식)으로 고찰한 것에 지나지 않기 때문이다.

〈성회 수요일(Ash Wednesday, 1930)〉은 개인의 무력과 사회적 황폐에 어지러워진 현대인에 대한 관심으로부터, 인간 가치의 상징 체계로서의 기독교 전통에 대한 관심으로 옮겨가고 있음을 보이고 있다. 이것은 삶의 찬미가도 아니며 죽음의 찬송가도 아닌, 신비적 묵종의 성가(聖歌)인 것이다. 영국 교회의 예배 성가와 설교의 울림을 전하는 이 시는, 이교의 숙명론으로부터 기독교의 숙명론으로 옮길 것을 역설하는 것이다. 〈바위(The Rock, 1934)〉와 캔터베리의 대승정(大僧正) 토마스 아 베케트의 순교를 그린 시극(詩劇)인 〈대성당의 살인(Murder in the Cathedral, 1935)〉은, 어느 의미에선 교회사의 사건을 축하하기 위하여 특별히 쓰인 것이라 하겠지만, 이것으로 시인은 시극(詩劇)을, 그 요람이던 교회 예배로 복귀시킴으로써 그가 새로이 택한 길에서 일보 전진했다고 말할 수 있다.

〈4중창 4곡(Four Quartets, 1943)〉은 서로 독립된 〈4부시(四部詩, Burnt Norton, East Coker, The Dry Salvages, Little Gidding)〉로 구성되어 있는데, 이것은 원숙한 엘리어트가 극시 아닌 시형으로 쓴 거작이다. 이 4부시는 각각 그 테마가 시간과 장소에 두고 있음을 암시하고 있지만, 시의 진행은 교착하는 경험의 양면을 전후로 넓히고, 개인적인 것과 보편적인 것, 변화와 영원, 다양성과 통일성, 불안과 평화를 동일화해 간다. 이 4부시에서 볼 수 있는 유일한 진전은, 제1부에 나오는 기억에 남은 욕망의 장미 꽃밭에서부터 제4부에 나오는 파멸과 속죄(贖罪)의 사랑의 불꽃으로 이르는 성장이지만, 이것은 또 시인 자신의 성장을 요약하는 것이라 하겠다. 모든 탐구의 끝은 출발점으로 되돌아와 비로소 그 의미를 알게 된다. 이 사상은 간단하고 모든 심미주의자, 특히 기독교도에게는 친근한 것이다. 그 대개의 상징주의는 기독교의 전통에 속하는 장미밭, 비둘기, 불꽃 등의 상징이다. 수법은 여전히 〈황무지〉의 수법이며, 과거와 현재, 정숙과 가열, 현실과 신화를 뒤섞어 보편적인 감을 빚어내고 있다. 그러나 그 방법은 혼합이라기보다 융합이며, 부조화라기보다 조화, 날카롭다기보다는 보드라운 윤곽, 선명한 이미지라기보다는 어렴풋한 인상을 노리고 있다.

〈시의 세 가지 소리(The Three Voice of Poetry)〉라는 후기의 논문에서 엘리어트는, 제 자신에게 말하고 있는 시인의 소리, 청중에게 말하는 시인의 소리, 상상적인 인물을 빌려 비로소 말하는 시인의 소리, 이 세 가지 소리를 구별하고 있다. 이것은 아마 서정시・서사시・극시의 차이를 나타내는 하나의 새로운 법에 지나지 않겠지만, 엘리어트의 경우에는 늘 그랬듯이 이것 역시 그가 자기 자신의 노력과 업적에서 얻은 발견이었다. 그의 초기의 시 대부분은 반서정적이며 반극시적인 것이었지만, 〈바위〉와 〈대성당의 살인〉 속에 나오는 합창을 제외하면, 서사시적인 요소를 분명히 나타내고 있는 것은 적었다. 〈4중창 4곡〉에서는 극적 요소가 배제되고 있으며, 시인은 애가(哀歌)의 형식으로 순수한 서정시의 곡조를 켜고 있다.

이와 동시에 엘리어트는 독자적인 희곡적인 어법(語法)으로 돌아가려고 하였다. 일찍이 엘리어트는 현대 시극은 무운시나 헤로익, 카프레트(영웅시체 이행연구)로서는 쓸 수 없으니, 〈회화체에서 빚어

낸) 새로운 형식을 찾아낼 필요가 있다고 말한 적이 있었다. 그가 사회극 〈가족 재회(The Family Reunion, 1939)〉를 쓰려고 막 시작하였을 즈음 그는 더욱 분명히 영국적으로 되고 있었다. 이 극은 오레스테스 전설을 테마로 한 현대 영국판이라 할 수 있는데, 때마침 미국에서는 오닐과 맥스웰 앤더슨이 같은 테마를 가지고 실험적인 시를 쓰고 있었다. 한 가족의 내향적 고정 관념을 그려낸 이 극에서는, 엘리어트의 미국적인 과거는 그 흔적마저 찾아볼 수 없다. 그리고 같은 종류의 극 〈칵테일 파티(The Cocktail Party, 1949)〉와 〈개인비서(The Confidential Clerk, 1945)〉에서도 마찬가지인데, 이 두 시극에서는 회화체가 기독교의 전설을 배경으로 하여 현대의 심리학적 문제를 논의하는 수단으로서, 네 개의 스트레스를 가진 불균등한 리듬으로 쓰인 시에까지 높여지고 있다.

T. S. 엘리어트는 노경에 들어갈수록 함축미(含蓄味)를 더하였다. 제 자신을 위해서 쓴 초기의 시가 청년의 초조감을 나타낸 것이라 하면, 성숙에 들어선 그의 예술은, 노년에 볼 수 있는 온화한 회의주의를 나타내는 데 어울리는 것이었다. 엘리어트는 여정(旅程)을 1부 1인에까지 정확하게 재지 않고서는 한 걸음도 내디디지 않는 신중한 사람이었으나 이와 동시에 성장을 잃지 않는 예술가였다.

이 고전주의에 참가한 엘리어트의 동배 및 후진들도 엘리어트와 같은 신념하에, 즉 예술가는 완전히 자기 밖으로 투사(投射)된 것, 따라서 예술의 본질 그 자체에서 우러나온 질서와 형식의 법칙에 따르는 것을 창조하는 자라는 신념하에서 출발하였다. 이 그룹 중에서, 아치볼드 맥리시, 하트 크레인, 윌레스 스티븐스, 메리언 무어, 윌리엄 캘로스 윌리엄스 등을 들 수 있으며, 이들은 엘리어트에 비하면 훨씬 미국적인 시인이었다. 왜냐하면, 이들은 국내에 남아 있든지 귀국하든지 하여 실무에 종사하면서, 리듬과 이미지의 아름다운 시를 썼기 때문이다. 더구나 그들 시의 대부분은 때와 장소를 초월하는 시인 독자의 세계를 창조하였던 것이다.

  그 중 아치볼드 맥리시(Archbald Mac Leish, 1892~?)와 하트 크레인(Hart Crane, 1899~1932)은 예외다. 둘 다 엘리어트의 강력한 영향을 받고 시를 쓰기 시작했지만, 그의 보수주의에까지는 따라 들어가지 않았다. 〈A. 맥리시의 헴레트(The Hamlet of A. Mac Leish, 1928)〉는 프루프로크의 서약(誓約)이라고 할 수 있겠으나, 〈정복자(Conquistador, 1932)〉와 〈로크펠러즈의 도시를 위한 벽화(Frescoes for Mr. Rokefellers' City, 1933)〉로써 맥리시는 예술과 사회의 관계에 관한 그의 종래의 개념을 완전히 뒤집어 버리고 말았다. 카울리의 〈망명자〉의 한 사람이었던 맥리시는 미국의 정치적·문화적 전통을 부활시키려는 운동의 지도자가 되었다. 라디오 극이라든지 포춘 지(誌)의 집단 저널리즘에서 활약을 하면서 신기(新奇)를 꽂는 바람에, 그의 시예술은 거진 '위대'하다고 할 수준에까지 이르고 있으나, 그의 《시집(The Collected Poems, 1917~1952)》은 기대하였던 서사시가 아니고, 재능이 있는 시인의 잡작(雜作)이라고 하는 편이 적당하다. 맥리시와 같이 과로에 지친, 매우 민감하였던 하이드 크레인은 젊어서 자살하여, 숭고한 환상의 산물인 〈다리(The Bridge, 1930)〉를 남겼을 뿐이다. 만일 월트 휘트먼이 엘리어트의 〈황무지〉에 흐르는 허무주의에 응답하기 위하여 소환되어 그다지 왕성하지 못한 감수성을 타고났더라면, 크레인이 쓰려고 했던 '동적(動的)이며 웅변적인 기록'과 비슷한 것을 써냈을지 모른다. 〈다리〉에서 크레인은 콜럼버스로부터 브루클린에 이르기까지의 여러 가지 상징을 사용하여 통일과 신앙의 미국적 전통을 추구하였으나, 이 시는 통일된 민중보다 찬란한 재능을 타고났으면서도 방향을 잃어버린 한 개인의 표현에 그치고 있다. 늙어가는 프로스트와 샌드버그는 아직도 미국의 국민적 시인의 지위를 차지하고 있는 것 같다.

3

소설과 극은, 시나 비평보다는 더 천천히 게다가 억지로 고전주의로 돌아갔으나 그 극단적인 경향을 전연 피한 적도 없었다. 30년대에 두각을 나타낸 소설가로는 울프와 헤밍웨이 이외에 제임스, T. 패럴, 존 스타인벡, 어스킨 콜드웰, 윌리엄 포크너 등이 있었다. 이들 작가는 원래 자연주의에 속하는 작가들이었으나 여러 정도에 있어 상징주의의 가능성을 개척하여, 일반적으로 드라이저보다 셔우드 앤더슨이 가리킨 방향, 즉 글자대로의 리얼리즘에서 떠나 환상의 방향으로 옮겨갔다. 처음에는 알려지지 않았지만, 희극적 정신의 소리가 그들 작품이 그런 비극과 부패와 죽음의 소리 위에 울리는 것을 들을 수 있었다. 오닐의 마음을 사로잡았던 환상의 테마가 차츰 현실의 테마를 대신하게 됨에 따라, 그들의 예술은 점점 자의식적으로 됨과 동시 객관성을 갖추게 되었다. 이들 작가들 중에서 가장 현실적인 패럴로부터 가장 상징적이며 순수한 심미적인 포크너로 옮겨감에 따라, 기교와 철학적인 깊이에 있어 진보를 볼 수 있었다. 미국 소설도, 미국의 시나 극과 마찬가지로, 30년대 중엽의 특징을 이루고 있던 상반하는 힘의 양 극단에서가 아니라 그 양 세력의 균형 위에서 최고의 업적을 이루었던 것이다.

제임스 T. 패럴(James T. Farrel, 1904~1979)의 소설은 문단의 주류가 자연주의와는 반대 방향으로 움직이고 있을 때, 아직도 미국 소설에 자연주의가 존속하고 있음을 보이는 좋은 예라 하겠다. 3부작 〈스터드 로니건(Studs Lonigan, 1935)〉은 그 의도와 수법에 있어 드라이저 자신의 작품이라 해도 무방할 것이다. 왜냐하면 이 작품에서 패럴은 다소의 변경은 있으나 시카고 남부 지구에서 살고 있던 어렸을 때의 동무의 일생을 드라이저 식으로 그려내고 있기 때문이다. 작중의 인물 대니 오닐은 이를테면 작가라 하겠고, 패럴이 스터드의 오만과 박력에 매력을 느낀다. 이 동기는 주로 대니가 스터드를 그가 사는 아일랜드 카톨릭 교도의 세계의 영웅으로 이상화하고, 또 스터드의 실패와 죽음에서 큰 감명을 받는 데에 있다. 이 비극은 흔한 것이지만, 작가의 정확한 사실의 기록은, 대니 자신과 작가의 제2의 분신인 버너드 클레아—이 클레아는 울프의 주인공 조지 웨버처럼 뉴욕에 가서 소설가가 된다—를 그린 후기 작품에서는 볼 수 없는 통일과 확신을 준다.

현실의 세계는 존 스타인벡(John Steinbeck, 1902~1968)의 세계에서 후퇴하기 시작한다. 그 이유의 하나는, 아마 무대가 살리나스 유역(流域)의 기괴한 과수원이나 포도밭에서 혹은, 종교 그룹 속에서 뿐만 아니라 그 지방의 문학적 산물 속에서도 불가능한 것이 번성할 수 있을 것 같은 캘리포니아 연안으로 옮겨간 탓인지도 모르겠다. 또 다른 하나의 이유는, 낭만적인 이야기인 〈황금의 잔(The Cup of Gold, 1929)〉과 고립된 골짜기에 사는 사람들을 반사실적으로 그린 〈천국의 목장(The Pastures of Heaven, 1932)〉을 만들어낸, 아일랜드의 피와 독일의 피가 스타인벡에서 혼합되고 있는 까닭인지 모르겠다. 스타인벡의 기본적 태도는 방관적인 희극 정신이며, 이로써 그는 사회적 관심을 품는 것과 함께 페이자노(그의 작중에 나타나는 부랑민)들의 무궤도한 생활상태를 마음껏 웃을 수가 있는 것이다. 〈토틸러 플래트(Tortilla Flat, 1935)〉의 낙천적인 주민들의 이야기에는 아일랜드 영어의 유쾌한 리듬마저 들리지만, 바로 그후에 나온 〈승산 없는 싸움(In Dubious Battle, 1936)〉에선, 과수원에서 일하는 이주 노동자들의 비참한 처지가 취급되고 있다. 환상과 현실의 두 요소가 중편 소설 〈생쥐와 인간(Of Mice and Men, 1937)〉—희곡화와 영화화를 미리 고려하고 쓴 것이다—에서 융합되고 있다. 이때까지 스타인벡의 작품은 어떠한 타입으로 분류되는 것을 거부하여 왔다. 몸집이 큰 레니와 성실한 조지와의 우정의 이야기는, 토지를 구하는 인간의 영원한 동경을 상징하는 동시에, 비뚤어진 개성을 묘사하고 있어 납득이 가는 것이다.

스타인벡의 예술이 마지막으로 귀착한 곳은 원시주의였다. 여기서 그는 미국의 가장 풍부한 문학 전통을 이어받고 있음을 보여 주고 있다. 그는 인간 행위 뒤에 숨어 있는 동물적인 동기에 흥미를 가졌고, 이것으로써 그는 비현실의 세계를 창조하여 추악한 현실 세계를 상쇄(相殺)할 수 있었다. 그가 예술가로서의 최선의 힘을 발휘한 때는, 그가 엘리어트보다도 오히려 오닐식의 굵은 상징주의를 사용하여 이 두 세계 사이에 벌어지는 대위법적인 상호작용을 유지할 때였었다. 그러나 이 두 세계 사이의 균형은 매우 아슬아슬한 것이므로, 스타인벡의 작가 생활을 통하여, 아니 동일 작품 속에서도 성패가 서로 섞여져 있는 것이 사실이다. 〈분노의 포도(Grapes of Wrath, 1939)〉는 미국의 이주 노동자들—특히 고향인 오클라호마 농촌의 산업화 때문에 서부로 쫓겨간 '오키(Okies)'들의 고경을, '동경의 땅'을 찾아가는 인간의 영원한 욕구를 상징하는 것이라고 인정한 데서, 서사시(敍事詩)적인 작품이라 하겠다. 사회의 부정에 대한 항의로서 소설화된 선전문이라고 생각하는 사람들로부터 맹렬한 공격과 변호를 받았던 이 소설은, 시비의 논쟁이 사라지자 하나의 대륙을 발견하고 이를 개척한 정신적·물질적인 힘의 거룩한 표현인 미국의 서사시로 남아 있다.

최근에 나온 위대한 작품 〈에덴의 동쪽(East of Eden, 1952)〉에서 스타인벡은 역시 같은 원시주의를 악의 탐구의 기반으로 쓰고, 이것으로써, 아담의 가장 먼 자손에게 각각 선과 악의 선택을 허용하는 대지의 재생력을 상징하려 하였다. 스타인벡은 그의 친구 코비치에게 "내가 가지고 있는 것을 모조리 그 속에 쏟아 놓았다." 하고 써보내고 있지만, 거기에 덧붙여 "미국이 가지고 있는 모든 것을"이라고 말했더라도 괜찮았을 것이다. 이 작품에 충만하고 있는 희극과 비극,

신화와 현실과의 대담한 혼합은 감정과 형식의 불균형을 무시할 수 있을 만큼 풍족한 감촉을 이 작품에 주고 있다. 유니크한 〈캐너리 로(Cannery Row, 1945)〉나 그 속편 〈즐거운 목요일(Sweet Thursday, 1954)〉의 희극적인 인물 묘사를 본령으로 삼았던 스타인벡은, 이 세계의 도덕적인 문제에 관한 경험을 보편적인 진리에 비추어 재보려고 하였던 톰 조드나 애덤 트래스크보다 오히려 도덕을 벗어나고, 행복할 정도로 모순투성이인 '선생'이나 그 친구들로서 기억될지 모르겠다. 스타인벡은 소로와 마찬가지로, 대담하게도 인생을 '궁지로 몰아넣고, 이것을 가장 낮은 레벨까지 끌어내리며, 만일 그것이 비열한 것임이 분명하면 왜 그 비열을 그냥 그대로 받아들이지 않느냐'고 생각하는 사람이었다.

현실과 환상을 구별하기란, 윌리엄 포크너(William Faulkner, 1897~1962)의 소설과 단편에서는 더욱 곤란한다. 왜냐하면 그가 스타인벡처럼 사회주의에 깊은 관심을 갖고, 진리의 보금자리로서의 원시적인 것을 믿고, 도덕적 열의와 냉소적인 유머를 혼합하면서도 경험의 객관적 상관물로서의 소재에 가까이 하고, 예술가로서의 자기의 성실을 보존하는 데 있어 동시대 작가의 어느 누구보다도 그가 성공하고 있는 듯하기 때문이다. 환상은, 그에게는 완전히 독립한 존재였고, 거기서 그는 또 하나의 진정한 존재를 객관적으로 감정에서 해방되어 바라볼 수 있었다. 동정적이 아닌 독자들의 눈에는 포크너야말로 정신도착을 파는 선동 작가에 지나지 않았고, 또 여러 사람들은 그를 무정파(無情派) 작가로서 같은 남부 출신의 어스킨 콜드웰(Erskin Caldwell, 1903~1987)과 연결시키고 있다. 그러나 콜드웰은 초기 작품 〈타바코 로드(Tabacco Road, 1932)〉, 〈신의 조그마한 땅(God's Little Acre, 1933)〉, 〈7월 사건(Trouble in July, 1940)〉에서 그의 예술적 성실성을 언명해 놓으면서, 후기 작품에서는 선정주의(煽情主義)로 타락하고 말았다. 반면에 포크너는 〈샌추어리(Sanctuary, 1931)〉서문에서 그의 선정주의를 공언하여 놓고서, 이 작품을 그의 예술의 장대한 건물의 초석의 하나로 만들고 있어, 이 양자의 특징을 잘 나타내고 있다. 포크너는 작가로서 출발할 때부터 현대인의 가치의 혼동과 상실에 대하여 비통한 감수성을 보이고 있다. 이 감수성과 그의 독자적 길을 걷게 한 예술에 대한 자신(自信)이 한데 합쳐져, 그로 하여금 일련의 작품—각 작품이 하나의 확고부동한 심미적 환상의 부분을 이루고 있기 때문에 각 소설이 서로 연관을 갖게 된다—을 쓸 수 있게 하였다.

1946년, 〈포터블 포크너(The Portable Faulkner)〉를 위한 맬컴 카울리의 서문이 나오자, 일반은 포크너를 인정하게 되었다. 1949년도 노벨문학상의 수상도, 이것이 불과 몇 해 전의 일이라 한다면 그것은 터무니없는 짓이라고 생각되었을지도 모르지만, 지금은 이미 늦어진 일인 듯이 보였다. 포크너는 스톡홀름까지를 왕복하는 기간(이전에 영화회사가 포크너의 원조를 구했을 때 헐리우드까지 왕복한 때처럼) 동안만 고향인 미시시피를 떠났지만, 고향에서는 기다리고 있는 일이 있으므로 이러한 여행은 일의 방해가 된다고 말하고 있다. 이와 같은 겸손, 숙명관, 결백성 같은 것이 포크너의 온갖 행동의 특징을 이루고 있으나, 다만 소설의 집필만은 예외고 붓을 손에 들기만 하면 글쓰기에 여념이 없었다.

포크너의 독서와 교육에 관하여서는 별로 알려져 있지 않았으므로 그가 어디서 어떻게 창작법을 배웠는가를 알아내기란 곤란하다. 소설 속에 사토리스라는 이름으로 나타나는 포크너 가(家)는, 여러 대를 두고 미시시피 주 옥스포드 부근에서 지방 정치와 실업계에서 활약하여 왔으나, 작품에 나타나는 캄프턴 일가(一家)에서 상징되는 타락한 귀족계급이나 또는 스노프즈라는 이주농민들과는 판이한 '새로운 사람들'이었다. 실무의 틈을 타서 〈유럽 만유기(Rapid Ramblings in Europe)〉와 〈맴퍼스의 흰 장미(The White Rose of

Mamphis)〉를 쓴 다채로운 중조부(曾祖父)를 제외하면, 포크너의 선조에는 그다지 문학적 재질이나 지적 소질을 남길 만한 인물들이 없는 것 같다. 다만 외가(外家) 쪽으로는, 다소의 예술적 재능이 나타나고 있는 것 같다. 일반의 인상과는 반대로, 포크너가 고향인 미시시피의 배경과 민족적 기억을 사회 계도 소설의 재료로 쓰기 시작한 것은 세번째 소설 〈사토리스(Sartoris, 1929)〉 이후의 일이었다. 그의 처녀작 〈사병(士兵)의 급료(Soldier's Pay, 1926)〉는, 그가 1차대전 중 캐나다와 영국의 항공대에서 비행사로서 근무한 경험에서 쓴 것인데, 무서운 부상을 입은 사병이 고향 조지아 주(州)의 정상적인 사회로 돌아갔을 때 그의 가족과 친구들에게 미친 영향을 그린 것이다. 스티븐 크레인의 〈괴물(The Monster)〉을 이상하게도 상기시키는 이 테마는, 포크너의 이상한 것, 괴이한 것에 대한 그의 호기심에다 그의 부상의 경험을 암시하고 있다. 또 이와 마찬가지로, 뉴올리언스에 대한 풍자 소설인 〈모기(Mosquitoe, 1927)〉는 어리석은 궤변자들을 아무런 줄거리도 없이 그린 것인데, 이 소설은 공포로부터 냉소적인 유머—이 유머는 그의 성숙한 작품의 특징이 되고 있다—의 세계에로의 도피를 암시하고 있다. 이것을 쓴 것은 그가 뉴올리언스에서 신문기자를 하고, 셔우드 앤더슨을 알게 된 시절이었다. 정말 미국적인 냄새가 강한 것, 인간적인 것에 대한 앤더슨의 넓은 사랑은 아마 포크너가 이어받은 가장 큰 문학적 영향일 것이다. 또 간접 묘사의 기교, 즉 직접 묘사가 사상과 감정의 혼돈된 흐름이 사실과 행동을 어둡게 하는 트릭으로 그냥 언어로 화하고, 그 본질을 나타내는 일종의 '의식의 흐름' 속에 휩쓸려 들어가는 수법을 포크너에게 가르쳐 준 것도 아마 앤더슨인 것같이 보인다. 그 당시까지 화려한 문체에 몰두하고 있었던 포크너는, 이 두 작품에서는 그가 충분히 알고 있는 남부의 현실 생활 위에다 그의 언어에 대한 사랑을 상상적으로—거의 환상적으로—쓰는 기술을 거의 보이고 있지 않왔다.

〈사토리스〉에서 포크너는, 드디어 그가 잘 알고 있는 현실 생활을 그 추악과 공포와 함께 모조리 받아들였다. 그 자신이 그 일부였고, 또 이를 사랑하였기 때문이다. 〈소음과 노염(The Sound and the Fury, 1929)〉에서, 그의 기본적인 사상은 전적으로 자연주의적이었다. 이 이야기는 날 때부터 백치(白痴)이며, 주위의 생활로부터는 감각적 인상만을 받아들일 뿐, 그 받은 인상을 감각적 반응의 흐름 속에 뒤섞어서 이야기하는 벤지 캄프턴이 처음에 이야기를 시작한다. 벤지와 형제인 퀘틴과 제이슨, 누이 캐디는 백치는 아니나, 기질과 환경에 비뚤어진 인간들이라 인습적인 도덕으로써는 그들의 운명을 억제할 수 없다. 이야기는 결국, 그 중에서도 가장 민감하고 총명하고 인간적이며 포크너 자신을 닮은 퀘틴의 이야기임에는 틀림없으나, 차례차례 지껄이는 캄프턴 형제가 융합되어 한 인물이 말하는 이야기라고 할 수 있다. 〈사토리스〉에서 비로소 포크너의 소설은 남부의 이야기가 되었다. 왜냐하면 그의 예술에 하나의 새로운 면, 즉 사회 그 자체에 대한 본격적인 관심이 부가되었기 때문이다. 추억으로 얽혀진 거미줄같이 복잡한 이 소설은 아무것도 의미하지 않는 동시에 모든 것을 의미하고 있다.

아마 모든 문학치고 이 소설만큼 노염에 가득 찬 것은 없을 것이지만, 그러나 그후에 나타난 소설에서 퀘틴은 침침한 뉴잉글랜드의 어둠 속에서 하버드의 동무로부터 '왜 자네는 남부를 미워하나'라고 질문을 받았을 때, "나는 미워하지 않네, 미워하길, 미워하는 것이 아닐세."라고 대답하고 있다. 왜냐하면 퀘틴은, 저 전쟁에서 돌아온 비행사보다 그 자신부터, 또 현실에서 물러선 포크너의 제2의 분신이며 남부에 대한 사랑과 인간의 우행(愚行)에 대한 절망을 나타내기 위하여 작가가 창조해 낸 허구의 인물이었기 때문이다. 이 소설로써 포크너는 본격적으로 그의 요크나파토파의 〈연대기(年代記)〉를 쓰기 시작하였다. 즉 그후에 나온 소설과 단편에서 생각나는 대로 혹은 프래시백(Flashbacks) 수법으로 된 미시시피 주 요크나파토파 군(郡)—지도상에서는 라파이트—의 제퍼슨—지도에서는 옥스포드—의 마을과, 시간적으로나 공간적으로 전후로 뻗치고 있는 모든 것을 포함한 역사라 할 수 있다. 실제의 모델이었음에도 불구하고 제퍼슨은 정말 가공의 산물이며, 포크너는 이 마을의 '유일한 소유자'이다. 포크너는 드라이저나 패럴이 청소년 시대의 추억을 그릴 때 혹은 울프가 유진 갠트나 올타몬트의 마을을 그릴 때처럼 사실을 왜곡하지도 않고, 그의 상상력이 완전히 지배할 수 있고 또 직접 경험으로써 환히 알고 있는 공상의 나라를 창조하였다. 소재는 현실에서 취한 것이며 소재에 대한 심미적 통일은 완벽하였다. 포크너는 초기의 몇몇 작품과 〈사토리스〉에서 이 공상의 나라로 들어갔다가, 〈소음과 노염〉에서 이 세계는 그의 상상력을 떠맡은 셈이다.

프랑스의 독자들은 곧 포크너를 포우에다 연결시켜 생각했지만, 그보다 후에 포크너를 호손과 제임스와 관련시킨 미국 비평가들이 더 옳은 것 같다. 포우처럼 포크너는 이러한 소설의 작가에 대한 일반의 개념에 어울리도록 제 자신에 관한 전설을 조장하였고, 또 역시 포우처럼 작중의 공포와 포학 속에 자기 자신을 던져 놓고 있다. 그러나 포크너는 포우의 사상과 문체의 기본적인 성질을 결핍하고 있다. 그리고 포크너의 심미적 객관성은 포우보다 훨씬 완전에 가깝고, 그의 주제와 인물은 더욱 복잡하다. 이러한 점에 있어 포크너의 예술은, 제임스나 조이스와 프로스트 같은 후대 유럽 작가들이 가르친 소설의 기법(技法)을 연상시키는 점이 있다. 그러나 퀘틴에서 비로소 충분히 나타난 우울한 죄의식은, 프로이드의 복합(콤플렉스)보다도 호손의 배교적인 칼빈주의의 양심 같은 것이 더 농후하다. 인간의 감추어진 비밀을 찾아내기 위하여 과거를 잡으려는 포크너의 노력은, 틀림없이 멜빌과 세이렘의 세관(稅關)인 금사관(호손)의 전통에 따르는 것이다. 뉴잉글랜드와 남부는 이 20세기의 작가에 대해선 거의 같은 의미를 가지고 있었다. 즉, 양자는 다같이 인간의 유토피아적인 꿈이 깨지고, 지나치게 이상화된 민주주의의가 쇠퇴 부패하였음을 상징하였다. 힘과 성공을 확보한 미국은, 그 유년 시절의 꿈을 다시 잡고 그 자신의 과거 속에서 발견되는 인생의 필연적인 비극을 생각할 만큼 마음의 여유가 생겼다고 할 수 있겠다. 〈임종의 자리에서 (As I Lay Dying, 1930)〉는 적어도 이것이 쓰일 무렵에는 포크너의 마음에 든 소설의 하나였다. 이것은 포크너가 어느 발전소에서 야근을 하고 있을 때, 6주간에 단숨에 써버린, 조리(條理)도 없는 이야기니 줄거리를 따를 수는 없다. 주인공 애디 번드렌의 시체를 모시고 제퍼슨으로 향하는 상주인 남편과 아이들의 여정(旅程)을, 이에 참가하고 있는 사람들의 각각의 입장에서 말하고 있다. 거기에는 추억을 말하는 인물의 독백과, 전지적인 작가의 통찰이 묘하게 혼성을 이루고 있음을 볼 수 있으며, 이것은 이미 포크너의 독특한 문체가 되고 말았다.

이 소설과 그후에 나온 이름난 〈샌추어리〉 사이에는 작가나 독자들이 생각하는 만큼 큰 차이는 없는 것 같다. 이 작품은, 일반의 주의를 끌어 돈을 벌기 위하여 쓴 것이라는 포크너 자신의 술회를 에누리해서 들어야 할 것이다. 템플 드레이크와 포파이를 중심으로 한 이 소설은 포크너의 대부분의 소설보다 줄거리가 정연하고, 무서운 사건이 상세히 묘사되고 있는데, 그 무대는 요크나파토파이며, 등장 인물은 〈연대기(年代記)〉 속에 나오는 인물들이다. 그리고 테마는 의지가 약한 윤락의 처녀가 병적인 악한의 폭행을 받는다는 이야기이며, 동시에 무능한 북부의 산업주의가 남부를 약탈하고 마는 이야기로도 볼 수 있다. 물론 이 소설은 그후에 나온 소설에 비하면 훨씬 떨어지긴 하지만, 그래도 포크너 작품의 성장해 가는 전체적 틀 속에 맞아들었으며, 포크너 자신이 바라듯이 이 작품에 의해서 독자층을 넓혔고, 몇 해 후에는 비평가들 사이에서도 인정을 받게 되었다.

  이 몇 해 동안은, 말하자면 포크너의 '황무지'였으며, 그는 이 황무지를 탐구하고 발견하고 계시(啓示)하였다. 그의 걸작이 나온 것도 이때였다. 이때 마침 작가로서의 포크너는 그의 환상의 세계가 완성되고 그것을 표현하는 기교가 확실해지고, 거기에다 인간의 딜레마에 대한 그의 해결은 아직 소리로써 나타나지 않았다는 그런 미묘한 균형 상태에 도달하고 있었기 때문이다. 두 장편 〈8월의 광명(Light in August, 1932)〉과 〈애브설럼, 애브설럼(Absalom, Absalom, 1936)〉, 두 중편 〈파일런(Pylon, 1935)〉과 〈야생의 야자수(The Wild Palms, 1939)〉, 두 단편집 〈이들 열셋(These 13; 1931)〉 〈비정복자(非征服者, The Unvanquished, 1935)〉가 그의 다산적인 시절의 주요 작품들이다. 이것은 포크너의 위대한 시대인 동시에 미국 문학 사상의 가장 풍성한 시대이기도 하였다. 즉, 오닐과 맥스웰 앤더슨은 대극작을 제공하고 로빈슨, 프로스트, 샌드버그, 엘리어트는 훌륭한 철학적인 시를 쓰고 있었고 헤밍웨이, 울프, 도스, 패소스는 야심적인 소설을 발표하였기 때문이다.

  이 시대의 포크너의 소설과 단편에서, 그리고 더 후기의 작품에 나타나는 그런 도덕과 남부에 대한 그의 명백한 관심을 억지로 읽으려 하는 것은 잘못이라 하겠다. 그러나 초기 비평가들이 그랬듯이, 이러한 작품을 가리켜 윤리적·사회적 양심이 없는 타락한 인간성을 병적으로 묘사한 것이라고 생각하는 것도 역시 잘못이다. 〈8월의 광명〉의 중심 인물인 존 크리스마스는 틀림없이 그 이상 더 없는 비인간적인 사나이이며, 그의 이름이 크리스마스라는 것은 통렬한 아이러니다. 그것도 악의에서 나온 것이 아니라 심각한 비극감에서 나온 것이다. 상식적으로 본다면, 크리스마스는 굳어진 종교와 경제로 말미암아 인간성을 박탈당한 현대인이라 하겠다. 따라서 이 소설은, (후의 비평가들이 해석하듯이) 프로테스탄트 교회 내외에서 범해진 죄의 아이러닉한 우화(寓話) 혹은 남부가 직면하는 고경을 요약한 것으로 볼 수 있다. 당시 세상에 전달할 그의 교훈이 아직도 지적으로 만들어지지 않았던 작가 포크너에게는, 아마 이 양쪽 혹은 그 이상의 것을 의미하였을지도 모른다. 이 작품에는, 예술 작품이란 저절로 창조되는 것이라는 감이 전편을 흐르고 있다.

이와 마찬가지로, 〈애브설럼, 애브설럼〉을 단지 경제적 사회적인 안전을 재건하려는 남부의 실패를 그린 것이라고 해석하는 것은, 좁은 자기 본위주의를 가지면서도 제 영혼을 탐구하려 하고 있는 인간의 우화이기도 한 이 작품의 뜻을 제한해 버리는 것밖에 안 될 것이다. 작중의 인물 토머스 사트펜은, 그 연약 때문에 옛 남부를 파괴하고 만 사람들에 대한 복수의 도구라 할 수 있겠지만, 자기의 혈통을 세우려는 그의 노력은, 죄악에서 벗어난 확고한 혈통의 후계를 얻으려다 기어이 실패할 때 오히려 반대 결과를 가져오고 만다. 이 이야기의 대부분을 맡고 있는 퀘틴 캄프턴은, 사트펜의 이와 같은 실패에 감명을 받는다. 그 이유는, 캄프턴은 그 속에 자기 자신의 문제뿐만 아니라 남부 문제의 그림자를 발견했기 때문이다. 그러나 그 속에선 아무런 해결도 얻지 못한다. 이 작품에서 포크너는, 이제야 충분히 성숙한 그의 예술의 온갖 방도를 구사하고, 그가 보고 그리고 명상한 인생의 여러 모를 표현하려고 하였던 것이다.

이러한 소설과 또 같은 시대의 여러 작품을 모아 보면, 포크너가 가장 깊은 관심을 두었던 문제가 뚜렷이 나타난다. 이들 작품에는 산 생명력이 기계관과 충돌할 때 일어나는 노염과 고민이 상징적인 단장을 하고 나타난다. 이것은 헨리 애덤스로부터 T. S. 엘리어트에 이르기까지의 미국 문학의 중심적인 테마다. 그리고 이 충돌을 논하지 않고도 노염을 표현할 수 있는 그 능력에 포크너의 특별한 재간이 있는 것이다.

주로 스노프스 일가(一家)를 그린 민속희극(民俗喜劇) 〈촌락

(The Hamlet, 1940)〉속에 경제적·사회적 의미가 나타나게 되어, 비로소 개척가의 소리가 포크너 작품 속에 뚜렷이 들리게 되었다. 이 변화를 대체로 비평가들은 환영하였다. 왜냐하면 작가가 더 복잡해진 문체를 쓰면서도, 작품의 의도하는 바를 밝히는 데 기꺼이 협력하는 듯 보였기 때문이다. 〈가거라, 모제(Go Down, Moses, 1942)〉에 나오는 곰의 우화는, 포크너의 황야에 대한 태도가 이야기의 두 가지의 이본(異本)에서 시종일관하지 않기 때문에 해석에 곤란을 느낀다. 하여튼 그 양쪽으로서, 복잡화된 인간에 대한 원시성의 해답을 주려는 것임에는 의심할 여지가 없다. 올드 벤은 사실보다 오히려 상징일 것이다. 그러나 그가 하나의 곰으로 죽어야 마땅하냐, 그렇잖으면 신으로서 숭배를 받아야 하느냐에 대해서는 그리 명백하지 않다.

〈무덤의 침입자(Intruder in the Dust, 1948)〉에서 포크너의 예술의 의미는 세상에 주는 그의 교훈이며, 〈전설(A Fable, 1954)〉에서는 이것이 우화가 되어 있다. 마침내 제퍼슨의 〈연대기〉의 탈에서 벗어난 포크너는 다시 사병(士兵)과 전상(戰傷)이라는 옛 테마로 돌아갔다. 1918년의 가짜 휴전을 가져온 하사(下士)의 승리와 죽음은, 그 하나하나가 그리스도의 수난과 평행되고 있다. 그러나 하사의 힘은 그리스도의 힘이 무한한 데 비하여 제한된 것이었고, 더구나 이 우화의 투는 너무나 아이러니가 넘치고 있어, 가장 숭고한 구절에서도 순수한 기독교의 교의로서 받아들일 수 없다. 여기서도 희극과 비극, 아이러니와 신앙이 혼합되어 인간의 우행이 빚어내는 막다른 골목에 대한 해결을 설교하고 있다기보다 인간의 본질을 폭로하는 데 사용되고 있다. 후년에 이르러, 포크너는 더 지적인 예술 형식을 발전시켰지만, 그는 여전히 철두철미한 예술가임에는 틀림없었다.

포크너의 작품 중 고전적인 요소를 식별하는 것은, 엘리어트의 경우와 같이 용이하지는 않다. 거의 독학을 한 그는, 시인이 표현의 수단을 제어할 때에 의거할 수 있는 계통적인 철학의 기초가 없었다. 소재에서 물러서 이를 비극적인 심각성으로 또는 냉소적인 아이러니로 마음대로 볼 수 있는 그의 재능은 다른 사람한테서 배운 것이 아니라 오히려 본능적인 듯하다. 또 언어와 상징을 자유로이 구사하는 그의 힘도 역시 자연 발생적인 것이다. 그를 울프나 스타인벡이나 콜드웰과 비교하여 보면, 포크너는 하나의 의식적이며 통일된 미학(美學)을 갖고 있음이 분명하다. 포크너가 일단 그의 특수 사명, 즉 남부의 전설을 인간의 타락과 실패를 말하는 현대적 서사시로서 표현하는 것을 발견하자 결코 주저하지 않았다. 포크너의 비평가들이, 소재와 형식에 대한 그의 기교상의 훌륭한 지배력을 발견하였을 때, 그것도 아마 그들에게뿐만 아니라 포크너 자신에게도 의외의 일이었을 것이다. 포크너에 있어, 일찍이 호손의 경우에서와 마찬가지로, 미국적인 경험의 비극적인 깊이는, 자기의 할 일과 그 방법을 본능적으로 알고 있는 예술가에 의하여 무자비하게 탐구되었다. 그의 독창성과 기교는 그의 모방자나 비평가들이 서투른 솜씨로 흉내내든지 분석할 때 비로소 찬란하게 빛나는 것이다. 또 그때에 비로소 미국 문학의 제2의 르네상스가 그 고개를 넘었음이 명백해지는 것이다.

4

포크너가 종교적인 우화로 되돌아갔던 것은 결코 하나의 고립된 현상은 아니었다. 헤밍웨이의 〈노인〉도 여러 가지 의미에서 인간의 어부(漁夫)이며, 로버트 프로스트의 〈이성〉과 〈자비〉의 가면극은 〈요우〉와 〈요나〉의 이야기를 사용하고 있고, 오닐의 〈빙인(氷人)〉은 청산을 요구하는 죽음에 지나지 않으며, 또 T. S. 엘리어트의 후년에 운문으로 쓴 희비극은, 약간 컴프러지한 종교론(宗敎論)이다. 1945년 이후 늙은 세대의 대가들은, 자기 일개인의 죽음보다 무엇인가 더 큰 것을 맞아들일 준비를 하고 있었다. 그들에게 공통된 상징주의와 회의적인 신비주의 속에는, 한 시대를 심판하는 최후의 날의 기분이 분명히 돌고 있었다.

아마 원자력의 발견은, 당시 사람들의 기분을 보수적인 틀 속에 집어넣은 결정적인 힘이었을 것이다. 원자력의 발견에 의하여 개인의 적극적인 힘은 꺼지고, 희망 대신에 공포가 들어서고, 목전에 닥쳐온 파멸에 대한 방어로서 강력한 정부와 국제 협조의 필요성이 역설되고, 또 종교의 분할 운동이 고취되었다. 또 한편에서는 인간 역사상 별로 유익하지 않은 일이 일어났다. 즉, 그것은 200년에 걸쳐 서구를 진동한 혁명력이 소진되었고, 또한 미대륙을 개척한 미국 사상(史上)의 한 시대가 끝났다는 것이다. 모든 행동에는 반동이, 상승에는 하강이, 모든 급진 운동에는 보수주의가 따르는 법이다. 과거 반세기에 걸쳐 미국에서 생기에 넘친 독특한 문학 운동을 초래한 문화적 균형이, 그냥 무제한으로 계속되는 것은 도저히 바랄 수 없는 일이었다.

따라서 1945년 2차대전으로부터 돌아온 세대의 사람들에게 새로운 창작 충동이 오리라고 기대하고 있던 비평가나 문학사가들은 실망을 느꼈다. 그들의 오산은, 1차대전에서 잃어버린 세대와 문예 부흥을 가져왔으니까, 2차대전에서도 같은 것을 되풀이하리라는 근시안적인 태도에서 나온 것이다. 그러나 50년대의 세대는, 그 교육에 있어서나 기풍에 있어서나 20년대와는 거의 반대임을 알게 되었다. 이 시대는 반항 그 자체에 대한 반항 이외는 반항할 것이 없었다. 원래가 파산 지경이었던 세대에 태어난 이 세대는, 아무리 거센 가치 체계나 표현 형식이 있다 하더라도 이에 파괴적인 공격을 주는 데에는 별 흥미를 느낄 리 없었다. 잃어버린 세대의 반항은 너무 성공적이었다고 말할 수 있을 것이나, 지금은 순전히 살기 위하여 건설적인 노력을 하든가 그렇지 않으면 파멸을 감수하는 수밖에 별도리가 없었다.

보수주의에로의 경향을 더욱 조장시킨 것은, 여러 늙은 세대의 비평가나 작가들이 대학에서 시·극·소설을 가르치며 또 모범으로서 존경을 받고 있는 사실 등일 것이다. 헨리 제임스, 헤밍웨이, 포크너는 소설, 엘리어트는 시, 오닐은 극의 규범이 되었다. 문체와 구조를 얻는 데는 일정한 방식이 있고, 예술작품을 음미 판단하는 데에도 일정한 규범과 방법이 있다는 기분이 나타나게 되었다. 하계(夏季) 문예 강좌라는 것이 전국적으로 개최되고, 비평가와 작가들에게 일자리와 돈벌이의 기회를 주며, 게다가 문예 토론회 같은 것이 열리어 많은 청중들이 모여들었다. 이와 동시에 라디오·텔레비전·영화 등을 통하여 대량으로 생산된 통속 문학은 돈벌이 위주의 상인 손에 지배되고, 종이 표지의 염가판은 많은 독자를 차지했다. 그리하여 한편으로는 대중의 취미가 규격화되어 가는가 하면 또 한편으로는 어느 특정 작가의 숭배라든가, 일반 사람에게는 이해하기 어려운 특수한 형식이나 방법 속으로 도피하는 경향이 지식인의 취미를 규격화하고 말았다. 독자적인 방향으로 나가 보려던 작가들도 끝내 그 중 어느 쪽 규준으로 끌려들어가고 말았다. 밴 윅 브룩스가 19세기 말엽에 한탄한 바 있는 지식인과 속인과의 분열이 또다시 나타나기 시작한 듯하였다. F. O. 매시슨은 1950년, 그가 죽기 바로 전에 이렇게 쓰고 있다. "이 연대의 미국 시는 소위 대중의 문명과 소수자의 문화와의 간격을 보이는 큰 증거를 가지고 있다." 시(詩)의 경우와 같지는 않다 하더라도, 소설과 극에 대해서도 이렇게 말할 수 있다. 순응의 정신이 대중을 사로잡고, 인습이 지식인의 문화를 꼭 잡았던 것이다.

가령 문화사의 주기설(週期說)이 옳다고 하고, 또 현대가 미국 문학 사상 제2의 르네상스를 초래한 창조력의 폭발에 대한 반동의 시대라고 한다면, 1950년대의 젊은 세대의 작가들은 이 반동을 밀고 나가든지 그렇지 않으면 어떠한 새로운 반항을 해보든지, 양자 택일의 궁지에 서 있다고 하겠다. 만일 후자를 택했다면, 그 반항의 성질은 아직 명백해지고 있지 않다. 문학사가가 일일이 응대할 수도 없을 만큼 새롭고도 생기에 찬 작품이 나오기는 하나, 이들 신진들의 소리는 동란이나 변화를 구하기보다 오히려 가치와 규범과 안정을 부르짖고 있는 듯하다. 이들은 노장 작가들보다 더욱 노성하고 현명한 듯이 보이지만, 대개는 대중의 요구를 채워 줄 것인가 그렇지 않으면 적절과 또 정의를 보이는 문체와 형식의 대가들에 따를 것인가 하는 것에 대해서 아직도 헤매고 있는 것 같다. 그들은, 미국에 있어서의 과거 어느 시대의 작가들보다 인간성과 사회에 대하여 충분한 지식을 갖고, 또 동서고금의 어느 시대의 작가들보다 더 넓은 독자층을 가지면서 세기의 중도에 서서 나아갈 방향을 가리키고, 자유세계의 문학을 몇 고비 미래의 개화기로 이끌어갈 수 있는 지도력을 기다리고 있는 듯하다.

옮긴이 약력

일본 동경고사 영문과 졸업
인디아나 대학에서 1년간 연구
경희대학교 사범대학장 역임

역   서
러셀 ≪인류의 장래≫
멜빌 ≪백경≫
마크 트웨인 ≪헉클베리핀의 모험≫
호손 ≪주홍글씨≫
소로 ≪숲속의 생활≫
스타인벡 ≪진주≫
헤밍웨이 ≪킬리만자로의 눈≫ ≪누구를 위하여 종을 울리나≫
로렌스 ≪차털리 부인의 사랑≫
피체랄드 ≪위대한 개츠비≫ ≪낙원의 이쪽≫
셸린저 ≪사랑의 미소≫

미국문학사   〈서문문고029〉

개정판 인쇄 / 1996년 5월 20일
개정판 발행 / 1996년 5월 30일
글쓴이 / 스 필 러
옮긴이 / 양 병 탁
펴낸이 / 최 석 로
펴낸곳 / 서 문 당
주소 / 서울시 마포구 성산1동 20—12호
전화 / 322—4916~8 팩스 / 322—9154
등록일자 / 1973. 10. 10
등록번호 / 제13-16

초판 발행 : 1972년 6월 5일 * 잘못된 책은 바꾸어 드립니다